文庫 NV
〈NV1287〉

甦ったスパイ

チャールズ・カミング
横山啓明訳

早川書房
7232

キャロリン・ハンブリーに

「この仕事をするにあたり、ひとつだけ知っておくべきことがある……うまく成し遂げても感謝はされないし、窮地に陥っても救いの手を差しのべてはもらえない。それでかまわないか？」
「申し分ないね」
「では、よい午後を、と言っておこう」

——W・サマセット・モーム『アシェンデン』

「過去は異国の地だ。そこでは習慣がちがう」

——L・P・ハートリー『恋を覗く少年』

本書はすべてフィクションであり、名称、人物、出来事は著者の想像の産物である。故人、あるいは存命の人物、実在の事件や場所とのいかなる類似も、まったくの偶然にすぎない。

目次

甦ったスパイ

登場人物

トーマス（トム）・ケル……………元SIS部員
アメリア・リーヴェン………………次期SIS長官
ジミー・マークワンド………………SIS部員。トーマスの元同僚
サイモン・ヘインズ…………………同長官
ジョージ・トラスコット……………同副長官
エルサ・カッサーニ…………………同連絡員
ハロルド・モーブレイ………………元MI5の技術者
ケヴィン・ヴィガーズ………………元イギリス海兵隊員
ダニエル・オールドリッチ…………ケヴィンの海兵隊時代の仲間
アンソニー・ホワイト………………攻撃チームの指揮官
フィリップ・マロ……………………定年退職した男
ジャニーン・マロ……………………フィリップの妻
フランソワ……………………………アメリアが電話をかけていた相手
クリストフ・デレストレ……………フランソワの友人
クレア…………………………………トーマスの妻
ジャイルズ・リーヴェン……………アメリアの夫
ジャン＝マルク・ドーマル…………チュニジアで働く男
ジョーン・グートマン………………ジャン＝マルクの友人
デイヴィッド・グートマン…………ジョーンの夫
アーキム・エラヒディ
スリマン・ナッサ
……………“ホルスト”の誘拐犯
ヴァンサン・セヴェンヌ……………スリマンの仲間
リュック・ジャヴォ…………………フェリーでフランソワと話していた男
マドレイン・ブリーヴ………………フェリーでトーマスに話しかけてきた女
ヴァレリー・ドゥ・セール…………リュックの仲間

チュニジア　一九七八年

1

ジャン＝マルク・ドーマルは礼拝を呼びかける大きな声と子どもたちの泣き声で目を覚ました。むっとするチュニジアの朝七時をまわったところだ。陽光のまぶしさに目をしばたたき、その時だけみずからの惨《みじ》めな境遇は念頭を去ったが、息苦しさから空気をむさぼるようにつらい現実が襲ってきた。思わず体がのけぞり、絶望のあまり叫びだしそうになって真っ白な漆喰《しっくい》の天井に走っている亀裂を見つめた。妻子のいる四十一歳の分別ざかりが、打ちひしがれた思いに引きずりまわされている。

アメリア・ウェルドンがいなくなってすでに六日だ。なにも言わずに出ていった。理由もわからない。書き置きもなかった。郊外の一軒家でいつものように子どもたちの夕食の支度をし、ベッドに寝かしつけてお話を読んで聞かせ、面倒をみていたのだが、翌日、いきなり姿を消してしまった。土曜日の明け方、妻セリーヌが、住み込みの外国人留学生《オペア》の寝室から荷物がすべて消えているのを見つけたのだ。クローゼットのスーツケースも、壁に貼られていた写真もポスターもことごとくなくなっていた。家事作業室《ユーティリティー・ルーム》に据え付けている金庫はしっかりと施錠されていたが、アメリアのパスポートも、一緒に保管していたネックレスも消えていた。ラ・グレット港の出入国管理事務所へ行って調べてもらったが、二十歳のイギリス人でアメリアの人相に合致する女性がヨーロッパ行きのフェリーに乗った記録は残っておらず、どの航空会社の乗客名簿にも〝アメリア・ウェルドン〟という名前は記載されていなかった。ホテル、ユースホステルにもアメリアの名前で宿泊した女性はいなかったし、チュニスで親交のあった同世代の若い学生やこの地に移住した人たちはそれほど多くはなく、その誰もがアメリアの居所に心当たりはないようなのだ。オペアとして仕事をしてもらっていた立場として心配するのは当然のことであり、ジャン＝マルクはイギリス大使館へ行って消息をつかめないか調べてもらい、アメリアを派遣してくれたパリのエージェントにテレックスを打ち、オックスフォードに住むアメリアの兄へも電話した。誰にあたってもアメリア失踪の謎は解けそうになかった。ジャン＝マルクが唯一慰めとしているのは、チュニスやカルタゴのどこぞの裏路地で死体となって発見されたという報告がないことだ。あるいは、どこの病院にもいなかったので、永遠の別れになるような重病を患《わずら》っているのではないということも心の拠り所となっている。とはいえ、ジャン＝マルクは絶望の淵にたたずんでいた。心がとろけるような愛でジャン＝マルクを苦しめた女は、夜のこだまとなってまったく姿を消してしまったのだ。

子どもたちは泣きやまない。ジャン＝マルクは白いシーツをはぎとってベッドに起き直り、腰にかすかな痛みを感じてマッサージをした。妻のセリーヌの声が聞こえる。

「何回言えばわかるの、ティボー、朝ごはんを食べてしまうまで漫画はだめ」

起きあがってキッチンへ行き、息子を捕まえて漫画の主人公アステリックスの描かれた薄手のパジャマの尻を怒りにまかせてたたいてやりたい衝動を必死に抑え込んだ。ベッド脇のテーブルに置いてあったグラスに手を伸ばし、八つ当たりをするように半分ほど残った水を一気に飲み干し、カーテンをあけて二階のバルコニーに出、ラ・マルサ地区に広がる家々の屋根を眺めた。水平線の彼方ではタンカーが西から東へ航行していく。二日後にはスエズ運河を通過することだろう。アメリアは、個人所有の船でこの国を出たのだろうか？　グートマンの所有するヨットはハンマメットの港に停泊していたはずだ。あの裕福なアメリカ国籍のユダヤ人は各方面にコネがあり、特権を有し、モサドとの関係が噂されている。グートマンがアメリアを見る目つきにジャン＝マルクは気づいていた。なにひとつ不自由なく生きてきた男が、獲物としてアメリアに狙いを定めたのだろうか。グートマンがアメリアを奪い去ったのか？　この嫉妬心には根拠がないどころか証拠もなく、女を寝取られた男の、恥が暴露されることへの恐れしかない。ほとんど眠れなかったせいで頭がぼんやりとし、バルコニーのプラスティックの椅子に腰かけていると、隣の家の庭からパンを焼くにおいが漂ってきた。二メートルほど向こうにある窓近くのテーブルに、中身が半分ほど入ったチュニジアのタバコ、マルス・レジェールの箱が載っていた。一本抜き出し、震えのないしっかりとした手で火をつけ、肺を煙で満たすと咳き込んだ。

寝室から足音が聞こえた。子どもたちはすでに泣きやんでいる。妻のセリーヌがバルコニーの戸口に姿を現わした。

「起きてたのね」

その声の調子に妻を疎《うと》ましいと思う気持ちがますます強くなっていく。今度の失踪事件のためにセリーヌから責められている。だが、セリーヌは真相を知らない。まずありえないが、夫の誠実を疑っていたら、慰めるような言葉を口にしたのではないか。父は、結婚してから何十人の女と関係していたのよ、と。セリーヌがアメリアを追い出してくれていたら。目の前から消えていれば、少なくともこれほどの心痛に煩《わずら》わされることはなかっただろう。同じ屋根の下にアメリアを住まわせることで、夫を責めさいなもうとでもしていたのか。

「ああ、起きていた」

ジャン＝マルクはそう答えたが、セリーヌはとうにバスルームに消えており、いつものように水のシャワーを浴び、あの体をゴシゴシ洗っている。子どもを産んで崩れた体形には、今や嫌悪しか感じない。ジャン＝マルクはタバコを押しつぶして消すと寝室に戻り、床に脱ぎ捨てられたままのガウンを手にしてキッチンへ降りていった。

祖国を離れて仕事をするので、フランスの雇い主は、住み込みのメイドをふたり雇い入れてくれた。そのひとりファーティマは、エプロンを身につけているところだった。ジャン＝マルクはファーティマを無視し、調理コンロにパーコレーターが載っていたのでカフェオレをつくりはじめた。ティボーとローラは隣の部屋でくすくす笑いをしているが、子どもたちの顔は見たくなかった。だから、書斎へ行ってドアを閉め、コーヒーを飲んだ。部屋という部屋、においというにおい、この家のどこもかしこもアメリアを思い出させる。はじめてキスをしたのは、この書斎だ。裏手に面した窓の向こう、セイヨウキョウチクトウの下で初めて愛を交わした。真夜中のこと、セリーヌはぐっすりと眠っていた。それからというもの、ジャン＝マルクは冷や汗が出るほどの危険をおかし、夜中の二時、三時に寝室を抜け出すとアメリアのもとにかよい、抱きしめ、唇をむさぼり、体を愛撫した。その肉体にジャン＝マルクは夢中になり、思い出しただけで口元が緩《ゆる》むのだった。こんなことを考えている自分に気づき、ロマンティックな自己憐憫《れんびん》にひたる間抜け野郎となんら変わることがないとうんざりした。なにもかも話してしまいたい、セリーヌに情事のことを告白してしまいたい衝動に駆られたことは何度もあった。チュニスのホテルの部屋にしけ込んだこと、セリーヌが子どもたちを連れてフランスのボーヌに行っていたあの四月の五日間、アメリアとふたりでスファクスを訪れていたこと。ジャン＝マルクは、セリーヌを裏切っていることに喜びを感じていたし、こうした気持ちはアメリアとの不倫がはじまる前から抱いていた。澱《よど》みきって退屈極まりない結婚生活への復讐だ。嘘をつくことで心の健康を保っていたのだ。アメリアもそれを理解してくれた。だからこそ、ふたりは深く結びついていたのだろう——騙《だま》しているという後ろめたさを共有していた。アメリアは不倫の痕跡を隠し、うまく取りつくろうことが驚くほどうまく、セリーヌに気づかれる心配はまったくなかった。朝食のときには茶目っ気たっぷりに嘘をつく——「ありがとうございます。はい、ぐっすり眠れました」——さらにセリーヌのいるところでは、ジャン＝マルクをわざと無視した。ホテル代を現金で払うように言ったのもアメリアだ。月例銀行口座通知書に説明のできない出金記録が残るのを避けるためだ。アメリアはまた香水をつけるのをやめた。これでエルメスのカレーシュの残り香が寝具に移るのを防ぐことができる。アメリアがこうした秘めごとを心から楽しんでいたことに疑問の余地はない。

電話が鳴った。朝の八時前に自宅に電話がかかってくることはほとんどない。アメリアが連絡を取りたいと思っているのではないか。ジャン＝マルクは受話器に手を伸ばし、やけを起こしたような声で答えた。

「もしもし《ウイ》」

女の声がアメリカ風のアクセントで尋ねた。

「ジョン・マーク？」

グートマンの女房だ。財産を相続したあのワスプ（英国から初期に米国へ移民した者の子孫。支配的中産階級の白人。アメリカの価値観、信条、風習を受け入れている非創造的で批判精神に欠けたアメリカ人のこと）。父親は上院議員であり、メイフラワー号に乗ってきた子孫の金を増やして財産を築きあげた。

「ジョーンかい？」

「そう。今、都合は悪いかしら？」

ジョーンはふたりで話すときは英語を使うべきだと勝手に思い込んでおり、今さらそれを嘆いてもはじまらない。ジョーンも亭主のグートマンも初歩のフランス語さえ学ぼうとしない。わずかにアラビア語を話すだけだ。

「いや、かまわないよ。仕事に出かけるしたくをしていたんだ」

ジョーンは子どもたちを海へ連れていく提案をしてくれるのではないだろうか。

「セリーヌと話すかい？」

間があった。いつも潑剌《はつらつ》とした声が沈み込み、事務的な、いや、むしろ重苦しい口調になった。

「実は、ジョン・マーク、あなたに話があるのよ」

「わたしに？」

「アメリアのこと」

ジョーンは知っているのだ。不倫がばれたにちがいない。今、それを暴露しようというのか。

「アメリアのことって？」

ジャン＝マルクの声に敵意が滲《にじ》む。

「メッセージを伝えてくれって頼まれたのよ」

「会ったのか？」

死んだとあきらめていた身内が、元気にしていると聞かされたときのような声音《こわね》だった。

当然、戻ってきてくれるものと思った。

「ええ、会った。心配していたわ」

愛情に満ちたこの言葉を心のなかで反芻《はんすう》し、骨に飛びつく犬のように悦に入るところだが、ふたりの関係が露呈しないように取りつくろわなければならない。

「ああ、そうだね。セリーヌも子どもたちもとても心配している。一緒に暮らしてなじんだと思ったら、いきなりいなくなって……」

「いえ、セリーヌのことではないのよ。子どもたちでもない。アメリアが心配しているのはあなたのことよ」

不貞を働いていたことは隠しとおせると思っていたが、甘かった。ドアが風でいきなり閉まってしまったかのようだ。

「わたしのこと？　よくわからないな」

ふたたび沈黙が降りた。ジョーンとアメリアは、いつも親しく付き合っていた。グートマンはその魅力と金の力でアメリアを引きつけ、ジョーンは言うなれば面倒見のいい姉であり、エレガントで洗練された女性の見本として、いつしかアメリアも憧れるようになっていったのではないか。

「わかっていると思うんだけれど、ジョン・マーク」

もはやこれまで。ふたりの関係がばれてしまったのだ。ジャン＝マルク・ドーマルは二十歳のオペアに救いようもなく入れ込む醜態を演じている。チュニジアに住むフランス人たちのあいだで笑い者になるだろう。

「仕事に出る前に話しておきたかったのよ。安心してほしくって。このことはほかに誰も知らない。夫にも話していないし、セリーヌにも言うつもりはないわ」

「感謝するよ」

ジャン＝マルクは穏やかな声で応じた。

「アメリアはチュニジアを離れた。昨夜のことよ。しばらく旅に出ることになって。こんな形で姿を消してしまって申し訳ないと伝えてほしいと頼まれたの。あなたを傷つけるつもりはなかったし、セリーヌや子どもたちをいきなり見捨てるようなまねもしたくはなかった。アメリアは心の底からあなたのことを思っていたから。今度のことでアメリアは、もう限界。わかるでしょ？　気持ちが混乱してしまった。わたしの言っていること、おかしいかしら、ジョン・マーク？」

「そのとおりだと思う」

「この電話はアメリアからのものだってセリーヌに言ったほうがいい。空港からかかってきたんだって。子どもたちには、アメリアはもう戻らないと伝えて」

「そうするよ」

「それがいちばんだと思う。アメリアのことを忘れるには、そうするしかないでしょ」

現在

2

パリのペレポー通り七十九番地に住むフィリップとジャニーンのマロ夫妻は、ふたりの夢であったエジプト旅行を一年以上前から計画していた。フィリップは、最近、定年退職したばかりで、旅行資金として三千ユーロを貯金していた。朝六時発の格安の航空券を見つけた。夫婦ふたりのカイロまでの航空運賃が、パリからシャルル・ド・ゴール空港への往復のタクシー料金よりも安いのだ。インターネットでカイロとルクソールの最高級ホテルを調べ、シャルム・エル・シェイクの豪華なリゾートホテルが六十パーセント以上の割引をしていたので部屋を確保した。旅の最後の五日間はシャルム・エル・シェイクでのんびりとする予定だ。

マロ夫妻は、湿気の多い夏の午後、カイロに到着し、ホテルの部屋に入るや愛を交わした。それからジャニーンは荷物をほどき、フィリップはベッドに横になったままエジプト人作家ナギーブ・マハフーズの小説『改宗者アメンホテップ四世』を読んでいたが、まるで面白いと思わなかった。ふたりは近くを散歩し、ホテル内に三軒入っているレストランから一軒を選んで夕食をとり、カイロの街を行き来する車のくぐもった音を聞きながら真夜中前には寝た。

疲れたが、カイロでの楽しい三日が過ぎた。ジャニーンは胃の調子が少々悪くなっていったが、エジプト考古学博物館を目を輝かせながら五時間かけてまわり、ツタンカーメンの宝物を見て「畏敬の念に打たれた」と興奮を隠せないでいた。二日目の朝食後、マロ夫妻はタクシーに乗って出かけた。初めて訪れる者の例にもれず、息を呑んだ。街はずれにあるなんの変哲もない郊外住宅地からわずか数百メートルのところに、ピラミッドがいくつかそびえているのだ。つまらない土産物《みやげもの》売りや無資格のガイドたちにしつこく付きまとわれながら、二時間もかからずにあたりを一周し、頭を剃《そ》ったドイツ人観光客に頼んでスフィンクスを背景にふたりの写真を撮ってもらった。クフのピラミッドのなかにはジャニーンひとりで入った。フィリップは症状は軽いものの閉所恐怖症なのだ。仕事仲間からピラミッドのなかは狭く、息苦しくなるほど暑いと聞かされていたので、入らなかったのだ。ジャニーンは子どもの頃から魅せられてきた特異な建造物の内部を見学するという夢を実現させて心が浮き立ち、エジプト人の男に十五ユーロ相当の金を払い、ラクダに乗ってそのあたりをめぐった。ラクダはずっとうなり声をあげ、ディーゼル油の強烈なにおいが漂っていた。ラクダにまたがった夫の写真を撮ったのだが、翌日の昼食のときに、デジタルカメラで写真を整理しているときに誤って消してしまった。

フランスのファッション雑誌で紹介されていたので、ルクソールへは夜行列車で行った。

泊まるホテルはウィンター・パレスだが、部屋は新館のパヴィリオンのほうだ。コロニアル様式の本館ではないものの、四つ星を獲得している。旅行会社のお薦めは、ルクソールを朝五時に出発し、ロバで王家の谷をめぐるツアーだった。マロ夫妻はさっそくこれに申し込み、参加した。午前六時を少しまわった頃、ハトシェプスト女王葬祭殿の向こうの空が白んでくる荘厳な夜明けに言葉を失った。それからデンデラとアビドスの神殿をめぐった。のちに振り返ってみると、このときが旅のクライマックスだった。ルクソールでの最終日の午後、フィリップとジャニーンはタクシーに乗ってカルナック神殿を訪れ、夕方まで待って有名な音と光のショーを楽しんだ。フィリップは十分もしないうちに居眠りをはじめたが。

火曜日、ふたりはシナイ半島のシャルム・エル・シェイクに到着した。ホテルには三つのプール、美容院、カクテル・バーが二軒、九面のテニスコートがあり、イスラム過激派の襲撃に備えて保安体制も万全だった。初日の夜、マロ夫妻は海岸沿いを散歩することにした。ホテルは満室だったにもかかわらず、月明かりのなかには人っ子ひとり見当たらなかった。ふたりはホテルを囲むコンクリートの歩道から、まだ温かい砂に降り立った。

あとで推測するしかなかったのだが、ふたりを襲った犯人は少なくとも三人はおり、誰もがナイフと鉄の棒を持っていたようだ。ジャニーンのネックレスは引きちぎられ、真珠が砂の上に散らばり、金の結婚指輪は奪われた。フィリップは、輪縄のなかに首を通されて持ちあげられた。もうひとりの男が、その喉《のど》を切り裂き、胸と脚を何回も刺した。フィリップは十分もしないうちに出血多量で死んだ。ベッドシーツの切れ端を口に突っ込まれていたので、ジャニーンの悲鳴は声にならなかった。ジャニーンも喉を裂かれ、腕はあざだらけになり、腹や尻は鉄の棒で繰り返し殴打された。

ハネムーンでこの地を訪れ、近隣のホテルに泊まっていた若いカナダ人夫婦が、この騒ぎに気づき、マダム・マロのくぐもった悲鳴を聞いたが、月は欠けていてほのかに明るいだけだったのでなにが起こっているのか見えなかった。ふたりが現場に着いたときには、年配のフランス人夫婦を襲って殺害した犯人は闇のなかに消え、惨劇の跡だけが残っていた。エジプトの警察当局は、観光客を狙った無差別殺人であり、犯人もよそ者であると結論づけ、「このような事件がふたたび起こることはまずないだろう」と声明を出した。

3

通りで人を拉致《らち》するのは、タバコに火をつけるほどたやすいことだと言われた。アーキム・エラヒディはワンボックス・カーのなかで待機しながら、うまくやってのけるだけの肝っ玉があると自信満々だった。

七月下旬の月曜の夜だ。ターゲットには〝ホルスト〟というニックネームをつけ、十四日間その動きを監視していた。電話、Eメール、寝室、車。監視チームにぬかりはなかった。アーキムは〝ホルスト〟を雇い主に引き渡さなければならない。連中はなにもかも心得ており、動じることがない。細部にいたるまで考え抜いているのだ。今やアーキムもプロとしての扱いをうけている。そう、プロと素人《しろうと》のちがいは、はっきりとわかるものだ。

アーキムの隣、運転席ではスリマン・ナッサが、RFMラジオから流れてくるR&Bのリズムに合わせながら指をテーピングし、ビヨンセ・ノウルズをどのように料理するか事細かに話している。

「たまらないぜ、まったく。ビヨンセと五分一緒にいられりゃあ、ものにしてやるんだがな」

女のあそこの形を手で作ると股間のまわりでグラインドさせた。アーキムは声をあげて笑った。

「そのクソみたいな音楽を切れ」

ボスが命じた。荷室のサイドドアの脇にかがみこみ、今にも飛び出そうと身構えている。

スリマンはラジオを切った。

聞いていたとおりだった。ここはよく知られた近道で真っ暗だ。パリは眠りについている。

「〝ホルスト〟が見えた。あと三十秒」

通りの向こう側をターゲットが歩いていき、郵便ポストの前で横断しようとしていた。

「十秒」ボスは気力をみなぎらせている。「いいか、傷つけるな」

大切なのはスピードだ、アーキムは頭のなかで反芻《はんすう》する。できるだけ音をたてないこと。映画では、必ず派手にやる。ショーウィンドーを割ったような叫び声、アドレナリンに突き動かされたSWATチームが壁をぶち破り、閃光弾を放り、アソールトライフルは真っ黒に塗られている。おれたちはちがう、ボスは言った。静かに巧妙にことを運ぶ。ドアをあけ、〝ホルスト〟の背後にまわりこむ。誰にも見られずに終わらせる。

「五秒」

無線から女の声が聞こえてきた。

「異常なし」

つまりワンボックス・カーの周囲に一般市民の人影はないということだ。

「よし、行くぞ」

振り付けをしたような優雅な動き。〝ホルスト〟がアーキムのすぐ横にあるドアの前を通りかかったとき、三つのことが同時に起こった。スリマンがエンジンをかけ、アーキムが助手席から通りへ降り、ボスが荷室のスライドドアをあけた。なにが起こっているのかターゲットが悟ったとしても、表情に浮かぶことはなかった。アーキムは〝ホルスト〟の首に左腕をまわし、大きくあけた口を手で塞《ふさ》ぎ、右手を体に添えて荷室へと持ちあげた。ここからはボスの出番だ。〝ホルスト〟の両脚をつかんで車内に引きずり入れる。アーキムもそのあとにつづいて乗り込み、スライドドアを閉めた。何度も何度も繰り返し練習したとおりだ。拉致した男をふたりで床に組み伏せる。ボスが命じた。

「出せ」

落ち着き払い、感情を抑えつけた声は、列車の乗車券でも買っているかのようだ。スリマンはアクセルを踏んだ。

ここまで二十秒もかかっていなかった。

4

　トーマス・ケルが目覚めると、いつものベッドではなかった。この部屋も見たことはない。慣れ親しんだ街の知らない家。八月の午前十一時、イギリス情報局秘密情報部《SIS》（通称MI6）を辞《や》めさせられてから八カ月だ。今年四十二歳、四十三歳の妻とはうまくいっていない。この二日酔いのひどさときたら、モダンなインテリアで統一した寝室の壁に掛けたジャクソン・ポロックの複製画のように奔放《ほんぽう》で激しかった。

　いったいここはどこだ？　ケンジントンで開かれた友人の四十歳の誕生日パーティーで酒を飲み、記憶がとぎれがちになった。ぎゅうぎゅう詰めになってタクシーに乗り、ディーン通りのバーからハクニーの物騒な地域にあるナイトクラブへ――記憶はそこまでで、あとはなにも覚えていない。

　羽毛布団《ふとん》を片寄せると服を着たまま寝ていた。おもちゃと雑誌が部屋の隅で山をなしている。ベッドから降り、あたりを見まわしたが水の入ったグラスはなく、しかたがないのでカーテンをあけた。口のなかはからからだ。まぶしさに目をしばたたきながら、万力で絞めつけてくるような頭痛に耐えた。

どんよりと曇り、湿気のある重苦しい朝だ。二軒一棟の家の二階にいるようだ。どこかはわからないが、静かな住宅街だ。ピンクの小さな自転車が庭内路に置かれ、ニシキヘビほどの太さのワイヤー錠がしっかりとかけられていた。百メートルほど向こうでは、ジャッキー自動車教習所の車に乗った教習生が、道の真ん中で三点方向転換の練習をしている。ケルはカーテンを閉め、家のなかに人の気配がないか探った。なかば忘れられた秘話のように、昨夜の記憶の断片がゆっくりと浮かびあがってくる。盆に載ったショットグラス。アブサン、テキーラ。天井の低い地下室で踊っていた。チェコから来た大勢の外国人学生と仲良くなり、テレビドラマの『マッドメン』とその主人公ドン・ドレイパーについて長々と話をした。何時頃かわからないが、ゾルタンという名の巨漢と一緒にタクシーに乗ったのはまちがいない。酒を飲んで記憶をなくすのは、若いときによくあった。朝目覚めて前の晩のことがほとんど思い出せないのは、久しぶりのことだ。二十年もいた秘密情報の世界では、なによりも最後まで生き残ることが大切であり、そのためにおのれの行動を律さなければならなかったのだ。

ズボンを探していると携帯電話が鳴った。誰からかかってきたのか表示されていない。

「トム?」

二日酔いで頭に靄《もや》がかかっていたので、その声を聞いてもピンとこなかったが、やがて頭のなかで焦点を結んだ。

「マークワンドか? 驚いたな」

ジミー・マークワンドはトーマス・ケルの元同僚で、今ではＳＩＳの高官だ。八カ月前、十二月の寒い朝、ヴォクスホール・クロスの職場を去るとき、最後に握手したのがマークワンドだった。

「困っている」

「世間話はなしか？　民間の会社で働いている今の生活がどんなものか知りたくないってんだな？」

「まじめな話なんだよ、ケル。一キロほど歩いてランベスの電話ボックスからかけているんで盗聴される心配はない。手を貸してほしい」

「個人的に？　それとも仕事としてか？」

ズボンは椅子の背にかけられた毛布の下にあった。

「長官がいなくなった」

ケルは動きを止めた。寝室の壁に手をついて寄りかかる。いきなり子どものときのように頭のなかの濁りが消え、冴えわたった。

「なんだって？」

「消えたんだ。五日前。どこへ行ってしまったのか、彼女の身になにが起こったのか、誰もわからない」

「〝彼女〟だって？」

ＳＩＳ内部にはＭＩ５の女性長官ステラ・リミントンを快く思っていなかった一派がおり、こうした連中は前々から女性長官という考えを毛嫌いしていた。ヴォクスホール・クロスは男の世界だが、イギリス情報局のなかでももっとも名誉ある地位に女性が就くことをとうとう認めたのか。

「いつからだ？」

「おまえが知らないことは山ほどある。ずいぶん変わったんだ。世間話で終わらせるつもりなら、これ以上話すことはできない」

ではどういうつもりで話をしている？　あんなことがあったあとで、戻ってほしいというのか？　カブールとヤシーンの件は知らぬ存ぜぬなのだろうか？

「ジョージ・トラスコットのために働くつもりはない」ジミー・マークワンドに質問させる手間を省かせてやった。「サイモン・ヘインズがまだ指揮する立場にあるのなら、戻らない」

「今度だけ、ということでどうだ」ジミー・マークワンドは引き下がらない。

「説得しようとしても無駄だよ」たしかに、心が揺らぐことはないだろう。言葉が口をついて出てきた。「なにもすることがない日々を楽しいと思うようになってきたんだ」

まったくのでたらめだ。電話の向こう側から物音が聞こえてきた。マークワンドの希望がしおれていく音だろうか。

「これは重要なことだ。再招集しなければならない。仕事を知っている者がわれわれには必要だ。信頼できるのはおまえしかいない」

〝われわれ〟とは誰か？　高官たちか？　おれをカブールへ追放したあの連中のことか？

やつらはおれを生贄《いけにえ》にしようとしている。隙あらばＳＩＳの喉元にくらいつこうとしている公聴会の面々に捧げようというのか？

「信頼できる？」

ケルは靴をはきながら尋ねた。

「そう、信頼だ」

嘘偽りないと言わんばかりの口調。ケルは窓辺に寄り、外を眺めた。ピンクの自転車が見える。ジャッキー自動車教習所の受講生は、ギアを操作しているようだ。今日一日、なにをする？　アスピリンを飲み、昼間っからテレビを見る。〈グレイハウンド・イン〉へ行って迎え酒のブラッディー・メアリーでも飲むか。八カ月間、のらくら暮らしてきた。これが〝民間の会社で働いている〟ケルの新しい人生の真の姿だ。この八カ月、昼間は名作映画専門のケーブルテレビ局ＴＣＭで白黒映画を見、退職金はパブの飲み代となって消えていく。八カ月のあいだ、妻との関係を修復しようと頑張ってはみたが、うまくいきそうになかった。

「ほかに適任者がいるだろう」

誰もいないことを願いながらそう言った。仕事に戻りたくてしかたがないのだ。

「新長官は、おまえにとって赤の他人ではない」ジミー・マークワンドは答えた。「アメリア・リーヴェンが長官になったんだよ。六週間後に引き継ぐことになっていた」

マークワンドは切り札を出してきた。ケルはベッドに座り、ゆっくりと前かがみの姿勢になった。この混乱した状況のなかにアメリアが絡んでくるとなると、事情はがらりと変わる。

「だからおまえが必要なんだよ。見つけ出してもらいたい。アメリアの動きを読めるのは、おまえだけだ」

ケルがまだ迷っていると思ったのか、甘い言葉をかけてきた。

「望むところではないのか？　またチャンスがめぐってきたんだ。この任務を成功させれば、ヤシーンのファイルを閉じることになる。最上層部から手をまわすよ。アメリアを探し出せば、気の滅入るような毎日から救い出してやれる」

5

ケルは独身男向けの一室だけのアパートに戻った。そこまで乗ってきたタクシーは廃車寸前のフィアット・プントで、夜間勤務明けのスーダン人運転手はタバコのロケッツの箱と使い込んだコーランをダッシュボードに置いていた。昨夜泊まったのは、ジム通い中毒の陽気なポーランド人、ゾルタンという名の男の家だった。前の晩、ケルはハクニーでしこたま飲み、この男と一緒にタクシーで帰ってきたらしい。スーダン人のおんぼろタクシーに乗り込んで走っていると、フィンズベリー・パークのうらぶれた通りを過ぎ、昔、MI5との合同作戦のときの記憶がよみがえった。あの作戦の詳細を思い出そうと記憶をたぐった。IRAの一件だ。デパートをふっとばそうと目論《もくろ》んでいたのだ。有罪となった男は、のちにベルファスト合意が結ばれたときに釈放された。そのときの上司がアメリア・リーヴェンだった。

アメリアの行方不明は、大量破壊兵器に関して大失敗をしでかして以来、SISにとってはもっとも深刻な危機であることはまちがいないだろう。SISの幹部がたんに姿を消したという問題ではないのだ。誘拐されたわけでも、殺されたわけでもない。逃げ出したということもないだろう。六週間後に長官になるという人間が、脱走することなどあるわけがない。

アメリアがいなくなったことがメディアに漏れたら――いや、ヴォクスホール・クロス内部での漏洩であっても――かなりの打撃を受けることになるだろう。

ケルはアパートに戻るとシャワーを浴び、持ち帰り用のレバノン料理の残り物を食べ、二日酔いの頭痛をコデインを飲んで鎮めようと二錠口に放り込み、生ぬるくなったコーク半リットルほどで流し込んだ。一時間後、ケルはサーペンタイン画廊から二百メートルほど行ったスズカケノキの下に立っていた。ジミー・マークワンドは、退職金が出るか出ないかの瀬戸際だといわんばかりの顔をして歩いてくる。ヴォクスホール・クロスからそのままやってきたらしく、スーツを着てタイを締めていたが、公務のときには必ず手に提げているブリーフケースは持っていなかった。週末は自転車に乗って走りまわっているので、体は引き締まり、一年じゅう日に焼け、豊かで艶《つや》のある髪がブロードキャスターのメルヴィン・ブラッグに似ており、内輪では〝メルヴィン〟と呼ばれている。ジミー・マークワンドからの依頼は断わることができるのだとケルは改めて思った。しかし、もちろん、そのつもりはない。アメリアの行方がわからなくなっているのなら、探し出すことができるのは、自分をおいてほかにいない。

ふたりは軽く握手をし、ケンジントン・パレスへと北西へ歩きはじめた。

「民間の会社で働いている気分はどうかな？」マークワンドは尋ねた。ユーモアのある話し方をする男ではない。ストレスにさらされているときは、特に面白みがない。「忙しいか？お行儀よくしているのか？」

マークワンドが、わざわざこんなことを口にして気遣いをしているのはどうしてだろう？

「まあ、ぼちぼちやっているよ」

「十九世紀の小説を読むと宣言していたが、順調にいっているのか？」マークワンドはしゃべることをあらかじめメモし、それを読みあげているかのような口ぶりだった。「庭の手入れは？　回顧録を書くために思いついたエピソードを録音しているのか？」

「回顧録は書きあげたよ。おまえは最悪の男として登場する」

「身に余る光栄だよ」

マークワンドはすでに用意していた言葉を使い果たしてしまったようだ。愛想よくふるまっているのは、深刻な心の内を隠そうとしているからだ。アメリアの行方がわからなくなったことが組織内外に与える影響をマークワンドは案じている。

「どうしてこんなことになっちまったんだ、マークワンド？」

ジミー・マークワンドはこの質問をはぐらかそうとした。

「おまえが辞《や》めたすぐあと、首相官邸がこう言ってきた。アラブ問題に詳しい者がほしい、それも女を。合同情報委員会でアメリアは首相の受けがよかった。アメリアがいなくなったことが首相に知られたら、一巻の終わりだ」

「そんなことを訊いているんじゃない」

「ああ、わかっている」マークワンドはぶっきらぼうに答え、自分の指揮のもとで重大な事件が起きたことを恥じるかのように目をそらした。「二週間前、アメリアはヘインズと最終打ち合わせを行なった。昔ながらに一対一で新旧の長官で引き継ぎが行なわれた。秘密事項が伝えられ、途方もない話が交わされる。おれやおまえのようなよきイギリス市民が知るべきではないことが話し合われた」

「たとえば？」

「わからんよ」

「なんだって？　JRを撃ったのは誰だ？（アメリカのテレビドラマ『ダラス』の宣伝用キャッチフレーズ）9・11では五機目の飛行機がハイジャックされたのか？　真実を教えてくれ、マークワンド。ヘインズはアメリアになにを伝えた？　たわごとはたくさんだ」

「ああ、わかったよ」マークワンドは髪をかきあげた。「日曜の朝、アメリアはパリへ行かなければならないと言ってきた。葬式に出席するということで、二日の休みをとったんだ。その後、水曜日、さらにメッセージが届いた。Eメールでだ。葬儀のあと、疲れきってしまったので少し休みをとるという。南フランスでな。なんの予告もなしに、長官の仕事につけば、自分の時間がまったくなくなるので、その前にできるだけ休んでおこうというわけだ。ニースで絵画教室に入るとか、その手の前々から〝やりたいと思っていた〟ことをするんだそうだ」マークワンドの息にアルコールのにおいが混じっているように思った。おそらくおれも同じにおいをさせているのだろう。「二週間で戻る、ということで、緊急の場合はこれこれしかじかのホテルにいるので、これこれしかじかの番号に電話するようにと書いてあった」

「それで？」

マークワンドはロンドンの風が乱した髪を手で整えた。その先をつづけようとしない。青いビニール袋が、手入れのされていない芝生の上を転がるように飛んでいき、近くの木に引っかかった。マークワンドは、恥ずかしいことを口にするとでもいうように声を落とした。

「ジョージ・トラスコットが人をやってアメリアの居所を突き止めようとした。内密に」

「どうしてそんなことをした？」

「ヘインズと引き継ぎをした直後に休暇をとったのを怪しんだ。ふつうじゃないからな」

ジョージ・トラスコットという男のことはよく知っている。副長官という地位にあり、サイモン・ヘインズの次の長官の候補者として名前があがっていた。しかし、多くの者が気にかけていたのは、首相が認めるか、ということだった。ジョージ・トラスコットはスーツを新調し、地位にふさわしく家具を整え、公式印の押された招待状が郵便受けに届くのを待っていた。しかし、アメリア・リーヴェンにその夢をかっさらわれてしまった。女にだ。イギリス情報局秘密情報部という国のなかでは、アメリアなんぞ二級の市民だ。ジョージ・トラスコットのアメリアに対する恨みは、相当なものだっただろう。

「この時期に休暇をとるのが、どうしてふつうじゃないんだ？」

答えは聞くまでもなかった。アメリアの話は、筋が通らない。絵画教室に行くなどアメリアらしくない。あの手の女は、趣味など必要としていない。ずいぶん前からアメリアのことは知っているが、休日はゆっくりと息抜きをするはずだ。運動ができる保養施設、デトックス・サロン、サラダバーがあり、壁の前にズラリとマッサージ器の並んだ五つ星ホテル。絵を描きたいなどと口にしたことはなかった。マークワンドはどのように答えようか考えている。ケルは手入れされていない芝生を歩いていき、木に引っかかったビニール袋をはずし、ジーンズの尻のポケットに入れた。

「模範的な市民だな。見あげたもんだ」マークワンドは足元を見下ろして溜息をついた。他人がしでかした失敗の言い訳をするのは、もううんざりだ、とでも言っているかのようだ。

「もちろん、この時期に休暇をとるのは、おかしなことではない。だが、ふつう、前もって言うものだろう。何カ月も前に予定表に書き込んでおくものだ。アメリアはいきなり休暇をとることに決めたんじゃないだろうか。ヘインズからなにかを聞いたことが原因でな」

「ヘインズはどう思った?」

「ジョージ・トラスコットに賛成した。そこでニースにいる友人たちに見張らせた」

ケルはまたしても、自分の考えを胸の内に納めておいた。SISを追い出される前、ケルはジョージ・トラスコットの偏執的、いや、ほとんど妄想に突き動かされた作戦計画の犠牲となってしまった。SISの最高位にあるふたりが、身内の人間を監視させる許可を出したことにケルは驚きを禁じえなかった。

「ニースの友人というのは誰だ? 連絡係か?」

「それは、ちがう。どんなことがあっても、フランス人は使わない。再招集した連中だ。イギリス人だよ。ビル・ナイトと妻のバーバラ。九八年に引退してマントンに住んでいる。ふたりを絵画教室に送り込んだ。アメリアは水曜の午後にやってきて、おしゃべりを楽しんだ。その後、アメリアが姿を消したとビルから報告が届いた。三日間、姿を現わさなかったんだ」

「それのどこが、ふつうじゃないんだ？」

マークワンドは顔をしかめた。

「どういうことかわからんが」

「アメリアは二、三日休むことにしたと考えられないのか？　病気かもしれない」

「問題はそこだ。欠席の連絡をしていない。バーバラがホテルに電話を入れたが、姿を消していた。アメリアの夫に電話をかけてみたんだが――」

「ジャイルズだ」

「ジャイルズ、そうだった。しかし、ウィルトシャーを出てからなんの連絡もないとのことだ。携帯電話は電源が切られている。メールを出しても返信がない。クレジットカードも使われていない。まったくなんの手がかりもなし」

「警察は？」

マークワンドはゲジゲジ眉毛をあげて吐き捨てた。

「さあな《ボフ》」適当にフランス語の発音をまねた。「高速道路の事故現場から遺体が回収されたとか、地中海に死体が浮かんでいるのが発見されたというわけではない。そういうことを聞きたいのなら、言うがな」ケルの反応を見て、まずいと思ったのだろう。「すまない。つまらないことを言ってしまった。軽率だった。要するになにもかも、わけがわからないってことだ」

ケルは考えられることを片っ端から挙げていった。思いついたまま次から次へと。アメリアの仕事にロシア人かイラン人が絡んでいるのではないか。リビアやアラブの春に関してアメリカ人とのあいだに密約が取り交わされていたのではないか。ヘインズとの会合で信頼関係を損なうようなことが起きたのではないか。ケルがＳＩＳから放り出されようとしているとき、アメリアは西アフリカのフランス語圏に深くかかわりを持っていたので、フランスあるいは中国の興味を惹《ひ》いたのかもしれない。イスラム武装勢力が関係していたら深刻だ。

「どんな偽名を使っていたんだ？」ケルは二日酔いから喉の渇きを覚えた。三時間しか寝ていないので頭もまともに働いていない。「作戦行動を遂行中ということもありうるのではないか？　トラスコットとヘインズのでこぼこコンビには知られていない任務にたずさわっている可能性は？」

マークワンドは考え込んだ。政府通信本部《GCHQ》の技術的な援助もなく、姿をくらまさなければならないほど極秘の任務とはなにかと思っているのだろう。

「いいか。アメリア・リーヴェンが行方不明になったことを知っているのは、ヘインズ、トラスコットとビルとバーバラのナイト夫妻だけだ。パリ支部にはまだなにも伝えていないし、そうしておく必要がある。この事実が漏れたら、ＳＩＳは物笑いの種だ。どのような結果になるのか誰にもわからない。二週間後にアメリアは首相と正式に会談することになっている。

これがキャンセルということになれば、政府を混乱させ、政局は大揺れになるだろう。最高の秘密工作員を失うような失態がワシントンに伝われば、連中は呆れ返るにちがいない。ヘインズは数日のうちにアメリアを見つけ出し、なにごともなかったかのように繕《つくろ》いたいのだ。アメリアは、来週の月曜日までには戻っていなければならないんだ」いきなり聞こえてきたやかましい音の正体を確かめるかのように、マークワンドは右へ視線を走らせた。「アメリアはなにごともなかったように姿を現わすかもしれない。パリから来たおしゃれなジャン＝ピエールやらシャヴィエルやらのデカチン野郎とエクサンプロヴァンスあたりのホテルにしけ込んでるってこともありうる。アメリアの男好きは知っているだろ。マドンナだって一目置くだろうさ」

マークワンドがアメリアの評判についてここまで露骨なことを言うのを聞いてケルは驚いた。色恋沙汰は、アルコールと同じようにこの仕事では欠くことのできないものだが、それは男の遊び、ちょっとした冗談で陰でこそこそやるものだ。ケルは長年アメリアを知っているが、そのあいだ、恋人はわずか三人しかいなかった。にもかかわらず、公務員の七十五パーセントと寝ているなどと噂されている。

「どうしてパリに？」

マークワンドは顔をあげた。

「ニースへ行く途中で立ち寄ったんだ」

「答えになっていない。どうしてパリへ行った？」

「火曜日に葬儀に出席した」

「誰の葬式だ？」

「わからん」根っからこの業界の人間なので、マークワンドは知らないことがあってもまったく気にしないようだ。「今回のことは、あれよあれよという間に起こったからな。名前を訊くこともできなかった。夫のジャイルズの話では、パリ十四区、モンパルナスの火葬場へ行ったのではないかということだ。学生時代の友人の葬儀だと」

「ジャイルズは一緒に行かなかったのか？」

「お呼びでないと言われたらしい」

「ジャイルズはアメリアの言うがままだからな」ジャイルズとアメリアの夫婦生活がどのようなものか、ケルはよく知っている。教訓としてじっくり観察していたのだ。マークワンドは今にも笑いだしそうな顔をしたが、思いとどまったようだ。

「まったくだ。デニス・サッチャー症候群ってやつだ。夫はそこにいるだけ、意見は求められない」

「友だちとは誰かを突き止めてくれってわけだ」

ケルは当たり前のことを口にしているが、マークワンドは突っかかる気はないようだ。

「つまり、手を貸してくれるってことだな？」

ケルは空を見あげた。木の枝の向こうにどんよりと暗い空が広がっている。今にも雨が降りそうだ。アフガニスタンでの日々、執筆中ということになっている本、ケンサル・ライズにあるちっぽけなアパートにひとり座り、八月の夜を眺めている倦怠《けんたい》、こうしたことが次々に脳裏に浮かんだ。妻のこと、アメリアのことを考えた。アメリアが生きており、マークワンドがなにかを隠していることはまちがいない。アメリアを追跡させるために、ほかに何人ぐらい退職した連中に声をかけているのだろう？

「報酬は？」

「いくら必要だ？」

他人の金なので、ジミー・マークワンドは派手に使うことができるのだろう。ケルは金に執着はなかった。まったくといっていいほど。しかし、報酬を尋ねずにいいかげんな男だと思われるのが嫌だった。じめじめとした午後の空を見あげながら、思い切った金額を提示した。

「一日千ポンド。プラス必要経費。ラップトップ・コンピューター、メールは暗号化。盗聴不可能な携帯電話、スティーヴン・ユーニアックとしての身分。ニースの空港には地味な車を用意しておいてくれ。ツー・ドアのプジョーにカーステレオがついていれば、文句ない」

「了解だ」

「それから、スピード違反の罰金をジョージ・トラスコットに払わせておいてくれ。全額を、だ」

「わかった」

6

ケルは八時にヒースロー空港を飛び立つ飛行機に乗った。携帯電話を〝機内モード〟に切り換えると、テキスト・メッセージが表示された。

明日の約束を忘れないで。午後二時、フィンチリー。地下鉄の入口で。

フィンチリー。結婚生活を修復しようとする必死の努力。いかめしい顔をした相談員と一時間も一緒に過ごし、皿に載ったビスケットのような陳腐な助言を聞かされる。通路側の座席に座り、シートベルトを締めながら、ふと思った。仕事を辞《や》めてから八カ月のあいだ、ロンドンを離れたのはわずか二回だ。三月なかば、妻クレアがブライトンで「ロマンティックな週末」を過ごそうと提案し——「夫婦としての絆を深められるか、試してみましょう」——出かけていったのだが、ホテルでは夜を徹して結婚披露パーティーが行なわれ、おかげでふたりとも三時間しか眠ることができず、またしてもいつもの言い争いと非難の応酬で日曜日は台無しになった。

飛行機の隣の席には若い母親が座り、幼児が窓際の席を占領している。子どもがぐずりだしたときのために、母親は万全な備えをしていた。機内持ち込みのバッグには、雑誌、シール、ノンシュガー・ビスケット、水のボトルなどが詰め込まれていた。ときどき、子どもがそわそわと落ち着かなくなったり、大声をあげはじめると、母親は申し訳なさそうに笑みを作った。ケルはまったく気にしていないことをわかってもらおうとした。ニースまでわずか一時間半であるし、子どもといるのは好きなのだ。

「お子さんがいらっしゃるんですか？」

痛いところを突いた質問だった。

「いえ」ケルは床に落ちた緑色のフィギュアを拾いながら答えた。「残念ながらいません」

その後、母親は子どもにつきっきりとなった。ケルはアメリアの極秘書類を読んでまとめたメモを取り出し、他人の目を気にすることなく読み直すことができた。通路を挟んだ隣の男はパソコンの表計算ソフトに没頭しており、左背後の女は膨《ふく》らませたネックピローに頬をつけて眠っている。アメリアに関することはたいてい知っていた。十五年にわたって友情を育《はぐく》み、妙に馬が合って秘密情報を交換しあってきたのだ。アメリアが秘密情報の世界に入ったのは若い頃だった。一九七〇年代末、オペアとしてチュニスで働いているときに、巧みに身分を隠したＣＩＡの工作員ジョーン・グートマンにその才能を見出された。グートマンはアメリアの存在をＳＩＳに伝えた。ＳＩＳはオックスフォード大学で学ぶアメリアから目を離さず、一九八三年夏、フランス語とアラビア語で最優秀の成績をとって卒業すると、スカウトするために、はじめてアメリアに接した。レバノンにあるアラビア語中近東センターは、〝秘密工作員の学校〟と呼ばれており、アメリアはここで一年学んだあと、一九八五年にエジプト、八九年にはイラクへ派遣された。一九九三年春にロンドンに戻ってくるとアメリア・ウェルドンはジャイルズ・リーヴェンと出会い、すぐに婚約した。このときジャイルズは五十二歳、ボンドトレーダー（金融機関で債券の売買取引をする者）として働き、三千万ポンドの財産を築きあげていた。ケルの元同僚の意見によると、ジャイルズは〝強力な睡眠薬〟だ。控えめながらも反ユダヤ主義的な考えの持ち主は、SISのなかではほぼ絶滅危惧種といってもよいとケルは思っているが、アメリアに関する資料には次のように書かれていた。夫ジャイルズ・リーヴェンはイスラエルに対して〝相反した感情を抱いて〟おり、アメリアの〝この分野での態度〟が、〝偏向していないか、やはり監視〟すべきである。

　こうした逆風のなかにあってもアメリアは確実に権力の階段をのぼっていき、資料を読んでいても引き込まれるほどの面白さがあった。何度となく性差別主義的な態度をとられ、特に仕事をはじめたばかりの頃がひどかった。たとえばエジプトでは、〝子どもを産んだら〟仕事を辞《や》めてしまうと思われ、昇進の機会を与えられなかった。アメリアの代わりに昇進したのは、カイロでも有名なアルコール依存症野郎で、結婚歴二回、ロンドンへの報告書は、エジプトの政府系最有力紙《アル・アハラム》の記事の抜粋にすぎなかった。アメリアの運命はイラクで好転しはじめた。フランスの複合企業のアナリストという民間人を装って活動したのだ。第一次湾岸戦争のときはバグダッドにおり、所持していたアイルランドのパスポートは、〝アン・ウィルクス〟名義だった。アラブ民族主義政党であるバース党の幹部、イラクの軍事施設内の要人ともつながりを持ち、ロンドンとアメリカ政府から絶賛された。このときから、アメリアはさらに力をつけていき、出世街道を邁進《まいしん》していった。ワシントン勤務も何度かこなし、それからカブールへ行き、タリバン政権崩壊後二年以上にわたって、アフガニスタン全土で展開されるSISの作戦計画を指揮した。アメリアはアフリカにおけるイギリスの影響力をさらに強くすべきだと主張し、その野心が浮き彫りになった。アラブの春に直面したイギリス政府はアメリアの主張を先見の明があると評価したが、ジョージ・トラスコットと衝突することにもなった。企業を優遇する官僚主義者のトラスコットは、冷戦時代の考え方から抜け出せずにおり、SISで働く者たちからひどく嫌われていた。

ケルはノートを閉じ、母親の腕のなかで眠っている子どもに目を向けた。仕事に戻ることができた喜びを感じようとした。しかし、なんの感慨もわき起こってこなかった。八カ月のあいだ、ケルは立ち泳ぎをしていたにすぎない。秘密情報機関の矛盾した考えを妥当なものとして受け入れる態度や虚言癖に反発し、筋を通したのだと妻のクレアにも自分にも言い聞かせてきた。もちろん、そんなことはたわごとだ。嫌われて放り出されたにすぎない。マークワンド――トラスコットとヘインズの使いっ走り野郎――から電話をもらうと、すぐに飛びついた。まるで遊園地に来た子どもだ。次はなにに乗ろうと胸をときめかせている。まちがっているのは連中であることを証明し、自分の潔白を声高に訴え、自力で新しい生き方を打ち立ててやると心に決めたが、どれもこれも砂上の楼閣《ろうかく》だとわかっていた。できることといえば、長年やってきた仕事しかない。秘密工作員としての技術以外に自分にはなにもないのだ。

南アルプスを越えたあたりで、目の疲労度を検査するかのように機内の照明が暗くなった。飛行機は予定どおり順調に飛んでいる。ケルは右側の窓から、ニースの街の輝きを探した。フライトアテンダントが、後ろ向きの椅子に座り、シートベルトを締めた。コンパクトを出して化粧を確かめ、さわやかな笑みを向けてきた。ケルはうなずいてこれに応え、アスピリン二錠を口に放り込み、ボトルに残っていた水で流し込んだ。地中海の上空で機体が傾き、ケルは椅子の背に寄りかかった。無事に着陸すると、二列後ろに座っているヨークシャーから来た三人の酔っ払いが大きな声で機長をほめたたえた。ケルは荷物を預けていなかったので、荷物検査はなく、自分名義のパスポートを提示して十一時十五分には入国審査を終えた。

ビルとバーバラのナイト夫妻が到着口で待っていた。ジミー・マークワンドは「六十代なかばのイギリス人夫婦」を探せと言った。ビルは「日焼けサロンの常連で口ひげを染めている」。バーバラは「小柄で人好きのする女性で頭が切れるが、夫の言いなりだ」。

説明どおりの夫婦だった。税関の自動ドアから出てくると、真っ黒に日焼けした生彩のないイギリス人に出迎えられた。アイロンのかかったチノパンツにクリーム色のボタンダウンのシャツ、淡い黄緑色のカシミア製のセーターを肩にかけて前に垂らした袖《そで》を結わえている。地中海スタイルだ。口ひげは染めてはいなかったが、ビル・ナイトは薄くなった白髪を少なくとも十五分はブラシをかけてきたのではないだろうか。老いに屈しまいとする男がここにいる。

「ケル、かな?」

声は大きすぎるし、握手に力をこめすぎる。口ひげの下で唇がすぼめられ、人生という芳《ほう》醇《じゅん》なワインを味わっているとでもいわんばかりだ。ケルは冗談半分にこう言ってやろうかと思った。〝ミスター・ケルと呼んでもらいたいのだが〟。しかし、ビルの気持ちを傷つけて平然としていられるほどの気力はなかった。

「あなたがバーバラ?」

ビル・ナイトの背後、妻のクレアが〝自閉症患者の立ち位置〟と呼んでいるそのあたりに、小柄な女性が控えていた。半月型の眼鏡《めがね》をかけ、姿勢が悪い。恥ずかしげに動く目がケルの視線をとらえると、夫の軽薄な態度を詫《わ》びる表情とともに、プロとしての鋭い光が走り、ケルは嬉しくなった。口をきくのはたいていビル・ナイトなのだろうが、実りある情報はほとんど妻から得ることになるのではないか。

「車は用意してあるわ」

バーバラがそう言い、ビルはバッグを持とうと申し出た。ケルは手を振って断わり、ふと気づいて心が騒いだ。母が生きていたら、バーバラと同じ年頃になっているのではないだろうか。乱れたグレイの髪、くたびれた服、控えめで最小限の身振りをするこの小柄な女性と。

「ラグジュアリー・サルーンだ」ビル・ナイトは贅沢《ぜいたく》を戒《いまし》めるかのように言った。気取りがあり、鼻にかかったようなその声が、そろそろ癇《かん》に障《さわ》りはじめた。「気に入ってくれると思う」

ナイト夫妻は出口へ向かった。正面の窓ガラスにふたりの姿が映っているのを見て、ケルはわがまま息子にでもなったような気がした。コスタ・デル・ソルに建つ大型マンションで引退生活を送る両親を訪ねてきたというわけだ。アメリア・リーヴェンが行方不明になり、国家のスキャンダルになろうとしているのに、追い出された二日酔いの元秘密工作員と、ベルリンの壁が崩壊してから仕事をしたことがない高齢にさしかかった夫婦をふたたび招集し、捜査にあたらせるのだから驚きだ。マークワンドは、おれが失敗すると見越しているのではないか？　そういう計画なのか？　ナイト夫妻には秘密の計画があって、おれの出端《でばな》をくじこうというのか。

「こっちだ」

ビル・ナイトがそう言ったとき、空港のターミナル・ビルの自動ドアからキャットウォークを歩くモデルのように痩《や》せ細った若い女が走り出てきて、革ジャケットを着た女たらしの腕のなかに飛び込んでいった。男はビル・ナイトよりも二、三歳若いだけだ。

「モンシェリ！」

ロシア語訛《なま》りだった。女は男とキスをしているあいだも目を閉じていなかった。

湿度の高いフランスの夜のなかに三人は歩み出し、ターミナル・ビルからつづく舗装された広い停車帯を横切り、百メートルほど東にある三階建ての駐車場へ向かった。空港はそろそろ眠りにつこうとしていた。暗くなったガード下通路にバスが隣り合って停まっており、そのうちの一台では運転手がステアリングに突っ伏して寝ていた。遅い便で到着した客がモナコ行きに接続するバスに乗ろうと列をなしている。その誰もが、ヒースロー空港で見かけたビールをがぶ飲みしていた連中よりも洗練され、落ち着き払っていた。ビル・ナイトは駐車場代を払うと、領収書をきれいにたたんで財布に入れた。必要経費として請求するのだ。ナイト夫妻は二階へあがっていき、黒のシトロエンC6の前で立ち止まった。

「必要な書類は一時間前に届いた。助手席の封筒のなかに入っているよ」

スティーヴン・ユーニアックという人間に関する書類のことだ。マークワンドは急使を立てて重要書類を届けさせていたので、ケルは偽のパスポートを忍ばせて税関を通る必要はなかった。

「言っておくが」ビル・ナイトは、なかに誰か隠れているとでもいうように後部座席の窓を指でコツコツたたきながら言った。「こいつはディーゼルだ。フランスに来てハーツやエイビスのレンタカーを借り、無鉛ガソリンを入れてしまってせっかくの時間を台無しにしてしまった連中がどれほどいたか……」

バーバラがさえぎった。

「ビル、ミスター・ケルはガソリンスタンドで給油くらいできるでしょ」

黄色味がかった照明の下ではビル・ナイトが赤面したかどうかわからなかった。ヒースロー空港へ行く途中で目を通したビル・ナイトの資料にあった文章を思い出した。〝会話がとぎれることを嫌う。胸のうちに納めておいたほうがいいようなことも口にする傾向がある〟。

「かまわないよ」ケルは応じた。「うっかりミス、というのはありがちだから」

ナイト夫妻の車はC6の隣に停まっていた。右ハンドルのメルセデスで、二十年前のイギリスのナンバープレートがついており、前方右側の側面にへこみがある。

「古いおんぼろメルセデスだ」ビルは頼みもしないのに説明をはじめた。いつも妙な目で車を見られるのだろう。「だが、よく働いてくれるんだ。年に一回、こいつに乗ってかみさんとイギリス海峡を渡り、車検を受け、保険を更新するんだが、そのおかげで……」

もう充分だ。ケルはシトロエンの後部座席にバッグを放り、仕事の話をはじめた。

「アメリア・リーヴェンの話をしよう」

駐車場には誰もいなかった。飛行機が離着陸し、車が通る音で時どき話がとだえた。ビル・ナイトは話をさえぎられ、ありがたいことに慎重になってくれたようだ。

「ミセス・リーヴェンは数日前に行方がわからなくなったと、ロンドンで聞いてきた。絵画教室では話をしたのかな?」

「ああ」自分たちの誠実さを問われたといわんばかりに答えた。「もちろん」

「アメリアはどんな様子だっただろう。態度は?」

バーバラが答えようとしたが、ビルがさえぎった。

「まったくふつうだったよ。とても愛想がよくて、情熱にあふれていた。教師を退職し、未亡人だと自己紹介した。報告すべきことはほとんどなかったよ」

ビル・ナイトに関する報告書にはこういう文章もあった。〝本来の務めを超えて働くことはない。長年一緒に働いてきた同僚の意見では、ビル・ナイトは手を汚すことより、静かな生活にあこがれを持っている〟。

バーバラが言葉を補ってくれた。

「実は」ビルの答えにケルが満足していないのを感じ取ってバーバラは口をはさんだ。「その点、ビルとわたしは意見がちがうんですよ。アメリアは少し悩んでいるように見えた。あまり絵を描かなかったし、妙でしょう、絵を習いにきているというのに。携帯電話でメールのチェックばかりしていたし」バーバラはケルに視線を向け、かすかに満足気な笑みを浮かべた。厄介なクロスワードパズルの問題を解いた人のようだ。「だって妙じゃないですか。あの年齢の人は、若者たちのようにしょっちゅう携帯電話を気にしたりしないから。そうでしょ、ミスター・ケル」

「ミスターはいらないよ。友人や知り合いは？　一緒にいるところを見ていないかな？　あなたたちはミセス・リーヴェンを見張るようにロンドンから依頼され、それでニースまであとをつけてきたのだろうか？　夜に出かけたことは？」

「一度にずいぶんと質問をするんだな」

ビル・ナイトはそう言ったが、満足気な口ぶりだ。

「ひとつずつ答えればいい」

ふたたび任務についたという実感がようやくわき起こり、ケルは体に力が満ちあふれた。いきなり風が起こり、ビル・ナイトは乱れた髪をなでつけた。

「ミセス・リーヴェンが特にどこかへ出かけた、ということはなかった。バーバラもわたしも目にしていないよ。たとえば木曜の夜は、マセナ通りにあるレストランでひとりで夕食をとった。ホテルまで尾行し、メルセデスのなかで真夜中まで張り込んでいたが、出てこなかった」

ケルはビルと目を合わせた。

「ホテルに部屋をとろうとは思わなかったのかな？」

間があった。夫と妻のあいだでぎこちなく視線が交わされた。

「わかってほしいんだが、なにもかもに対応する時間的な余裕がなかったんだ」おそらく意識していないのだろうが、ビル・ナイトは一歩あとじさった。「ロンドンはただ通常の仕事を依頼してきただけなんだ。ミセス・リーヴェンを監視し、妙な動きを報告しろ。それだけだ」

バーバラがその先を引き継いだ。自分たち夫婦の能力に疑問を抱かれまいと思ってのことだ。

「なにも起きないだろうという口調だったので、と言い訳するつもりはありませんよ。むしろ、ロンドンは気をつけろといわんばかりの態度だった。わずか、二日――いえ、三日後にはミセス・リーヴェンが行方をくらましたと報告することになってしまって」

「ニースにいないことは確かめたのかな？　友だちのところに泊まっているだけではないと？」

「なあ、はっきりしたことなんて、なにもないんだ」ビル・ナイトが答えた。ケルが税関を出てから、はじめて聞く確信に満ちあふれた言葉だ。「指示どおりに動いた。ミセス・リーヴェンは絵画クラスに現われなかった。そこで電話を入れた。ミスター・マークワンドは、姿を見せないのはおかしいと思ったんだろう。そこで援軍をよこした」

援軍。ちょうど二十四時間前、ケルはディーン通りにある人でごった返したバーで酒を飲み、十五年ぶりにあった大学時代の友人の四十歳の誕生日を祝って〝ハッピー・バースデー〟と歌っていたのだ。

「アメリアのクレジットカードは使われておらず、携帯電話にも応答がなく、ロンドンは不安を募らせているんだ」

「つまり、その、寝返ったと？」ビルが尋ねた。

ケルは笑いを押し殺した。寝返ったというのは、どこに？　モスクワ？　北京？　アメリアならむしろアルバニアに住みたいと思うだろう。

「ありえないだろう。長官は大物すぎるので、無視できないほどの政治的な影響が出てくる。とはいえ、絶対にないとはいえないが」

「絶対にないとはいえない」バーバラはひとりつぶやいた。

「部屋は？　調べたのかな？」

ビル・ナイトは視線を足元に落とした。バーバラは半月型の眼鏡の位置を直す。ふたりがナイロビでの作戦支援以上の任務に抜擢《ばってき》されなかった理由がわかった。

「捜索しろという命令は受けていなかったんだ」

「絵画教室の主催者は？　話を訊いたんだろうか？」

叱られた小学生のようにビル・ナイトは足元を見下ろしたまま首を振った。ケルはふたりを窮状から救ってやることにした。

「わかった。ときに、ホテル・ガレスピーまでどれくらいかかる？」

バーバラは当惑を顔に浮かべた。

「デュブゥーシャージュ通りなので、ここから二十分ほどかしら」

「そろそろ行かなければ。〝スティーヴン・ユーニアック〟の名前で部屋をとってあるね？」

ビル・ナイトは活気づいた。

「ぬかりはない。ところで、腹はへっていないか？　バーバラとニースを案内しようと思っていたんだ。港のそばでこぢんまりとして落ち着けるところがある。遅くまでやっていて……」

「次の機会に」ケルはさえぎった。ヒースロー空港でケイジャン料理をコークで流し込んだ。明日の朝まで腹はもつだろう。「それよりもやってもらいたいことがある」

「喜んで」バーバラが答えた。

バーバラはせっかく復帰した仕事に未練があるようで、役に立つことを証明したいと思っているようだ。

「ホテル・ガレスピーに電話をしてほしい。今空港についたところで、部屋をとりたいと。それからホテルへ行って外で待機し、チェックインの前にわたしと話をする」

ビル・ナイトは途方に暮れている。

「いいかな？」ケルはビルの顔をまっすぐ見つめて確かめた。ケルが一日千ポンドなら、ナイト夫妻はせめてその半分だろう。結局、ふたりはケルの言うとおりにするしかないのだ。

「ホテルのコンピューターにアクセスすることになる。アメリアの部屋、到着と出発の時間、インターネットの使用歴などの詳細を入手しなければならない。そうするためには、夜間のカウンター係にいなくなってもらわなければならない。五分から十分、デスクを離れてもらう。そこでふたりの手を借りたい――ルームサービスを依頼する。蛇口が壊れていると苦情を言う。浴室の緊急用の紐《ひも》を引っ張る。いいかな？」

「なるほど」

「スーツケースか一泊用の旅行かばんに見えるようなものは、持っているかな？」

バーバラは少し考えてから答えた。

「ええ。あるわ」

「三十分後にチェックインするので、それからホテルに来てもらいたい」

その場でこうした手を思いついていった。昔取った杵柄《きねづか》だ。八カ月のあいだ眠っていた脳が目覚めたのだ。「言うまでもなく、ロビーで顔を合わせても、知らぬふりをする」

ビル・ナイトは利《き》いたふうに笑った。

「もちろんだよ」

「携帯電話の電源は入れておくこと」ケルはシトロエンに乗り込んだ。「一時間以内に電話することになると思う」

7

シトロエンの衛星ナビゲーション・システムのおかげで、ニースの一方通行の道をうまく切り抜け、二十分もかからずにデュブゥーシャージュ通りに出た。ホテル・ガレスピーは、まさにアメリア好みの場所だった。こぢんまりとしてエレガントだ。居心地がよさそうで派手なところがない。ジョージ・トラスコットなら高級なネグレスコに宿泊し、イギリス国民の税金を無駄遣いしたことだろう。

ホテルから三ブロック離れたところに地下駐車場があった。パスポートと財布の中身を安全に隠しておける場所を探した。床から二メートルほどの高さのところにあるシンダー・ブロックに亀裂が走り、壁に隙間ができている。マークワンドは、スティーヴン・ユーニアックのあらゆる書類をあらかじめ送っておいてくれた。クレジットカード、パスポート、運転免許証、イギリスで毎日使う日常の品々――スーパーマーケットのポイントカード、キュー王立植物園のメンバーカード。さらに王立装甲軍団所属兵士の保険証。さらに財布のなかに入れるために、ユーニアックの幻の妻と子どもたちの色褪《あ》せた写真まで用意してあった。こうしたものが入っていた封筒を処分するとエレベーターに乗って地上階に出た。ユーニアック——リーディングにオフィスを構えるマーケティング・コンサルタントという身分——は、二十二年にわたる諜報活動で使ってきた三つの別名のひとつだ。ふたたび、この名前を使うのにまったくなんの違和感もなく——むしろ、いろいろな意味でほっとし——まるで昔のコートに袖を通すような気持ちだ。

ホテル・ガレスピーは通りからやや奥まったところにあり、建物の前は小さな半円形の道となっており、車が入口まで乗りつけ、客の乗り降りや荷物の積み下ろしができるようになっている。自動ドアからなかに入り、階段をのぼるとおなじみの真夜中のロビーだ。デューク・エリントン、ディジー・ガレスピーなど、往年の伝説的なジャズ・ミュージシャンの白黒写真があちらこちらに飾られている。ジャズに対しては根深い偏見を持っているが、照明を落として落ち着いたロビーは好きだ。歴史を感じさせる木の床にはカーペット、壁に品格のある油絵、宿泊客のためのバーからは氷がグラスに当たる音や小さな話し声が聞こえてくる。黒いジャケットを着、ブロンドを短く刈ったニキビ面の若い男が、フロントでポプリを入れた大きなボウルの位置を直している。夜間のフロント係だ。男は笑みを作ってケルに挨《あい》拶《さつ》をしたが、疲労困憊《こんぱい》しているのが見てとれた。

「いらっしゃいませ」

ケルは荷物を床に置き、予約をしている〝ユーニアック〟だ、とフランス語で伝えた。乞われるままに身分証明書とクレジットカードを渡し、宿泊者カードに必要事項を書き入れた。フロントのデスクにコンピューターが置かれ、若者はディスプレーに向かいながら、ユーニアックの予約の詳細を呼び出している。キーボードはカウンターの下にあって見えず、指の動きからログイン・パスワードを知ることはできなかった。

「前にも泊まったことがある」

ケルはそう言いながら、フロント奥の小さな部屋に視線を向けた。そこにももう一台コンピューターが置かれている。机の上のモニター横にはコークの缶、大型のペイパーバックは開いたままだ。ロビーに監視カメラが据えられているかどうか、先ほどから探しているのだが、今のところなさそうだ。

「記録は残っていないのかな？」

あらかじめ考えていた質問であり、答えは聞くまでもない。だが、フロント係がこれに応じたとき、驚いたふりをし、デスクから身を乗り出して予約システムを盗み見ることができるだろう。

「見てみましょう」思ったとおり、フロント係はそう答えた。青白くやつれた顔は、うっすらと産毛《うぶげ》に覆《おお》われ、顎ににきびが特にひどく吹き出ている。

「いえ、記録にはありませんが……」

「ない？」

ケルは驚いてみせ、モニターに手を伸ばして画面を自分のほうへ向けた。予約管理にどのソフトウェアを使っているのか確認するためだ。〝オペラ〟だった。ヨーロッパでもっとも広く使われているソフトウェアで、当然、ケルも精通している。宿泊客情報のページにユーニアックに関する詳細が表示されていた。これからサービスを利用するたびに金額が記載される欄が並んでいた。〝食事〟、〝ルームサービス〟、〝飲み物〟、〝電話〟。ログインしたままでいてくれれば、アメリアの情報は難なく手に入れることができる。三一八号室に泊まっていたことはわかっているのだ。〝オペラ〟のタブを二、三回クリックしていけば、アメリアの個人ページへ行くはずだ。

「きっと妻の名前で登録されているんだろう」

そう言って手をカウンターの下へ引っ込めた。バーから客がひとり出てきてフロント係にうなずき、エレベーターホールへ向かった。ケルは数歩後ろへさがってバーをのぞきこみ、奥の隅のテーブルで若いカップルがコニャックを飲んでいるのを目に留めた。尻のでかい女バーテンダーは、カーペットに落ちたピーナッツを拾いあげている。ロビーにもバーにもほかには誰もいない。

「記録がなくてもかまいません」フロント係はふたたびカウンターの下に目を落とした。

「モーニングコールをお願いできるかな？　七時ということで」

何気《なにげ》ないことだが、ムッシュ・ユーニアックは部屋に入るとすぐに寝る、という印象をフロント係に与えることができるだろう。

「承知しました」

部屋は四階だったが、ホテルの見取り図を体で覚えておくために階段をのぼった。二階と三階のあいだの踊り場で、ある考えがひらめいた。物置部屋のドアが少しあいていたのだ。

客室係のメイドが使う電気掃除機やさまざまな掃除用具が見えた。四階まで階段をあがり、部屋まで来るとカードキーでドアをあけ、すぐに荷をほどいた。ヒースローへ向かう途中でマークワンドからラップトップ・コンピューターを受け取っていた。暗号化された3Gのモデムを USB ポートに挿《さ》し込み、パスワードで守られた三つのファイアウォールを通り抜けて SIS のサーバーにアクセスした。ミニバーにジョニーウォーカーのミニチュア瓶があったので、エヴィアンで一対一に割って飲みながらEメールを確認した。アメリアの失踪に関して、マークワンドから最新の情報が届いていた。

無事、着いたと思う。友人の動きはつかめず。
周囲は依然として動きなし。

〝周囲〟とはアメリアのクレジットカードと携帯電話のことだ。

パリ十四区の火葬場《クレマトリア》での葬儀は偽りなし。以下の苗字を探されたい。シャンソン、リラール、ド・ヴィルモラン、タルデュー、ラディゲ、マロ、ブルージェ。さらに捜査のこと。二十四時間以内に詳細を。

火葬場を〝クレマトリア〟と書いている。マークワンドはラテン語に通じているらしい。

シャツの下にアフターシェーブローションをふりかけてから、携帯電話のSIMカードを切り換え、ロンドンから個人宛にメッセージが届いていないかチェックしながら、ミニバーにあったポテトチップスを貪り食う。それからユーニアック用のSIMカードに戻してから、ナイト夫妻の番号にかけた。バーバラが応じた。どうやら、ビルが車を運転しているようだ。

「ミスター・ケル？」

「今、どこに、バーバラ？」

「ホテルのすぐ近くの駐車場。交通事情でちょっと遅れてしまった」

「部屋はとれたのかな？」

「ええ。空港から電話をして」

「電話は、どっちが？」

「わたしよ」

「ふたりだと言った？」

バーバラは少しためらってから答えた。ケルが罠を仕掛けているのではないかと疑っているかのようだ。

「特にふたりとは言わなかった。でも、夫と一緒だとわかってくれたと思う」

ケルは危険を冒すことにした。

「計画変更だ。あなたひとりでチェックインしてほしい。ご主人は外に残してきてもらいたい」

「わかった」ぎこちない沈黙が流れてから、答えが返ってきた。

「二時に陽動作戦開始。フロント係は上の階まで掃除機を取りにくることになる」

ここでいきなり言葉を切ると、バーバラは尋ねた。

「なにを取りにくるんですって？」

「掃除機。よく聞いてほしい。とても大事なことだ。二階と三階のあいだの踊り場に物置部屋があって、そこに掃除機が置かれている。二時にそこで待っているんだ。フロント係が来たら、部屋がわからなくなってしまったと言う。部屋まで案内をさせ、フロントに戻らせないようにする。下に戻ろうとしたら、騒ぐ。気分が悪くなったり、泣きだしたり、とにかく手をつくしてほしい。部屋まで来たら、なかに引き入れてテレビの使い方を説明させる。あわただしくいろいろとやらせる、そこがポイントだ。ログインしなければならない場合は、十分は必要になるだろう。フロント係を質問責めにするんだ。時差ぼけになった寂しい老婦人を演じてほしい。いいかな？　できるだろうか？」

「わけないこと」

どこかぶっきらぼうな答え方だった。ケルは無愛想な口調になっていたことに気づいた。しかも〝老婦人〟と言ってしまったが、これはよくなかった。

「チェックインするときには、少し風変わりな人間であることを印象づけてもらいたい」打ち解けた口調に戻した。「身分証やらなにやら、必要なものが見つからない。カードキーの使い方を尋ねる。ちょっと色気を出す。夜間のフロント係は若い男で、少し英語が話せるんじゃないかな。フランス語を使う前に、まず、英語で試してみてほしい。ＯＫ？」

メモをとっているような音がした。

「了解」

計画を再確認するために一時四十五分にもう一度電話すると言った。バーバラにはそのあいだに、警備員、メイド、キッチンのスタッフの姿がないか確認してもらう。もし、見かけたら、ただちに連絡すること。

「泊まっているのは何号室？」バーバラは尋ねた。

「四、二、二。ご主人にはホテルの入口から目を離さないようにと言っておいてくれるかな。一時五十五分から二時十五分のあいだに、ホテルのなかに入ろうとする者がいたら、引き止めること」

「言っておくわ」

「ご主人が、完璧に理解したか確認してもらいたい。受付デスクにいるときに、客がロビーに入ってくることだけは避けたい」

8

「わからんな。どうしてあいつは、おれをのけ者にしたがるんだ？」

ビル・ナイトはメルセデスのステアリングにもたれかかり、ベージュのエナメル靴を見下ろしながら頭を振った。この任務はおそらく最後のものとなるだろうが、ＳＩＳは諜報員としての自分の能力を侮辱しているのではないか。車の外を通りかかった者が車内をのぞきこめば、ビルが泣いていると思うだろう。

「のけ者になんかしていないでしょう。外で待機していてもらいたいだけ。入口の見張りをしてくれと言っているのよ」

「深夜の二時にか？　そんな時間に誰が戻ってくるというんだ？　あいつはおれのことを信用していないんだ。おれにはできないと思っている。おまえが主役だと言われてきたんだろう。これまでもそうだった」

バーバラ・ナイトは、四十年近くにわたって、すぐに折れてしまう夫のもろい心に寄り添い、慰め、数えきれないほどの仕事上の屈辱、いつも苦しい家計、夫の不倫さえも乗り切ってきたのだ。バーバラはハンドブレーキを握る夫の手に自分の手を重ねてきつく握りしめ、今また崩れそうな夫の心をなんとか支えようとした。

「夜中の二時にホテルに戻ってくる人はずいぶんいるものよ、ビル。年をとったので思い出せないだけ」年齢のことに触れたのはまずかった。バーバラは戦法を変えようとした。「ケルは予約システムを呼び出さなければならないんだから。誰かが入ってきて、カウンターのなかにあの人がいるのを見たら怪しむでしょう」

「バカ言うな。あれほどちゃんとしたホテルなんだから、そんな時間に勝手に入っていけるなんてことはありえない。ふつうなら、ベルを押してなかに入れてもらうものだ。ケルはおれを避けているんだ。ホテルの外で見張っているなんて、時間の無駄だ」

タイミングよく、ふたりの客がホテル・ガレスピーの前にやってきてベルを押して待っている。やがて夜間のフロント係が階段を下ってきた。いたずら好きの神様が、ビル・ナイトの指摘は正しいと証明してくれたかのようだ。フロント係はふたりが宿泊客であることを確認するとロビーに招き入れた。ビルとバーバラは、十五メートルほど離れたところから、おんぼろメルセデスのフロントガラス越しに一部始終を見ていた。

「ほらな」ビルはうんざりしながらも、言わんこっちゃないという口調だ。

バーバラはすぐには言葉が出てこなかった。

「でも」とりあえず口に出して、なんとか先をつづける。「ベルを鳴らさないようにさせなければ。タバコを買ってちょっとぶらぶらして気分転換したらどう？　あなたは、まだ、充分にやれるんだから」

ビルはたぶらかされていると思ったにちがいない。

「タバコは吸わん」

夫のいらだちをなんとかしようとバーバラは必死になった。

「ねえ、ホテルのなかでは、あなたの役割はないのよ。ケルはわたしにミス・マープルになって、手の焼けるおばさん役を演じてほしいと思っている。夫婦で泊まったら、夫に頼ってしまうでしょう。わかる？」

ビルはこの問いかけを無視した。ついにバーバラはがまんできなくなった。

「わかった。じゃあ、家に帰って寝てたほうがましってわけね」

「家に帰るだと？」

ビルはステアリングから体を離した。バーバラは夫の目に憤怒が燃えさかっているのを見た。まともな人生の道を踏みはずしてしまった三十六歳の息子と話したあとのように、いかにもみじめな顔をしている。

「知らない男と一緒にホテルに置き去りにするなんて、できない。ひと晩じゅう、突拍子もないことをやらされて……」

「いい、ケルはまったく知らないというわけでは……」

「あいつの顔も、態度も好きじゃない」

「それはお互いさまでしょう」

また、失言してしまった。ビルは荒々しく鼻から息を吸い込み、窓の外を向いてしまった。

しばらくするとエンジンをかけ、身振りだけでバーバラに降りるように促した。

「いらいらしないで」バーバラは片手をドアに、もう一方の手はまだハンドブレーキの上の夫の手に重ねていた。ホテルに入ってチェックインし、さっさと与えられた仕事を終わらせてしまいたかった。夫は絶え間なくいじけたことを言うが、それは的はずれであり、望ましくない結果を生むことになる。「これは個人的な問題ではないんだから」

トラックスーツに真っ白なトレーナーを着た太りすぎの男が、ホテル・ガレスピーの前を通り過ぎ、アルベルティ通り沿いに右へ曲がって姿を消した。

「わたしのことは心配いらない。一時間もしないうちに電話を入れるから。心配ならカフェで待っていて。二時間ほどで、ケルが家まで送ってくれると思う」

「どこのカフェだ？　おれは六十二歳なんだ。カフェへ行ってぼんやり座っているなんてことはできない」ビルは依然として窓から外を見ていた。恋人にふられたといわんばかりだ。

「とにかく、バカげたこと言わんでくれ。持ち場を離れることはできない。クソいまいましい入口を見張ってなけりゃあならんのだ」

雨が降りはじめた。バーバラは首を振り、ドアに手を伸ばした。夫が汚い言葉を使うのを聞くのは嫌だった。後部座席には、メントンのリサイクル・センターへ空き缶や瓶を持っていくのに使っている円筒状のバッグが置いてある。地元紙《ニース・マタン》をくしゃくしゃにして詰め、古い帽子、ウェリントン・ブーツをなかに突っ込んである。バーバラはバッグを手にした。

「この数日、とても楽しかったじゃない。それにずいぶんとお金ももらっているし」ビルの表情が和らぐことはなかった。「部屋に入ったら、電話するからね、ビル」夫の頰に軽くキスをした。「約束する」

9

ケルはジョニーウォーカーを飲み干し、ベッド脇のテーブルに手を伸ばして受話器をつかみあげた。〝0〟を押してフロントを呼び出す。二度目の呼び出し音でフロント係が応じた。

「ウイ。ボンジュール、ムッシュ・ユーニアック」

あとはいかにうまく話をでっちあげるかだ。Wi‐Fiがうまくつながらないのだが、とケルは言った。調べてみてくれないか？　フロント係は、不便をかけてしまったと詫《わ》び、新たなネットワーク・キーを伝え、これでうまくいくのではないかと言った。

そうはいかない。十分後、ケルはラップトップを持ってエレベーターに乗り、一階へ降りていった。ロビーには人っ子ひとりいなかった。バーでコニャックを飲んでいたカップルも部屋に引きあげたようで、テーブルはきれいに片づけられていた。照明もほの暗く、女バーテンダーの姿もなかった。

ケルはフロントへ歩み寄った。フロントの前にしばらく立っていると、奥の部屋で教科書を読みふけっていた夜間のフロント係は、ようやく顔をあげ、勢いよく立ちあがって気づかずに申し訳ないと謝った。

「かまわないよ《パ・ドゥ・プロブレム》」ケルは答えた。フランス人にはフランス語で話しかけることだ。思いのほかたやすく信用を得られるし、敬意も表してくれる。ケルはラップトップを開くと画面を指さし、まだ接続ができないのだと説明した。「ホテルに誰か詳しい者はいないかな？」

「申し訳ありません。朝の五時までわたしひとりなものですので。ロビーだと電波が強いかもしれません。バーの椅子に腰かけて試してはいかがでしょう」

ケルは暗くなったラウンジへ目を向けた。フロント係はケルの心を読んだにちがいない。

「照明をつけたほうがいいですね。なにかお飲み物でも？」

「ありがたい」

すぐにフロント係はロビーとのあいだのドアをあけ、バーに入っていった。ケルはラップトップを手にすると、カウンターの上のポプリを入れたボウルを十五センチ左へずらしてからフロント係を追った。

「なにを読んでいたのかな？」

ロビーを見渡せるテーブルを選びながらケルは尋ねる。フロント係は〝非常口〟と書かれたパネル脇のスイッチを入れて照明をつけた。ケルは注意深く観察したが、監視カメラはなかった。

「大学のテキストです」ケルに聞こえるように声を大きくして答えた。「量子論の講義を受けているものですから」

ケルのほとんど知らないジャンルだ。うろ覚えだが、いくつか書評を読み、ＢＢＣラジオ

『スタート・ザ・ウィーク』の番組内でもたびたび話題になっているのを聞いたことはある。とはいえ、フロント係がグラスにミネラルウォーターを注いでいるあいだ、ブラックホールやスティーヴン・ホーキングについて短いやりとりをすることはできた。フロント係は「ピエール」だと自己紹介した。二、三分のうちに、ふたりは一種独特の関係を築くことができた。見知らぬ間柄とはいえ、誰もが寝静まるなか、ふたりだけ目を覚ましていることからくる妙な親密感。ピエールはケルのことを恐れるに足らない付き合いやすい相手だとみなしているようだ。話ができる客がいるのは歓迎すべきことなのだろう。そのほうが時間がたつのが早い。

「受信できるようだ」ケルは言った。

ピエールはシャツの裾《すそ》をズボンにたくしこみながら、ほっとして笑みを浮かべた。ケルはほとんど使っていないSISのメールを開き、メッセージを読みはじめた。

「できるだけ早く終わらせるよ」

「どうぞ、ごゆっくり、ムッシュ・ユーニアック。急がなくてけっこうです。なにかありましたら声をかけてください」

しばらくするとホテルの入口のベルが鳴った。ピエールはロビーを突っ切り、階段を下って姿が見えなくなった。興奮した女の声が聞こえてきた。英語で詫びている。ひどい天気のせいでこんなに遅くなり、たいへん申し訳がない。

バーバラだ。

「こちらです、マダム」

ピエールは円筒状のバッグを肩にかけると、商売用の笑みを向けてロビーをフロントまで導いた。それから宿泊者の情報をコンピューターに打ち込むためにフロントのなかに入った。

　バーバラはプロだった。

「飛行機がひどくって。機長は素人《しろうと》だったんじゃないかしらね。空中に浮かんだと思ったら、またズシンって着地して、また跳ね返るんだから。ごめんなさい、フランス語が話せなくって。若いときは、ロワールに住んでいたんだけれど、この年になると頭のなかの一部が消えちゃうのね。まだお若いからわからないでしょうけど」

「お泊まりはおひとりですか？」

「ええ、わたしだけ。夫は、かわいそうに、三年前に亡くなったのよ」ケルはミネラルウォーターを口に含んだが、これを聞いて危うく噴き出してしまうところだった。「癌《がん》だったの。すぐに部屋をとってくれて助かった。ご迷惑だったでしょ？　空港でどこに泊まったらいいのかわからなくて、困っている人たちが何人かいたのよ。一緒にタクシーに乗ってくれればよかったんだけれど、あまりに混乱していたもので。このホテルはとてもよさそう。え、パスポート？　ああ、そうね。クレジットカードも必要よね？　最近は、どこへ行ってもパスポートとクレジットカード。それと各種暗証番号。暗証番号を全部憶えている人なんて、いるのかしらね」

　ケルはラップトップに顔を隠しながら笑みを浮かべずにはいられなかった。ニーナ・シモンのモノクロ写真が飾られた壁の脇にバーバラは立って視線を投げてきたが、こちらの顔は見えないはずだ。ケルは、ときどき、いいかげんにキーボードをたたき、真剣になっているふうを装った。そうこうしているうちに、ピエールはバーバラに三三二号室のカードキーを渡し、朝食の時間を知らせ、エレベーターホールを指さした。

「三階のボタンを押してくださいマダム」エレベーターに近づいていくバーバラに向かって言った。「おやすみなさいませ」

ケルは時間をチェックした。午前一時三十五分。部屋に落ち着き、なじんでもらうために十分待ってから、計画の最後の部分を開始することを告げるメールを送った。

現時刻一時四十五分。ロビーは準備完了。そちらは？

すぐに返事が来た。

準備ＯＫ。三階で待機中。幸運を祈る。

ケルが携帯電話をポケットに戻していると、ピエールがフロントからこちらへやってきて尋ねた。

「ムッシュ・ユーニアック、ほかになにか飲み物は？」

「ありがとう。けっこうだ」

「Wi‐Fiの調子はいかがですか？　うまくつながりますか？」

「完璧だよ」

ピエールがフロントの奥のオフィスに戻るのを待ってからビル・ナイトにメールした。

外は問題ないか？

返事は来なかった。ラップトップの時計を見ると一時五十七分だ。バーバラはすでに配置についているだろう。もう一度、メールを出した。

外の様子は？

依然として返事はなかった。予定どおり進めるにあたって支障はないが、ビル・ナイトが状況を把握していることを望むだけだ。ケルは壁のソケットから電源を抜き、ラップトップを脇にはさんでミネラルウォーターを飲んだ空《から》のグラスを手にしてフロントへ行き、旅行パンフレットを入れたプラスティックの箱の脇にグラスを置いた。ピエールはオフィスの椅子に座ってコークを飲みながら、宇宙物理学に悪戦苦闘していた。

「ちょっと訊いていいかな？」

「はい」

「部屋代はいくらだろう？　会社から確認のメールが来たんだが、わたしが思っていたよりも安く見積もっているんだ」

ピエールは渋面を作り、コンピューターに向かい、〝オペラ〟にログインし、ユーニアックのアカウントをクリックした。そのあいだにケルはラップトップをフロントの上のポプリを入れたボウルからおよそ五センチのところに置いた。

「そうですねぇ」ピエールはつぶやき、目を細めてモニターを見た。「請求額は……」

ケルは肘《ひじ》を載せてラップトップを脇へ滑らせた。ポプリの入ったボウルが床に落ちた。

「ああ、クソッ」床にガラスが砕けて破片と花びらが飛び散り、ケルは英語で悪態をついた。内心満足して床の惨状を眺めていると、ピエールもフロントから後ろへ身を引き、ケルと同じ言葉をフランス語で繰り返した。

「メルド」

「誠に申し訳ない」ケルはまず英語で謝り、次にフランス語で同じことを繰り返した。

「いいえ、いいんですよ。そんなに気になさらずに。よくあることです。すぐに片づけますから」

ケルは床にかがみこみ、大きな破片を探しながら、〝ちり取りとほうき〟のことをフランス語でなんというのか思い出そうとしたが、結局、こう尋ねた。

「掃除機は？」

ピエールはロビーに出てきてケルの脇に立って腰に手をあて、どうしたらいいか考えていた。

「そうですね。掃除機で吸ってしまうのがいい。取ってきます。わたしがきれいにしますから。どうかそんなに気を遣わずに、ムッシュ・ユーニアック」

「いや、お手伝いしましょう」

ピエールはケルの隣にかがみこんだ。驚いたことに慰めるようにケルの肩に手を置いた。

「いえいえ。お客様ですから。気になさらずに。なにかお飲み物でも持ってきましょうか？」

「部屋へあがっていくときに、階段の途中に掃除機があったと思うんだが。その物置部屋にしまっているのかな？　行って取ってこよう。お願いだ。なにか手伝わせてほしい……」

ここが作戦でいちばん危険なところだ。フロントの安全を考えて、この申し出を受け入れるかもしれない。だが、ケルはピエールの性格を正しく捉えていた。

「いいえ。わたしが取ってきます。物置部屋がどこか承知しています。すぐ取ってきますよ。ここでお待ちいただければ……」

ケルのポケットのなかで携帯電話が振動した。取り出しているうちにピエールは階段へ向かった。かたじけなくも、ビル・ナイト様がようやく返事をくださったのだ。

外は問題なし、隊長。以上。

「間抜け野郎」

ケルはそうつぶやき、ピエールが階段をのぼっていったことを確かめてフロントのなかへ入った。

10

バーバラ・ナイトは部屋に入ってドアを閉めると、バッグをバスルームの前に置き、ミニバーからコニャックを選んでグラスに注ぎ、夫に電話を入れた。

思っていたよりもビルは落ち着いているようだ。通りかかった人からタバコをめぐんでもらい、ホテルの入口から十メートルほど離れたバスの停留所に腰かけて過去に思いを馳せて時間をつぶしているのだという。ナイジェリアのラゴスでのフランスの領事とアンゴラの石油投機家の娘との色恋沙汰。二十年以上も前、ふたりがナイジェリアに住んでいたときによく話題にしたことだ。

「あの男は、最後には手首を切り落とされるとかしたんだっけな？」

「ねえ、今はその話をしている余裕はないわ」バーバラはカーテンを閉めてベッドサイドのライトのスイッチを入れた。「指だったと思う。でもあれは事故。あとでまた電話する」

それからバーバラはケルのメールに返信し——準備ＯＫ。三階で待機中。幸運を祈る——ブラウスとスカートを脱いでパンティストッキングの上にホテル・ガレスピーの白いガウンをはおり、廊下に出た。一分もしないうちに、バーバラ・ナイトは階段を下り、二階とのあいだにある踊り場の少し手前で立ち止まり、靴を手にしながら、先ほどチェックインの手続きをしたニキビ面でブロンドのフロント係があがってくる足音が聞こえないか耳を澄ました。

フロント係は二時四分にあがってきたが、髪を乱して靴を手に持った白装束の女の姿に驚き、後ろへ飛びすさった。

「マダム？　だいじょうぶですか？」

「ああ、いいところに来てくれた」バーバラはいらだちを装い、体を震わせたが、過剰な演技にならないように気をつけた。「迷子になってしまったみたい。下に呼びにいこうと思っていたところ。磨いてもらう靴を廊下に並べようと部屋の外に出たら、閉め出されてしまって……」

「落ち着いてください、マダム。だいじょうぶですから……」

バーバラはさえぎった。

「そのうちに部屋が何階だかわからなくなってしまったのよ。いったいどこにあるのか……」

フロント係はバーバラ・ナイトを踊り場まで手を携えておろした。彼の祖母が認知症の初期にあることが幸いした。身内に接するように親切に手をバーバラの背中に添え、喜んで部屋までご案内しますと言った。

「ああ、親切にありがとう」バーバラはガウンのポケットからカードキーを取り出した。「まったくこんなものがあっても、部屋の番号が書いていないんだもの」

ケルはすばやく仕事を進めた。〝オペラ〟は最初のページが表示されていたが、ログインされたままだった。ピエールがバーバラの相手をしているあいだに、〝現在〟のタグをクリックし、ホテルの宿泊客の情報にアクセスできるようにした。左側の縦の欄に部屋番号、上部の横には日付が並んでいる。アメリアが滞在していた日を選び、三一八号室をクリックし、詳細を表示させた。

ケルはみずからの記憶力を過信しておらず、またバーバラがピエールを引き止めておいてくれると信頼しているので、アメリアの滞在中の情報三ページをプリントアウトすることにした。依頼したルームサービス、洗濯代、部屋からかけた電話の詳細などがこれでわかる。〝オペラ〟を最初のページに戻し、オフィスのプリンターからプリントアウトした用紙を取り出してたたみ、ポケットにしまうとフロントの前に立った。キーボードの脇に磁気読み取り式のエンコーダーが置かれている。ケルはエンコーダーのスイッチを入れ、〝チェックイン〟を表示させると、三一八号室と打ち込み、六日間有効になるようにセットして〝作成〟を押した。エンコーダーの右隣にプラスティックのカードが山積みになっており、そこから一枚をとってスロットに差し入れると、カードに情報を記録している音がした。カードを引き抜くと、アメリアの情報をプリントした紙を入れたのと同じポケットに突っ込んだ。

それから五分ほどしてピエールが戻ってきたときには、ロビーの床に散らばったガラスの破片はだいたい一カ所にまとめられ、ケルはカーペットからポプリの花びらを拾いあげているところだった。

「そんなお気遣い、けっこうでしたのに、ムッシュ・ユーニアック」

「お手伝いしたかっただけだよ。ほんとうに申し訳ない。ボウルを割ってしまったんだからな。気がとがめてしかたがないんだ」

11

三階の廊下には誰もいなかった。エアコンディショナーのかすかな音だけを耳に、ケルは三一八号室へ向かった。疲れがどっと押し寄せた。ピエールを騙《だま》しているときに張りつめていた緊張の糸が切れたのだ。昨夜、ハクニーで飲みすぎた二日酔いの名残と睡眠不足が深夜のこの時間に体にこたえた。

カードキーをスロットルに入れると、ドアハンドルの上のライトが緑色に点灯した。アメリアの部屋に入り、そっとドアを閉めると、いきなり脳裏に映像が浮かんだ。ベッドに裸のアメリアが横たわり、暴行され血まみれになっている悪夢の映像。しかし、こんなものは根拠のない幻にすぎず、すぐに消え去った。

ベッドは整えられ、アメリアの服や身のまわり品はメイドが整頓したようだ。ケルの部屋と似たようなレイアウトだった。書き物机の上の壁にテレビが掛かっていて、ベッドに寝たまま見られるようになっている。上げ下げ窓の向こうは狭いバルコニーとなっていて、デュブゥーシャージュ通りを見下ろしている。バスルームに行き、そこにある品々を確認した。歯ブラシ、歯磨き粉はなかったが、プラスティックのコンタクトレンズのケース、洗浄液のボトルが置きっぱなしだった。ヘアブラシ、眼鏡《めがね》、アメリアお気に入りの香水エルメス・カレーシュは見当たらない。どこかへ出かけるつもりで、準備をしたようだ。

ワードローブのなかを調べた。なかに設《しつら》えられた棚のうえに小さな金庫があり、ドアが閉まっている。アメリアほどの経験を積んだ工作員なら、接客係《コンシエルジュ》があっという間にあけてしまう金庫のなかに貴重な物を入れておくことはまずないのだが、ロンドンからの脅威はないだろうと判断し、使っているかもしれない。金庫を手前に引き、後ろが前に来るように回転させた。背後のうっすらと埃《ほこり》に覆われた金属板にはシリアルナンバーが刻印されている。埃を払い、携帯電話で技術部を呼び出した。マークワンドから教えられた人物証明のためのコード番号を伝え、センチネルⅡ型金庫の四桁《けた》の暗証番号を教えてくれと言い、シリアルナンバーを伝えた。ヴォクスホール・クロスのどこか奥のほうにある部屋にでもいるのだろうが、寝ぼけた声の技術研究員が答えた。

「調べてからメールで送ってもいいか？」

ケルはかまわないと答えた。

クローゼットの棚の下には、大きなスーツケースが置かれていたが、短い空の旅のときにアメリアがいつも持っていく革の機内持ち込み用バッグは見当たらなかった。スーツの上着とスカートは棚の隣のハンガーに吊るされていた。旅行で南フランスへ来た女の服は、最低でも三着はあるはずだ。とするなら、アメリアは一着を身につけ、少なくとも一着は持っていったにちがいない。スーツケースを引っ張り出してカーペットの上で開いた。皺《しわ》の寄ったシャツが二枚、下着数枚、パンティストッキングが二枚。スーツケースは一時的に洗濯物入れとなっているようだ。蓋《ふた》の部分の内側のジッパーをあけると、ペイパーバック二冊、イヤフォン、封を切っていないタバコ、《プロスペクト》誌などが入っていた。スーツケースの縁に沿って指を走らせ、裏張りのなかになにか隠しているのではないかと探ってみたがなにもなかった。スーツケースを戻し、ベッドに腰かけた。

　午前二時四十三分。通りのどこかで猫が甲高《かんだか》い声で鳴いている。ナイト夫妻のことを思った。バーバラは少し先の部屋にいる。ビルはマントンへ帰る途中だろう。ナイト夫妻とは〈ヴュー・ニース〉で昼食をとる約束をしたが、おそらくキャンセルすることになるだろう。ふたりとの仕事は終わった。ベッドに横になり、数時間眠りたいと切実に思ったが、無理なことは承知している。ベッド両側にあるテーブルの引き出しを調べたが、当然あるべき国際ギデオン協会寄贈の聖書、枕に置いておく歓迎用チョコレートが銀紙に包まれたまま放り込まれていた。ベッドの下をのぞきこみ、ラップトップ・コンピューター、ファイル、携帯電話の類が隠されていないか探し、マットレスも持ちあげてみたが、埃と糸くずしかなかった。書き物机の引き出しには、便箋《びんせん》、『ニース、アルプスから海岸地方《ニース・エ・レザルプ・マリティム》』というガイドブック、ホテル情報を記した案内書が入っているだけだ。アメリアの居所をつかむ手がかりとなる物は、金庫の中身はいざ知らず、ほかになにもなかった。あとはこの部屋からフランスの携帯電話にかけた番号に期待するしかない。フロント係のピエールにおやすみの挨拶《あいさつ》をしてから五分ほどあとに、政府通信本部《GCHQ》にいるマークワンドの連絡員に電話をかけ、番号の調査を依頼していた。

「数時間はかかるだろう」政府通信本部にいる相手の声は陽気だった。「アフガニスタンとパキスタンではお目覚めの時間なもんでね」

どちらから先に連絡が来るだろう？　技術部か、政府通信本部か。おれに関心がないのはどちらなのか、競ってもらおう。バスルームへ戻り、トイレのタンクのなか、ドアの後ろに掛けられているガウンのポケットを調べた。パスポートやＳＩＭカードを隠している可能性もあるので、緩んだタイルがないか確認し、カーペットの下をのぞきこむなど、バスルームも寝室も床にひざまずいて探してみたが、まったくなにも出てこなかった。カーテンを振り、テレビの陰もチェックする。とうとうケルはあきらめた。

どうしてロンドンは答えをよこさない？　身分を証明するコード番号がおれのものではなかったのではないか？　技術部は確認の電話を入れ、マークワンドも技術部も混乱し、てんやわんやの騒ぎを引き起こしているのかもしれない。

ケルはアメリアのベッドに横になり、数時間、休もうと思っていると、ようやくメールが来た。ベッドから起きあがり、金庫に四桁《けた》の番号を打ち込むとロックが解除される音がし、重々しくドアが開いた。

金庫の真ん中にひとつ置かれている物があった。こそ泥をして得たものがこれだ。車のキー。キーホルダーのプラスティック板にはエイビスのステッカーが貼られている。車をロックし、解除するボタンがそれぞれひとつずつ、その先に金属製のキー。

金庫を閉め、車のキーをポケットに入れると部屋を出た。

12

「眠れないのですか、ムッシュ・ユーニアック?」

ありがたいことに、ありきたりの嘘をつくだけでよかった。ケルはフロントに手をついて体を支え、疲れ果てたように笑みを浮かべると、ここ何年も不眠症に悩まされていて、一ブロックほど早足で歩くとすっきりして眠れることが多いんだと説明した。

「わかりました。ドアをあけます」

ケルは素朴な文様のカーペットを見下ろした。ガラスの破片やポプリの残骸《ざんがい》がきれいに片づけられているのを確認し、ピエールの後ろからホテルの入口へ短い階段を下りながら、ふたたび後始末をしてくれたことへの礼を述べた。五分後、プラス・マルシャルの地下駐車場にある暗証番号を打ち込むゲートの前に立っていた。アメリアもケルと同じ駐車場に車を駐めたのではないか。

ケルの推測ははずれた。黄色い照明の灯る静まり返った駐車場の空気は淀《よど》み、螺旋状《らせんじょう》になったスロープを降りていきながら、キーのリモートコントロールのボタンを何度も押し、ロックが解除してチカチカとランプが点滅する車がないか、探していった。いちばん下の地下四階まで来ると、同じことを繰り返しながら地上階までのぼったが、やはり、アメリアのレンタカーは見当たらなかった。夜警の男は駐車場の入口の柵の背後にある小屋のなかで居眠りをしている。デスクに脚を載せ、《パリマッチ》誌を胸に抱え込んでいた。ケルは窓ガラスをたたいて男を起こした。

「すみません《エクスクゼ・モア》」

男は体をまったく動かさなかったが、子どもの人形のように目だけぱっちりと開いた。

「ウイ」

「今朝《けさ》、ここに駐車したんだが、車が見つからないんだ。近くに似たような駐車場はあるかな？」

「エトワールだよ」

男はそうつぶやくとまた目を閉じた。

「えっ？」

「ニース・エトワール。ラマルティン通り。歩いて五分《サーンク・ミニュト・ア・ピエ》だよ」

プラス・マルシャルから五分、どちらの地下駐車場もホテル・ガレスピーからは同じ距離にある。夜の静寂のなか、誰もいない駐車場のなかを歩いていった。階から階へと先ほどと同じようにキーのボタンを押し、アメリアの車を探しながら降りていく。

ついに見つけた。地下二階だった。キーのボタンを押し、三百六十度あたりを見まわし、駐車場の隅々《すみずみ》にまで視線を走らせた。遠くでテールライトが点灯した。ダークブルーのルノー・クリオだった。おんぼろの白いバンとマルセイユ・ナンバーの黒のシートアルテアのあいだに駐まっている。フロントガラスには埃がうっすらと積もっていた。まずはトランクをあけた。傘とウォーキング・ブーツ一足。それを取り出して床に置き、トランクの底板を持ちあげてスペアタイヤを調べた。プラスティックのネジでしっかりと固定されている。ケルはタイヤをはずして床に転がした。タイヤが置かれていたくぼみに布の包みが隠されていた。ホテル・ガレスピーの枕カバーに包まれていたのは、アメリア・リーヴェンのパスポート、運転免許証、クレジットカード、家の鍵、小さな保護カバーのなかにはSIMカード、ゴムバンドでまとめられた三百ポンド、さらに詰め物をした封筒のなかにはいつも肌身離さず持っているスマートフォンが入っていた。

SIMカードとスマートフォンを上着のポケットに入れ、車をくまなく調べた。ほとんど運転していないようだ。エイビスのロゴの入った保護用紙は、新しいまま座席の前の足を置くくぼみを覆《おお》っている。表面に泥が付着しているのは、アメリアの靴がつけたものだろう。スペアタイヤをもとに戻し、枕カバー、傘、ウォーキング・ブーツをトランクに入れて車のロックをオンにした。通りに出るとデュブゥーシャージュ通りを東に三百メートルほど歩き、ホテル・ガレスピーの入口のベルを鳴らした。

「眠くなりましたか？」

ピエールはそう尋ねて、へたくそな俳優のように時計を見た。

「もう眠れそうだよ」ケルは答え、あくびでもしようかと思った。「お願いがあるんだが」

「はい、ムッシュ・ユーニアック」

「モーニングコールはキャンセルにしてくれないか。三時間以上は眠りたいんだ」

13

しかし、なかなか寝つけなかった。

トーマス・ケルはシャワーを浴び、ベッドに横になった。なにも考えまいとしたが、今日一日のできごとが浮かんでは消えていく。アメリアがかけたフランスの携帯電話の相手に関する最新情報を聞くためにマークワンドに電話をし、さらにスマートフォンのSIMカードについて技術部の助言を要請した。すでに午前四時を過ぎている。マークワンドは七時前には電話をよこすだろうし、政府通信本部《GCHQ》も数時間以内にフランスの携帯電話の相手を特定してくれるはずだ。目を閉じてもほとんどなんの意味もなく、眠りに落ちることはできなかった。

部屋が妙に気になりはじめた。その静けさ、薄ぼんやりした室内。ヴォクスホール・クロスを発《た》ってから感じていた孤独が、今もひしひしと胸を締めつける。いつものように夜が更けるとひとり取り残された気持ちになり、おれはたったひとつの道しか知らない——ほかの人たちとはまったくちがう道を歩んでいるのだという思いにさいなまれるのだ。秘密の活動をする才能でしか自分を語ることができないのではないか。二十歳のときにスカウトされたが、それ以前のおれはどのような人間であったのか思い出せない。

　夢見ていた生活はどうなってしまったのか？　現役のときに心に抱いていた生活は。真剣な話ができる相手には、本を書くつもりだと言っていた。建築家になるための勉強をするんだと心に決めた。今となってはどちらもバカげた夢。静まり返った部屋で思わず声に出して笑ってしまった。年が明け、灰色の冬の日々がつづき、ケルはふつうの市民のようにふるまおうとした。社交的でサッカーを見、パブで見知らぬ人たちとも気楽におしゃべりができる男になろうとしたのだ。みずからを再教育する――映画を見、HBO制作番組のBOXセットを買い、小説を読み、これまでの経験を回顧する――しかし、秘密情報の世界の仕事以外のことはまったくなにも知らない。身のほど知らずは重々承知していたが、父親になれるかもしれないとさえ思っていた。もっともこの夢は今では果てしなく彼方に遠のき、はかなく消え去ろうとしている。アメリア・リーヴェンの居所のように漠然としたものになってしまった。

　それからジョージ・トラスコットのことを考えた。アメリアがいなくなってもっとも得をするのはトラスコットだ。眠ることができずにいらいらしているからだろうか、アメリアの失踪はトラスコットが仕組んだものではないかという考えが浮かんだ。では、どうしてニースまで追跡させたのか？　なぜあえてトーマス・ケルにその任務を振ったのか？　ケルは目を開き、暗くした部屋を見つめた。窓から街灯の黄色いかすかな光が入ってくるだけだ。トラスコットは大嫌いだ。野心満々でずる賢く、策を弄《ろう》するところが嫌なのではない。SIS

内部にお役所ムードが漂い、それが濃厚になってきているのをケルは嫌悪しているのだが、こうした風潮を体現しているのがジョージ・トラスコットなのだ。トラスコットにはSISなどどうでもよく、イギリスを守ろうという気もない。昇進することしか考えていないのだ。IQが低く、取るに足らないちっぽけな自我しか持たないトラスコットは、駐車違反取り締まり官か市の調査官のような仕事が似つかわしく、駐車違反呼び出し状を車に貼りつけたり、騒音公害に対して警告書を作成する夢を見ながら寝ている姿が似つかわしい。こんなことが脳裏に浮かび、いつもなら声をあげて笑うところだが、トラスコットが長官に昇進するかと思うと気持ちは沈むばかりだった。SISはさらにお役所となり、法人顧問弁護士のような連中が増え、トラスコットの好みによって優秀な人材が生贄《いけにえ》にされていくのだ。SISを安全衛生庁の一部局にしようと画策する者にとって、アメリア・リーヴェンは最後の障害だったのだろう。

　結局、フロントから電話がかかってきた。ピエールはモーニングコールをキャンセルするのを忘れたのだ。七時ちょうどにケルはベッドからふらふらと立ちあがった。三十分ほどしか寝ていないのではないか。十分後、シャワーを浴びているとき、携帯電話が鳴った。髪はシャンプーの泡だらけで、ケルは小声で悪態をつき、シャワーを止めてバスタブから歩み出た。

　マークワンドだった。元気のよい声をしている。

「ボンジュール。ご機嫌いかがかな《コマンタレヴ》？」

ＳＩＳにおける規則その一。嘆いてはいけない。弱みを見せないこと。そこでケルはマークワンドの小馬鹿にしたような態度に合わせた。

「元気です《ジュスイ・トレビアン》、ありがとう《メルシー》、ムッシュ」

フランスで小学生が先生に返す言葉のようだ。

「アメリアのスマートフォンは見つかったか？」

「レンタカーのトランクのなかに入っていた。ホテルから三百メートルほどのところに駐めてあった」

「どうやってキーを手に入れた？」

「部屋の金庫のなかにあったんだよ」

マークワンドは怪しいと思ったようだ。

「どうしてそんなところに？」

「さあね。ジョージ・トラスコットがチームを送り込んでくると思ってなかったんだろう」

マークワンドがこの言葉を理解するまで待った。電話の向こうで神経質に髪をなでつけていることだろう。「だが、荷物をまとめる時間はあった。急いでいなかったんだ。バスルームには歯ブラシも香水も残っていなかった。服もほとんど消えていたよ。偽名を使っている。おそらく眼鏡《めがね》をかけ、革の小さな旅行かばんを持っているのだろう。車のキーを金庫に残していったのは、おれに居所を突き止めてもらいたいと思ったからじゃないのかな。ま、ありえないが。パスポートとクレジットカードは、スマートフォン、家の鍵、ＳＩＭカードなどとともに枕カバーでくるんでいた。どれもレンタカーのトランクのなかに入っていたよ。盗まれる心配はしていなかったんだろう」

スマートフォンとSIMカードをSISの暗号を解読できる者に分析してもらわなければならない。マークワンドは朝の早い時間にもかかわらず、すでにジェノバの連絡員と話をし、昼頃にニースに到着するように手配していた。

「エルサ・カッサーニという女だよ。かつてはわれわれのためにローマで働いてもらっていたが、今ではフリーランスだ。ずいぶんと稼いでいるようだ。技術的なことにも明るく、身辺調査もこなし、コネの数も半端じゃない。意欲に満ちあふれ、頭が切れ、きわめて有能だ。おまえも好きになるだろう。とにかくうってつけの人材だよ」

「着いたらおれに電話するように言ってくれ」エルサが来るのが十二時過ぎになるとしたら、数時間、眠れそうだ。「ほかになにかあるか？」

「政府通信本部から連絡があった。おまえが送った番号を調べた結果だ。ひとつはウィルトシャーのアメリアの家だった。二日で三回かけている。先週、ジャイルズは家にいたので、やつと話をしたのだろう。ジャイルズに話を聞いたときには、行方をくらましてから連絡はないとのことだったが。通話時間はどれも五分に満たない」それから思いついたことを口にしたようだ。「ジャイルズに死ぬほど退屈させられて、アメリアは植物人間になっちまったんじゃないか」ケルは部屋の外に〝起こさないでください〟という表示を出しながらこの冗談を耳にしたが、疲れきっていたので反応できなかった。「フランスの携帯にかけた相手のことは知らない。新しい番号だ。四カ月前、パリで購入されている。持ち主はフランソワ・マロ。アメリアはメッセージだけを残したようだ。通話時間は三十秒なかったからな」

ケルは結びつきを考えた。

「マロは十四区で行なわれた葬儀の出席者だ」ケルはドアチェーンをかけながら、マークワンドはいつもまわりくどい言い方をすることを思い出した。

「ああ、そうだ。よくできたよ。おまえが優秀だってことはわかっていた。おれも調べてみる。次回をお楽しみに」

14

エルサ・カッサーニは、青白い顔をした若い女で、二十七年間のほとんどを薄暗い部屋に置かれたコンピューター・モニターの前で過ごしていた。大柄ではつらつとしたイタリア人で、耳にはスタッドピアス、笑みを絶やさない。十二時少し過ぎた頃に、ケルの携帯電話に連絡を入れてきて、SIMカードとスマートフォンの受け渡し場所として、ロテル・デ・ポステ通りにあるカフェを指定してきたのだった。

受け渡しは支障なく行なわれた。ケルが指示したとおり、エルサは帽子をかぶり、テーブル席についてカンパリソーダを注文していた（「なるほど」エルサは楽しそうに言った。「赤いから目立つ」）。数分後、ケルはカフェに入っていき、帽子と赤い飲み物に気づき、品物を手渡して〝日暮れ〟までに結果を知りたいと言い、エルサをテーブルに残したまま、海のほうへと歩いていった。おかしな動きをする者は誰もいなかった。知り合い同士が挨拶《あいさつ》するという場面を装うだけなので訓練は必要ない。冷戦時代にモスクワで活動していた秘密工作員が従っていたモスクワ・ルールなど不要だ。

ケルはニースが嫌いだったことを忘れていた。街はフランスらしいところがない。歴史を感じさせず、悲しみを乗り越えた哀切な表情が微塵《みじん》も見られないのだ。通りは清潔すぎ、取ってつけたようなヤシの木々が立ち並び、ボードウォークには気取った連中がぞろぞろ歩き、女たちはまったく可愛《かわい》げがない。創造力のかけらもない金持ち外国人たちが、金を落としていく滅菌された保養地だ。昔ながらのジョークを思い出してケルはつぶやいた。

「日焼け族の死ぬ街」

最後にこの街を訪れたときのことを思い出した。一九九七年に〝真のIRA〟の指揮官を追ってニースに来てひと晩を過ごした。この男はヴィルフランシュのとある別荘で、マネーローンダリングをしていると噂されているチェチェン人と親交を結んでいた。ケルはじとじとした五月の朝にニースに降り立った。薄ぼんやりした滅菌された街は閑散とし、古い港を取り囲んで建ち並ぶ浮世離れしたカフェにも、ほとんど人がいなかった。〈カフェ・ドゥ・トゥリン〉には数人の客が、牡蠣《かき》が数個並べられた皿を前にして舌鼓《したつづみ》を打っているだけだった。今はちがう。夏の観光シーズンとあって街は人でごった返し、ビーチは立錐《りっすい》の余地もない。パラディ通りやアルフォーンス・カルル通りの小洒落《こじゃれ》たブティックでは試着室が満杯だ。ホテルの部屋でのんびりとくつろぎ、ルームサービスを頼んで食事をし、有料映画とBBCワールドを見て過ごそうと思ったが、海から二ブロックのところにブラッセリーを見つけ、肉とフライドポテト《ステック・フリット》を注文したが、とても食えた代物《しろもの》ではなかった。料理を運んできた可愛らしいパリジャンのウェイトレスは、チップが欲しくてうずうずしている。ケルはロンドンで最後に荷物に入れたアイルランドの詩人シェイマス・ヒーニーの『水準器』を四苦八苦しながら読みはじめた。バーの向こうにいる五十がらみの男は店の経営者らしいが、ジョニー・アリディを意識しているのはまちがいない。iPhoneで話をしながら、近くの鏡に容姿を映そうとしている。ずいぶん昔に気づいたのだが、南フランスのレストランは、どこもかしこも経営者は中年の男で、三十なかばの女房も夫と同じ太鼓腹をし、夫婦ともに日に焼け、一発やりたくなるような悩殺的な美女をウェイトレスとして雇っている。この店の経営者は、サーブするときのラファエル・ナダルのように尻の割れ目を掻《か》きつづけている。支払いのとき、ケルはこの経営者と楽しいおしゃべりをすることにした。

「ステーキは固かったな」ケルは英語で話しかけた。

「なんですって《コマン》？」

男はケルの肩越しに視線を向けた。イギリス野郎と目を合わせるのは沽券《こけん》にかかわると思っているのだろう。

「ステーキが固かったと言ったんだ」ケルはキッチンを身振りで示した。「この店の食い物は映画の『パピヨン』で出てくるものよりちょこっとましなだけだな」

「はあ《クワ》？」

「ミディアム・レアのチューインガムを十八ユーロで客に出していいと思ってるのかい？」

「なにか問題でも《イリア・アン・プロブレム》、ムッシュ？」

ケルは男に背を向けた。

「気にしなくていいよ」

自分の姿にうっとりしているジョニー・アリディを混乱させてやっただけで充分だ。ふたりの会話を聞きつけてウェイトレスが出てきて、ケルに媚《こ》びるような笑みを向けた。ケルはテーブルにトラスコットから支給された五十ユーロを彼女のために置き、午後の日差しのなかへと出ていった。

スパイするとは、すなわち待つことである、かつてある賢者が言った言葉だ。人を待つ。幸運が訪れるのを待つ。ケルはニースのオールドタウンの通りを歩きまわり、モダン&コンテンポラリー・アートミュージアムでイヴ・クラインの作品を見て時間をつぶした。中二階の金属製ベンチに腰かけ、ロンドンの携帯電話でメッセージを確認した。妻のクレアがいくつかメッセージを残していたので読んでいくと、あとにいくにしたがって怒りを募らせている。結婚生活カウンセラーの待合室からよこしたものだ。妻と待ち合わせていたことをすっかり忘れていた。

まったくありがたいかぎり。わたしの時間を無駄にしてくれて。

弁解したくなかった。マークワンドが一線に復帰させてくれたと言い訳するつもりもない。すぐに返信した。

すまない。忘れていた。とんでもない二十四時間だった。今ニースにいる。

送信メッセージを確認して、しまったと思ったちょうどそのとき、妻から当惑したようにクエスチョン・マークが三つ並んで送られてきた。説明しようと妻の番号を押したが、留守番電話につながってしまった。

すまない。思いやりのないメールだった。ニースにいることを伝えたかったんだ。フランスのね。仕事で急に来ることになった。約束のことはまったく忘れていた。きみから謝っておいてくれないか、あの……

ケルは結婚生活カウンセラーの名前を思い出すことができなかった。ボブにした髪型、顔、マントルピースの上で時を刻んでいた時計しか頭に浮かんでこない。そこでごまかした。

……先生に。とても忙しいと言って。時間があるのなら、電話をくれ。ミーティング待ちで時間をつぶしているところだ。

妻は乏しい言葉から意味を推測するだろう。秘密だらけの世界では、遠まわしな言い方をするが、妻はそれに慣れてしまい、行間を読もうとするのだ。〝仕事で急に〟〝ミーティング待ち〟〝フランスへ来ることになった〟。トーマス・ケルは職を追われた秘密工作員だ。もう仕事はしていない。ミーティングに行く必要もない。急にニースまで行かなければならないとしたら、SISの用件のほかにどのような理由が考えられるだろう？　長くつづけてきたこの仕事にはつきものだが、なにをしているのか妻に嘘をつかなければならないのだ。退職してからしばらく、嘘のない生活を送ることができてほっとしていたのだが、また二十年間つづけてきた隠しごとの世界に戻ってきてしまった。ケルにとっては自然で容易に身につけることができたあの習慣、つまり、人と一定の距離を置いて付き合うことをまたはじめたのだ。今頃になって妻が精神療法医に会いに行きたがるのはなぜだろう。結婚には〝構造的欠陥〟はない——この言葉は、どうやらカウンセラーのお気に入りらしく、何度も使った。夫婦のあいだには〝もともと組み込まれている憎悪〟がない。めったにないことだが、会って将来について話をするとき、ケル夫妻は当然ベッドをともにし、翌朝目覚めてどうして別居しているのか不思議に思うのだ。しかし、その理由は明らかだ。言うまでもない。子どもができないことが、原因なのだ。

エルサから五時に電話が入り、ネグレスコ・ホテルの前で待ち合わせることにした。ほかの女と会っているような気になった。この五時間、電子機器を分析していたエルサは、まったくの別人に変身していた。海岸沿いを長々と散歩して戻ってきたかのように、青白い肌は一気に赤みを増して健康的になり、カフェでは生気のなかった目には夏の光が躍っている。神経質で内にこもっているような印象だったのだが、今や生き生きとして優しさに満ちている。エルサのことはよく知らないので、マークワンドの命令に従って信頼を得ようとしたのだろうと軽く考えていた。

「午後はどうだった？」

眩《まぶ》しい太陽に向かって歩きながらエルサは訊いてきた。

「すばらしかったよ」嘘をついた。長い午後をひとりで過ごしたあとでエルサとこうしていることが嬉しく、愚痴《ぐち》を並べて前向きでないと思われるのが嫌だった。「ランチを食べて美術館へ行き、読書をして……」

「ニースは嫌い」

エルサはきっぱりと言った。言葉は適確でリズミカルだった。

「おれもだよ」エルサはこちらへ視線を向け、微笑んだ。ケルのよそよそしい態度にいきなり亀裂が走ったからだろう。「不可解だがね。フランスはなにもかも好きなんだ。すばらしい街――パリ、マルセイユ――食べ物、ワイン、映画……」

「などなど……」

エルサが引き継いだ。

「……だが、ニースはテーマパークみたいで」

「魂がない」

エルサは即座に応じた。ケルはこの言葉を脳裏に転がしてから応じた。

「まったく、そのとおり。魂がない」

ラッシュアワーの車の長い列が信号で動かなかったので、ふたりはプロムナド・デザングレを渡り、反対側から来た十代のふたりの男と鉢合わせをした。中央分離帯のこちら側に停まっている車から、スパイクヒールに黒い革のスカートをはいた売春婦が降りてきた。

「ＳＩＭカードにはおかしなところはなかった」エルサはペダル付きバイクのあいだを縫《ぬ》いながら切り出した。「政府通信本部《GCHQ》にも調べてもらって確認したわ」

「スマートフォンは？」

「Ｓｋｙｐｅが使われていた」

そうだろう。盗聴などの心配がある場合、秘密工作員はまずＳｋｙｐｅを利用する。盗聴はほぼ不可能だし、追跡することも難しい。こうした点で、スマートフォンはコンピューターと変わりはないのだ。アメリアが必要なのは、プラスティック製の安いイヤフォンだけだ。アメリアはフロントからイヤフォンを借りたのだろう。

「通話相手は特定できたのか？」

「ええ。いつも同じアカウント、同じ番号にかけている。会話は三回。ＳｋｙｐｅのアドレスはフランスのＥメールアドレス」

「名前はわかるのかな？」

「三回とも同じ人ね。フランソワ・マロ」

「何者だ？」

ケルはそう声に出し、立ち止まった。ほんとうに知りたかったのではなかったが、エルサはそう受け取らなかった。

「わかると思う」エルサは難問中の難問を解いた学生のような表情を浮かべた。バッグに手を入れ、なかを引っかきまわした。「フランス語はできるでしょ？」

エルサは新聞記事のプリントアウトをケルに手渡した。

「話せるよ」

ふたりは手すりにもたれ、ビーチを見下ろした。暑い日差しのなか、ローラーブレードをはいた者たちが滑っていく。《ル・モンド》紙は、シャルム・エル・シェイクでの身の毛もよだつ事件を報じていた。中流の夫婦。夢の休暇。結婚して三十五年。シナイ半島の南部、シャルム・エル・シェイクのビーチで、ナイフと鉄の棒による残酷な襲撃。

「こんな死に方は嫌ね」

写真の下のキャプションを読んでエルサは言い、タバコを取り出すと背中で風を受けて火をつけた。

「一本もらえるかな？」

エルサはケルの手に触れ、目を見つめながらライターの火を近づけた。同じ街にいて、同じ仕事をし、同じ秘密を抱えていることを知った見知らぬ者どうしが、いきなり親密になったわけだ。ケルにはわかっている。これまでにもなんども経験があった。

「フランソワ・マロは殺された老夫婦の息子よ。住まいはパリ。兄弟姉妹はなし。妻もガールフレンドもいない」

「政府通信本部から聞いたのか？」

　エルサは傲慢《ごうまん》な態度で応じた。

「連中の助けなんか必要ない」煙を吐き出しながら言う。「この程度のことは、ひとりでできる」

　いきなり、いらだちをあらわにしたことに、ケルは驚いた。おそらくエルサはいい印象を与えたいと思っているからだろう。ロンドンに行く報告書によいことが書かれていれば、フリーランスには有利に働く。

「では、どこから情報を得たんだ？　フェイスブック？　マイスペース？」

　エルサは振り返り、ビーチに向き合った。白いシャツを着た男が、海へ歩いていく。キビキビとした足取りでまっすぐに。アルジェリアに着くまで、あの調子で歩いていくのではないか。

「フランスの情報源から。マイスペースはもう流行《はや》っていないわ」そんなことを知らないのはヨーロッパではケルだけだといわんばかりの口調だ。「フランスでは、フェイスブックかツイッター。つかんだところでは、フランソワはソーシャル・ネットワークのアカウントはなにも持っていない。引っ込み思案なのか、それとも……」エルサは〝冷めている〟の英語がわからなかったようで、イタリア語で「フィーゴ」と言った。

　東から救急車が近づいてきた。サイレンは鳴らさず、黄色い照明が、ヤシの木の葉の向こうにちかちかと光っている。一種の迷信なのだが、ケルは子どものときから救急車を見ると希望が萎《な》えていくのを感じた。今も走り去っていく救急車を眺めながら、心が騒いでしかたがなかった。

「ほかに何かないか？　スマートフォンに不自然なところは？」

「あるわ」秘密は底なしだといわんばかりに答えた。「航空会社二社のウェブサイトにアクセスしている。エールフランスとチュニスエア」

ケルはアメリアの資料を思い起こしたが、オペアでチュニスにいたことと、それから三十年後に失踪したことのあいだに関連性は見出せなかった。ＳＩＳはチュニジアにテコ入れをするよう作戦を密かに行なっているのだろうか？　アメリカと連携して？　ベンアリ政権後のチュニジアは、まさに熟れ頃だ。

「航空券を買ったのはアメリアなのか？」

「なんとも言えなくって」エルサは顔をしかめ、マルボロに罪があるかのように道に吸殻《すいがら》を捨てた。「はっきりわからないけれど、チュニスエアにはクレジットカードを処理した記録が残っている」

「クレジットカードの名前は？」

「わからない。金額も不明。銀行が暗号化すると、なにを調べるにも難しくなるのよ。でも、つかんだ詳細は関係筋に渡したので、身元を突き止めてくれると思う」

ケルは残されたパズルのピースを寄せ集めようとした。アメリアはレンタカーをニースに残していったのだから、海外へ飛んだことはほぼまちがいないだろう。スマートフォンに残された記録からすると、チュニジアへ行ったと考えるのが、もっとも筋が通っているだろう。だが、なんのために？　チュニジアのどこへ？　昔、ＳＩＳはモナスティルに小さな拠点を持っていた。それともチュニスにいるのか。エルサが答えをくれた。

「もうひとつ、重要なことがある」

「ほう？」

「フランソワ・マロの携帯電話。協力者が追ってくれたのよ。フランソワはもうパリにはいないようね。チュニジアで休暇をとっているらしい。携帯の電波が発せられたのは、カルタゴだから」

15

ケルはアメリアのスマートフォンとSIMカードを持って地下駐車場へ行き、レンタカーのトランクのなかに戻してからホテル・ガレスピーに帰った。車のキーを金庫に入れ、この部屋に入ってきたときと変わったところがないように確認した。それからマークワンドのラップトップでチュニス行きの飛行機を予約した。翌朝七時、ケルはニースの空港へ向かっていた。シトロエンをハーツの営業所に戻す。

フランスの荷物検査官のストライキは、午前十一時から予定されていたが、ケルの飛行機は十時少し過ぎには飛び立ち、一時間もしないうちにアフリカの太陽が照りつけるチュニス・カルタゴ国際空港に着陸した。政府通信本部によるとフランソワ・マロが滞在しているのは、ガマルトだという。高級品店の並ぶ海辺の街で、観光客、金融関係者、外交官などに人気があり、チュニスのダウンタウンの人ごみを逃れてやってくるのだ。フランソワの携帯電話は、地中海に面した海岸地域の狭い範囲に絞り込むことができた。そのあたりは五つ星のホテル二軒が、九ホールのゴルフ場をはさんでしのぎを削っている。フランソワはこのどちらかのホテルに滞在している可能性があった。最初に当たったホテル——ヴァレンシア・カルタゴ——には、フランソワ・マロという名前の宿泊客はいなかった。しかし、二軒目、ケルがニースの空港から電話を入れたラマダ・プラザは、親切この上なく、ミスター・マロの部屋につないでくれると言ったのだった。一二一四号室であることがわかったので、相手が出る前に電話を切った。三分後にまたかけると先ほどとはちがうフロント係が応対に出たので、部屋を予約したい旨《むね》を伝えた。

そこで困った問題が持ちあがった。夏の観光シーズンの盛り、ラマダ・プラザは満室だった。チュニス・カルタゴ国際空港に到着してからもう一度、予約を入れてみた。到着ロビーにあった旅行インフォメーション・デスクから電話をした。飛行中にキャンセルが出たかもしれない。フロント係は、満室の一点張りだった。四日先まで部屋はないという。ビーチ沿いにあるヴァレンシア・カルタゴに電話したらどうかと勧めてくれた。助言に礼を述べ、ヴァレンシア・カルタゴにふたたび電話をかけて六泊予約し、ユーニアック名義のクレジットカードで支払うことにした。

ヴァレンシアまでは空港から車で三十分ほどで着くはずだが、北東の海辺へ向かう道は渋滞しており、ケルの乗ったタクシーは動かなくなってしまった。二レーンのハイウェイは路肩にまで車があふれ、渋滞から逃れようと中央分離帯に乗りあげ、さらに反対車線へ出て対向車に向かって進んでいく車もあった。アフリカだ。ケルはそう思いながら後部座席に体を預け、こうしたショーを楽しんでいた。タクシーのフロントガラスにはひびが走り、運転手は年配の男だが、どこか中期のジョージ・マイケルを思わせる。縫《ぬ》うように車を走らせ、精一杯前へ出ようとした。車の両側には、なかば忘れ去られた建築現場のシンダーブロックの壁が連なり、その向こうには耕された畑が広がっている。若者も年寄りも、男たちは道路脇をブラブラと歩いているが、これといった目的もなさそうだ。回転数をあげすぎた車のエンジン音やホーンの音で騒々しく、覚悟していたことだが、切れ目なく鳴り響いて実ににぎやかだ。

渋滞のもっとも激しいところをついに抜け出し、ラ・マルサのはずれにたどり着いた。タクシーは外交官の邸宅が点在する海岸通りを滑るように進んでいった。ハイウェイの迂回路からラマダ・プラザとヴァレンシア・カルタゴの両ホテルへ向かう道は、バリケードで塞《ふさ》がれ、客しか通れないようになっていた。自動火器を身につけ、カーキ色の軍服を着た兵士たちが、ビーチ沿いに建つホテルとナイトクラブの複合施設に向かう車を止め、一台一台チェックをしていた。アラブの春のあと、チュニジア政府がもっとも警戒しているのが、ビーチに建ち並ぶホテルの駐車場でイスラム過激派が自爆テロを引き起こすことだ。いちばん若い兵士が車の後部座席をのぞきこみ、ケルをじっと見つめた。ケルがうなずいてこれに応え、口元をかすかにほころばせると、兵士は手を振って行くように指示した。

ヴァレンシア・カルタゴは四十エーカーもの広大な駐車場をはさんでラマダ・プラザと隣り合っている。マークワンドはルノー・メガーヌを手配してくれていて、この小型車は駐車場に駐まっていた。色とナンバーを知っていたのですぐに見つけることができた。ロンドンとあらかじめ打ち合わせていたとおり、キーは排気管の内側に隠してあった。ホテルへと歩いていくと、黒髪を短く刈り込み、黒のズボンに暗紅色のベストという装いのポーターが、久しぶりに再会した兄弟を迎えるような笑みを向けてくる。ケルは断わったのだが、ポーターはケルのバッグを手押し車に載せ、ホテル入口の傾斜をのぼった。ホテルのなかに入り、エアコンディショナーの冷気にほっとひと息つく。ポーターにチップを払うと、バッグは手押し車に残したまま、チェックインするためにフロントへ向かった。

階段を三段のぼったロビーはかなりの広さがあり、カスタードのような黄色で統一されている。郊外のショッピングモールに行くと、飛行場の格納庫ほどの広さのメキシカン・レストランがあるが、こうした店と雰囲気がよく似ていた。一階にはレストランが二軒、ピアノでジャズを演奏しているバー、ムーア式をまねたカフェなどがあった。カフェをのぞきこむと、野球帽をかぶったカップルの観光客がミント・ティーを飲み、果物の香りの水タバコを吸っている。これぞチュニジアの市場《スーク》だと思い込んでいるのは明らかだ。カフェの隣は土産《みやげ》物店でラクダのついたキーホルダーやとんでもない値段の日焼け用ローションが売られていた。ケルは《ヘラルド・トリビューン》紙を買うと、チェックインやチェックアウトをする人たちの列に並んだ。フロントの左側は、奥にあるもうひとつのロビーへの通路になっていた。その先は巨大なスパの複合施設になっているらしい。公衆浴場《ハンマーム》、マッサージ・ルーム、海水を入れた小さなプール。そちらへ歩いていく宿泊客は引きも切らず、たいていはホテルの白いガウンを着ていた。そのなかにひとり、鼻に絆創膏《ばんそうこう》を貼っている女がおり、ケルの前、チェックインの列に並んでいる中年のイタリア人の女の鼻にも絆創膏が貼られていた。その女の目の下は黒ずんであざになっていて、やきもちから怒りに駆られた男に殴られたような顔だ。ケルはフロントで係の者にどうしたのか尋ねた。

「どうしてみんな顔に傷を負っているんだ？」

「はい？」

「絆創膏」ケルはそう言って自分の顔を指さした。「鼻を折られた客。『チャイナタウン』のジャック・ニコルソンみたいだ。なにがあったんだい？」

フロント係はチュニジア人の若い女で、青いスカーフで髪を押さえ、みごとな英語を話した。微笑みながらケルの質問に答えた。

「わたくしどもは、イタリアの整形外科医院と提携しているんです、ミスター・ユーニアック。手術後の回復時期を当ホテルで過ごされるお客様がよくおみえになるのです」

ケルはうなずき、アメリア・リーヴェンの鼻の形を思い浮かべた。SISの長官に任命された女が、鼻の整形手術を受けて北アフリカに身を隠している可能性はないだろう。

部屋は建物の西側にあり、三百メートルもの廊下のほぼ突き当たりにあった。窓の下にはバー、レストランを併設したプールがあり、日光浴を楽しんでいる客が少なく見積もっても七十人はいる。ルームサービスでクラブサンドイッチを注文し、ジミー・マークワンドに電話をして捜査の進捗状況を報告した。SISのデータベースにはフランソワ・マロの写真が一枚だけあり、マークワンドはケルのラップトップと携帯電話にそれを転送した。

「いい男だな」

ケルはクリックして画像を表示させると口に出して言った。フランソワのほかにも男が四人写っており、全員がビジネススーツを着ていた。説明によるとこの五人はITコンサルタントだという。フランソワは三十代前半、豊かな黒髪を分けて横に流し、力強い顎にはひげが目立ちはじめ、口の端には満足気な笑みがかすかに浮かんでいる。まさにアメリアの好みのタイプだ。そう思っているとマークワンドが心を読んだようだ。

「不倫を疑っているのか？」

「自分でもなにを疑っているのか、わからない」ケルはデスク脇の椅子から織物のほつれを引っ張った。「アメリアはここにはいないかもしれない。フランソワはなんの手がかりもなく、無駄に動きまわっているとも考えられる」

「フランソワの両親が殺された裏にはなんらかの陰謀があると考えているんじゃないのか？なにかつながりがあると？」

「そいつを探り出すために、おれはここにいるというわけか？」

サンドイッチが届けられたので電話を切った。アメリアの失踪にはセックスが絡んでいるとロンドンはどうしてそこまで自信を持っているのか？ケルが知るかぎり、アメリアの長い経歴のなかで、夫以外の男と深刻な仲になった男はたったふたりしかいない。アメリカのビジネスマンで最近オレゴンに定住した男、それとSISでケルととても仲のよかったポール・ウォーリンガー、彼は今アンカラの支部長だ。しかし、SISという閉鎖社会にいる男たちのあいだでは、これだけで恥知らずな男たらしと噂されてしまうのだ。それにしても、アメリアのスケジュールを考えただけでも、二十歳以上も若いフランス人の男と浮気をする時間を捻出《ねんしゅつ》できたとは思えないではないか。

　もちろん、ほかにもいろいろと考えられる。フランソワはフランスの秘密工作員――対外治安総局《DGSE》か国内情報中央局《CRI》――であり、アメリアは共同の作戦を遂行していた。そう考えると、SISのデータベースにフランソワの情報がほとんどないこともうなずける。しかし、両親が惨殺された男を慰めようとしているのはなぜか。アメリアとのあいだには仕事だけではない、心のつながりがあるのかもしれない。

　荷物を出し、サンドイッチをたいらげると、午後の残りの時間を使ってホテルのなかを歩きまわって体になじませ、さらにラマダ・プラザへ行ってフランソワを探してみることにした。土産物屋で買った日除け帽子をかぶり、プールサイドを通ってビーチに降りると、ホテルのスタッフが飲み物を用意しており、客は砂浜に並べられたデッキチェアやラウンジチェアでのんびりとくつろいでいる。金を払えばロバや痩《や》せ細ったラクダにも乗れるようだ。黒髪に真っ赤な口紅をつけたビキニ姿のモデルが、浅瀬でポーズをとり、写真撮影が行なわれていた。ウィンドサーファーが砕けた波をうまく乗り切り、モデルにいいところを見せようとしているが、まったく無視されている。ケルは靴を脱ぎ、熱い砂の上を歩いた。暖かな西風が背中をそっと押す。二百メートルも歩かないうちに、先ほどと同じ光景を目にすることになった。ラマダ・プラザの入口だ。のんびりと日光浴を楽しんでいる客の数はヴァレンシア・カルタゴよりも多く、脚柱の上に木の小屋が載っており、そこでホテルのスタッフが飲み物やスナックを提供していた。ロバ、ラクダの数も多く、客を乗せて歩きまわっている。フィリップとジャニーンのマロ夫妻のことを思った。こことよく似たビーチで襲われたのだ。五つ星ホテルの敷地のすぐそばで殴られ、身につけていた銀製品を奪われた。

ビーチから見るラマダ・プラザは、ヤシの木々の上にそびえる断崖の白い地層のようだ。ケルは砂丘の脇にある小道を歩いている。草が生え、竹林がある。白いスカーフを頭に巻いた年配の女が向こうから歩いてきて、「ごきげんよう」と明るい声で挨拶《あいさつ》をした。子どもと一緒に楽しむキャンバー・サンズ・ホリデーパークにでもいるみたいだ。左側からテニスのボールを打つ音が聞こえてくるが、なんとも間延びしてしょっちゅうとだえていることから、へたくそな連中、棺桶に片足を突っ込んだ年寄りがやっているにちがいない。小道が終わって視界がひらけた。数字の8の形をしたプールがあり、人でごった返している。ヴァレンシア・カルタゴの部屋の窓から見えたプールよりもはるかに大きい。プールサイドにはプラスティックのラウンジチェアとテーブルが並べられている。プールの三方は巨大なホテルに囲まれている。このような開放的な雰囲気のなかで、ビーチにもプールにもそぐわない格好をした男がひとりで歩いているのだから、ケルは人の目を引いているだろう。プールサイドの脇にある小さなバンガロー風の小屋の前で足を止め、カウンター席に座った。とてつもなく暑い。イタリア製のコーヒーマシン、ソフトドリンクのボトルが数本、カウンター背後の棚に載っている。小さなシンク脇には陶器の灰皿が積みあげられていた。ラウンジチェアを片っぱしから眺め、アメリアを探した。フランソワに似た男はいないか。だが、顔が見えない。

半数は背中を焼いているか、体を横にして眠っているかだ。残りの者たちも本か新聞を読んでおり、顔が隠れている。歩きつづけることにしてケルは立ちあがり、脇の入口からホテルのなかへ入った。

ロビーはヴァレンシア・カルタゴよりも全体的に落ち着いており、大都市のビジネスホテルのような雰囲気だ。フロントの近くでは、カップルがロシア語で話している。白い革張りの椅子に腰かけた女は髪を金髪に染めて、連れの男よりもはるかに若いが、生気のない顔をしており、主婦として送る生活にうんざりしはじめたのが見てとれる。ほかにも客がいるが、ほとんどが引退した夫婦連れで、おそらくイギリス人だ。そのうちの五人は、ロビー中央に置かれたL字型のソファーに腰かけ、その周囲にはキャスター付きのスーツケース、酒とチュニジアの骨董品《こっとうひん》を詰め込んだビニール袋が置かれている。ケルは彼らの前を通り過ぎてホテルの自動ドアから外へ出た。目の前は駐車場で、その向こうにはヴァレンシア・カルタゴの南側の壁が見えた。ふたつのホテルを分けている道へ向かい、水漆喰《みずしっくい》を塗ったブースを通り過ぎた。なかには遮断棒を開け閉めする係の者がいた。それからお目当てのものを見つけた。黄色いタクシーが七台、通りの先に駐まっている。両方のホテルの客を待っているのだ。ケルは運転手たちがたむろしているところへ行き、いちばん近くにいた男にフランス語で話しかけた。チュニスの中心部までどれくらい時間がかかるのか尋ねただけで、それ以上の質問は口にしなかった。

「タクシーを探してるんですか？」

そう訊いてきたのは、二十代後半の男でバルセロナのサッカーチームのシャツ、白いアディダスのスニーカー、ストーンウォッシュのジーンズをはいていた。ジャスミン革命に参加したのだろうが、ケルが頼みたいと思っている仕事をするには、若すぎるし、冷静さに欠けるようだ。

「いや、今じゃないんだ。どれくらい時間がかかるか知りたいだけだよ」

ケルの身なりが、年配の男の注意を引いたようだ。この男は禿げのずんぐりむっくりで、襟のあるシャツにアイロンのかかったズボンをはいている。ケルはこの男にうなずいた。すばやく動く知的な目、物憂い笑み、隠しきれない太鼓腹などは、ケルが探していたタイプにぴったりだ。必要なのは、世間の荒波に揉《も》まれた男だ。金が入ってくることを仲間に得意になって話すようなやつはいらない。

「ボンジュール」

「ボンジュール」

年配の男は挨拶を返した。

夕方近くの太陽に照らされ、鮮やかな赤い花が満開のブーゲンビリアの陰でケルとふたりの運転手は、チュニスの旅行者たちの心を引きつけるものはなにか雑談を交わした。やがて若いほうの運転手の携帯電話が鳴り、話をしながらその場を離れていったので、ケルと年配の男だけになった。

「いつもホテルの客待ちをしているのかな？」

ろう。

「ええ」

「何時から何時まで？」

運転手は肩をすくめた。九時から五時までの仕事など自分とは関係がないとでもいうのだろう。

「ラ・マルサまで行ってくれるか？」

もちろん、これは危険だったが、目となってくれる運転手が必要だ。フランソワを監視してくれる者が。ＳＩＳではサポート要員を配置するのがふつうだが、アメリアの一件は秘密裏に処理されているので、ケルは臨機応変に対処していかなければならない。第二の目として、この男を信用できるかどうか、それだけが問題だ。ケルは手入れの行き届いたプジョー２０６の助手席に座り、ビーチへ行くように指示した。ケルは〝スティーヴン〟と自己紹介し、ギア越しに運転手と握手した。

「サミです」

ホテルから二キロ弱のところ、保安のためのバリケードを過ぎたあたりでケルは車を停めさせた。サミはエアコンディショナーをつけておくために、エンジンは切らなかった。ケルは横を向いてサミと面と向かった。

「仕事を依頼したいんだ」

「なるほど」

ケルは相手の反応が気に入った。サミはいかにも気安くうなずき、メーターにそれとなく目を向けている。

「この先、二、三日、なにか予定があるかい？」

「仕事ですよ」

「わたしのために仕事をしないか？」

「かまいません」

またしても、まったくの無頓着《むとんちゃく》。遠くでトラクターのエンジン音が聞こえる。

「わたしは仕事でここに来ている。早朝から深夜までホテルで待機していてくれる運転手が必要なんだ。なんとかなりそうかな？」

サミは一瞬考えてから答えた。

「やりましょう」

「日当は五百ディナール。初日の分は前払いする」

五百ディナールは二百ポンドに相当し、チュニジアは月に千ディナール以上稼ぐことなど考えられない国なので、破格の報酬だ。ケルは金を渡した。それでもまだサミはクールにかまえ、神秘的な雰囲気さえ漂わせている。

「あとは二日ごと、夜に仕事が終わったときに支払う。このことは他言無用だ。ある人物がホテルを出たときに、尾行をお願いすることもあるかもしれない。差し障りがあるかな？」

「問題ないでしょう」

「それはよかった。仕事ぶりが気に入ったら、ボーナスとしてさらに千ディナール払おう」

「わかりました」

サミはまじめな顔でうなずいた。口を閉じていることがどれほど重要なのかしっかりと理解したようだ。ふたりはふたたび握手をし、このときようやくサミは笑みを浮かべた。ダッシュボードには、ピンクのドレスを着たふたりの女の子の写真が飾ってある。なにかの祝いごとのときに撮影したものだろう。ケルは目で写真を示した。

「お宅の？」

「孫娘ですよ」サミは答え、家族の話をすることで、ふたりの同盟関係が決定的なものになるとでもいうように先をつづけた。「息子がいるんです。マルセイユに。十一月に会いに行きます」

ケルは携帯電話を出し、写真をスクロールしていった。サミにフランソワの写真を見せる。

「この男に興味を持っている。見たことがあるかな？」

サミは老眼鏡を取り出して、写真を見つめた。それから首を振る。

「ラマダ・プラザに泊まっている。おそらく、この女と一緒だ。女はイギリス人、男はフランス人だ」

ケルはアメリアの写真を見せた。パスポートの写真を複写したものなので、画質はよくない。

「どちらかがホテルから出てきてタクシーを探すようなことがあれば、乗せてほしい。そのために必要なら、ほかの運転手と取り引きしてほしい。知りたいのは、行き先と誰と会ったかだ。尾行しなければならなくなったら、できるだけ目立たないようにしてほしい。だが、とにかく動きだす前に、わたしの番号に電話してもらいたい。間に合えば、一緒に尾行することもできるだろう。ふたりがタクシーに乗り込んだ場合は、別の車であとを追う」

「レンタカーがあるんですか？」

ケルは首を振った。サミを不必要に混乱させたくなかったので言い添えた。

「ほかのタクシーで追う、ということだよ」

ふたりは電話番号を交換し、サミに働いてほしい時間を伝えた。朝七時から夜中の十二時まで。それからケルは、殴りつけてくるような太陽の光のなかへ降り立った。ビーチへつづく道がある。歩いて戻ろう。

「ホテルに戻って、タクシーの列に並ぶんだ。どちらかを見かけたら、電話をしてくれよ」

「わかりました」

サミは感情をこめずに答えた。無造作な態度がサミの持ち味といえる。この手の秘密任務をしょっちゅう引き受けているかのようだ。

三十分後、ケルは部屋に戻った。クラブサンドイッチの食べ残しは、まだベッド脇のテーブルの上にあった。レタスの混じったパンのかけらと固まったマヨネーズ。ドアを開けてサンドイッチの載った盆を廊下に置くと冷たいシャワーを浴び、バルコニーに出た。

ヴァレンシア・カルタゴのプールはまだ混んでいた。少なくとも二十人は水のなかに入っている。浅いところにいるのは、小さな子どものいる家族連ればかりで、水をはね散らしなから歓声をあげている。ケルの窓のすぐ下では、頭にスカーフを巻き、黒のロングドレスを着た女が、プラスティックの椅子に座って雑誌を読んでいた。その向かい側のホテルの宿泊客たちに目を向ける。沈んでいく太陽がプールに長い影を作っている。

そのとき、ケルの目に彼女の姿が飛び込んできた。

ラウンジチェアに仰向《あおむ》けに横たわり、ワンピース型の水着を着、つばの広い帽子をかぶっている。五十代前半の美しい女。ペイパーバックを読みながら、コーヒーを飲んでいる。

アメリア・リーヴェン。

16

二週間前の静かな金曜の午後、アメリア・リーヴェンはヴォクスホール・クロスをこっそり抜け出そうとしていた。午後五時をちょうど過ぎた頃、週末の交通渋滞を縫《ぬ》うようにしてチョーク・ヴァレーにある自宅をめざした。SISの長官に任命されるという話が最近になって持ちあがり、おそらくウィルトシャーで週末を楽しむことができるのは、この先何週間もなく、今週で最後になりそうだ。新しい役職は責任が重く、ほぼロンドンに常駐することになりそうだ。つまり、チェルシーにあるジャイルズの家に住み、仕事へ行くときにも誰かが付き添い、家の玄関口にも警備の者が配置されるということだ。上りつめた者が支払わなければならない代償。

アメリアの家は、一九九〇年代に亡くなった兄から受け継いだもので、細い道に面している。ウィルトシャーのソールズベリーから南西に十キロ少し行ったところにある小さな村の西のはずれだ。家の外に車を駐めたときには、すでに暗くなっていた。ラジオ3で美しいピアノソナタを最後まで聴きたかったのでイグニションにキーを差したままでいる。曲が終わると、村では受信できないので携帯電話の電源を切り、助手席から革の一泊旅行用バッグを手にとって車を降りてロックした。

平和だ。暗闇のなか、家の門の前でアメリアはたたずみ、夜の音に耳を傾けた。生まれたばかりの子羊が、谷をはさんだ向こう側の野原で鳴いている。勢いよく流れる小川の澄み透った水音。春には水量が増し、泳ぐことができるほどの深さになることもある。野から野へ、凍えるような水が流れていく。村のはずれには三軒の家が建っており、そのうちの真ん中の家から明かりが漏れていた。百メートルほど離れた右端の一軒は、二度の離婚歴のある著作権代理人が住んでおり、アメリアと同じようにロンドンとウィルトシャーを頻繁《ひんぱん》に往復している。彼女とはお互いに家に誘い合い、ワインやウィスキーを飲んだりすることもある。だが、アメリアは職業については曖昧《あいまい》にごまかし、公務員みたいなものだと言っていた。真ん中の家は険しい丘の陰に隠れており、チャールズとスーザンのハミルトン夫妻の家だ。この老夫婦の一族は、四世代にわたってこのチョーク・ヴァレーに住んでいる。アメリアはチョーク・ビセットに十七年間住んでいるが、ハミルトン夫妻とは二言《ふたこと》三言《みこと》しか言葉を交わしたことはない。

車のなかが暖かかっただけに、外に出ると寒さが身にしみた。アメリアは上着のポケットから家の鍵を取り出し、なかに入ると盗難予防用自動警報器のスイッチを切った。週末の過ごし方はいつも決まっている。チャンネル4のニュースをつけ、大型のグラスにスライスしたキュウリを入れてジンとトニックウォーターを注ぎ、適当に材料をみつくろってかんたんな夕食を作る。バスタブに湯を張り、バスルームの棚に並んだ四十本ほどのバスオイルのなかから一本を選んで湯に垂らす。オイルはどれもSISの男性職員からの誕生日とクリスマスの贈り物だ。彼らは男には本や酒、女性職員には高価な石鹸《せっけん》類などを贈るのを常としている。

冷凍庫に氷がたくさんあり、キッチン・テーブルのボウルのなかにはレモンが入っていた。アメリアはジントニックを作り、キュウリをスライスして夫がいないことに感謝してひとり乾杯した。ジャイルズは週末はずっとスコットランドにいる。驚くほど長ったらしい家系を熱心にたぐっているのだ。ひとりでいる時間は、今やアメリアには貴重であり、精一杯この週末を楽しもうと思っている。ロンドンにいると、会議、昼食会、カクテル・パーティー、社交的な集まりの繰り返しで、息つく暇もない。十分以上ひとりでいたいと望むこともままならない。アメリアは、おおむね、こうした生き方を気に入っている。権力に近づき、人に影響を与えることに酔う。しかし、最近、お役所的な仕事が増えてきてうんざりしている。SISには秘密工作員として留まりたいのであり、カナッペを食べながら、予算削減について話し合いたいのではないのだ。

暖炉の火をつけ、二階へあがってバスタブに湯を入れ、冷蔵庫から手作りのジェノベーゼ・ソースを出して電子レンジで温めた。電子レンジの隣に郵便物が山となっており、テレビのニュースの音を聞きながら目を通していった。請求書、葉書に混じってチョーク・ビセットのタウン誌が二冊、さらにしっかりとした紙に印刷された地元での気楽なパーティーへの招待状。招待状はすぐに暖炉の焚《た》きつけとなった。八時になるとアメリアはドレッシングガウンに着替え、Eメールをチェックし、二杯目のジントニックを作って食料品置き場からスパゲティーの袋を取り出した。

そのとき、電話が鳴った。

17

封筒にはパリの消印が押され、宛先は次のとおりだった。

ミセス・ジョーン・グートマン　センチュリー・クラブ内　ニューヨーク州ニューヨーク西四十三丁目七

この手紙はセンチュリー・クラブから、アッパー・ウエストサイドにあるグートマンのアパートメントに転送され、ドアマンのヴィトが十四階の彼女の部屋まで届けた。ジョーンはヴィトを信頼しており、天気予報を尋ねたり、食料品を届けてもらったり、身のまわりのことをすべて頼んでいるのだった。

手紙は英語で書かれていた。

ペール・ブラン斡旋所《あっせんじょ》
ラ・クインティニエ通り一四七

パリ　七五〇一五
フランス

拝啓　ミセス・グートマン
悲しいお知らせをしなければなりません。ミスター・フィリップ・マロとミセス・ジャニーン・マロが休暇でエジプトを訪れているときに亡くなりました。
ご子息が、最近、亡き父親の遺産分割協議書に記された条項を読んで当斡旋所の存在を知り、連絡をしてきたのです。あなたと当斡旋所での合意条件に基づき、あなたに連絡をとることにいたしました。
本件についてさらに話し合われたいとのことであれば、パリの住所に手紙をいただくか、ご都合のよろしい時に電話をいただけたらと思います。申し上げておきますと、フランスの法律では、本件をまったく無視していただいてもかまいません。

敬具
ピエール・バレントン（秘書）

ジョーン・グートマンはパリの番号に電話した。

18

旧式の留守番電話が応じた。再生装置が作動し、アメリアは精彩を欠いて聞き苦しい自分の声が流れてくるのを耳にした。電話をかけてきた者は切らずにいる。ジョーン・グートマンの声が聞こえてきてアメリアは驚いた。確かもう八十歳を超えたはずだ。タバコをたしなむ者特有の低くしわがれた声でメッセージを残した。

アメリア。ニューヨークにいる古い友だちよ。知らせたいことがあって。そのうち電話をくれる？　声を聞きたいわ。

受話器を持ちあげようと思ったが、ジョーン・グートマンからの電話は、冷戦時代にモスクワで活動していた秘密工作員が従っていたモスクワ・ルールが適用される。盗聴される危険のある回線では、名乗らない。過去の話をしない。だから、ジョーンも名前を言わなかったのだ。何者かに聞かれているかもしれない。チュニスの件が知られてしまうかもしれないからだ。

二分もしないうちに、アメリアはドレッシングガウンからジーンズとセーターに着替えた。家事作業部屋から防水性ジャケットを取ってきてウェリントン・ブーツをはくと、家を施錠し、車に乗った。道に出るとUターンして村へ行き、ソールズベリー通りにあるパブから百メートルほどのところに駐車した。角に電話ボックスがある。幸いなことに壊されておらず、コインを入れることができた。アメリアは携帯電話の住所録に埋《う》もれているジョーンの電話番号を探し出した。長く尾を引くアメリカの電話の呼び出し音のあとで、受話器がはずされた。

「ジョーン？」

ふたりは十年近く話をしていなかった。最後に会ったときは、短い会話を交わしたにすぎず、しかも気持ちが沈みきっていた。ジョーンの夫、デイヴィッド・グートマンの葬儀のときだった。デイヴィッドはマンハッタンのオフィスで仕事をしているときに心臓発作を起こしたのだ。アメリアは大西洋を渡り、マジソン街で行なわれた葬儀に出席してジョーンにお悔やみを言っただけで、三時間後にはニューアークの空港から目を赤くしたままイギリスに戻る飛行機に乗っていた。あのときから、ふたりは連絡をとりあっていなかった。時たまEメールを送り、クリスマスカードに挨拶《あいさつ》の言葉を走り書きする程度だ。

「アメリア、元気？　こんなに早く電話をくれるんだから、相変わらず読みが深いわね」

「重要そうだったから」

もちろん、重要そうには聞こえなかった。留守番電話のメッセージは、これまで耳にしてきたように何気《なにげ》なさを装っている。しかし、ジョーン・グートマンが「知らせたいこと」と口にしたら、それが意味するものはひとつだ。フランソワになにかが起こったのだ。

「重要なことよ。ええ、とても大事なこと。聞く覚悟はできている？」

「そちらさえよければ」

ジョーンは咳払いをして時間を稼いだ。これから口にする話の内容を恐れているのか、あるいはたんに言葉を探しているだけなのか。

「今週、フランスの新聞に目を通した？」

アメリアはなんと答えていいのかわからなかった。フランスの最新の状況を把握しているが、この二、三日、特に注意すべき新しい事態は持ちあがっていない。答えかけたとき、ジョーンにさえぎられた。

「ひどいことが起きたのよ。フィリップとジャニーン。休暇でエジプトを訪れていたんだけれど、ビーチで凶器を持った強盗に襲われ、ふたりとも殺された」アメリアは電話ボックスの凍えるようなガラスに寄りかかった。ハンマーの一撃だった。「それで、あなたの息子さんが、連絡をしてきた。ペール・ブランで書類をくまなく調べて、なんとかわたしにたどり着いたみたいね。CIAにコネがあるので調べてもらった。彼の背景なんかをね。まちがいなかった。フランソワだったのよ。なんとかあなたと接触しようとしているんじゃないかしら。両親を失い、悲しみに沈んでいる。あなたに隠しておくなんてことはできないでしょ。

かわいそうに。わたしにできることがあったら、なんでも言ってちょうだい」

19

バルコニーから見下ろしていると、アメリア・リーヴェンがひとりではないことがわかった。アメリアの目の前、三メートルほどのところにはヴァレンシア・カルタゴのプールが広がっており、水のなかから三十代なかばで体の引き締まった男が出てきた。ネイビー・ブルーの水着、黄色いゴーグルを身につけていた。贅肉《ぜいにく》のない鍛えあげた体。浅いところをゆっくりと歩いているさまは、他人の目を意識していかにも誇らしげだ。女たちから見つめられることに慣れているにちがいない。ゴーグルを目からはずして首にぶらさげると、写真で確認していたフランソワ・マロその人の顔が現われた。力強い顎のライン、魅力あふれる整った顔立ち、うっすらと生えた無精ひげ。フランソワが近づいてくることに気づいてアメリアは本から顔をあげ、隣のラウンジチェアに掛けていたタオルに手を伸ばした。それから立ちあがると、フランソワにタオルを渡したが、水しぶきがかからないように手を伸ばし、距離を保っている。フランソワは礼を述べるようなしぐさをして、顔を拭《ぬぐ》った。背中、胸を拭くと、タオルをサロンのように腰に巻き、ラウンジチェアの端に腰かけてプールを見つめた。アメリアはなにか言いたげにフランソワを見つめていたが、ふたたび本を読みはじめた。

ケルは室内へ取って返し、カメラをひっつかんで望遠レンズでふたりの姿を大写しで数枚撮影した。しばらくアメリアとフランソワを観察し、ふたりで仕事をしている可能性を打ち消そうとした。男の仕事仲間とプールで泳ぐほどアメリアが無防備になることがあるだろうか？ ふたりのしぐさには肩の力が抜けた親密さがあるが、男女の関係を示す濃厚な空気はない。愛人というほどの熱烈な感情は伝わってこない。アメリアは思いやりを示すとともに妙に恭《うやうや》しい態度をとり、このような姿を見るのは初めてだ。テーブルのボトルからグラスに水を注いでやり、フランソワが水際へ歩いていくときにタバコをすすめることもした。

フランソワは携帯電話で話をはじめる。弱くなっていく太陽の光のなかでフランソワの背中の筋肉が深く陰影を刻んでいる。タバコを吸いながらも周囲の目を意識しながら冷ややかに構え、首をやや傾け、皮肉な笑みを口の端に浮かべていた。ときおり、タバコをはさんだ手を脇に垂らし、腹の黒い毛を親指で横に払うので煙が肌にまとわりつく。一方、アメリアは章の最後まで読み終えたようだ。本を閉じ、脇にあるプラスティック製のテーブルの上、タバコの箱と水の入ったボトルのあいだに置いた。ケルは望遠レンズを向けて本のタイトルを確認した。イアン・マキューアンの『ソーラー』だった。アメリアは伝票にサインすると、ホテルのドレッシングガウンをはおり、腰のあたりを紐《ひも》で縛った。いつまでもこうしてこっそりと眺めていたかった。前々からケルはアメリアの美しさに魅了されていた。ホテルの白いスリッパをつっかけるとアメリアはフランソワに近づき、先になかへ戻っていることを身振りで伝えた。フランソワは途中で話をやめ、アメリアの頰に愛情あふれるキスをし、夕食の約束をするように腕時計を指で示した。アメリアはフランソワに背を向け、ホテルへ歩いてくるとケルの立っているバルコニーから三十メートルも離れていない脇の入口からなかへと消えた。アメリアとフランソワが別々のホテルに泊まっているのは明らかだ。ベテラン秘密工作員としては、足取りを隠すためにさらにひとひねり加えずにはいられないのだ。一分もしないうちに、フランソワはラウンジチェアに戻って電話を切り、灰皿にタバコを押しつけて消した。腰に巻いていたタオルを床に落とし、バッグのなかからTシャツを引っ張り出して着た。プールの反対側にいる魅力的な女といちゃつこうとしているのかとケルは勘ぐった。女はフランソワに秋波を送っているようだったが、幼い娘にじゃまをされて目をそらした。

フランソワは持ち物をかき集めた。バッグ、本、サングラス、タバコの箱、日焼けローションの容器。夕方の光はまぶしく、フランソワはサングラスをかけた。女に人気の男優が、追っかけ連中の目をくらませようとしているかに見えた。それからフランソワはデッキシューズをはくと、先ほどビーチへ行くときにケルが通った道へ向かった。

ケルはカメラをおろして部屋のなかへ戻り、カメラをベッドに放ると鍵をつかんで廊下へ出た。

十五秒後には階下にいた。プールへと歩いていきながら、アメリアが座っていたラウンジチェアの脇で立ち止まり、筋肉を伸ばしているふうを装ってプラスティック製のテーブルに手を伸ばして伝票をつかんだ。体をまっすぐにするとともに、尻のポケットに伝票を突っ込み、ロビーへ向かって歩いていった。

20

伝票の上に書いてある名前は、A・M・ファレル。一二〇八号室だった。

ケルは部屋に戻るとすぐにロンドンのマークワンドに電話をかけた。

「迷子の女の子を見つけた」

「いいぞ！　おまえならやれると思っていた。どういう状況だ？」

「同じホテルに泊まっている。ヴァレンシア・カルタゴだ。フランソワ・マロは通りの向こう側のホテルにいる」

「あとをたどられないように、別々のホテルに泊まってよろしくやっているわけか」

ケルもそれを考えていた。だが、邪推を加えずにいくつもの事実を個別に考えるすべを身につけていた。

「アメリアはこれまで使ったことのない偽名を名乗っている。ファレル。イニシャルはA・M。クレジットカードの照会はできるか？　パリ、ニース、チュニスで活発に動きまわっていたはずだ」

「できる。アメリアとは話をしたのか？」

「どうしてそんなことをするんだ？」

「ま、とにかくありがたいことに、アメリアはぶじなわけだ」電話の通話は間があり遅れがちだった。マークワンドは正確な物言いをしようと考えてでもいるかのようだ。「忌々《いまいま》しいフランス野郎は、昔からイギリスのいい女を奪い去ってきた」ようやくそう言った。トラスコットとヘインズは、アメリアがチュニジアにおり、色にただれた週末を送っているという報告を受けるのはまちがいなさそうだ。「フランソワ・マロが、女に飢えているなんてことがあるのか？　パリにはいい女がわんさかいるんじゃないのか？」

「まったくだ」

　ケルは答えた。

「どういうことだ？　フランソワも結婚しているってことか？　その線はなにも出てこなかったがな」

「よくわからない。ふたりがプールサイドで日光浴をしているのを遠くから見ただけだ…………」

「プールサイドで日光浴だと！」マークワンドは興奮に燃えあがったような声を出した。

「やれやれ」

「フランソワは、気取り屋ってタイプだ」ケルは穏やかに話を進めようとした。「モンゴメリー・クリフトのような身のこなしだ。悲しみに打ちひしがれた息子とはほど遠い」

「おそらく、アメリアをものにしたつもりになっているんじゃないのか。最近、あの手の連中は熟女ちゃんたちをどう呼んでいるんだ？　クーガーか？」

マークワンドはひとり笑った。最悪の事態に陥らずにすんでほっとしているのだろう。

「ああ、そうだよマークワンド。クーガーだ。話を戻すが、やらなければならないことがある。フランソワ・マロを見張るつもりだ。対外治安総局の人間である可能性もある。アメリアはチュニスでフランスと共同作戦を遂行しているのかもしれない」

「仲間を騙《だま》してか？」

ケルは信じられないとでもいうように頭を左右に振った。

「一杯飲んだらどうだ、マークワンド。そのほうがいい」

ケルは電話を切ってデスクに置き、ベッドからカメラを拾いあげた。肩からぶらさげ、廊下へ出た。二軒のホテルのあいだの通りでタクシーの運転席に座っているサミの姿が見えた。のんびりと雑誌のページをめくっている。ケルはタクシーの窓をたたいた。

「見せたいものがある」

ケルは助手席に乗り込み、サミにカメラを渡し、扱い方を教えてアメリアとフランソワの写真を見てもらった。丸一日、こうして詰めていた男の体臭が車内に満ちている。

「興味を持っているふたりだ。女はヴァレンシア・カルタゴ、男はラマダ・プラザに泊まっている。ふたりを見たことがあるか？」

サミは首を振った。ブーゲンビリアの下に立っている運転手がふたりこちらを眺め、侮辱されたといわんばかりにいらだたしげな表情を浮かべている。あれじゃあ、まるでダンス・

パーティーで声をかけられない女の子だ。

「おそらく、今夜、ふたりは夕食を食べに出かけると思う。二十分前にプールから部屋に引きあげた。ふたりの姿を見かけたら、電話を入れてくれ。携帯電話に出ない場合は、ホテルのフロントから部屋につないでもらうんだ。一三一三号室にいる。ほかのタクシーに乗り込んだら、あとをつける。このタクシーに乗ってきたら、ふたりのいる前でわたしに連絡をとろうとするな。女は英語、フランス語、アラビア語に堪能で、どの言葉も流暢《りゅうちょう》に使いこなすことができる。行き先がわかったら、メールで知らせてくれ」

「わかった」

ケルはこちらを見つめるふたりの運転手を目で示した。

「あのふたりが、わたしのことを訊いてきたら、嫉妬に狂った亭主だと言ってやれ」

21

ジョーン・グートマンはアメリアにパリの養子斡旋所《あっせんじょ》の電話番号を教えた。フランスとは一時間の時差があることを計算し、アメリアは土曜日の朝八時三十分に養子斡旋所の番号を押したが、週末は閉まっていることを確認しただけに終わった。ウェブサイトに載っていたもうひとつの番号にかけ、ようやく斡旋所のスタッフと話をすることができたが、ただただ大げさなだけの感傷的な女で、ムッシュ・マロの両親が「エジプトで理不尽な悲劇的な死を遂げ」、「さらにマダム・アメリア・ウェルドンに関することもフランソワの両親は知っていた」と言った。アメリアが電話でフランソワと話をするのは控えるべきだということでは意見が一致した。そのかわりにフランスへ来て、月曜日の午後、パリで息子さんに会ったらどうかとアメリアは提案された。フランソワが決めることではあるが、火曜日の午前中にモンパルナスで行なわれるフィリップとジャニーン・マロの葬儀に列席してはどうかというのだった。

アメリアはマロ夫妻殺害事件とフランソワについて、フランスの国内情報中央局内にいるSISの連絡役の助けを借りて、二十四時間かけて詳しく調べた。フランソワがマロ夫妻の実の子ではなく養子であることを確認すると、アメリアは今後の計画について細部を検討してみた。息子を受け入れることは、SISでのキャリアに終止符を打ち、ジョージ・トラスコット体制を招来することになるかもしれない。フランソワを元気づけようとパリへ行ったところで、数かぎりない反抗的な態度が返ってくる危険がある。怒り、軽蔑、哀れみ。息子がどのような人間であるかまったくわからず、ただひとつ明らかなのは、息子が母親を必要とした時期に手の届くところにいなかったという事実だ。失われたわが子に手を差しのべ、再会したいと心の底から思うあまりアメリアは、現実的な問題もプロとしての考えにも容易に目をつぶった。選択の余地などない。生きていることに意味があり、いつまでも色褪《あ》せることのないほんとうの幸福をつかもうとするなら、アメリアは過去と和解しなければならない。

日曜の朝、チョーク・ビセットの家を施錠し、車でロンドンに戻るとまっすぐチェルシーのジャイルズの家へ向かった。ファレル名義のパスポート、各種クレジットカード、SIMカードは、夫のワードローブのいちばん奥、羽目板の裏に隠した小箱のなかに入っている。奥の壁にたどり着くには、ビニールのかかったシャツやクリーニングしたあとのスーツを十数着も引っ張り出して、背後のベッドに積み重ねなければならなかった。狭苦しいワードローブは、樟脳《しょうのう》、靴の磨き粉など子供時代を彷彿《ほうふつ》させるにおいがする。ゴルフクラブや固い背表紙の本に混じって、古新聞が山をなしている。人生における重大事件を永遠に残しておこうと集めたものだ。イツハク・ラビンの暗殺、ベルリンの壁の崩壊、ダイアナ妃の交通事故、

9・11。黄色く変色した新聞をどかそうとして持ちあげると乾いた音をたてた。羽目板をはずして小箱をぶじ取り出すと、サンタンデール・セントラル・イスパノ銀行に電話し、ヨーロッパ大陸で使うためにふたつの口座を使えるようにしてもらい、ファレル名義の携帯電話を充電し、そのあいだにフランスへ行くための荷造りをした。スコットランドにいるジャイルズに電話し、仕事でパリへ行くと伝えた。

「すてきじゃないか」

パリと聞くと無関心を隠すようにお愛想を口にしたが、これがいかにもジャイルズらしい。はるか遠くスコットランド東部のファイフの片田舎で歴史資料を繰り、家系をたどるのに没頭しながら適当に言葉を返しているにちがいない。

「気をつけて行っておいで。じゃあ、また帰ってきてから」

アメリアはユーロスターの夕方のチケットを予約し、月、火、水曜日のすべての約束を取り消した。SISの先輩には、親友の葬儀に出席するためにパリへ行くが、木曜の朝には戻る予定だとメールを出した。上級職の者のなかでメールに返信してくれたのは、ジミー・マークワンドだけだった。〝親友がお亡くなりになったとのこと、お悔やみ申しあげます〟。

午後三時頃、キングズ・ロードを歩いて大型百貨店〈ピーター・ジョーンズ〉へ行き、新しい衣装を二着買い求めた。一着はフランソワと会うときのため、もう一着は葬儀に参列するため。フラットに戻ると、大型スーツケースに買ったばかりの服を詰め、イアン・マキューアンのペイパーバックを二冊、《プロスペクト》誌の最新号も放り込んだ。それから外へ出てタクシーを停めた。

　日曜の夕方、弱い雨が降っており、車の往来はまばらだった。二十分もしないうちにアメリア・リーヴェンは、セント・パンクラス駅の巨大なアーチ天井の下で、ビジネス・プレミア・クラスのパリ行きチケットを手に立っていた。駅の雰囲気は、昔のロマンティックな夢をかきたてるものだった。恋人同士が週末最後のキスを交わすモノクローム映像。制服姿の駅員が乗客をプラットフォームへと案内する。乗客が列をなし、煩《わずら》わしいだけの保安点検、女性のガードは手を振ってアメリアを通してくれた。ロンドンとパリのあいだを行き来する、ブルジョアのシックな主婦だと思ったのだろう。列車に乗り込み、指定席を見つける。前向きの窓際の席だった。テーブルを囲んで四つの座席があったが、ほかの乗客とは目を合わせないようにした。アメリアの姿を見る者が少なければ少ないほど都合がいい。赤の他人との会話に引き込まれることは避けたい。考えに没頭していたかった。

　列車がプラットフォームを離れると、セント・パンクラス駅で買った《サンデー・タイムズ》紙を広げた。一面の下のほうにSISが拷問に関与していた疑いが持たれているとの記事が載っており、すぐにトーマス・ケルのことが脳裏に浮かんだ。しかし、アメリアは最初の一節を読んだだけで、それ以上は文字が頭のなかに入ってこなかった。この事件の背景も、いつ世間に漏れ伝えるようにするのか、あらかじめ計画されていたこともアメリアは知っている。いや、こんな状況でなかったら、どのように報道されるのか興味津々《しんしん》だっただろう。しかし、フランソワがアメリアのプロフェッショナルとしての感覚を麻痺《まひ》させてしまった。

このような事件など、もうどうでもいいと思えるのだった。

窓の外に目をやり、十九歳のときに戻ったかのように心が華やぐ。パリへ行くと思うと期待に胸がふくらむのだ。三十年以上にわたって、十代の頃の自分の残骸《ざんがい》を隠蔽《いんぺい》して新しい人格を創りあげてきた。窓ガラスに映る自分の姿を見つめながら、いなくなってしまったアメリア・ウェルドンを思った。もうこの世に存在しないのだろうか？　この二十四時間でなんらかの答えが得られるだろう。これは未来への旅だ。そして過去への。

22

ケルがひげを剃《そ》っているときに、タクシー乗り場からサミが電話をかけてきた。

「フランス人がそちらのホテルに入っていきました。タクシーはいかがです、と声をかけたら、『あとで頼む』という答えでした」

「よし、いいぞ、サミ。ありがとう。みごとなもんだ」人を使うときにちょっとした褒《ほ》め言葉をかけることにしている。「また連絡を頼む。アメリアを迎えに来たんだろう。ふたりの行き先を知らせてくれ」

「わかりました」

携帯電話にシェービング・クリームの泡がついてしまった。それを拭きとり、カミソリを数回往復させて顎のひげをきれいに剃った。顔を拭き、アフターシェーブローションを顔と胸にふりかけ、鏡に自分の姿を映してみた。さっと眺め渡して点検してからバスルームから出た。ハンガーにかかったきれいなシャツを着ると、パスポートを金庫にしまい、ルノーのカードキーを手にとった。サミから連絡が入ってアメリアとフランソワが走り去ったらすぐに、マークワンドの車で追いかけるつもりだ。ほかの誰かと合流したら、その相手の顔を確認しなければならない。秘密工作員の基本、細部にまで神経を行き届かせること。ベッドに腰かけ、連絡を待った。心臓の鼓動が激しくなった。これほどまでにアドレナリンが一挙に放出される経験をしたのは、いつが最後だろう？　この数カ月、絶えてなかったことだ。冷蔵庫からビールを出し、歯で栓をあけた。パーティーで披露する芸で、プライヴェートの時にもよくやる。クレアはしょっちゅうこう言った。

「そのうち臼歯《きゅうし》が折れちゃうんだから」

次の連絡が入ったのは、八時十五分を過ぎた頃だった。サミは英語でメールをよこした。

男と女、ふたり。ラ・グレット。

携帯電話でラ・グレットを検索した。チュニスのダウンタウンとガマルトとのあいだにある海辺の街で、夜はレストランやバーが賑《にぎ》わって人気のある地域らしい。アメリアとフランソワは夕食を食べにそこへ向かっているのだ。

ケルはカメラをつかんでホテルの入口へと急いだ。先ほど迎え入れてくれたベルボーイがまだ仕事をしている。このときは追従《ついしょう》笑いも、丁寧《ていねい》な応対もなかった。ミント・ティーとビスケットの載ったトレーを持って足早に通り過ぎていった。人目につかないことはありがたい。ケルは太陽の余熱の残る駐車場へ行き、二十メートル手前でルノーのロックを解除し、イグニションにカードキーを挿《さ》し込み、カメラは助手席に置いた。

車は動かない。もう一度やってみる。クラッチを踏み込み、〝スタート〟のボタンを押す。だめだ。アメリアに姿を見られ、車に細工されたのかという疑念が、一瞬、頭をよぎったが、よく考えてみるとありえないことだ。電気系統の故障と考えたほうがよさそうだ。もう一度やってみる。カードキーをスロットから抜いて再度挿し込み、クラッチを踏み込んで〝スタート〟ボタンを押す。うんともすんとも言わない。

「なんでふつうのキーにしないんだ?」

そう毒づき、タクシーでラ・グレットへ行くことにした。

タクシー乗り場には一台も停まっていない。さらに悪いことに、ラマダ・プラザの入口にある道路障壁のかたわらでは、宿泊客が八人も並び、タクシーの来るのを今か今かと待っている。さらにヴァレンシア・カルタゴから来た宿泊客四人もこの列に加わった。そのうち、ケルと同じ年頃のチノパンツに黄色のアロハを着た男が列を離れ、十字路のほうへ歩いていった。ハイウェイを走るタクシーを拾うつもりだろう。

「タクシーはどこへ行ってしまったんです?」

ケルはフランス語で尋ねたが、並んでいた年寄り連中が、ぽかんとして顔を向けてきたので英語で質問し直した。

「ラ・マルサで今夜なにかやっているらしいんだ」見るからに年金生活者の白髪の男が、愛想よく答えた。杖をつき、脇の下に汗じみができている。「祭かなにかだよ」

そこでケルはルノーに戻り、もう一度、カードキーを試してみたが、まったく反応がなかった。フロントガラスに向かって悪態をつきながら、ラ・グレットへ行くのをあきらめた。サミが見張っていてくれるだろう。今のところ、冷静に対処し、役に立ってくれている。いきなり仕事を投げたり、ちょっとした金をもらって尾行しているとアメリアとフランソワに打ち明けるなどと疑う根拠はなにもない。それに、フランソワがホテルにいないということは、いい機会ではないか。

ケルは部屋に戻り、《ヘラルド・トリビューン》紙をつかんだ。通りを渡ってラマダ・プラザのロビーに入り、フロントがよく見えるソファーに腰をおろした。計画は単純だ。姿を見てもらう。このホテルの宿泊客で、妻がおりてくるのを待って夕食に出かける夫、とホテルの従業員にそれとなく思わせたかった。そう見せるために新聞をめくりはじめた。ムバラク後のエジプト、フランスの次期選挙などの記事を読んでいく。背後、ロビーの中央にはグランド・ピアノが置かれ、風船を思わせるピンクの衣装に身を包んだ年配のイギリス人が、コール・ポーターの曲を弾いているが、引退した音楽教師さながらに正確ではあるが魂のこもっていない演奏だった。ホテルの専属のピアニストらしく、通り過ぎる従業員は会釈をしていく。彼女の脇の掲示板には便箋《びんせん》が貼られ、こう書いてあった。〝映画の夕べ。月曜日。上映作品『リトル・ダンサー』〟。なんだか休暇施設バトリンセンターにでも来たみたいだ。時計が九時を打ち鳴らすと、ピアノのまわりに人が集まってきて、ピンクの衣装の女はおだてられて十八番を弾きはじめた。ロッド・スチュワートの『セイリング』。そろそろ動きだすことにした。ケルは新聞をたたんで脇にはさみ、フロントに客がいないことを確認して歩み寄った。

フロント係は男と女のふたりだった。直感にすぎないのだが、女のほうが協力的なような気がした。ケルは彼女の前に立ち、軽く握った手をカウンターに載せた。

「ボンジュール」目と目を合わせ、気さくに微笑む。ケルはフランス語で話した。「今朝《けさ》チェックインしたんだ。レストランのラストオーダーは何時だろう？」

フロント係はこれ以上ないというほど親切だった。メモ帳を出して、ホテルの食事時間、各施設の営業時間を書いてくれた上でこう言った。男性のお客様はディナーの前にバーでお飲みになるほうがお好みです。ラストオーダーのあとは、翌朝までは朝食という形になります。さらに地図まで描いてくれた。ケルはじっと耳を傾け、感謝の気持ちを伝え、ソファーに戻り、さらに十五分ほど新聞を読んだ。

九時二十分、計画の第二段階に入る。これもまた単純なことだ。ちょっと部屋に戻ろうとしているホテルの宿泊客。ロビーの北側にあるエレベーターホールへ行き、フロント係が確実にこちらの姿を見るのを確認してから三階まであがり、サミに電話をして時間をつぶした。

いつものように呼び出し音ではなく、北アフリカ音楽の不協和音が聞こえてきた。長く尾を引くむせび泣くような声と甲高《かんだか》いヴァイオリンの音色が数秒つづいたあと、サミの声が聞こえてくる。アメリアとフランソワは八時三十分にラ・グレットに着き、ビーチのバーへ酒を飲みに行ったという。夕食が終わるまで待っているように頼まれ、帰りもホテルまで送っていくことになったとサミは言った。

「それはいい。ほかに誰か一緒にいるのかな？」

「いいえ」

「きみはだいじょうぶか？　なにか食い物は？」

「ありがとうございます。どうぞご心配なく」いきなり良心の呵責《かしやく》を覚えたとでもいうように、サミの声に警戒の色と緊張が滲《にじ》んだ。「道中、ずいぶんと話をしました」

「どういう話だったのかな？」バルコニーから見下ろすとフロントのデスクには誰もいなかった。「戻ってきたらわたしの部屋で聞かせてもらおう」エレベーターから十代の女が降りてきた。床を見つめたままケルの前を通り過ぎていった。「帰りの車のなかで話したことを細かいところまで覚えておいてほしい。重要なことかもしれない」

「わかりました」

時間だ。ケルはエレベーターで一階までおりた。フロント係のほうへ歩いていきながら、うんざりとしながらも、詫《わ》びるような笑みを作った。

「困ったことになった」

「はい？」

「部屋の鍵が見つからないんだ。今日の午後、ビーチでロバに乗ったんだが、その時に落としたのかもしれない。再発行はできるだろうか」

「はい。お部屋の番号は？」

「一二一四」

フロント係はコンピューターに番号を打ち込んだ。

「お名前をお願いします」

「マロ。フランソワ・マロ」

23

フランソワは愛の結晶だ。あの子を傷つけることは、憎しみのなせるわざだ。

アメリアは、はるか昔、ジョーンと交わした会話の一言一句にいたるまではっきりと覚えている。話は行きつ戻りつし、ジャン＝マルクに内緒で彼の子どもをおろす権利は自分にはないと確信していた。最初ジョーンは堕胎《だたい》してロンドンに戻り、若気の至りとして忘れるように言った。しかし、アメリアが子どもを産むと決めると、ジョーンは親身になって考え、確固とした友情を示してくれた。グートマン夫妻の住まいからわずか二ブロックのところにアパートを借りてくれ、寝室一間の部屋に身を隠すことになった。ジョーンの夫デイヴィッド以外は誰にも知られないように取り計らった。アメリカ領事のもとでの仕事をアメリアに斡旋《あっせん》したのもジョーンだった。出産までの七カ月、仕事に専念してつまらないことを考えずにすむ。アパートに移って数週間後、グートマン夫妻はアメリアを連れてスペインへ行って二週間過ごした。子どものいない夫妻は、アメリアを娘のように扱ってくれた。プラド美術館の至宝を見、コルドバの歴史地区は目をみはるばかりだった。ラス・ベンタス闘牛場にも行った。闘牛が行なわれているあいだ、デイヴィッドはアメリアの腹を優しくなでながら

「身重《みおも》の女性が、このようなものを見てだいじょうぶなのかい？」と気を配ってくれた。チュニスに戻ると、ペール・ブラン斡旋所《あっせんじょ》を通じて養子に出したらどうかとジョーンが提案した。この考えにアメリアは飛びついたが、もっと時間をかけて考えるべきだったのかもしれない。当時のアメリアは野心に満ちあふれ、生きることに貪欲だったため、子どもが将来の可能性や経験を積み重ねていく障害になるのではないかと恐れていたのだ。

パリは自分を待っていてくれたのだと思った。夏の蒸し暑い通りは、観光客でいっぱいだった。通り沿いのカフェでは話し声がさかんに起こり、活気に満ちていた。はじめての街にやってくると、まっさきに脅威のようなものがじわりと迫ってくるのを感じることがある。不運ばかりがまつわりつき、まったくなじみのないところにひとり取り残されたような気持ちだ。そんなものは気のせい、迷信のようなものにすぎないとよくわかっているし、同僚に打ち明けたら笑われるだろう。しかし、この仕事をはじめてからずっと第六感――言葉を換えるなら直感――を信じてきたし、多くの場合、信頼している。カイロで外交官という身分の裏でＳＩＳの秘密工作を行なっていたとき、あるいはバグダッドでの日々、アメリアは男の同僚の倍は巧妙に立ちまわり、粘り強くなければならないと思っていた。敵に囲まれて生活していたので、たんに生き残りたかっただけなのだが。それにしても、フランスはいつも温かく迎え入れてくれる。パリにいると、いつも昔の自分に戻ったような気になる。チュニスへ行く前の自分、世間をしっかりと踏みしめていた二十歳のアメリア・ウェルドンに。フランソワから引き離されると――ほんとうにあっという間で、自分の子どもを抱いていなかったし、見てもいなかった――すぐに、新しい確固とした人となりを作りあげていく作業がはじまった。恋人たちを裏切り、仕事仲間を見捨て、友人を忘れ去る、あるいは無視する。SISの二重生活は、今、振り返ってみると理想的な実験室のような環境をアメリアに与えた。二度と失敗しない女というイメージを理想として自分を作りあげていったのだ。

しかし、今、なにごともうまくいかない。落ち着きを欠いている。身につけていたはずの慎みも、イギリス海峡を渡ってこちらに来ると失われてしまった。ゆったり流れる時間がもどかしく、早く過ぎてほしいと願う。息子とふたりだけで部屋にいたい。しかし、息子についていろいろと知ることが怖い。アメリアにとっては未知の若者、共有できるものはなにひとつないが、生まれたばかりの息子を見捨てた母親を軽蔑する気持ちだけはともに持っている。

養子斡旋所からのメッセージがホテルに届いていた。宛先は〝マダム・ウェルドン〟となっている。コンシェルジュはメッセージを渡すのを渋った。リーヴェンという名前で予約していたからだ。しかし、ウェルドンは旧姓だと説明すると、態度を軟化させた。フランソワは斡旋所に連絡をとり、月曜日の午後四時にマンションに来るようにアメリアに求めてきたのだ。前もって電話で話をするのは嫌だという。顔を合わせるまでは、いかなる方法であろうと連絡をとり合うのは避けたいとのことだった。ためらうことなく、アメリアは斡旋所に電話して了解した旨を伝えた。指示には進んで従うつもりでいるが、フランソワは怒っているのでこうした条件をつけてくるのではないかと心配だった。殺された母親の代わりになることを面と向かって拒まれたらどうしよう？ ただ傷つけたいためにパリまで呼び寄せたのだとしたら？ これまでの人生でアメリアは、人を評価し、その人が置かれている状況を会った瞬間に直感で知る能力を身につけてきた。相手が嘘をついているときは、それを感じ取ることができる。だから、操られているときもすぐに見破る。こうした才能は、仕事をしていく上で必要な技術として教え込まれたものでもある。人間と人間との関係こそが、この仕事の核心をなすものだからだ。とはいえ、ボールを蹴ったり、たゆたう光をキャンヴァスに定着する能力と同じように、生まれながらの才能がものをいう。これほどの能力を備えたアメリアでさえ、人生でもっとも重要ともいえる出会いを目前に控え、なすすべもないありさまだった。

ずいぶんと時間をつぶさなければならない。秘密工作に携わっているときよりも、待ち時間が異様に長く感じられ、先のことを考えて気分が悪くなることも比べものにならないほど頻繁《ひんぱん》だった。仕事では、ホテルの部屋、隠れ家、あるいはオフィスで時計の音を聞きながら、連絡が入るのをひたすら待つことなどしょっちゅうだ。しかし、今回はまったくちがう。チームもいなければ、命令もない、秘密工作の技術も必要ない。アメリアはたんなる一般市民、パリを訪れた観光客、秘密を抱えた数えきれないほどの女のひとりにすぎない。ホテルの部屋に入って数分後には、スーツケースと一泊旅行用の小さなバッグをあけて荷物の整理をはじめた。〈ピーター・ジョーンズ〉で買った黒いスーツはタンスのなかに吊るした。息子と再会するときに着ようと思っていたドレスは、部屋の隅にある椅子に掛けた。そうしておけば常に目に入るので、そのような機会に着ていくのにふさわしいか検討できる。なにを着ているのか、フランソワが気にしてくれるという思い込み。フランソワが見たいのは、顔だろう。目をのぞきこんで、数かぎりない質問を問いかけてくることだろう。一時間ほど持ってきていた本を読んだり、テレビでCNNのニュースを見ようとしたが、数分で集中力が切れてしまった。昔の自分のようにまたジョーンに相談し、なにが起ころうとしているか話したかった。だが、ホテルの電話は盗聴の心配がある。トーマス・ケルのことが脳裏に浮かんだ。数多くの仲間のなかでも、結婚や子どもたちのことも相談できる親友、信用できる同僚。しかし、ケルはずいぶん前に職を辞した。不名誉で受け入れがたい理由から退職を強いられたのだが、それを仕掛けたのはあの男だ。そいつの頭上を乗り越えてアメリアが長官の椅子を手に入れた。ケルはわたしの勝利を知っているのだろうか？　それはないだろう。

ついに息子と会う時が来た。息子のフラットまでどこをどう行ったのか、通りですれちがう人の顔のように記憶に残っていない。通りに面したドアは、心ない者によって深い傷がつけられていた。玄関の間に入ると、手をつないだ中国人のカップルが歩いてきてすれちがうとき、アメリアに会釈をした。建物のなかに入り、気分が悪くなりそうな予感がした。三十年の長きにわたって心のなかにあいた穴が、いきなりぱっくりと口をあけたみたいだ。ドアに寄りかかって体を支えなければならなかった。

「男ならこのように取り乱すだろうか」

みずからに問いかける。長年の仕事のなかで拠《よ》り所としてきた行動の原理。しかし、もちろん、このような状況に陥るとどんな気持ちになるか、男には決してわからない。

フランソワは四階に住んでいる。エレベーターを使わずに階段でのぼっていった。これまで生きてきてはじめて人間に出会う、あるいは、はじめて階段をのぼるとでもいうような不安に、どのように呼吸をしたらいいのかすらわからなくなった。のぼりきると、とんでもないまちがいをしでかそうとしているのではないかという思いに駆られた。できるならこのまま踵《きびす》を返して立ち去りたい。

アメリアはドアをノックした。

24

ケルは一二一四号室のドアをそっとノックした。なんの返事もなかったので、カードキーをスロットに挿《さ》し込み、フランソワ・マロの部屋に忍び込んだ。

シャワー・ジェルの香りと海辺の熱気がこもっている。地中海を見下ろすバルコニーのドアが開け放したままになっていた。ケルは暑いなかですばやく行動した。金庫のなかにはなにもない。サイドテーブルにはカメラ、ラッキーストライク・ライトが一カートン、金のライターには〝P・M〟というイニシャルが彫り込まれている。おそらく〝フィリップ・マロ〟のイニシャルだろう。ダブルベッドの右側に置かれたテーブルには、額縁に入ったフランソワの両親の写真が飾られていた。カメラに向かって微笑み、世の中にはなんの心配もないとでもいうように。

ベッドカバーの上にパスポートが放り出したままになっている。フランス政府発行のICパスポートで、かなりくたびれている。開いてみると、各ページの下に九桁《けた》のコード番号が打ち抜かれていた。ケルはその番号をひかえ、そのメモ用紙を尻のポケットに突っ込んだ。写真が添付されているページを開き、フランソワのセカンドネーム――ミシェル――誕生日、パスポートの発行年月日、身長、目の色、パリの住所などを確認した。つづくページには、ニューヨークのジョン・F・ケネディ国際空港、南アフリカのケープタウン国際空港、エジプトのシャルム・エル・シェイク国際空港での入国スタンプが捺《お》されていた。ケルはどのページも二枚ずつ写真に撮り、ビニールのコーティングに光が反射していないことを確かめた。それからパスポートを閉じてベッドカバーの上に戻した。

額縁に入れて飾った写真の脇には、ミステリ――マイケル・ディブディンの『ラット・キング』のフランス語版――と腕時計、モレスキン社の手帳が置かれていた。手帳の一月から九月の終わりまで各ページを写真に撮っていったが、このときもまた文字が読み取れるか確認しながら作業を進めた。フランソワはまだ何キロも離れたラ・グレットにいることはわかっているのだが、手帳の撮影は時間がかかり、脈拍が速くなってしまう。できるだけ早くここを出ていきたかった。部屋係のメイドがベッドメイキングのために入ってくるかもしれないし、客が訪ねてくることも考えられる。

次はバスルームだ。ひげ剃《そ》り用具一式、デンタル・フロス、歯磨き粉。洗面用具を入れるバッグのなかに何種類かの薬が入っていた。アスピリン、クロルフェニラミン、この薬はたしか抗ヒスタミン薬で眠れないときに服用したりする。サプリメントのセントジョーンズワート、精神安定剤バリウムの小瓶、虫除け、櫛《くし》。コンドームはなかった。

バスルームを確認するとフランソワのジーンズのポケットを調べた。部屋に置かれている物の位置を動かさないように注意する。黒い革のジャケットのポケットには小銭、パリの地下鉄、バスなどの共通回数券カルネ、ラッキーストライクのソフトパッケージなどが入っていた。アメリアの部屋で行なったのと同じ手順を踏んでいるが、見知らぬ人間であるとの思いは強い。当然のことだが、フランソワに関しては、最近、両親を失ったこと、プールサイドで目にした自意識過剰ぶり、この二点以外まったくなにも知らないのだ。ベッドの下に国際ギデオン協会寄贈の聖書が、申命記《しんめい》のページを開いたまま転がっており、小さなマッチ箱も落ちていた。『ラット・キング』の下には封筒があり、なかに入っている一九九九年二月四日付の手紙は、フランソワの父親が書いたものだった。フィリップ・マロの筆跡は、読めないほど乱暴だったが、ケルは表も裏も写真に撮り、慎重に封筒に戻した。

部屋のなかをくまなく調べ終わると、廊下に出た。脇の階段を降りて外へ出るとプールへとつづいており、そのままビーチへ降りていってヴァレンシア・カルタゴに戻った。エルサ・カッサーニの番号を探し、マークワンドから支給された携帯電話でかけた。

驚いたことにエルサはまだニースにいた。酔っ払っており、もらった金を旧市街のバーで使っているのだという。電話の向こうからロックのビートが聞こえてきて、今、エルサと楽しんでいる男たちに妙な嫉妬を覚えた。エルサはジャン・ジョレ通りの南側にある静かな石畳の通りを歩きながら電話に出るものとばかり思っていたのだ。

「申し訳ないが、飲むのをやめてもらわなければならない。仕事だよ」

「わかった」仕事の話にエルサはうんざりしたとしても、声に出すことはない。「なにをするの？」

「書き留めるものはあるかい？」

バッグのなかをかきまわす音が聞こえ、ペンと紙を見つけたと言った。それから「座って指示を書き留めるのに都合のいい階段に座った」と付け足した。ケルはカメラで撮った写真を次々に見ていった。

「フランソワ・マロのより詳細な足取りが知りたい。秘密裏に頼む。きみの情報源を使うんだ。政府通信本部《GCHQ》は通さないでほしい」

異例の依頼だったが、ケルはマークワンドが警戒するのを避けたかった。

「フランスでは人を調べる手立てがあるんだろ？」

エルサは当然だといわんばかりに間をとった。

「もちろん」

「すばらしい。ありとあらゆる方面の背景を知りたい。銀行口座、電話の通話記録、税金の支払い、学歴、学位。病歴、探し出せるものはなんでも」

「それだけ？」

エルサは皮肉でこう言ったのか、それとも自信過剰なのかケルにはわからなかった。パスポートの写真を探し出すと、フランソワのフルネーム、誕生日、パリの住所を伝えた。尻のポケットからメモを引っ張り出すとパスポートの番号を読みあげ、エルサがすべて呑み込んだか確認した。

「フランソワは去年の一月にニューヨーク、その六カ月後にケープタウン、七月にはエジプトのシャルム・エル・シェイク空港に降り立った。手帳を写した写真をあとでメールで送る。おれもこれから確認するんだが、役に立つ手がかりを得ることができるかもしれない。電話番号やらメールのアドレス、約束……」

「そうね」

「それからもうひとつ。フランソワは、ITコンサルタントという触れ込みだ。どこで働いているか調べてほしい。クリスマス・パーティーのときに撮ったのではないかと思うが、ロンドンも写真を一枚持っている。そいつも送るよ」

「いつまでにまとめればいい？」

エルサは圧倒されたことを悟られないように、努めて冷静な声を出そうとしているようだった。

「なるべく早く。できるか？」

「それを仕事にしているのよ」

25

アメリアの第一印象は美人ということだった。これほど目を引く女性だとは思わなかった。並はずれた容姿にフランソワは驚いた。前もって写真は見ないようにしていた。並々ならぬ威厳と性格の強さが顔に表われている。装いもエレガントだ。ジャケットのカットは、胸のふくらみを際立たせ、ウェストが引き締まり、腹も平らに見える。子どもを産んだとは思えなかった。最低限度の化粧しかしていないようだ。淡いピンクの口紅、ファンデーションも薄く、アイラインも控えめだ。

アメリアが部屋に入ってくるとまずドアを閉め、握手をした。そうするのがいちばんいいとあらかじめ考えていたのだが、すぐに、その体を引き寄せ、抱擁した。まず、アメリアは抗《あらが》ったが、視線を向けてきた。恐れをなした動物のようにフランソワが逃げていってしまうのではないかと不安に駆られたらしい。ようやく抱擁を返してきたが、ためらうように軽くフランソワの体に腕をまわしただけだった。だが、フランソワが腕に力をこめると、それに応えてより強く抱きしめた。アメリアは震えてはいなかったが、感情の嵐に翻弄されているのがわかった。アメリアは肩に頭をもたせかけていたが、しばらくそのままにしておいた。

フランソワも呼吸が早くなって抑えが効かなくなった。神経のせいだろう。

「フランス語で話してもいいかな？」

このセリフは何度も繰り返し口に出して練習していた。

「もちろん」

アメリアのフランス語のアクセントは完璧で文句のつけようがなかった。

「英語の勉強をしてこなかったもんでね。斡旋所の話では、フランス語が流暢《りゅうちょう》だっていうから」

「それは、お世辞。錆《さ》びついちゃって」

次にどうするかも、あらかじめ考えていた。母親はイギリス人だ。イギリス人はお茶が好きなのだ。お茶を勧めろ。そうすれば堅苦しい雰囲気がほぐれ、ぎこちない最初の数分間、やるべきことができるのだ。ほっとしたことに、アメリアはお茶を飲むと言ってくれた。通りに面した小さなキッチンへ案内する。あらかじめふたり分のカップと皿、ブラウンシュガーを入れた容器を用意していた。アメリアの科学捜査官のような鋭い視線を感じながら、フランソワはやかんに水を入れ、冷蔵庫からミルクを取り出した。

「ビスケットは食べる？」

「けっこうよ、ありがとう」

そう答えて、愛らしいあけっぴろげな笑みを浮かべた。アメリアはとても印象に残る女性だ。祖父なら〝洗練された《ソフィスティケ》〟と言うだろう。目には幸せいっぱいの表情が浮かんでいるが、それをなんとか隠そうとしている。もう一度、息子を抱きしめ、これまでのことを謝りたいと思っているのが見てとれる。イギリス人らしくうなずき、笑みで応えているが、まるでフランソワに会えて光栄だと思うあまりぼんやりとしてしまった女のようだ。

ふたりはそれから四時間、話し込んだ。驚いたことにアメリアは、すぐにSISで働いていることを打ち明けた。

「ふたりのあいだに嘘があるのは耐えられないから。もちろん、あからさまに話せないこともあるけれど」

「それはそうだ」アメリアが率直に話してくれるので、フランソワも冗談で応じた。「ジェイソン・ボーンみたいな母親がいるなんて、最高にかっこいいね」

アメリアは声をあげて笑ったが、はっきりと口にする前に、アメリアを母親であると認めてしまったことになる。誤りを犯したわけではないが、今日の午後に予定していたことではなかった。アメリアは秘密を打ち明けてくれたが、それは計算ずくのことではないのだろうか。フランソワの義理の両親でさえ知らなかったことなのだから、ふたりの絆を深めることになる。実際に絆は深まった。思いがけずも、それからというもの、アメリアとは気楽に話ができるようになった。気まずい沈黙もなく、早く帰ってくれないかと思うこともなかった。部屋でひとりでいたいという気にならなかったのだ。ＩＴ関係の仕事について話した。エジプトで義理の両親が襲われた恐ろしい事件のことも話題にした。アメリアはフランソワの悲しみに心の底から寄り添ってくれたが、感傷に浸ることはなかった。フランソワはそれが気に入った。気骨があるということだ。

さらに話が進み、フランソワはジャン＝マルク・ドーマルのことをほとんど知らないということがわかった。最後に彼と会ったのは、家を出る夜のこと。SISで仕事をはじめたばかりの頃は足取りを追ってみようという誘惑に駆られたが、ぐっとこらえ、パリの仲間に頼んでフランスの納税記録を調べてもらうようなこともしなかった。

「やろうと思えばできた？」

「ええ」

一度だけ、アメリアは踏み込みすぎたことを口にした。こうして母と息子が再会したのだから、今度は実の父親を探してはどうだろうか。ジャン＝マルクがまだ生きているとして。

「なにが起ころうと、あなたのことを心の底から大切に思っている者が、この世にいることだけは知っていてね」

この言葉は無神経であり、一方的だ。だが、フランソワはその気持ちをおくびにも出さなかった。

「ありがとう」

ふたりは立っていたので、アメリアはここでふたたびフランソワを抱擁した。アメリアの香水がなんであるのかフランソワにはわからなかった。ぼんやりと覚えているのだが、高校時代のクラスの女の子とパーティーへ行ったときにこの香水をつけていた。あのパーティーで彼女とキスをした。

「明日の葬儀には、ぜひ来てもらいたいんだけど」

「光栄ね」

アメリアは帰っていき、最初の顔合わせは大成功だったにもかかわらず、フランソワは極度の疲労感にぐったりしていた。こうなるのはわかっていたはずだ、フランソワはみずからに言い聞かせた。フランソワが望んでいたとおり、気持ちの満たされる深い関係にふたりは入っていくのだ。ふたりがうまくやっていくには、内に蓄えている肉体と精神の強靭《きょうじん》さを掘り起こさなければならないが、そもそも今の段階では、自分のなかにそうしたものがあるのかどうかさえわからない。だが、これはみずから取り決めたことだ。ふたりはお互いを知っていくことになる。

26

ふたたびサミから連絡があったのは十一時半だった。部屋でまたもやクラブサンドイッチを食べ、トマス・パケナムの分厚い『アフリカを奪え』を読んでいるところだった。アラブ音楽の不協和音が聞こえてきた。ベリー・ダンスのショーたけなわといったところだ。

「ふたりを降ろしたところです」

サミの声は緊張していた。礼儀正しくふるまうのも限界だといわんばかりだ。新米工作員にはよくあることだ。罪の意識とアドレナリンが、毒と解毒剤のように体に満ちあふれる。

「フランソワはヴァレンシアまでアメリアを送り、無事に部屋にたどり着いたか確認しました。フランソワはホテルのバーでコニャックを飲《や》るんだと言ってましたよ。どこかで会いましょう。ふたりがどんな様子だったか報告します。母親、アメリアは興味深い人です」

もう一度言ってくれと口まで出かかったが、いきなりすべてが、毎日太陽が沈むように明確となった。フランソワはアメリアの子ども。三十年以上前にチュニスで産んだ。そんなことがありうるだろうか？　アメリアの資料を思い起こす。時期がぴったりと一致する。フランソワは一九七九年に生まれている。チュニスでアメリアがオペアを辞《や》めたあとだ。まちがえようがない。フィリップとジャニーンはフランソワが生まれたときに養子にしたのだ。養子にするときの書類、あるいは出生証明書にはアメリア・ウェルドンの名前はなかった。アメリアが子どものことを隠し通したことに改めて驚かされた。SISの調査は綿密なのだが、フランソワはその網の目から漏れたのだ。では、父親は誰なのだろう？　チュニスに在住していた外国人か？　SISで仕事をはじめる前の時期の資料には、このとき恋人がいたという記述はない。レイプされたのか？

ケルは部屋の真っ白い壁を見あげ、それからすり減ったベージュのカーペットに視線を落として目をこすった。

「部屋に来てくれるかな」穏やかな声で言った。「ここで話そう」

まさか怒りを覚えるとは思っていなかった。しかし、ケルはアメリアに腹が立ってしかたがなかった。ずっと騙《だま》されていたということではないか。ともに子どもがいないということが、結局はふたりを個人的に結びつけていた大きな要因だった。その心の空白を埋めるようにふたりは静かに嘆き合っていたのだ。ところが、秘密工作員の大ベテランが若い頃のちょっとした逸話を隠していた。だが、憤りが収まると、アメリアの深い悲しみがそくそくと心に伝わってきた。子どもを手放す苦しみは、とても想像できるものではない。九カ月腹のなかで育ち、子宮の向こう側からアメリアに話しかけ、身をよじりながらこの世界に生まれ出た子ども。アメリアもまだ世間を知らなかっただろう。ケルはアメリアの部屋のドアをノックし、友人だと告げたくなった。なにが起きたのか話したくなったらいつでも頼ってほしいと。

「やわになったな」

プロとしての規律を取り戻せるといわんばかりにひとりつぶやき、立ちあがった。部屋全体を照らす明かりをつけ、ルームサービスで頼んだ濃厚な赤ワインの残りをグラスに注いだ。ハンニバル。地元のワインだ。ベッドに置いたカメラを手にとり、プールで撮影した写真を探した。アメリアとフランソワのカットは全部で五十枚ほどだった。写真を見ながら、ふたりが親子らしく似ているところがあることに気づき、アメリアのプライヴァシーに立ち入っているという思いがこみあげてきた。このチュニスでの休日は、ふたりがともに時を過ごすことができるまたとない機会なのだ。おれには、こそこそのぞきまわる権利はない。工作員としての長い経験のなかで、ケル自身にとってもプライヴァシーというのは、なにものにも代えがたい大切なものだ。アメリアもそう思っているだろう。秘密工作員には他人の視線を気にせずに生きられる場所はほとんどなく、誰からも邪魔されずに落ち着いていられる時間は神聖不可侵とさえいえる。たとえば、ウィルトシャーのアメリアの家は避難所であり、ことあるごとに秘密情報の世界のプレッシャーからそこへ逃れようとしている。ケルにはそのような隠れ場所はなく、妻クレアのもととヴォクスホール・クロスのあいだを往復しているだけだったので、やがて仕事とプライヴェートなときの自分の区別がつかなくなり、両者がきつく結びついてほどけなくなってしまった。ＳＩＳはアフガニスタンの件でケルに激怒して償《つぐな》いをさせようとし、一方、妻の怒りと欲求不満で夫はがんじがらめとなり、そこから逃げ出すことができないでいる。

「きみに乾杯だ」ケルはアメリアにグラスを掲げた。それから声を落としてつづけた。「母親になったことに」ケルはワインを飲み干した。

27

火葬場には十二人の会葬者しかいなかった。もっと規模の大きな葬儀は秋に改めて執り行なうことになっている。フランソワは隣に座ってくれとアメリアに頼んだ。フランソワをはさんだ反対側には、亡きジャニーンの妹が控えている。葬儀のあと、叔父の家でフランソワはアメリアをイギリスから来た家族の友人として紹介した。あとでフランソワはそのことを詫《わ》びた。「みんなに真相を打ち明ける勇気」がまだないのだと言った。その晩、ふたりで話し合い、チュニスへ行くことに決めた。フランソワはパリにはいたくないと言い、アメリアは会ったばかりだというのに、こんなにもすぐに別れなければならないのはがまんならなかった。今度、会えるのはいつになるのか？　そこでアメリアはヴォクスホール・クロスの補佐役に連絡し、葬儀のあと、休みが必要となり、精一杯休暇をとって二週間、南フランスで過ごすつもりだと告げた。チュニジアへ行くのを隠すために、ニースのホテルを予約し、絵画教室に通うことにした。長官のサイモン・ヘインズから電話があったが、アメリアは「休みをとってしかるべきだろう」と理解を示し、ジョージ・トラスコットからはいらだちもあらわにメールが来た。〝一日前にそんなことを言ってきて、仕事を投げ出すのはきわめて遺《い》憾《かん》である〟。ほかには、休暇をとることについて意見のようなものはほとんど出なかった。

金曜、アメリア・リーヴェンはガマルトにおり、ラマダ・プラザから通りを渡ったところにあるホテルにファレルという偽名で宿泊していた。秘密を守るために細心の注意を払い、フランソワはラマダ・プラザに部屋をとらせたのだが、そこまでやる必要はおそらくないだろう。フランソワはなんの疑問もさしはさまなかったし、こうした手を打つことに反対もしなかった。むしろ、このような策略をめぐらせることを楽しんでいるようであり、これは〝遺伝〟にちがいないと冗談まで飛ばした。

三十年以上たってチュニジアに戻り、まずは物悲しさと不安が心にきざしたが、日を重ね、昔懐《なつ》かしい場所をずいぶんとめぐっているうちに心が満たされてきて、これは思ってもいなかった効果だった。見た目には、チュニジアはほとんど変わっていなかった。夕方の空を背景に空気を切って飛ぶアマツバメ、乾いた猛烈な熱気、絶え間のない人々の話し声。ラ・マルサの公園、恋人の腕に抱かれて過ごした長い夜。ジャン＝マルクの妻と子どもたちをさげすんでいたことを思い出した。彼を独占したくて無慈悲なことをしてしまった。フランソワと〈ル・ゴルフ〉へ行った。ここはかつてジャン＝マルクがよく連れていってくれたレストランだが、この店なら彼の同僚や友人もおらず、姿を見られる危険がなかったからだ。妊娠前にチュニジアでアラビア語を学びはじめ、メディナの通りをぶらぶらと歩いて授業へ向かったものだ。頭にスカーフを巻き、スカートをはいたその姿に、チュニジア人の男の子たちは口をあんぐりとあけて熱い視線を送ってき、さかんに舌を鳴らすのだった。あの年代の醒めた若者たちの例に漏れず当時の彼女も、アメリア・ウェルドンはほかの学生やチュニスの街を行き交うバックパッカーとはちがう、と固く信じていた。なんといっても彼らは、ママに甘え、パパの金で旅をしているのだ。三十年以上たってからこうしてふたたびチュニジアを訪れ、郷愁の念に打たれたのも、街で男の子たちを虜《とりこ》にしていた娘が別の人生に踏み込み、はるかな道のりを歩いてきたという思いがことさらに強かったからだ。二十一世紀も十年以上が過ぎた今、アメリア・リーヴェンはイギリスから来たたんなる中年の旅行者にすぎず、カーペットや偽物ブランドのポロシャツを売る露天商たちの格好のターゲットとなっている。一九七八年に目にしたのと同じ男たちが、同じ店で同じお茶を飲んでいると言ってもいいほど変わっていない。女たちも昔のままのメディナの路地や壁にタイルを貼った家の戸口で、人目につかないように同じように野菜をごしごしと洗っている。ピンクやクリーム色のウェディング・バスケット、お茶の葉、スパイスが山をなし、三十数年前の商品がそのまま並んでいるかのようだ。なにも変わっていなかった。だが、もちろん、変化はある。若い女たちは化粧をし、ドルチェ&ガッバーナのジーンズをはいている。連れ立っているボーイフレンドは携帯電話で話をし、チェルシーFCのポスターがカフェの壁に貼られている。一九七八年に埃《ほこり》とオイルにまみれて駆けずりまわっていた子どもたちは今や大人になり、アメリアをタクシーに乗せてバルドー博物館へ連れていき、あるいは高級レストラン〈ダール・エル・ジェルド〉でフランソワが昼食をとるときに、ナプキンを差し出している。

「ここにいたときは幸せだった」アメリアはなんの警戒心もなく、感傷的になったときにこう言ったが、すぐに後悔した。息子を手放そうというときに幸せだったなどとどうして言えるのだ？　「あのことが起こる前のこと」フランス語でつっかえながら言い添えた。「自由を謳歌《おうか》していた。イギリスから遠く離れていると思うと、それだけでよかった」

「それで今は、イギリスのために働いているんだね」

「なんと言ったらいいかしらね」アメリアはグラスを掲げ、フランソワのために乾杯をし、クリスタルグラスの輝きを見つめた。「そう、おそらくね」

28

ドアが軽くノックされた。ケルはドアチェーンをはずし、サミを部屋へ招き入れた。真夜中の男同士の妙な会合。ケルはバルコニーのドアをあけて、新鮮な夜の空気を部屋に通した。ベッド脇の床の上には、マッカランのボトルが置いてある。ニースの免税店で手に入れた酒だ。バスルームからグラスをふたり分持ってくると、それぞれにスリー・フィンガーずつ注いだ。そうしながらケルは〝なにもかもいかにも秘密めかしたようで〟申し訳ないと謝ったが、アラビア語で表現するのは難しかった。

「だいじょうぶです。わかってますから」

長い夜をタクシーの運転席に座ったままでいたためか、サミは猫背になり、動きがわずかに鈍いが、足を引きずりながら部屋の奥へ行くとローソファーに身を落ち着けた。その目は興奮で輝いている。

「ふたりはすてきな時間を過ごした？」

ケルはそう切り出したが、曖昧《あいまい》な言い方をしてサミにその先を言わせようとした。

「ええ、信じられない話です」サミは体を前に乗り出し、禿頭《はげあたま》をこちらに見せ、かがみこむような姿勢ですべてを報告した。「ふたりのことはご存知で？」

「話してくれるかな。細かいことはほとんど忘れてしまっているんだ」

こうして話がはじまった。三十年前、〝アミー〟——アメリアはこう呼ばれていた——がチュニスで働いているとき、結婚していないというのに妊娠してしまった。まだ十代、両親は厳格なカトリック教徒だったので、赤ん坊を養子に出すことに決まった。その赤ん坊がフランソワであり、生後すぐにフランスへ連れていかれ、パリのフィリップとジャニーンのマロ夫妻に育てられる。痛ましいことにマロ夫妻は、つい数週間前、休暇で訪れたエジプトで殺されてしまった。父親の遺書を読んでフランソワははじめて出生の秘密を知った。ためらうことなくフランソワはチュニスの手続きをした養子斡旋所に連絡した。

はじめてこれを知ったならもっと驚いていただろうが、ケルはどちらかといえば落ち着いて聞いていた。ある程度、推測はついており、なにもかもつじつまが合っていた。それでもひとつだけ驚いたことがある。アメリアはつい数日前にはじめて息子に会ったというのだ。どういうわけかケルは、ふたりの関係が数年つづいているものとばかり思っていた。どうしてこのような根拠のない推測をしていたのか？

「こうした打ち明け話をしたのはどっちだろう？　どのようにして出てきた話なんだ？」

「フランソワが話しました。ジャスミン革命のすぐあとのチュニスでなにをしているのか、あたしが尋ねたんです。そうしたら、すべて話してくれたんですよ」

「アメリアはなにか言わなかったのかな？　フランソワに話をさせていた？」

フランソワにそのような軽率なまねをさせておいたのはなぜか、ケルは知りたかった。おそらく警戒心が緩んでいるのだろう。サミを疑う理由がない。

サミはうなずいた。

「女の人は、もっとずっと静かでした。フランソワが主にしゃべっていました」

「アメリアは幸せそうに見えたんだろ？　ふたりは満ち足りていたんだから」

「ええ。そうです」サミはスリー・フィンガーのウィスキーを飲み干すと、さらにお代わりを要求した。「それで、こちらからちょっと訊いてもいいですか？」

ケルはカーペットの上のボトルを手にとって求めに応じた。

「どうぞ」

「どうしてあのふたりをつけるんです？」

サミは裏表がなく、見た目にも親切で素直な男だ。根がロマンティックなのだろうが、悲哀に満ちたフランソワの話に引き込まれているのは明らかだ。

「わたしも雇われているんだ」ケルは答えた。隣の部屋の男が咳をしはじめた。ケルは話題を変えようとした。「疲れただろ？」

サミは肩をすくめた。このところ任務を遂行しているとき、今回のニースでエルサに対してもそうだったのだが、ケルは協力者の個人生活をよく想像するようになった。待機しなければならない長い時間をつぶすためのたんなる気晴らしにすぎない。おそらくエルサはロック好きで髪の毛が長くタトゥーだらけの男たちと喜んでベッドをともにするのだろう。だが、サミはどうなのだろう？　この男は何者だ？　敬虔《けいけん》なイスラム教徒？　ウィスキーをお代わりするくらいだから、おそらくちがう。スポーツ好き？　女好き？　食道楽？　腹の出ていることや快活な性質、酒を飲むペースの速さなどから推測するに、食べることに執着があることは確かだろう。

ケルは先をつづけた。

「どうして別々のホテルに泊まっているのか、フランソワはなにか言っていなかったかな？」

「言ってました」答えはすばやく返ってきたが、驚きのようなものがその声に滲《にじ》んでいた。ケルがサミの心を読んだといわんばかりだ。「ラマダ・プラザが満室だったので、アメリアはこのホテルに部屋をとったということでした」サミは階下のロビーを示すようにうなずいた。「明日、出発するそうです。空港まで送ることになりました」

「往復の車内でこうしたことをなにもかも聞き出したんだな？」

アメリアはサミを操ろうとしているのか？　ケルがチュニスにいて、サミを雇っていることを知っているのか？

「あのふたりは」そう言うと、太くて短い指を二本立ててチャーチルのようにVサインを作った。「ずっとあたしに向かって話をしていました。お客さんに質問するのが好きでしてね。旅行者ということで、秘密をなんでもしゃべってくれるんです。もう二度と会うことがないんですからね」

ケルは笑みを浮かべて内心、疑っていることを隠した。

「アメリアを空港へ送っていくんだな？」

サミは出すぎたことを言ってしまったというように、いきなり当惑を顔に浮かべた。

「それでよかったですか、スティーヴン」

「もちろん。問題はないよ」サミの心配を振り払うように手を振り、マークワンドのことを思った。朝、ロンドンになんと報告しよう。アメリアの秘密をどのようにカモフラージュしたらいいのか。「わたしたちの関係がバレないように気をつけてくれればそれでいい。わたしはきみと会ったことはない、いいね？　顔を見たことも話をしたこともないんだ。わたしはきみに金を払ったことはない。あとをつけていることをアメリアに知られてしまうと、わたしの雇い主はとても怒るだろう」

「わかっています」サミは空《から》になったグラスをソファー脇のテーブルに置き、まだ犯してもいない罪を咎《とが》められたことに機嫌をそこねたかに見えた。「そろそろおいとまして、寝たほうがよさそうです」

「好きなようにしてくれていい」

ひと呼吸置いてからサミが立ちあがると、ケルは部屋の入口まで送っていき、アメリアを空港へ送るまではゆっくりしてくれと言った。サミが足を引きずりながら廊下を遠ざかっていくのを眺めながら、ロビーでフランソワと出くわしたら、サミはなんと言い逃れをするだろう？　いや、そもそもそんなこと、問題となるだろうか？　もう、謎は解けたのだ。ケルの仕事は終わった。

部屋全体を照らす明かりを消し、ベッドに横になった。隣の部屋の男が耳障りな咳をし、窓の下では男と女が話をしているが、会話の中身までは聞こえなかった。すでに午前一時だ。くつろぐこともできなかったので、上着をはおり、バーでアメリアに会えるかもしれないと期待しながらロビーへ降りていった。しかし、フロントに若い男がいるだけでほかに誰もおらず、バーも閉まっていた。ふと思い立ってタクシー乗り場へ行くと、ラ・マルサへ行こうか、と運転手が誘いかけてきた。自分でも驚いたのだが、ケルは頼むと答えた。ホテルから離れたかったからだ。潜伏して任務を遂行するなどまさに密室嗜好症《しこうしよう》であり、そんな状態から逃げ出さずにはいられなかった。それに、仕事の終わりを祝ってもいい。タクシーに乗って海岸沿いを走っている十分ほどのあいだ、運転手はひと言も口をきかなかった。ラ・マルサの中心にあるおしゃれなバー、〈プラザ・コーニッシュ〉の前で降りた。この店のウェイターは、次のフライトを待っているパイロットのような格好をし、客としてきている褐色に日焼けしたイタリア人たちはチュニジア人の女の子たちにさかんに視線を向けていた。ひとりで出かけることが嫌いだったことに思い至る。ナイトクラブで遊ぶには年をとりすぎているし、神経が高ぶっているので寝に帰るのも嫌だった。三十分後、ドイツビールを半分ほど飲んで店を出ると、通りの反対側の角で先ほどのタクシーの運転手が待っていた。タクシーが縁石を離れたとき、携帯電話の呼び出し音が鳴り、表示を見るとサミからだった。ベリー・ダンスの音楽が聞こえた。

「ミスター・スティーヴン？」

「サミか？」ケルは時間を確認した。「どうした？」

「こんな時間にすみません。重要なことを言い忘れていました」

「なにかな？」

「明日のことです。船。フランソワはラ・グレットを出航するフェリーを予約しています。フランソワもチュニジアを離れます。船内で一泊してマルセイユへ戻るようです」

29

翌日、マルセイユへ向けて出航するフェリーは一便しかなかった。ケルはヴァレンシア・カルタゴに戻るとSNCM社のウェブサイトからフェリーの船室を予約し、ニースへの航空券をキャンセルした。それから少し眠り、ルームサービスで朝食を注文して腹ごしらえをする。八時にサミから電話がかかってきて、これからラマダ・プラザへアメリアとフランソワを迎えに行くと報告してきた。

「ミセス・アメリア・ファレルを空港まで送り、それからフランソワをフェリー・ターミナルまで連れていくことになっています。近いですから」

〝近い《クロース》〟という言葉は、〝親密〟という意味にも解釈できるが、アメリアと息子との関係を言っているのではなく、おそらく空港とラ・グレットとの距離が近いということなのだろう。こうしたことをジョークにするユーモアのセンスがサミにあるとも思えない。

「フランソワが飛行機で戻らないのはなぜだと思う？」

「できるなら船で戻りたいと言っていました。アメリアはニースに行きます」

絵画教室に戻るというわけか。ナイト夫妻はまだ律儀に通っているだろうか。毎日、マークしている人物が現われるのを待ち、虚しくすぎていく。アメリアはホテル・ガレスピーを引き払い、日曜の夜にはロンドンに戻るつもりなのだろう。

「フランソワをターミナルで降ろしたら、また連絡を入れてくれ。フロントのあたりで封筒に金を入れて渡すよ。最後の支払いだ。千五百ディナール。それでいいかい？」

「感謝します、スティーヴン」

「礼には及ばんさ」


港はクレーンが立ち並び、トラックが行き交い、その敷地は広大だった。風に乗ってカモメが滑空し、フェリーボートに乗り込もうと車が列をなしていた。ケルはタクシーでSNCM社のターミナルに乗りつけ、直射日光を浴びながら傾斜をなした通路にできた列に並んだ。すぐ前にいるのはチュニジア人の家族で、くたびれたように歩いている。砂漠地帯からやってきたのではないだろうか。背が丸くなった老人がゆっくりと視線を向けてくると、そこにはケルを蔑《さげす》むような色があった。ひ孫なのだろうか、一緒にいた少年に青いビニールのバッグの口を閉めるように注意した。服や靴などがのぞいており、バッグをのせた金属製のカートをがたがたと押していくうちに、こぼれ落ちてしまうというのだ。老人の指は長く、手は汚れてごつごつしており、長年、肉体労働に携わってきたことがわかる。どのような一家なのか想像をたくましくした。フランスへ移民するのだろうか？　全財産を年代物のスーツケース三つと数個のダンボール箱に詰め込んでいるのではないか。こうした荷物は、金属製のカートに積んで今にも崩れ落ちそうだ。

列はどんどん前に進んでいき、まもなく建物内の待合室に入った。天井が高く、四角い部屋の三方にはチケット・デスク、土産物《みやげもの》を売るキオスク、ピッツァやパンケーキを売るカフェなどが並んでいる。チケットを手渡してくれたSNCM社の係員は、サミと似通った風貌ながらも、ロンドンの情報部の高官のように都会的で垢抜《あかぬ》けていた。このような仕事にだけは就きたくない。ひとつの部屋に監禁されているようなものだ。来る日も来る日も、同じ事務仕事を繰り返すだけ。ケルはコーヒーを買い、窓際の席に腰をおろし、港を眺め渡した。なにもかもが妙に湿っぽく、まるで朝の海がいきなり盛りあがってこの建物をきれいに洗い流したかのようだ。

五分ほどして、車のない乗客が集まった広い待合室のなかでフランソワの姿を認めた。十五メートルほど向こうにあるセキュリティー・チェックの列に並んでいる。係官にチケットを見せているところだった。首からヘッドフォンをぶらさげ、ファッショナブルな南ヨーロッパの人が好んで持つような小さな革のクラッチバッグを抱えている。パスポート・チェックの際には係官から、高価なブランドもののサングラスをはずすように言われたらしく、フランソワは頭の上にずらしたが、その態度はいかにも横柄《おうへい》で相手を見下しているのがわかった。一週間、SISの長官に任命された女性と過ごしたために、下級の権力者を前にしても屁とも思わなくなっているのだろう。フランソワは左のほうへ曲がっていき、姿が見えなくなった。ケルは焦りや動揺を覚えることなく、コーヒーを飲み終えた。船には二十二時間乗っているのだ。ムッシュ・フランソワ・マロとお近づきになる時間は山ほどある。

子どもの頃、家族旅行でイギリス海峡を渡ってノルマンディー地方へ行ったことがあるが、乗船したフェリーは、当時のものによく似ていた。車をそのまま乗降させる客船で、デッキには車がずらりと並び、左舷、右舷それぞれに通路があり、巨大な通風筒の下にサンデッキがある。ケルの船室は船底に近く、小ぢんまりしていた。似たような廊下が縦横に走り、そこに百室近い部屋が並んでいるので、すぐに方向感覚がなくなってしまう。父親の声が聞こえるようだ。〝こんなちっぽけな部屋じゃあ、猫だって向きを変えられない〟。壁からベッドを引き下ろすと、部屋の半分は塞《ふさ》がってしまう。荷物をベッドの下に押し込んだ。枕元の脇の壁がへこんでいて棚になっており、その下にはひっかき傷の走る鏡がはめこまれている。ドアの右手にバスルームがあるが、電話ボックスよりもわずかに大きいだけだ。ケルはベッドに腰かけ、免税店で買って半分ほど飲んだマッカランを棚に置き、カメラのメモリーカードを取りはずし、『アフリカを奪え』を手にとると、船内を探索するために階段をあがった。

フランソワの姿は見当たらなかった。デッキからデッキへ、サロンからサロンへと歩きまわり、船内の地図を頭に刻みつける。六階の乗船受付のあるロビーでは、ベールで顔を隠したふたりの女が、すでにそこをねぐらにする準備を整えていた。スポンジのマットを敷き、すぐに昼寝をはじめた。ロビーのドアの向こうは、太陽の光が降り注ぐラウンジとなっており、五十人ほどの北アフリカ人がずらりと並んだ革のアームチェアに座っている。昼食時だったので、誰もがゆで卵、レタス、パンを持ち出して食べていた。男がペンナイフでトマトを切り、バゲットに自家製とおぼしきハリッサを薄くのばしていた。卵はきれいにむかれ、男は殻を集めてこぼさないように気をつけながら、床に置いたプラスティック容器に捨てている。ケルは急に空腹を覚え、食べる物を探しに行った。二階にのぼるとレストランがあったが、閉まっている。愛想のいいフランス人のウェイターが、船が港を離れたら営業すると教えてくれた。ケルは左舷のデッキへ出ていき、ペンキのはげた手すりに両手を置き、最後の車の列が船尾に乗り込んでくるのを眺めた。美しい夏の日だった。照りつける太陽の光は物をくっきりと際立たせ、塩気を含んだ空気のなかを踊る光の粒子に目が痛いほどだ。ケルは深々と空気を吸い込み、何日も部屋にこもっていたような気分を一掃させた。ケルの右隣に立っている口ひげを生やしたアルジェリア人の男は、港の写真を撮っている。左隣の男は、駐車場に集まっている数人の親族に向かって手を振り、今にも泣きそうな顔をしていた。

30

よく言われるように、歳月がジャン＝マルク・ドーマルを癒《いや》してくれた。チュニスをあとにしてからの十年、最初の数カ月はブエノスアイレスに赴任し、アルゼンチン軍がフォークランド諸島に侵攻するのを間近で見て楽しみ、サンファン通りにあるオフィスの秘書課の女と深い仲になった。アメリア・ウェルドンに夢中になっていた気持ちは、消え去りはしなかったが、やがて怒りと恥が混ざったような感情へと変質していった。若い女にあれほどまでに気持ちを振りまわされてしまったことにいらだちを覚えた。特に心が弱っている時期にアメリアと出会ったのだろうか？　二十年仕事をしてきたなかで関係を持った女たちは、いっときの遊びで付き合っていただけであり、アメリアのように真剣になったことはなかった。

チュニジアを離れて十六年ほどして、はじめてジャン＝マルク・ドーマルはアメリア失踪の謎を知った。ジョージア州アトランタに住む裕福な得意先の結婚披露宴に出席したときのことだ。真っ白な天蓋《てんがい》の向こうにいたのは、誰あろうジョーンとデイヴィッドのグートマン夫妻だった。あのくだらない中産階級の白人女とユダヤ人男の夫婦で、アメリアがラ・マルサを飛び立つ晩、その身をかくまっていたのだ。一九七八年のあのつらい日々、ジャン＝マルクはグートマンが目と鼻の先でアメリアを奪い去ったのではないかという疑いをすぐに捨て去った。理由は明らか、アメリアがいなくなった日をまたいで前後六週間、グートマンはイスラエルにいたからだ。現にそれからあと、ジョーンがなにもかも明らかにしてくれた。アメリアが行方不明になって三日後の昼食の席でのこと、ジョーンが妻のセリーヌに教えてくれたのだ。アメリアは街でイギリス人の若者たちと遊んでおり、そのなかのひとりと懇《ねんご》ろになり、妊娠してしまった。そこでアメリアは、イギリスへ戻り、子どもをおろすという苦渋の決断をした。不祥事がなにもかも過去のこととして葬り去られ、ジャン＝マルクとセリーヌのドーマル夫妻もアメリアの軽率で見下げ果てた行ないを許してくれることをアメリアは切に願っているという。

ジャン＝マルクはもちろん、自分の子どもだとわかっていた。アメリアが愛《いと》おしくてしかたがなかったが、同時に堕胎を決意してくれたことに心の底からほっとした。私生児ができてしまうと、セリーヌはまちがいなく離婚話を持ち出すことになっただろう。スキャンダルを起こしてしまえば、昇進してアルゼンチン支部へ赴任するチャンスも失われ、息子のティボーと娘のローラの人間的な成長にも悪影響を与える。そんなことがあってはならない。よく考えてみると、アメリアが大人の判断をし、良識を働かせてくれたことは喜ばしいかぎりなのだ。

ところが、最後にどんでん返しがあった。あのアトランタでのまばゆいばかりの夏の午後、デイヴィッド・グートマンは飲みすぎていた。一九七八年に慎重にでっちあげた話を忘れ、ジャン＝マルクがなにもかも知っていると思いちがいをしてしまった。実はアメリアは何カ月もチュニスにおり、しかもジャン＝マルクの家のすぐ近くのアパートに身を潜め、腹のなかで赤ん坊は日一日と成長していたのだ。驚きを隠しながら話を聞いていると、アメリアは堕胎しておらず、息子を産んだのだという。ここまで話してグートマンは酔っ払いながらも口をすべらせてしまったことに気づいたようで、ジョージア州の澄んだ空気をパクパクと吸い込みながら嘘をひねり出し、取りつくろおうとした。

「悲劇だったのは、数週間後に赤ん坊が死んでしまったことだ」

「ほんとうか？」

「ああ。胸が張り裂けるようなできごとだった。敗血症のようなものだったらしい。真相はわからないがね。ジョーンなら知っているだろうが、今夜はそういう話題を出すのはまずいからな。わたしの記憶では、病院が清潔ではなかった。敗血症になっても不思議ではない」

一九九六年、ジャン＝マルク・ドーマルはパリに戻っていた。パリに戻る飛行機のなかで、アメリアとのあいだにできた子どもがどうなったのか、調べてみようと心に決めた。イギリス国内でのアメリア・ウェルドンの足取りはまったくつかめなかった。メイフェアの私立探偵を雇い、予想以上のかなりの金を注ぎ込んだにもかかわらずなにもわからなかった。チュニジアの養子紹介所を手を尽くして探らせてみたものの、記録に空白部分がつづいているのだった。それから十年、仕事を引退し、ブルゴーニュの実家に住みはじめてだいぶたった頃、ジャン＝マルク・ドーマルはついにアメリアがあれからどうなったのか知った。息子ティボーは、パリでジャーナリストになっており、ある日、ガールフレンドを家に連れてきたが、この女性がたまたま内務省に務めていたのだ。近い将来、義理の父になってもらいたいという思いから、ジャン＝マルクにいい印象を与えようと、この女性――マリオン――は、マドモアゼル・アメリア・ウェルドンについて調べてみると約束してくれた。マリオンはSISの知り合いに探りを入れたのだが、これがフランスの対外治安総局の注意を引いてしまった。すぐにマリオンは、なんのためにそのようなことを調べるのか尋問されることになる。マリオンは対外治安総局にジャン＝マルク・ドーマルのことを話した。ジャン＝マルクは〝ベネディクト・ヴォルテール〟なる男とボーヌでランチをともにすることになった。

「教えていただきたいのですが、ムッシュ」ベネディクト・ヴォルテールは尋ねた。ウェイターはふたりにメニューを差し出し、忘れられない食事がこうしてはじまった。「チュニスでの日々でどのようなことを覚えています？　たとえば、アメリア・ウェルドンという名前の女性についてなにか話すことはありませんか？」

31

スパイをするということは待つことだ。

ケルは船室に戻った。それから『アフリカを奪え』を手にとり、船室の並ぶZ字形にのぼっていく廊下で迷いながら、ようやくレストランを見つけ出し、まともな昼食にありついた。フェリーはすでに外洋に出ており、店内は半分ほど席が埋まっていた。レストランの外に列ができることもなく、席には充分な余裕があり、車を駐めたあと下のデッキからあがってきたフランス人たちも座ることができた。アフリカ人の姿は見当たらなかった。食べ物はフランス料理で値段はユーロで表示され、客はもっぱら白人だ。ケルはフランソワが現われるのを待っていた。コーヒーを注文し、本を読んでねばっていたが、二時半になってもやってくる気配がなかったので、あきらめた。フランソワはセルフサービスの簡易食堂のほうで済ませてしまったにちがいない。ケルは勘定を払って階段をあがり、簡易食堂を突っ切りながら外を眺めると、カルタゴの真っ白な家々が水平線上に細い白い線となって見えていた。簡易食堂には若いイギリス人の夫婦のほかに客はいなかった。ふたりのよちよち歩きの幼児は大声をあげ、さらにもうひとり、生まれたばかりの赤ん坊がいた。夫婦はなんとかして子どもたちを静かにさせようとしている。母親は離乳食を赤ん坊に食べさせ、ふたりの幼児はリノリウムの床にビニール製のおもちゃをたたきつけている。床の一区画が海水で湿っていた。子どもも両親も疲れきっているように見えた。

地図の助けを借りずにお目当ての通りにたどり着いたかのように、ついにケルはフランソワを見つけた。船尾にある日光浴用デッキの手すりの前に立ち、スクリューで泡立つ海や、すでにはるか彼方に遠ざかり靄《もや》にかすんでしまったチュニジアの海岸線を眺めていた。隣にはフランソワよりも背が高く、顎ひげを生やし、ジーンズにボタンダウンの青いシャツを着た男が立っていた。おそらく染めている艶《つや》やかな黒髪のこの男は、五十歳なかば、フィルターのないタバコを吸っていた。タバコが短くなってくると吸殻《すいがら》を船尾から海へとはじき飛ばしたが、風に乗ることができず、下のデッキへ落ちていった。男とフランソワのあいだで交わされている会話は、肩の力が抜けた月並みのものだったが、ふたりのあいだの距離から判断するに、すでに親密になっているようだ。しばらく話し込んでいたのだろう。ひょっとしたら、以前にも顔を合わせているのかもしれない。ケルは数メートル離れたところで手すりに寄りかかり、男の名前を確認する。リュック。〝マルセイユのホテル〟について話をしている。しかし、会話の詳細を聞き取ろうとしても、船の通風筒が絶え間なくたてる低い音にかき消されてしまう。

ケルもタバコに火をつけた。常にタバコを一箱持ち歩いている。工作員、あるいは一般の人たちに接近しなければならないことがあるかもしれないからだ。火を貸してもらうのが会話のきっかけになるし、手の置き場に困ったときも、タバコがあれば切り抜けられる。背後を振り向くと、デッキにプラスティック製の椅子が置かれ、容赦なく照りつける地中海の太陽のもとで、船客たちが昼寝をしていた。旅が与えてくれる高揚した気持ちもひとまず落ち着き、今は次の目的地に着くまでの空白の待ち時間なのだ。読書をしたり、寝たり食べたりする以外にやることはなにもない。風はケルの顔をたたき、船尾のフランス国旗をちぎれるほどはためかせている。フランソワとリュックはまだ話しつづけていた。声は低く、重々しいフランス語の会話が笑い声でとぎれることはなかった。結局、ケルは湿気から滑りやすくなった階段を下のデッキまで降り、フランソワとリュックの真下に立って耳を澄まし、言葉が風で運ばれてくるのを待った。しかし、だめだった。エンジンの咆哮《ほうこう》が、あらゆる音を消していた。ほかにどうしようもなかったので、ロンドンで使っている携帯電話の電源を入れたが、フェリーが北へ向かって進んでいくにもかかわらず、受信記録一覧が明滅して消えただけだった。

夕食のときに、ひげを生やしたリュックの姿をもう一度見かけた。フランソワと話をしていた男は、ケルの席から一メートルほど離れた隅のテーブルに向かってひとりで食事をしていた。部屋に背を向け、文字がびっしりと書かれた書類の上に背を丸めてかがみこんで読みふけっている。その合間に、白ワインとマッシュルームで作ったソースをかけたチキンとライスを食べた。ケルはみごとなまでの夕日を眺め、《タイム》誌を読みながら、どうしてフランソワをマルセイユまでつけることにしたのか、改めて考えはじめた。アメリアとともにニースへ行き、ナイト夫妻と連絡をとったほうがよかったのではないか。それからロンドンに申し分のない報告書を送り、今回の任務の請求書をトラスコットに送りつける。

ケルがデザートを半分ほど食べ終わったときに、リュックは立ちあがり、レストラン入口近くにあるサラダバーへ歩いていった。なにを取るか考えているようだ。ヨーグルトをかけたキュウリ。千切りにしたニンジン。缶詰から移し変えたスイートコーン。リュックが三角形に切ったプロセスチーズを取っているときに、フランソワがレストランに入ってきてケルのほうへと歩いてくる。フランソワとリュックは目を合わせ、お互いにここにいることを確認しただけで、それ以上の親密さは示さなかった。リュックは皿に目を落とし、フランソワは席に案内しているウェイターに視線を向けた。右舷の席にフランソワは落ち着いた。ケルは今目にした情景について考えた。お互いに無視しあっていたのか？　相席にされるのが嫌で知らないふりをしていたのだろうか。それともほかになにか理由があるのだろうか。フランソワは腰をおろすとナプキンを膝にかけ、メニューを手にとった。ちょうどケルの真正面だったが、ケルに注意を払いはしなかったし、レストランのほかの客を意識することもなかった。沈みゆく太陽の光が窓から入ってきて壁を濃いオレンジ色に染めた。フランソワがひとりでいるところを見るのは興味深い。人目を意識した様子も横柄《おうへい》な態度も、ほとんどなりをひそめていた。ホテルで撮影したときよりも、印象が薄く、自信に満ちあふれているという感じがしなかった。おそらく悲しみが重く心にのしかかっているのだろう。親を亡くしてから何カ月、いや何年もつづくこともあるが、どのような心持ちになるかケルは痛いほどわかっている。ケルの母親はSISで働きはじめて二年目に乳癌《にゅうがん》で他界したが、その喪失感を乗り越えることができたのはここ最近のことだ。フランソワは本も新聞も持ってきていなかった。食事をし、ワインを飲み、考えや視線をさまよわせるだけでいいのだろう。ケルに見つめられていることに気づくと、フランソワも視線を向けてうなずいた。そのしぐさがアメリアにそっくりだったので、立ちあがって家族の古い友人だと自己紹介したい誘惑にとらわれた。きみの母親と長年人生をともにし、仕事をしてきたのだ、と。リュックは食事を終え、せわしなくウェイターに向かって手を振り、会計を頼んでいる。ケルも会計を頼んだ。食事とワインをユーニアック名義のデビットカードで支払い、リュックのあとからレストランを出た。

あとをつけるのはかんたんではなかった。Z字形にのぼっていく廊下に来たり、ちょっと後ろを振り向かれたりしたら、姿を見られてしまう。階段は狭く短い。廊下はがらんとしている。ケルはなるべく距離をとってあとをつけていったが、リュックがいきなり曲がったり、下のデッキへ降りていく場合に備えて、それほど離れるわけにはいかなかった。リュックが船室に戻ろうとしているのがわかった。四階下った。ケルの船室のすぐ下の階だ。まもなく廊下が十字に交差しているところに出た。方向感覚がなくなった。リュックは黄色の照明に照らされた狭い廊下を進み、部屋の前で立ち止まった。おそらく十五メートルは離れているだろう。ケルはリュックが四桁《けた》の暗証番号を打ち込むのを見ていた。室内に入り〝起こさないでください〟と書かれた札を外のノブにぶらさげてドアを閉めた。数秒待ってから船室の前を通り過ぎ、四五七一号室であることを確認した。それから自分の部屋に戻り、チュニスでは楽しめたシェイマス・ヒーニーの詩を読み、フランソワが食事を終えるのを待った。詩のタイトルは「追伸」だ。この『水準器』という詩集の最後のページにケルは詩の一節を書き記した。〝白鳥が群れ、雷となって地に降り〟。この一節がことさらに美しいと思った。詩集を開いたまま伏せてベッドに置き、部屋を出て階段をのぼっていった。娯楽室でほかの客に混じって座っていれば、フランソワが一杯飲みに立ち寄るかもしれないと漠然と思っていただけで、それ以上のことは期待していなかった。フランソワがやってくれば、話しかけることもできるだろう。今夜現われなくとも、明日の朝、声をかけるようにすればいい。マルセイユまでもう少しというときにデッキの上で。レストランからフランソワをつけていったり、部屋の暗証番号を盗んで押し入ったところでどうにかなるものでもない。話しかける機会を作り、フランソワの人となりを知ればそれでいい。アメリアはSISでの仕事について話したのだろうか。マークワンドから依頼された任務の範囲を超えているが、フランソワがアメリアの正体を口外しないことを確認しておきたかった。船の上で知り合った見知らぬ乗客に対しても。あるいはフランス本土でも。アメリアの息子が秘密を守ることができると納得したら、ケルは母と息子をそっとしておくつもりだ。

32

フランソワ・マロは夕食を食べ終わると、現金で支払いをすませ、上のデッキにある娯楽室へ向かった。女を物色するつもりだが、女をほしいとは思わない。なんとも妙な気分だ。矛盾し、混乱している。この気持ちから抜け出したい。見も知らぬ女と関係を持ちたいと思いながらも、そこへ至るまでのうんざりするほど煩雑《はんざつ》な手続きが面倒だった。それにこのような船でいい女にめぐり合う機会があるだろうか？　地中海を半分ほど横断するフェリーなのだから、パリやランスのナイトクラブのようにいくわけがない。できるならマルセイユまでがまんし、着いてから女を買ったほうがいいのかもしれない。チュニジアでは女を買う危険を冒すことはできなかった。売春が法律で禁じられているからだったが、それでもラマダ・プラザでは性的な触れ合いに飢え、セラピー・センターに電話してマッサージを頼んだことが二回ほどあった。女の手の感触を楽しむだけでもよかった。アメリアがプールサイドで背中にローションを塗ってくれるときに触れてくれたが、これはまた別の次元のことだ。フランソワが求めている欲望を満足させるものではない。こうした触れ合いは、気持ちを混乱させた。

娯楽室のバーに腰をおろして十分ほどすると、脇に男が立ち、女バーテンダーの注意を引こうとした。この男のことは覚えている。レストランで《タイム》誌を読んでいた。あのときうなずきあったはずだ。パスタを食べているときに二、三度、この男の視線を感じたのだ。肌の白さ、ややだらしのない格好から推測するに、イギリス人ではないだろうか。シャツの襟はよれよれになり、これ見よがしに無精ひげをのばし、茶色の靴はすり減っている。すぐにまた、男の視線を感じ、ふたりは話をはじめた。

「ここじゃあ、酒も飲めない」

フランソワは肩をすくめた。英語は理解できるが、見ず知らずの男とつっかえつっかえ会話をするような肩が凝ることはしたくなかった。それに、外国人は誰もが英語を話すことができると思い込んでいるような態度は嫌いだ。男はこうしたうんざりした気持ちを読み取ったのだろう。フランス語で尋ねてきた。

「フランス人?《ヴゼット・フランセ》」

「ウイ。フランス語を話すのですか《ヴ・ル・パルレ》?」

男の名前は、スティーヴン・ユーニアックであり、みごとなフランス語を話すことがわかった。はじめ、この男はゲイではないかと少し心配したが、話をしているとすぐに〝幸せな結婚〟をしており、チュニジアのハンマメットのホテルで一週間過ごして帰る途中なのだと聞きもしないのに話してくれた。

「ハンマメットはどうでした?」

「パッケージ・ツアーは、いいところだけをまわるんですがね。ソーセージの形をしたゴムボートで遊ぶ子どもたち、フィッシュ＆チップスの店、見渡すかぎり日焼けしたアングロ・サクソン人。まるでイングランド南部のレディングにでもいるようでしたよ」

　ようやく女バーテンダーがやってきた。フランソワのジントニックはほとんどなくなっていた。スティーヴンが一杯おごってくれると言ったが、驚きはしなかったし、断われないような気にもなった。

「ありがとう。悪いね」

「どういたしまして。ひとりで旅行を？」

　やはりゲイなのだろう。スティーヴン・ユーニアックがハンマメットで休日を過ごしたのは、ビーチで男を漁るためだったのではないか。

「ええ」フランソワは答えた。アメリアの話をしようか。しかし、そう思っただけでうんざりした。

「お住まいはマルセイユ？」

「いえ、パリです」

　わざとかんたんに答えたが、このイギリス人は話題を変えたほうがいいとわかってくれたようだ。隣のスツールに座り、室内を見渡した。おそらくなにを話すか考えているのだろう。

「二日酔いのグレイス・ジョーンズ（強烈なビジュアル・イメージの歌手、モデル、女優）が飾りつけたようなところだな」

　これは言い得て妙だ。まさにそのとおり。フランソワは声をあげて笑い、部屋のなかを見まわした。五十歳くらいの男がディスク・ジョッキー・ブースに体を押し込み、スキンヘッドをヘッドフォンではさみこむ。テンションのあがったマルセイユの主婦たちをダンスフロアに誘い込もうとしているが、いまのところ、十歳ほどの男の子が興味を示しただけだ。陽気に騒ぐ主婦のひとりが、一、二度、フランソワに視線を投げてきたが、太っていて生活臭にあふれていたのでフランソワは無視した。照明は昔流行《はや》った紫、ミラーボールがくるくるとまわって部屋全体に星の渦を作った。DJがロビー・ウィリアムズの『レット・ミー・エンタテイン・ユー』をかけ、スティーヴンは飲み物に口をつけながらわざと咳をした。

「おいおい、なんて曲かけてんだ」

「どういうことかな?」

「イギリス人を代表して、ロビー・ウィリアムズのことは謝るよ」

フランソワはまた声をあげて笑った。頭の回転が早く、愉快なことを言う男となんの変哲もない会話をするのもいいものだ。アメリアもこうした要素を持ち合わせているが、一緒にいてもこの男といるようにはいかない。仕事上の会議か会談のようなもので、お互いに理解しようと努めているのだ。チュニスでのある夜、アメリアが部屋に引きあげたあと、フランソワは出かけたくなり、タクシーに乗ってラ・マルサのクラブへ行った。しかし、あそこのナイトライフは満足できるものではなかった。ダンスフロアのはずれの席に座り、チュニスのかっこばかりつけている怠惰な金持ち息子どもが、イスラム教徒の女を誘っているのを眺めていた。女が男とベッドをともにすることはないというのに。女が結婚前にセックスすることは、イスラム教では罪なのだ。男たちは一様に大きな腕時計をはめ、ジェルを塗りたくって髪を固めていた。アイラインがきつすぎる女のひとりが、フランソワに媚態《びたい》をふりまいたので、ダンスに誘おうかとも思ったが、誰の目があるかわかったものではない。なにが危険でなにが安全か、よくわからないのだ。チュニジアの男たちは誰もが太り気味で、卑しい感じの口ひげを自慢そうに生やしている。連中のひとりが、この女のボーイフレンドか兄弟かもしれない。女のことがかわいそうになってきた。今後、どうなるのだろう。

「チュニジアの料理はどうでした?」

スティーヴンは尋ねた。このイギリス人は間を持たせようとしているようにも見えたが、フランソワにとってこれは面白い話題だったので答えた。ラ・グレットの魚料理の店で、母親とオープンテラスで食事をしたときは満足だったが、シディ・ブ・サイドにある有名なだけのチュニジア料理のレストランで食べたクスクスにはがっかりした。

「食べ物ではひどい目にばかりあいましてね」スティーヴン・ユーニアックは言った。「ある店で魚だと思って〝メルゲーズ〟という料理を注文したら、ソーセージが出てきたんです。次の夜はこれならだいじょうぶだと〝タジン〟を頼んだら、オムレツみたいなものが出てきた。モロッコから二千キロも離れていないというのに。お母様はチュニスにお住まいなんですか?」

さて困った。アメリアのことを話すべきなのか、それとも無視を決め込んで無礼な態度をとるか。

ステイーヴン・ユーニアックは飲み物を見下ろし、ミラーボールに視線を転じ、それからフランソワの顔に目を据えた。

「長い話でして」

「時間はたっぷりあります」

フランソワは話をした。なにもかも。エジプトでの殺人事件。養子斡旋所《あっせんじょ》を通じてアメリアに連絡をとろうとしたこと。パリでの再会。ガマルトで一週間一緒に過ごしたこと。お気に入りの秘話を披露しているような気分だった。ある部分はきれいに飾りたて、もはや興味のないことはカットし、アメリアを理想化する。スティーヴン・ユーニアックは、シャルム・エル・シェイクでの悲劇に身を震わせ、その後すぐに母と息子が顔を合わせたことを喜んでくれているようだ。しかし、まもなく、フランソワは、同情されて質問をされるのにうんざりしてきた。十一時、すでに三杯目もなくなりかけていた。二杯目を奢《おご》ってもらったので、三杯目はお返しにとフランソワがスティーヴン・ユーニアックの分も支払った。これを機に、ひとりになりたかった。船室へ戻ろう。あとはきっかけを見つけるだけだ。ありがたいことに、バーの向こう側にいる女が、しばらくふたりに視線を向けていた。はじめのうち、どちらに気があるのかわからなかった。三十代後半で地味な服装《なり》をしているが、魅力的な女だ。今日の午後に見かけている。ロビーで新聞を読んでいた。あの女は、このイギリス人よりもおれのほうに興味があるといつもなら思うところだが、どうやら、彼女はスティーヴン・ユーニアックを見つめているようだ。

「どうやらあなたに興味を持っているようだ」フランソワはそう言って女のほうへ視線を走らせた。

「誰が?」

スティーヴンは女に気づいていないようだ。

「バーの向こう側。ブロンドに髪を染めたご婦人だよ。ここに招待しようか?」

スティーヴン・ユーニアックはそちらへ目を向け、驚いた顔をした。女の目をとらえると、はにかみからか彼の頬が赤く染まった。女は目をそらした。

「いや、興味があるのはあなたのほうでしょう」スティーヴンは答えた。

お世辞だったが、フランソワはこれを待ち構えていた。グラスは空《から》になっている。明日も長い一日になる。ここで切り上げる理由には事欠かない。

「それはちがう」スツールから立ちあがりながら言った。「ふたりだけにしたほうがよさそうだね」フランソワはスティーヴンと握手をした。「お会いできてよかった。楽しくお話ができましたよ。朝にまたお会いできるでしょう」

「そうですね」スティーヴンはそう答え、ふたりは別れた。

33

女から興味を持たれるのは、トーマス・ケルにとっては久しぶりのことで、すぐに怪しいと思った。どうして今？　なぜ船の上で？　フランソワ・マロがいなくなると、女はディスコで男を誘うときのあからさまな手段に出てきた。とろけるような笑み、ウィンクをし、中年のＤＪがマイケル・ジャクソンの『ビリー・ジーン』を大音量でかけはじめると、女子高生のようなくすくす笑いをした。接近のしかたがあまりに不器用だったので、ありふれた主婦なのかもしれないと思いはじめた。国が背後についている、あるいは私的などこかの組織に雇われている工作員ならば、このような見え透いたあからさまな接近のしかたはしないのではないか？

フランソワがいなくなると、女はすぐにスツールを滑り降り、バーをぐるりとまわってこちらにやってきた。ケルは女から視線をそらし、左舷の窓のほうを眺めたが、すぐに目の端に染めたブロンドの髪、それからスカートに包まれた尻、腿《もも》の一部がちらついた。女はケルの脇に立っている。三十代後半、すらりと痩《や》せており、結婚指輪をはめていない。目が合うと女はわけありげな笑みを浮かべた。

「わたしのこと、思い出せない？」

覚えていなかった。アクセントは、フランス語をもとにいろいろな言語の特徴を寄せ集めたようなものだったが、北アメリカに長く住んでいたのではないだろうか。いつどこで会っているのか、ケルは思い出すことができなかった。〝トーマス・ケル〟として知っているのだろうか。それともまた別の名前か。これまで数えきれないほど使ってきた偽名のひとつか。この女のことを探っていたのか、それとも仕事仲間か。弁護士？　土木技師？　ロンドンの〝国防省に所属〟しているときに会っているのか。それともずいぶん昔、エクセター大学の学生だった頃か。この女のことはなにも思い出せなかった。人の顔を覚えるのは得意のはずなのだが。クレアを通じて知り合ったのかもしれない。妻の知り合い、いとこ、友人は苦手なので記憶から抜け落ちているのだろう。

「申し訳ないが……」

「マドレインよ。覚えてないの？　ワシントンDCで」

アメリカの首都はずいぶんと訪れており、印象に残っている記憶をたぐり寄せた。ペンタゴンでのうんざりするほど長い会合。雨の午後に訪れたリンカーン記念館。国立アメリカ歴史博物館のガイド付きツアー。ラングレーの射撃訓練所、ここではCIAの教官が頭に血がのぼり、CIAとSISとの射撃合戦をしようと詰め寄ってきた。髪をブロンドに染め、各国のアクセントが混ざり合った話し方をするこの痩せたフランス女の記憶はどこにもなかった。

「ワシントンDC?」

時間稼ぎをするために聞き返した。夕食、バー、ナイトクラブで会ったのだろうか。これまでベッドを共にした十一人の女の顔も名前も憶えている。この女はそのうちのひとりではない。

「マイケルでしょ？」

人ちがいをしている。今や伝説となったあのポップスターと同じ〝マイケル〟という名は使ったことがない。スティーヴン。ティム。パトリック。ポール。だが、マイケルは使っていない。

「誰かと勘違いしているのだと思います。わたしはスティーヴン。スティーヴン・ユーニアック。イギリス人です。はじめまして」

ケルは愛想よく片手を差し出した。恥ずかしい思いをさせたくなかったのだ。話しかけるきっかけを作ろうとして、ありもしない話をでっちあげたことも充分にありうるのだ。

「変ね。そうなの？」首まで赤くしながら女は答えた。アデルの『ローリング・イン・ザ・ディープ』のリズムにバーが活気づき、女はひとり取り残されたように見えた。「マイケルだと思ったんだけど。申し訳ありません……」

女は背を向け、自分の席に戻っていった。男の子にダンスを申し込んで断わられてしまった娘のようだ。女バーテンダーは女の姿を目で追い、この気まずい雰囲気を見て楽しんでいるようだ。非番になったときに、このことを得意になって仕事仲間に吹聴《ふいちょう》するのだろう。女の正体に関しては、まだいろいろと考えられる。〝マドレイン〟はフランソワを監視しているチームの一員なのか。フランスの情報機関は、フランソワがアメリアに接近したことに気づけば、フランソワを監視させるだろう。バーでケルがフランソワと長々と話をしていたことも、報告されているにちがいない。〝マドレイン〟が娯楽室の受け持ちなら、ケルについてさらに知る責任がある。そこでワシントンＤＣなどという馬鹿げた話をでっちあげたのだ。時間がなかったのか、いや、おそらく経験が浅いせいで、もう少しまともな話を考え出すことができなかった。

「一杯奢《おご》らせてくれるかな」

ケルは声をかけた。マドレインが何者か突き止めることが今や重要になった。チュニジアのラマダ・プラザ、ヴァレンシア・カルタゴのどちらのホテルでも姿を見た記憶はない。だが、そんなことはどうでもいいことだ。あのすばらしき対外治安総局のチームでも、人の目に触れずにこっそりと任務を遂行することができただろうから。

「おじゃまでしょう」物欲しそうな表情が顔に出ており、その言葉を打ち消していた。「いいんですか？」

女バーテンダーは、グラスをきれいに並べるふりをしているが、まだ聞き耳を立てているのは明らかだ。ケルは放っておいてくれといわんばかりにぶっきらぼうな言葉で赤ワインをふたつ注文した。先ほどフランソワが座っていたスツールを示して、マドレインに座るようにうながした。もしマドレインが秘密工作員であるのなら、いくつかの質問をしてくるはずだ。ケルの身元を探り出す質問。あなたは何者、スティーヴン？　仕事はなに？　それから、おそらく、どうでもいい世間話となり、もっとくつろぐことができるようにと酒を勧められる。さらに会話がつづき、それとなく身元を確認するようなことを質問してくるだろう。たとえば、スティーヴン・ユーニアックはマーケティング・コンサルタントだと言うと、しばらくして仕事の詳細を尋ねてくるだろう。レディングに住んでいると言えば、経験を積んだ秘密工作員なら、その街には行ったことがあると言い、街の歴史的な建造物について質問してくることだろう。こうした質問にうまく答えられなかったり、細部に言及しなかったりすると、偽の身分のまわりに張りめぐらせた嘘を解きほぐそうとしてくるだろう。

もちろん、これはケルがマドレインに対して行なうことでもある。マドレインが何者であるか探り出さなければならない。チュニスでなにをしていたんだ？　どうしてフェリーで帰るんだろう？　アルコールがまわって口が軽くなれば、容易にしっぽを出すかもしれない。要するに質問のしかたの問題だ。

こうしてはじまった。探り合いのゲーム、ダンスだ。四十五分のあいだマドレイン・ブリーヴは、性的な欲望を露骨に表わしてスティーヴン・ユーニアックを見つめているだけだった。マドレインは離婚していた。ラ・マルサで〝アルコール漬け〟の友人と〝退屈な〟休暇を過ごした。その友人の亭主は、若い女に走ったのだという。マドレインはトゥールでブティックを共同経営しており、ロアール・ヴァレに住む金持ちの主婦にデザイナーズ・ブランドの服を売っている。十四歳になる息子は、すでに〝マリファナを常習している〟のが頭痛の種だ。マドレインは自分のこと、自分の世界にしか興味がないらしく、ケルのことをほとんど尋ねようとしない。仕事、結婚生活が危機に瀕していること、家など、スティーヴン・ユーニアックという人間を知る手がかりを嫌というほどばらまいたのだが、マドレインはそのどれにも興味を示さなかった。そんなことよりも、二杯目のツインを早々に飲み干して三杯目を注文し、真夜中を過ぎると、ベッドを共にしたいとはっきりと言い、ケルの膝に手を触れるようにもなった。トークショーのゲストが、ホストに気に入られようとご機嫌うかがいをしているようだった。

「船室をとっているのよ」わずかにしゃっくりをしながら言う。「すごく広いんだから」

「わたしも船室をとっているよ」ケルは答え、誘惑を退けようとした。「すごく狭いがね」

気が滅入るし、男としてなんとも情けない気もするが、この女と寝たいという気持ちはわき起こらなかった。ヨガマットよりもちょっと大きいだけのベッドでこの女と奮闘しようという欲望はわいてこなかった。猫だって向きを変えられない。マドレイン・ブリーヴは美しく、ひとりぼっちで、その香水はほかの女たちの記憶を蘇らせる。微笑みを向けられると、マドレインがへつらっているだけだということがよくわかり、どこにでもいる男として受け取られていることにほっとする。どこにでもいる男が、よくある状況で、昔ながらのセックスと欲望を女と分かちあおうとしている。しかし、その気にはならなかった。心はまだクレアのもとにある。仲がこじれているとはいえ妻を尊重する責任のある既婚の男であり、四方を海に囲まれていながらも、その縛《いまし》めからは自由になれないのだ。

「実は、このところ満足に寝ていないんです。申し訳ないけれど、失礼させていただきます」なんとも面映《おもは》ゆい言い訳だが、スティーヴン・ユーニアックの性格からは妥当なところだろう。「お会いできてとても楽しかった。マルセイユでランチでもご一緒しましょう」

驚いたことに、マドレインはほっとしたような表情を浮かべた。

「喜んで。マルセイユは大好きです。一泊なさるんですか？」

「まだ決めていません」

これだけは、ほんとうだ。電話番号を交換し――嫌な顔をする女バーテンダーからペンを借り、ナプキンに書いた――それから、約束というほどのことでもなかったが、朝食のときに簡易食堂で会うことにした。マドレインはブイヤベースがマルセイユでいちばん美味《おい》しいレストランを知っているので、案内すると言った。

マドレインは先に席を立ち、娯楽室を出ていった。女バーテンダーはその姿を目で追い、ケルに視線を転じて怖い顔をした。ずっと見ていた、とでも言うように。誰も気づかなかったとでも思っているの？　彼女は船室の番号を教えたわね。五分でそこまで行けるでしょう。彼女はネグリジェに着替えているにちがいなく……。ケルが視線を振り払うと女バーテンダーは、ふたたびグラスを整理する仕事をはじめた。

五分後、船の階段を降り、誘いかけてきたマドレイン・ブリーヴの船室の近くまで来たが、自分の部屋へ帰り、四桁《けた》の番号を打ち込んだ。

なんとも落ち着かなかった。騙《だま》された、あるいは自尊心を傷つけられたような気持ちだ。なにかがおかしい。ディナーのときに目にしたことを思い出そうとした。フランソワがレストランに入ってきたとき、リュックとは妙によそよそしい態度で接した。一緒に食べたくなかったからだ——あるいは一緒のところを見られたくなかった。フランソワは珍しいほど打ち解けず、慎重で感受性が鋭く、虚栄心も強い。おまけに頭の回転が速く、哀愁のようなものをたたえている。これは両親を亡くした悲しみからきているのだろうとケルは思った。今日の午後、フランソワはリュックとはじめて出会ったのだろうか。あのとき目にしたのは、対外治安総局が人材をスカウトしているところだったのか。それともアメリア・リーヴェンについて洗いざらい話してくれたら、六桁の報酬を払うとでも持ちかけられていたのか。想像できないほど妙なことが起こったのか。もちろん、危惧《きぐ》することはなにもないのかもしれない。マドレイン・ブリーヴは彼女が言ったとおりの人物である可能性のほうが大きい。トゥールでブティックを経営し、地中海の真ん中で寝る男を漁っている。リュックは？　フランソワとリュックは、サンデッキでただ会話を交わして別れただけなのかもしれない。しかし、船室に戻ってドアをあけたとき、なにかがおかしいと感じた。なんだかわからないが、なにかが。どこか不自然だ。とはいえ、それがなんであるのかはっきりと指摘できない。

頭を下げてドアをくぐり、狭いバスルームへ入った。歯を磨き、シャツを脱ぐ。スーツケースからカメラを取り出し、ポケットからメモリーカードを出してスロットに挿入する。歯磨き用のマグにマッカランのボトルの中身を注ぎ、いつでも寝られる態勢に入った。

詩集の『水準器』はまだベッドの上に開いたまま載っている。中面を下にしているので本の背がぴんと伸びている。詩集を手にとり、「追伸」をもう一度読んでわき起こる疑問を頭から消し去り、気分を変えて作戦のことを忘れ、数時間、自分だけのひとときを持とうとした。

白鳥が群れ、雷となって地に降り。

ことさらに美しいこの一節を読もうと思ったのだが、ページがちがっている。「追伸」は最後の詩だが、開かれていたのは、四ページ前の「水源にて」だった。何者かが本を手にして、無造作に戻したのだ。この部屋を物色した者がいる。

34

マドレイン・ブリーヴはたんにスティーヴン・ユーニアックの注意をそらす役をしていただけであり、そのあいだにほかの誰かが部屋を物色していた、そんなことがあるのだろうか。しかし、次に目にした事実によって、それが明らかとなった。マークワンドから支給されたラップトップをあけると、SISがインストールした暗号を入力するページが表示された。スクリーンの真ん中にある小さな青いボックスにパスワードを打ち込むことになっている。船室付きのメイドや清掃係はこんなことをしない。何者が侵入したのかわからないが、そいつはコンピューターを立ちあげようとして、パスワードに阻まれたのだ。シャットダウンすることもできず、ただラップトップを閉じて床に置いたのだ。

ケルは狭いベッドに横になり、どういうことか考えた。ユーニアックの正体がバレたのか。いや、そうともかぎらない。この船は対外治安総局のチームの管理下にあるとしたら、乗客の名前と部屋番号は知られているだろう。そのなかに当然、〝スティーヴン・ユーニアック〟も含まれている。マドレインは甘い罠を仕掛けてケルの注意を引きつけているように指示されていたのだろう。そのあいだに仲間——おそらく、リュック——が、この部屋を物色したのだ。ケルの部屋に忍び込むことなど、窓ガラスを割るのと同じくらいわけのないことだったろう。保安係に鼻薬をかがせる。あるいはSNCM社の予約システムに攻撃をしかける――どちらにしても、ドアはあく。リュックはなにを見つけたのだろうか。最悪でも、メモリーカードのないカメラ、パスワードで保護されたラップトップだ。企みごとを示唆するものはほとんどないはずだ。あとの荷物は、どうということのない日用品だ。服、洗面道具、本。

いきなりケルは気づいた――手遅れだろうが――この部屋の様子は見られているのではないか。微弱光用カメラがこの部屋に据え付けられているかもしれない。狭いベッドに横になり、両腕を頭の後ろで組み合わせ、部屋に戻ってきてからなにをしたか思い出そうとした。バスルームへ入り、歯を磨いた。ウィスキーを注ぎ、ラップトップを開いてから閉じた。詩集を見た――おそらく、あまりにも長いあいだ、熱心に。四五七一号室で不鮮明な映像を見つめているリュックには、こうした行動がどう映ったのだろう。疑いを持っただろうか。それはないのではないか。もっと感情を高ぶらせていることを見せつけたほうがよかったかもしれない。マドレインの船室へ行かなかったことを後悔しているように見えたのではないか。とはいえ、寝支度を進めた。照明器具、鏡の後ろ、どこかにカメラが隠されているはずだが、探すことはできない。むしろ自然にふるまうことだ。考えごとがあって落ち着かないとでもいうようにベッドから起きあがり、ラップトップに十桁《けた》の暗証番号を打ち込み、数分のあいだ、いいかげんにキーボードをたたいて報告書、あるいは日誌をつけているふりをした。それから、『水準器』から二篇ほど熱心に読みふけり、先ほど詩集を手にとってすぐに置いたのは、解釈に行き詰まっていたかのように繕《つくろ》った。パンツ一枚になり、スーツケースからTシャツを引っ張り出して身につけ、ベッドに入った。

照明を消して暗闇のなかで横たわっているとほっとした気持ちになった。ウィスキーと歯磨き粉の味が口中に広がる。船のエンジン音に合わせて心臓が鼓動を刻む。船の子宮のなかにいるような気がした。ヨーロッパからの電波が届く範囲に船が入ったらすぐに、ロンドンに状況を報告しなければならない。三つのパターンが考えられる。まずその一、SISの次期長官候補アメリア・リーヴェンには私生児がいたとジミー・マークワンドに告げる。これは事実そのものであり、表面上はSISへの義務は果たすことになる。フランスの情報機関がフランソワ・マロの身元を調べあげ、チュニスまであとを追っているのではないかという疑いや、マルセイユへ戻る船のなかでフランソワをスカウトしようとしているということもこれに付け加えることができるだろう。もちろん、こうしたことを暴露すれば、アメリアにとっては致命傷となり、すぐにSISから放り出されるだろう。その結果、仕事に復帰したいというケルの願いも頓挫《とんざ》し、トラスコットがのしあがって、ケルは好ましからざる人物のまま葬り去られてしまうのだ。

ほかにも考え方はある。フランソワ・マロはペテン師で、アメリアの息子を装い、ふたりのフランス人工作員とともに船でフランスへ戻った。しかし、どのような証拠があるというのか。ケルは一時間ほどバーでフランソワと話をしたが、ペテン師であるとは一瞬たりとも思わなかった。フランソワはアメリアと顔立ちがよく似ているし、経歴などもまったく問題がない。ガマルトのホテルでフランソワの部屋を徹底的に調べてみたが、疑わしいものはなにも出てこなかった。危険を伴い、実行するのが難しいにもかかわらず、対外治安総局がこうした作戦に乗り出したとしても、その理由がはっきりわからない。もっとも考えられないことではない。さらにこれが仕組まれたことであるとしたら、フランソワの育ての親を殺し、その葬式をでっちあげたことになり、こんなことはあまりに人倫にもとる行為であり、考えるに値しない。よってケルはこうした考えを心の奥にしまいこみ、このような陰謀を証明することはできないと結論づけた。

華々しいファンファーレで祝うほどの名案ではないし、また、攻撃されないように考え抜いたわけでもなかったが、ケルは三つ目の選択肢を採ることにした。ロンドンには、アメリア・リーヴェンが浮気していると思い込ませておくのだ。アメリアは数日、日常の足かせを脱し、ガマルトでフランス人の放蕩者《ほうとうもの》と欲望に爛《ただ》れた週末を送っただけなのだとトラスコットとヘインズは思うだろう。結局、連中はそう信じたいのだ。そう思わせておくだけのことはある。マークワンドにこのような嘘をつくことなど、十二カ月前には思いもしなかった。とはいえ、SISで新たに高い位につこうとしている連中に忠誠を尽くそうという気はさらさらなかった。「国と友人のどちらを裏切るか問われたら」E・M・フォスターの言葉を思い出した。「国を裏切るだけの心意気を持ちたいものだ」

生まれてはじめて、この言葉の意味がよくわかった。

35

隠れ家は丘の頂上に建っていて、アリエージュ南部を一望のもとに見下ろすことができる。ラングドック・ルシヨン地方のサル＝シュル＝レールの村からおよそ三キロの地点にある。D六二五号線をはずれた一本道が南側からここまであがってきている。きつい曲がりとなって家を取り囲むように過ぎると下り坂になり、風車小屋の廃墟の前を通ってふたたび本道と合流して二キロほど南東へ行くとカステルノーダリだ。

隠れ家には警備の者がふたりいるだけだ。アーキムとスリマン。〝ホルスト〟を見張るには充分だ。ふたりは二階にそれぞれ寝室があり、部屋の棚には海賊版のDVDが並び、ラップトップ・コンピューターが置かれている。階下の居間には大型テレビがあり、任天堂のWiiが接続され、ふたりの男は毎日四、五時間はゲームに興じる。ゴルフ発祥の地セント・アンドルーズでゴルフを楽しみ、全仏オープン《ローラン・ギャロス》でテニスをし、アニメで描かれたアフガニスタンの洞窟や裏道でアル・カーイダのテロリストと戦う。隠れ家に女を連れ込むことは禁じられており、ローストチキン、クスクス、冷凍ピッツァばかり食べている。

〝ホルスト〟は、家の南のはずれ、玄関ホールと大きなベッドルームにはさまれた小部屋に監禁している。この間に合わせの独房にはふたつのドアがある。正面のドアは玄関ホールへつづいており、南京錠をかけて、あかないようにしている。もうひとつのドアは、裏手の寝室に通じており、掛け金には金属の棒を二本渡している。夜も昼も〝ホルスト〟の様子を見ることができるように、ボスは両方のドアにのぞき穴を作った。〝ホルスト〟には一日三回食事を与え、毎日午後、家の裏手の小さな芝生の上で二十分間運動することを許している。この裏庭は高さ四メートル弱の生垣で三方を囲まれているので、道を通り過ぎる人が〝ホルスト〟を目にすることはない。〝ホルスト〟が食事を拒んだことはなく、待遇に不平を言うこともなかった。トイレは独房内のバケツですませ、アーキムとスリマンが食事のときに空《から》にする。スリマンは退屈していらいらし、アーキムからみてもひどいと思うことをする。たとえば、あるとき、スリマンはナイフを抜き、〝ホルスト〟の口に布きれを突っ込んだ。それからキッチンのガスコンロで刃を熱してくると、目に近づけた。〝ホルスト〟はたじろぎ、うめき声をあげた。スリマンはそれを見て楽しんでいた。しかし、連中は傷つけることはなかった。髪の毛にさえ触らなかった。最悪なのはスリマンが酔っ払ったときで、〝ホルスト〟に強姦した女のことを話して聞かせるのだ。これがほんとうにひどい話で、アーキムが割って入り、スリマンを落ち着かせるのだった。とにかく、アーキムは捕虜の威厳を尊重し、敬意を持って接するべきだと思っている。

一週間後、ボスの指示により、〝ホルスト〟の部屋にテレビとＤＶＤを置いた。毎日、十六時間、〝ホルスト〟はテレビの前に座るようになった。善意を示そうとして、規則違反ではあったが、ある晩、アーキムは〝ホルスト〟と居間で過ごした。もっとも、手錠で椅子に縛りつけてはいたが。ふたりでマルセイユとイングランドのどこかのチームとのサッカーの試合を見ながらビールを飲み、まもなくパリに戻れるとアーキムは慰めた。

アーキムが肝を冷やしたことが一度だけあった。二週目のなかば頃、近所の住人が通りがかりに家のなかをのぞきこんだのだ。この家の主《あるじ》が秋に戻ってくるのか確かめようとでもしたのだろう。こんなラングドック・ルシヨンの田舎でスキンヘッドのアラブ人の姿を見たのだから、その男は驚いた。アーキムがドアをあけると、文字どおり後ずさった。わずか数メートル向こうでは、スリマンがふきんを〝ホルスト〟の口に押し込み、股間に銃を押しつけて声をあげないように脅していた。この家の主《あるじ》はパリでの知り合いであり、二、三日したらここにやってくる、とアーキムは説明した。ありがたいことに、翌日の午後、ボスがやってきた。近所の連中が興味を引かれて双眼鏡で監視していたとしても、ひげを生やした白人の男が、ショートパンツ姿で芝を刈り、庭のプールに飛び込むのを目にして胸をなでおろしたことだろう。

晴れた日には、アリエージュのどこまでもつづく平地のはるか彼方にピレネー山脈の麓《ふもと》が見えるほどだが、アーキムがカステルノーダリへ買い出しにいくその日の朝は、バスク地方からやってきた嵐が吹き荒れ、夏の温かい雨で家の敷地は水浸しだった。アーキムはまず、ヴィルフランシュ＝ド＝ロラゲにある大型スーパーマーケットへ行って食料を調達し、さらにバンドールのロゼをヴァレリーに、リカールのボトルをボスのために買った。カステルノーダリの薬屋に寄り、〝ホルスト〟のために喘息薬《ぜんそく》、自分用にデオドラントとアスピリンを買った。どちらも残り少なくなっていたのだ。スリマンからポルノ雑誌を何冊か買ってきてくれと頼まれていたので、タバコ屋で年配の女から買った。自分の店にアラブ人が入ってきたことで、フランスの品位が汚されたと思っているようで、女はそれを露骨に表わした。

「ゲス野郎」

アーキムが店を出るとき、女は小声で吐き捨てた。やっとのことで怒りを抑えつけ、歩きつづけた。問題を起こすことだけは避けるようにとボスから言われている。

家に戻ると〝ホルスト〟はＤＶＤで『ディーバ』を観ていた。スリマンはキッチンに座り、タバコを吸っている。ふたりの男が一緒にいたが、アーキムの知らない連中だった。

「ボスから仕事が来たんだ。このふたりが、お友だちの監視を務めてくれる」

ふたりはともに白人で二十代前半、〝ジャック〟と〝パトリック〟だと自己紹介したが、当然、偽名だろう。スリマンはキッチン・テーブルに置いてあるラップトップ・コンピューターを開き、アーキムのほうへ画面を向けた。隠し撮りしたとおぼしきぼやけた写真が映しだされていた。ディスコか深夜のバーで撮影されたようだ。

「フェリーに乗ったある男のことが気がかりだという。リュックの女があとをつけてほしいと言ってきた。荷物をまとめろ。マルセイユへ行く」

36

ケルは七時に目が覚めた。船室の外の廊下で子どもたちが走りまわる音がうるさかったのだ。小さなバスルームでシャワーを浴び、スーツケースに荷物を詰め、カメラを持ってデッキへあがっていった。灰色に曇った朝だった。雲の向こうにフランスの海岸は見えないが、ロンドンの携帯電話のスイッチを入れると、電波が届いていた。すぐにマークワンドの自宅に電話すると、もう起きていた。機嫌がよく、キッチンでシリアルを食べているところだという。

「ブランフレークだよ。植物繊維がたっぷり。健康には気を遣わなくっちゃな。若い頃のようにはいかない」

「ああ、まったくだ」

ケルはやらなければならないことを話した。

「レディングのユーニアックのオフィスに電話が入るかもしれない。コンサルティング会社にだ。財政状況も調べられる可能性がある。合法的になにもかも遺漏がないように取り計らってくれるか？ 銀行預金残高、所得税申告。誰かそのあたりの事情に明るいやつはいるか？　ユーニアックはチュニジアのハンマメットのホテルに滞在した。そのことがわかるようにする必要がある。ＡＴＭからの現金引き出し、レストランの支払い。できるか？」

マークワンドは詳細をコンピューターに打ち込んでいるようだ。キーボードを打つ音が受話器の向こうから聞こえてくる。

「誰が探りを入れてくる？　アメリアか？」

ケルは考えていた嘘を口にした。

「アメリアとは関係がない。まったく別方面からだ。チュニスで昔の連絡員を見かけた。そいつのあとをつけてマルセイユに行くことにした。今、そのフェリーの上だよ」

「なんだって？　それが今回の仕事とどういう関係がある？」

「なにもかも関係しているし、まったく関係ないとも言える」寝ぼけた顔をしたアフリカ人が船内から出てきて、身の引き締まるような風にあたって頭をすっきりさせている。「話せば長くなる。青天の霹靂《へきれき》ってやつだ。戻ったら話す。ユーニアックの後方支援は頼んだぞ。レディングのオフィスに電話がかかってきてスティーヴンと話したいと言われたら、金曜まで休暇中だと答えてくれ」

マークワンドは「金曜日だな」と念を押し、金銭的、技術的な援助を打ち切ると言った。

「いいか、アメリアの件を放棄して、まったくちがう仕事をはじめようというんだから、こっちとしては金を払う気はない。お偉方はおまえを追い出したんだ、忘れたのか？　馘首《くび》になったんだぞ」

「アメリアの件を放棄したと誰が言った？」ケルはどこまでもつづく灰色の海を眺めた。水は舷側で泡立ち、後ろへ流れていくように見えた。金のこと、自分の身の振り方しか考えないとは、いかにもマークワンドらしい。骨の髄まで官僚主義者なのだ。「昨日の朝、アメリアはフランソワにお別れのキスをした。やつの尻をぎゅっと握りしめてな。アメリアは、寂しさを紛らわせようとエルメスのカレーシュを買ってたよ。今頃はニースに着いているだろう。ナイト夫妻にホテル・ガレスピーを見張らせればいい」受話器の向こうからマークワンドのうなり声が聞こえた。態度を和らげたのだとケルは判断した。「金はいらない。おれの仕事は終わったからな。新たな展開になったが、ここからなにか出てきたら、あとで褒美《ほうび》をくれればいい」

「誰をつけているんだ」

「そっちに戻るまでは話せない。さっき言ったように、昔の連絡員だ」

ケルは電話を切った。

四時間後、マドレインが朝食を食べにくる気配はなかった。リュック、あるいはフランソワの姿もない。ケルはカメラを手にサンデッキに立っていた。頭上では相変わらず通風筒の音がやかましい。船はマルセイユに近づいていく。フランスの南海岸は、気持ちのいい真昼の太陽に照らされ、カランク断崖はそのクリーム色の壁面をさらしてうずくまるように海に突き出し、その麓《ふもと》を船が東へ西へと行き交っている。ラマダ・プラザのフランソワの部屋で撮影した写真、プールサイドでくつろぐアメリアを撮影した写真を削除した。フェリーでひとり旅をしているマーケティング・コンサルタントの中年男の美的意識に訴え、興味をもちそうなものを撮影していった。オレンジ色の救命ボート、ペンキのはげた舷窓の向こうに見える洗濯物袋の山、輪に巻かれた風雨にさらされたロープ。

マルセイユに到着すると、車を預けていない乗客の列に加わった。四十人ほどの人たちが、出口へと降りていく狭い階段に群がり、徐々に息苦しくなっていく。乗客が全員降りてしまうまでずいぶんと時間がかかった。まず、車がすべて上陸するまで待たされた。ケルの前に立っていたアイルランド人夫婦は、ダブリン行きの飛行機に間に合わないと大声で文句を言っている。ケルたちは一団となってカーペットを敷いた通路をぞろぞろと進み、波止場の南のはずれにあるプレハブの建物へ入っていった。建物のなかは税関になっていて、係官がフォーマイカ・テーブルに載ったバッグを手当たりしだいに調べていた。対外治安総局に疑いをかけられていたら、呼び止められ、荷物を検査されることだろう。仕事マニュアルの一ページ目に出てくるような初歩的なことだ。フランソワ・マロとのつながりを示唆するものは、なにひとつ出てこない。写真は消去し、ヴァレンシア・カルタゴのレシートも破棄した。ユーニアックがハンマメットにいた証拠をマークワンドが準備してくれるかぎり、ケルは安泰だ。

結局、なにごともなく税関を通過し、入国審査の列に並んだ。ＥＵ諸国の乗客用の列はなく、ケルの前にはチュニジアやアルジェリアのパスポートを持った人たちが並んでいる。入国審査の脇のマジックガラスの向こう側ではリュックとマドレインがこちらを見ているにちがいなく、驚いたことにケルは不安を感じた。気持ちを集中させるとともに、落ち着いているところを見せようと、『アフリカを奪え』を読みはじめ、数ページ読んだところで、ロンドンの携帯電話でメッセージをチェックした。

クレアから電話が入っていた。イギリスの深夜に留守番電話に伝言を残している。敵意のあるまくしたてるような声だった。酒を飲んでいるのだ。フィンチリーで会う約束をすっぽかしたことにクレアは怒りを募らせ、激しい言葉を投げつけてくるのだった。

あなた？　わたし。ねえ、お互いにこれ以上もう嫌な思いはしたくない。そうでしょ？　この問題に真正面から向き合い、正式に離婚する方向で話し合ったほうがいいと思う。だいたいあなたは……

途中で短い間があり、やがてなにも聞こえなくなった。ケルは〝9〟を押してこれを保存すると、次のメッセージを聞いた。ふたたび、クレアだった。今のつづきだ。

どういうわけか、電話が切れちゃった。要するに、わたしが言いたかったのは、離婚したい、ということ。きれいさっぱり縁を切る、ということよ。

おそらく、赤ワインのボトルが二本目、それにジンも二杯ほどひっかけているのだろう。これまでの経験から推《お》して。ふたたび、間があった。考えをまとめているにちがいない。どのような言葉が飛んでくるのか予想はできた。夫が離れていくと感じ取ったときにクレアは、いつも同じことを言う。

ねえ、カリフォルニアへ行こうとリチャードから誘われたのよ。ナパとサンフランシスコで会議があるんだって。隠しだてをするのはフェアじゃないから言っておくけど、飛行機を予約した。行くつもり。いえ、リチャードが予約してくれた。飛行機代を出してくれるのよ。あなたが帰ってきたときには、おそらくいないと思う。今どこにいて、なにをしているか知らないけれど。それが仕事だものね……

また電話が切れた。これ以上、伝言は残されていない。ショックを受け、嫉妬がわき起こり、ケルは尻のポケットに携帯電話を突っ込んだ。口ひげを生やし、髪の毛の一部をブロンドに染めた入国係官が前に進むように言い、パスポートをざっと見ただけで、スティーヴン・ユーニアックに通ってよいと手で合図した。スティーヴン・ユーニアック、すなわちマーケティング・コンサルタント。結婚をし、二児の父親。まもなく離婚し、妻がほかの男と腕を組んでカリフォルニアへ行ってしまうのをどうすることもできないトーマス・ケルとは別の人間。友人の隠し子を追っている子どものいない秘密工作員とは、まったく関係の無い普通の人間。スティーヴン・ユーニアックはトーマス・ケルではない。

まもなく建物から活気と熱気にあふれるマルセイユの街へ出ていった。車がひしめき合った一角――波止場を出入りする車で一時的にロータリーとなった場所――から少し離れたところからケルはあたりを見まわした。車のなか、あるいはどこかの建物の窓の向こうから、スティーヴン・ユーニアックを監視しているはずだ。

「妄想症などというものはない」昔、SISの古参スタッフから言われたことがある。「あるのは事実だけだ」

いかにも賢い物言いのように聞こえるが、実際には虚《むな》しい言葉だ。対監視行動においては事実などというものはない。あるのは経験と直感だ。対外治安総局の立場から考えればいい。マルセイユに着いて最初の数時間、標的がどのように行動するか監視するはずだ。船室に忍びこむようなことまでしたのだから、船を降りてからの行動には十二分に目を光らせているだろう。

マルセイユ。空はどこまでも青く澄み、ノートルダム・ドゥ・ラ・ガルド寺院の大聖堂が遠くに見える。眩しい太陽の光がスレートやテラコッタの屋根にきらめいている。視線をさげると向こうにフランソワ・マロの姿があった。ロータリーをはさんだ反対側に立っており、あたりの喧騒から超然として落ち着き払い、目の前にやってきたタクシーに乗り込もうとしている。運転手は西アフリカあたりから来たとおぼしき五十代の男だった。フランソワが後部座席におさまると、タクシーの屋根すれすれにカモメが飛んでいった。ナンバープレートがはっきりと見えたので記憶に刻みつけた。車体の横に電話番号が書かれていたので携帯電話に登録した。空車がやってきたので、ケルは手をあげたが、それと同時にふたりの年配の夫婦が前に進み出てきてタクシーを停めた。

「こっちが先だ」

ケルはフランス語で大声を出した。驚いたことにふたりは振り返り、ケルに譲った。タクシーはルノー・エスパスだったので、乗客が三人乗っても充分な広さがある。ケルは相乗りを申し出たが、これは対外治安総局の受けを狙っただけのことだ。ユーニアックは思いやりのある感じのいい男であるという印象を与えたかった。街へ行くのは、怪しげなイギリス秘密工作員ではない。フランソワ・マロのあとをどこまでも追いつづける任務など請け負ってはいないのだ。

ふたり連れはアメリカ人だった。ハリーとペニーのカーティス夫妻。夫婦ともにセントルイスで航空管制官として働いていたが、すでに現役を退いているという。空の混雑ぶりを熟知しているので、飛行機での旅は絶対にしないらしい。

「チュニジアで二週間ほど過ごしてフェリーで戻ってきたんだ」夫が言った。頭の回転が早く、立派な体格をしており、もともとは軍人だったという。「『スター・ウォーズ』のロケ地へ行き、ローマ時代の遺跡を見てまわったんだよ。しばらくマルセイユに？」

ケルは運転手のことを思いやって話をでっちあげた。というのも、あとで対外治安総局の連中からいろいろと質問されることになるかもしれないからだ。すでにフランソワ・マロの車は、ずいぶん前に見失っている。

「一泊しようと思っています。まずはホテルを確保しなければ。フェリーで出会った人が、マルセイユを案内してブイヤベースのうまい店に連れていってくれるというんです。まだ二、三日は家に戻らなくてもかまわないので、しばらくその人とご一緒できればと思っているんです」

「それはいい。で、お相手はご婦人かね？」

「ええ、そうです」

ケルはそう答え、意味ありげに笑ってみせた。もちろん、マドレインが電話番号を書いてくれた紙ナプキンは、まだスーツケースの奥に入れてある。フランソワ・マロがマルセイユの街のなかに消えてしまった今となっては、マドレインだけが手がかりだ。向こうから電話がかかってくるだろうか。夕方までなにも言ってこなかったら、こちらからあの番号にかけてみよう。おそらく、誰も出ないだろう。その場合は、空港へ行き、パリで所在を突き止めることにする。

「五時発の列車でマルセイユを発《た》つ予定なんだ」ハリーはそう言って、前腕の蚊《か》に食われたところを掻《か》いた。「TGVでパリのリオン駅へ行くんだよ」

「リ、ヨン」

妻のペニーがゆっくりと発音した。夫のハリーが〝リヨン〟を〝リオン〟と発音したからだ。ケルが微笑むとペニーはウィンクで応えた。

「それから一週間、パリで過ごすのよ。夢みたい。ルーヴル美術館、オルセー美術館。それからお買い物……」

「……食い物もすばらしいしな」ハリーが言い添えた。

ケルはにわかに感傷的になり、一緒に五時の列車に乗り、セントルイスの話を聞き、パリでの楽しいひとときをともに過ごしたいという思いに駆られた。

「楽しい休暇になるといいですね」

37

しばらくフランスを離れていた理由を取りつくろうのは、それほど厄介なことではなかった。ホテル・ガレスピーの部屋係のメイドに二千ユーロを渡し、マダム・アメリア・リーヴェンが長いあいだ部屋にいなかったことを口止めした。チュニスへ発《た》つ日の朝、前金として半額、そして今、荷物を整理しながら残りを支払った。この日休みだったメイドは、午後なかば、ニース郊外の自宅から仕事場へわざわざやってきたのだ。

次にアメリアは、離婚して絵画教室を開いているオーストリア人女性に電話をした。二日も通わないうちにいきなり欠席をしてしまったことをアメリアが大げさに謝ると、ブリギッタ・ヴェティングはこれを受け入れ、〝病気かなにか〟していたのではないかと思っていたと言った。アメリアが授業料の払い戻しを要求するのではないかと気にしている様子だった。

「もちろん、払い戻しなんか要求しませんよ、ブリギッタ。いつか、また参加できればいいのですが。すばらしいところに教室をお持ちです」

ニースに降り立って三時間後には、アメリアはラマルティン通りの駐車場に駐めたレンタカーのトランクから所持品を回収して、ふたたび空港へ向かっていた。八時にはロンドンに着き、タクシーでチェルシーのジャイルズの家へ向かった。一緒に夕食を食べる約束をしていたのだ。話し合いたい〝大切なこと〟があるとアメリアはジャイルズに告げていた。

キングズ・ロードの西はずれにある、ふたりお気に入りのタイ料理のレストランへ行った。ジャイルズはグリーン・カレー、アメリアはチキンとバジルの炒《いた》め物を注文した。土曜の夜の遅い時間帯だったので、ほかに客は十数人ほどで話し声は聞き取れず、たまに耳に入るのは勘定を頼むときの声だった。

「話があるのなら、聞こうじゃないか」

ジャイルズが切り出した。面倒なことをさっさとすませてしまい、落ち着いた気持ちでカレーを味わいたいと思っているのだ。アメリアが重要な話があるというときは、たいてい長年の愛人ポール・ウォーリンガーと「また、まちがいをしでかしてしまった」という告白なのだ。ジャイルズは、とうの昔に気にしなくなっており、むしろ知らないほうがよかったと思うようになっている。男と女の過ちを告白するときに、お気に入りのレストランをアメリアが選ぶことにジャイルズはいらだちを覚えているようだ。怒りを爆発させることがないという計算が見え透いているからだろう。

「子どもの頃のことで、正直に話していないことがあって」

新しい切り出し方だ。いつもなら、「思いやりがないかもしれないけれど」あるいは「あまり愉快な話ではないんだけど」とはじめるのだ。しかし、今回は、過去の謎を持ち出した。

「子どもの頃？」

アメリアはナプキンで口元を軽くたたきながら、エビ風味のせんべいを飲み込んだ。

「正確に言えば、子ども時代ではなく、十代から二十代の初めの頃」

「オックスフォードでのこと？」

「チュニジア」


それから打ち明け話がはじまった。ジャン＝マルク・ドーマルとの関係。子どもを産んだこと。その子がフィリップとジャニーンのマロ夫妻の養子になったこと。カレーが運ばれてきたが、ジャイルズは食欲が失せてしまった。ショックと嫌悪にも似た悪感情。アメリアと結婚して最初の十年はまるで悪夢で、不妊検査をなんども受け、妊娠三カ月で流産をすることを三回も繰り返し、養子斡旋所へ行って相談もしたが、仕事面、人間面ではまったく問題はないものの、幼い子どもを責任をもって世話をするには年をとりすぎているとの理由から、ジャイルズとアメリアのリーヴェン夫妻の申し出は却下されたのだった。ところが今になって、アメリアは二十歳のときに健康な子どもを産んだと平然と打ち明けているのだ。しかも三十年以上もたってからパリにいることがわかると、息子に心が引きつけられ、ジャイルズとの距離がますます広がったというのだ。ジャイルズは、生まれてはじめて、女に暴力をふるいたいと思った。セックスもしない、まがいものの夫婦生活をぶち壊してしまいたかった。

しかし、ジャイルズ・リーヴェンは、感情をあらわにする男ではない。実際にそういうことをする勇気もないし、人前でみっともなく騒ぎたてるのは大嫌いだ。自分のことを深く見極めるタイプだったら、どうしてアメリアと結婚したのか、もっと早い時期に気づいていたかもしれない。知性ではそれほど引けはとらないが、精神面ではアメリアはジャイルズを圧倒し、アメリアがいなければ社会的に高い地位に就くこともできなかっただろう。白ワインを飲み、最初のカレーを口に運びながら、ジャイルズはこう言っていた。

「打ち明けてくれて嬉しいよ」慰めようとする声が父親にそっくりだと思った。「いつ知ったんだ？」

「ひと月ほど前」アメリアはそう答えて、テーブル越しにジャイルズの手を握った。「わかるでしょうが、仕事とどう折り合いをつけていったらいいのか困っているのよ」

ジャイルズは驚いた。

「職場の連中は知らないのか？」

炒《いた》め物のなかから唐辛子《とうがらし》をつまみ出すように、アメリアは言葉を慎重に選んだ。

「最初は職場に打ち明けるのはまずいと思った。履歴をきれいなままにしておきたかったのね。昇進に悪影響を与えるんじゃないかと心配したの」

ジャイルズはうなずいた。

「働きはじめるときに、経歴を洗いざらい調べただろうが、それでもわからなかったようだな」

「そういうこと」アメリアはもう少し説明したほうがいいと思った。「養子はチュニスのカトリック組織を通して手配したのよ。フランスにも同様の組織があって。でも、わたしの名前はどの書類にも記載されていなかった」

「じゃあ、フランソワはどうやってきみを探し出したんだ?」

計算というより習慣から、アメリアはジョーン・グートマンの正体を隠すことにした。

「チュニスにいたとき助けてくれた友人を通して」

ジャイルズは短絡して結論を出した。

「子どもの父親か? そのジャン=マルクという男?」

アメリアは首を振った。

「彼にはずっと会っていない。フランソワが生まれたことを知っているのかどうか、それすらわからない」

食事が進むにつれ、ジャイルズの気持ちは落ち着いていったようだ。頃合いを見計らって、結局、息子をロンドンに呼び寄せることにしたと、その計画を打ち明けた。チュニジアのホテルでフランソワと話し合って決めたのだ。両親が殺されてから、フランソワはもうパリで暮らしたくないと思っており、環境を変えたがっていた。

「友人は? 妻、いや恋人、仕事はどうするつもりだ?」

アメリアは間を置き、フランソワの言葉を思い起こした。

「真剣な間柄の人は誰もいないらしい。人と交わらないタイプの人、といってもいいでしょうね。はっきり言って、ふさぎこんでいる。妙な具合に気分が変わるのよ。父親とはまったくちがうタイプ」

ジャイルズはあまりこのことには興味がないようで、それ以上問いかけることもなかった。それよりも、SISにはどのように認めさせるのかと尋ねた。

「いちばんいいのは既成事実として受け入れさせることだと思う。よく考えてみると、子どもを産んだからといって解雇されるほどの規則違反ではないし」

アメリアは得意げにこの言葉を口にしたが、それはジャイルズも感じ取ったようで嫌な顔をした。ひとり見捨てられたような気になったのだろうか。

「なるほど。しかし、本物の息子かどうか知りたがるのではないか？」

アメリアの心を傷つけるようなひと言だった。食べもののなかに唾《つば》を吐きかけられたようにアメリアは気色《けしき》ばんだ。

「どういうこと？」

「つまり、どういう人間か背景を調べたがるんじゃないのか？　きみはSISの長官になろうとしているんだよ、アメリア。得体の知れない人間を身近に置くことを受け入れるはずがない」

アメリアは皿を押しやった。陶器の皿とグラスがぶつかって音をたてた。

「フランソワはわたしの息子」歯を食いしばりながら言うと、ナプキンでテーブルを打った。

「やりたいのなら、検査をすればいい」

38

マルセイユ・サン・シャルル駅へ行く途中にある三つ星ホテルでケルはタクシーを降りた。アメリカ人夫婦に別れの挨拶《あいさつ》をし、二十ユーロをハリーに渡した。ペニーが多すぎると言って返そうとしたが、ケルは手を振ってこれを拒んだ。それから、バッグをかたわらに置いて歩道に立ち、携帯電話で話をするふりをした。車の流れを見つめ、近くで停まる車がないか目を光らせる。歩道を行く人、あるいは自転車に乗っている者でこちらに注意を払っている者がいないか。イェーツのお気に入りの詩を電話に向かってつぶやき、会話がつづいていることを装いながら、こそこそとした動きを探した。見張られている恐れのないことを確認すると、ホテルのなかに入ってひと晩部屋をとり、エレベーターで四階の部屋まであがって荷物を解いた。室内は洗剤とタバコのにおいがした。

妻クレアのメッセージは、ハリーの腕にあった蚊に刺されたあとのようにいつまでも心のなかでうずいた。ケルの自尊心や貞節を傷つけようという意図があからさまだった。ヘッジファンド業界に身を置く独身の男リチャード・クインは、二度の離婚歴があり、パブリックスクールのセントポール校に通う息子がふたりいるのだが、彼こそクレアの最終兵器である。

ケルがクレアとは金輪際縁《こんりんざい》を切るというそぶりを見せると、それとなくにおわせる脅しなのだ。リチャードは、SISでケルが置かれている立場をよく知っており、ケルの自尊心を傷つけるためにそれを利用している。三十年前にリチャードをSISに引き抜かなかったのは、国家として大きな誤りだったといわんばかりだ。五十五歳のリチャードは信じられないほどの金持ちで、〝ワインのプロ〟を自認して海外へ行くたびに、たとえばプロヴァンスやボルドーの五つ星のホテルに、まもなくひとり身になるクレアを誘うのだ。無防備にもこうした誘いを受け入れ、アルザスへの旅行から戻ってきたクレアは、ケルに許しを請い、リチャード・クインは〝退屈な男〟だったと打ち明けたのだ。

「じゃあ、どうして寝たりしたんだ」

そのときケルは大声をあげた。夫との仲がこじれ、不幸な境遇に打ちひしがれていたクレアはこう答えた。

「手の届くところにいたから。彼には家族があるからよ」

ケルはこれに答える言葉を見つけることができなかった。クレアの不満はもっともで核心を突いていた。絶望があまりに深くて、立ち直れそうになく、ケルとしては怒りを収めてクレアを慰めるしかなかった。リチャード・クインは、クレアがやけを起こして寝たほかの男たちと同じように子どもを作ることはできなかった。不妊の原因は、相手の男ではなく、クレアにあるのだ。ケルは口で言ってきた以上に深くクレアを愛しているが、望みある未来は千々《ちぢ》に砕けたと思わざるをえなかった。結婚生活は失敗に終わり、クレアと離婚しなければならないと思うと、ありとあらゆる気力が萎《な》えてしまう。

携帯電話が鳴っている。この番号を知っている者は、片手で数えられるほどしかいない。

「スティーヴン？」

このアクセントは、まちがいなく彼女だ。

「マドレイン。声を聞けて嬉しいよ」

「こちらこそ」

住宅街の通りからかけているのではないかと思った。ペダル付きバイクの音に加え、都会の喧騒が残響のように彼方から聞こえてきた。

「お話ししたように一緒にディナーでもいかが？　時間はあるかしら？　ブイヤベースのおいしいお店にご案内しようと思って」

「いいね。喜んで。今、ちょうどホテルにチェックインしたところで……」

「……あら、なんというホテル？　場所は？」

ケルは教えた。ほかに選択肢はないからだ。リュックとその仲間に居所を知られてしまった。ラップトップに不法侵入しようとするだろう。コンピューターのなかを見られてもたいしたダメージはないのだが、いつも持ち歩くことにしよう。ホテルを出るときには、秘密を明かすような代物《しろもの》は身につけるようにしなければ。

「なんという通りにあるのか、わからないんだ。タクシーの運転手が、アラブ街のはずれで降ろしてくれたんだよ。駅から一キロ弱のところで……」

「ご心配なく」マドレインは途中でさえぎった。「見つけるから。七時に迎えにいく。〈シェ・ミシェル〉まで歩いていけるわね。港の反対側よ。そんなに遠くない」

「七時だね」

ケルは念を押した。ということは五時間の余裕がある。ホテルから二ブロックほどのところにあるカフェで昼食をとってから部屋に戻り、ベッド脇のテーブルの電話から、ユーニアックの家族がいることになっている番号を押した。ここそこ嗅《か》ぎまわる連中がここに電話をしても応答サービスの声が返ってくるだけだ。ユーニアックの妻に扮したSISの女の同僚が吹き込んだ声をケルは聞いていた。

もしもし、こちら、スティーヴンとキャロラインのユーニアック夫妻です。ただいま留守にしています、私たち夫婦、ベラ、ダンにメッセージのある方は、ピーという音のあとに吹きこんでください。

ケルはやるべきことをやった。

やあ、おれだよ。いないのかい？　いるんだったら出てくれよ。（適当な間を置いて）いないようだね。船を降りたところだよ。どんな調子かなと思って電話した。今夜はマルセイユで一泊し、それからパリに寄ると思う。会いたいクライアントがいるんだが、街にいるかどうかはっきりしないんだ。明日の便でロンドンに戻ることになれば、夕食までには家に帰れる。でも、ひょっとしたら二、三日パリにいることになるかもしれない。どちらにしろ、また連絡するよ。ここの天気は最高だね。今夜はブイヤベースを食べに行くつもり。よかったら、携帯かホテルに電話をしてくれよ。ホテルにかけたほうが安いか。モンタン・ホテル。四一六号室だ。

ホテルの電話番号を読みあげ、幽霊妻に向かってキスをし、愛していることを伝え、〝ベラとダン〟にあえなくて寂しいと言った。電話を切り、新しいシャツに着替えた。

五分後、ショルダーバッグにラップトップと携帯電話を入れ、建築マニアにとってはマルセイユのランドマークともいうべきル・コルビュジエが設計した集合住宅〈輝く都市《ラ・ヴィル・ラデューズ》〉を見に行くことにした。建築を独学しているケルにとっては、七時にマドレインに会うまでの二、三時間をつぶすにはもってこいの場所だ。レピュブリック通りで拾ったタクシーの運転手は、二十歳代でマルセイユには来たばかりでル・コルビュジエなど聞いたこともないというので、言葉で描写してみせた。

「世界各地に建っている高層ビルだよ。三十階建てで、この六十年のあいだ都市の労働者が住んでいたんだ。輝く都市に見えたのでそう呼ばれている」

「ほんとうですか？」

運転手は太陽の光に目をうんと細くしながら、リアビュー・ミラーでケルの顔を見ている。

興味を持ったのか、たんに調子を合わせているだけなのかわからない。

「ああ、そうさ。シェフィールドからサンパウロまで、コンクリート製の建物の十階で育ったのなら、それはル・コルビュジエがいたからこそ、そこに住めたんだよ」

「リヨン郊外で育ったんです。うちの親父が店を経営してましてね」

実りある会話もここまでだった。このあと運転手は、主にサッカーのことばかり話した。ミシュレ大通りにくるとスタッド・ヴェロドロームを指で差し示し、オリンピック・ドゥ・マルセイユの本拠地だと説明した。さらにカリム・ベンゼラに対する不平を並べたてた。かつてはリヨンの立役者だったというのに「レアル・マドリードに寝返った」。それからしばらくして、〈輝く都市《ラ・ヴィル・ラデューズ》〉の入口に着き、ケルはタクシーを降りた。

「これがそうなんですか？」運転手は猜疑心《さいぎしん》をあらわにしながら建物を見あげた。「マルセイユのほかのろくでもない高層ビルと変わらないように見えますが」

「そうだな」

ケルは答えた。二百メートルほど後方、ミシュレ大通りにペダル付きバイクが二台停まった。ふたりの男のうちひとりは見覚えがあった。くたびれた青いヘルメットをかぶったあの男は、プラス・カステラーヌでタクシーの後ろを走っていた。二台のバイクは横道に入って見えなくなった。ケルは運転手に金を払った。

「お話、楽しかったです」運転手は金を受け取りながら言った。

〈輝く都市《ラ・ヴィル・ラデューズ》〉は、手入れがあまり行き届いていない小さな市営の公園に建っていた。ミシュレ大通りとは並木道によって隔てられている。入口を見つけてなかに入り、四階にあるレストランでサンドイッチを食べ、コーヒーを飲んだ。建物のこの一画は、豪華なデザイナーズ・ホテルになっており、ここに宿泊する者たちはル・コルビュジエの仕事の具体例を見ることができる。〈輝く都市《ラ・ヴィル・ラデューズ》〉のほかの階は、集合住宅や店舗で屋上には保育園がある。ケルはちょっとした規則違反を犯し、建物内の階段をのぼって上の階へ行き、観光客には味わえない眺めを楽しんだ。

これがまちがいだった。赤と黒に統一された長い廊下に出ると、あたりにはまったく誰もいなかった。個人宅のテレビやラジオの音がときおり小さく聞こえるだけだ。廊下を半分ほど行くと、その先が突き当たりになっていることがわかった。ふと背後で物音がしたので振り返ると、トラックスーツを着たふたりの若いアラブ人がこちらへ向かってくるところだった。先ほどペダル付きのバイクに乗っていたふたりだとピンときた。これ見よがしに鉄の棒を持ったひとりが英語で言った。

「こんにちは、ミスター。なにかお困りでも?」

このふたりがここに住んでいるわけがない。〈輝く都市《ラ・ヴィル・ラデューズ》〉は、トラックスーツを着た移民の青二才のふたり組が借りられるような安っぽいアパートではない。

「いや」ケルはフランス語でそう答え、ショルダーバッグを床に置き、身軽に動け、反応できるようにした。

「見てまわっているだけだよ。コルビュジエのファンにとっては垂涎《すいぜん》ものでね」

「なにを持っているんだ?」

ふたりのうち年上のほうが尋ね、ケルのバッグを顎で示した。そいつの左手にナイフの刃が光った。アパートメントの入口を照らす鈍い黄色の照明を、一瞬、刃がとらえたのだ。

「どうしてそんなことを訊く? なんの用だ?」

これ以上、言葉は交わされなかった。ふたりは歩み寄ってきた。ケルはバッグを拾いあげると間髪を容れずに放り投げた。かなり力をこめたので、ナイフを持った男が瞬間的にバランスを崩した。反撃に出てくるかと思ったが、男は数歩後ろへ下がるとバッグを手にし、攻撃は相棒に任せることにしたようだ。もうひとりのアラブ人は、年上の相棒よりも背は低いものの動きはもっと敏捷《びんしょう》だった。こいつに向かい合いながら、中年男の体がすばやく反応できないことをもどかしく思った。今や廊下は騒々しかった。ケルはフランス語で大声をあげて住人に警告し、力のあることを誇示し、鉄の棒から目を離さず、年上のほうのナイフも警戒する。廊下のはずれに追い込まれた。逃げ道はない。ふたりの脇を走り抜けるスペースもない。廊下を十メートルほど行くと、白い壁がぬっと立ちはだかり、外の光に照り映えている。年上のほうが叫んだ。

「おい、手に入れたぞ」

そのときにはすでに若いほうが攻撃をしかけ、鉄の棒を振りまわした。だが、ケルは一瞬早く跳びかかり、棒は空《くう》を切って廊下のはずれのドアにぶち当たって大きな音をたてた。アラブ人はパンチを繰り出してきて、ケルの肋骨《ろっこつ》で炸裂した。勢いのついた敵の体をケルはつかみ、ふたりは床に転がった。はるか昔にフォート・マンクトンの格闘技クラスで習ったことを思い出し、ケルは男の左目に指を突き立て、深く沈めた。

「ずらかろう!」

年上が叫んだ。ケルの目の端にそいつの姿が映ったと思うと、喉《のど》をつかまれ、うしろへ引かれた。同時に股間に膝蹴りをくらった。動作が緩慢《かんまん》となり、力が入らなくなったと思ったら、激痛が内臓と背骨を突き抜けていき、ケルはうめき、悪態をついた。アラブ人の首をつかもうとしたが、相手はすり抜けていき、ケルは口のなかに何日も前の汗の味を覚えた。と、顔面にまともにキックが入った。ケルは両腕で頭を抱え、立ちあがろうとしたが、若いほうも立ちあがって攻撃に加わった。マルセイユ訛《なま》りのアラビア語で悪態を連発しながら、ケルの腕、脚を繰り返し蹴った。ナイフを使うのではないかと、ケルは恐れた。

そのとき、背後が騒がしくなった。黒と赤の廊下のドアがあいた。目をつぶったケルの耳に声が飛び込んできた。

「いったいなにごと?」

女はフランス語で叫んだ。ふたりの襲撃者は、ショルダーバッグを引っつかんで走って逃げた。スニーカーがリノリウムの床にこすれてキュッキュッと鳴った。ケルはふたりの背中に向かって罵《ののし》り声をあげたが、すっかりたたきのめされて床に横たわっていた。ラップトップ、カメラ、マークワンドの携帯電話、ユーニアックのパスポートを盗られてしまった。やつらはなにもかも持っていった。

女が近づいてきた。

「まあ、ひどい。だいじょうぶ?」

39

警官、救急救命士、〈輝く都市《ラ・ヴィル・ラデューズ》〉の心配顔の住人が廊下に満ちあふれた。それからもちろん、ひったくりにあって恥ずかしい思いをしている被害者も。ぶちのめされたあとにわき起こった屈辱感。とはいえ、ケルの心を支配していたのはおぞましさだった。お役所仕事、書類への書き込み、地元の病院へ連れていかれること、見も知らぬ人たちから同情され、騒ぎたてられること。医者の診察を受けさせられ、診断書をもらったが、それによると傷は深刻なものではないらしい。とはいえ、左の上腕二頭筋と左の腿《もも》にかなりの打撲傷を負い、どちらもすでに暗紫色に変色している。右の膝がやや腫《は》れ、目の上が切れているが縫《ぬ》うほどではなかった。現場でけがを診《み》てくれたフランス人救急救命士のクロードも、陰鬱な表情を浮かべた警官のローランも、ひと晩入院して精密検査を受けるように勧めた。ショック状態に陥る危険性がある、とクロードは指摘した。血液検査を受けなくちゃだめだよ、ローランが言う。ムッシュ・ユーニアック、内臓に損傷を受けているかもしれません。

ケルは十五歳のときから、病気になると一日寝て過ごしてきた。リスクを避けることを優先するくたびれた医療関係者の忠告よりも、自分の体の声に耳を傾け、それを信じるようになったからだ。今回も、知りたいことは体が教えてくれる。朝には体が少しこわばり、若くはないことを実感するだろう。膝の傷のせいで、数日は脚を引きずって歩くことになりそうだ。あとは、自尊心が傷つけられた程度だ。もっともトーマス・ケルは、マルセイユ警察でスティーヴン・ユーニアックの名前で事情聴取を受けるという厄介な立場にあるのだが。これは秘密工作員としてはぜひとも避けたいことだ。海外で任務についているときは、目立たないように特に注意を払わなければならない。対外治安総局があのふたりのアラブ人の暴漢を送り込み、ケルをぶちのめしたのなら、ケルとしては選択の余地はほとんどない。

ローランの粋なシトロエン・クサラに乗って一キロ弱のところにある警察本部へ向かったが、五分もかからずに着いた。サイレンを鳴らしていたので、車が道を譲ってくれたのだ。警察本部は砂岩でできており、マルセイユ郊外の超モダンな建物群のなかにあって先祖返りを起こしたかのようなハウスマン様式の三階建ての建物だった。午後の遅い時間、ロビーにはどこの警察でもお目にかかる連中がいた。びくびくしているスリ、抗議の声をあげている麻薬の売人、酒気検査を受けている昼食後のビジネスマン、恨み言が止まらない年金生活者。ケルは待たされることもなく三階のオフィスへ連れていかれ、ローランとパートナーのアランから礼儀正しく事情を聴取された。アランは三十代の強面《こわもて》の男で、ごま塩の無精ひげ、身につけた黒光りする銃をまるで猫でも愛撫するように触れた。ショルダーバッグのなかになにが入っていたのか訊かれ、精一杯詳細なリストを作った。ラップトップとカメラの盗難保険を請求するためにジミー・マークワンドとＳＩＳの経理屋は、警察の調書のコピーを要求するだろう。最近のSISは、なんでもマニュアルどおりに進めたがる尻の穴の小さい連中ばかりが幅をきかせている。三十分ほどすると次の部屋に連れていかれ、マルセイユにいる北アフリカ人のごろつきどもの顔写真を見せられたが、ケルを襲ったふたり連れはいなかった。襲撃の詳細についてローランが納得したのは、すでに七時近かった。起訴状にサインするように言うと、ローランは相変わらず苦虫を嚙《か》みつぶしたような顔をしているアランを尻目に、〝イギリス人の観光客〟を〝移民の犯罪者〟の餌食にしてしまったことを詫《わ》びた。ふたり組がラップトップを狙い、ついでに携帯電話も盗んでいったのはまちがいなく、ケルはふたりの警官の〝忍耐とプロに徹した仕事ぶり〟に謝意を表し、なるべく早くホテルに送り届けてほしいと頼み、理由を説明した。明日の朝、パリへ発《た》つのでゆっくり休んでおきたいのです。

ローランはケルの申し出を受け入れたが、ちょうどそのとき、電話が鳴った。ローランは受話器を手にとった。

「もしもし」

それから話がはじまったが、どうやら身内の会話のようだ。

「ウイ、ウイ」

ローランはゆっくりとつぶやき、やがて微笑が顔にのぼった。ローランはうなずき、嬉しそうにケルと視線を合わせた。なにかが起きたのだ。

「バッグが見つかったようです、ムッシュ・ユーニアック」受話器を戻しながらローランは言った。「〈輝く都市〉《ラ・ヴィル・ラデューズ》の外に捨てられているのを、通りがかりの人が見つけてくれたようです。警官がバッグを持ってこちらに向かっています」

二、三分ほどすると部屋のドアがノックされ、黒いブーツにしわひとつないネイビー・ブルーの制服を着た警官が入ってきた。アランと同じようにベルトに銃をさしていたが、この警官のほうが立派な体格で堂々としており、無慈悲に見えた。顎ひげはなくなっていた——十年分のひげがきれいさっぱり剃《そ》られていた——が、すぐに誰であるかわかった。

リュックだ。

40

わざわざひげを剃ったリュックの姿を見て、ケルはすべてを悟った。船の上でフランソワ・マロと話をしていたこの男は、警官に扮してケルに話を聞くつもりだ。ケルに見破られる危険はないと思っているのだろう。

「ボンジュール」

リュックは陽気な声で挨拶《あいさつ》すると、ショルダーバッグをローランに手渡し、〝ベネディクト・ヴォルテール〟だと自己紹介した。これほど荒唐無稽《こうとうむけい》な偽名にはお目にかかったことがない。

「それでどういうことなんだ？」

リュックはローランとアランに英語で尋ねた。アランは高官に席を譲るように立ちあがり、リュックはその椅子に腰をおろした。リュックの肩章のリボンは多く、おそらくローランとアランよりも位が上なのだろう。リュックは警察の高官か、フランスの情報部の人間で――おそらくこちらのほうが可能性が高いのだが――ローランとアランを説得して警官になりすましているのだろう。

「ムッシュ・ユーニアックはイギリスの方です。〈輝く《ラ・ヴィル・》都市《ラデューズ》〉を訪れているときに、ふたりのアラブ人の若者に襲われました。ふたりはバッグを盗んで逃げたんですが、運よく取り戻せたようです」

「なるほど」

リュックは答えたが、今度はフランス語だった。ヘヴィー・スモーカー特有の太くしゃがれた声だ。ケルの顔をじっと見つめたが、正体がバレる瞬間を引き延ばそうとしているかのようだ。ローランはバッグのジッパーをあけた。

「なくなっている物はないか、確認してください」

デスクの向こうからケルのほうへバッグを滑らせた。ケルはすぐに中身を出して、書類やマグカップの載ったデスクにひとつずつ置いていった。最初にまずラップトップ。まったく損傷を受けていない。カメラ。それからマークワンドの携帯電話、これはまだ電源が入ったままだった。これをロンドンの携帯電話の脇に置いた。『アフリカを奪え』はいちばん下にあり、これを旅行者向けのマルセイユの地図の隣に割り込ませる。最後にジッパーのしまった内ポケットからユーニアックの財布を取り出した。

「携帯電話が二台ですか？」

リュックが声の調子をあげ、疑いをあらわにした。先ほどの廊下での乱闘よりもはるかに危険をはらんだ状態だ。ＳＩＭカードを調べられ、通話記録をたどられた可能性がある。マークワンドがニースでのユーニアックの足跡を消してくれていることを祈るばかりだ。ロンドンの携帯電話が盗まれなかったのは、不幸中の幸いだ。リュックにこいつを調べられたら、もはやゲームオーバーだろう。

「そうなんです」ケルは答えてマークワンドの携帯を手にとり、点検した。「一台は仕事用、もう一台は個人用なんですよ」

液晶には未読メールがあるとの表示が出ていた。携帯電話を開くと、マークワンドからのメールだった。

おまえの言うとおりだった。誰もが無事に帰ってきた。来週、会おう。

「個人用か」ケルが遠まわしな言い方をしたとでもいうようにリュックは英語で繰り返した。彼の息から、吸ったばかりのタバコのにおいが漂ってきた。

「信じられない」リュックの皮肉を無視しようと、ケルはいかにもほっとした様子を装い、スティーヴン・ユーニアックとして喜んでみせた。「なにもかも手つかずのようだ。ラップトップ。カメラ……」

次に財布を調べた。店のポイントカード、キュー王立植物園のメンバーカード、ユーニアック名義の各種クレジットカードにデビットカード。当然、四百ユーロ以上入っていた現金は抜かれていた。

「クソ野郎。現金は抜き取ってある」ケルは悪態をついた。「失礼。汚い言葉を使ってしまった」

「かまいませんよ」ローランは微笑み、それからリュックにすばやく視線を走らせた。それとなく発言の許可を求めているかのようだった。「保険には入っていますよね？」

「ええ、もちろん」

「いくらです？」リュックが尋ねた。「いくら盗まれました？」

「四百ユーロほどだと思います。今朝《けさ》、五百ユーロをATMで引き出し、いくらか使いましたので……」

「書類には千ユーロとしておきましょう」

リュックは威厳を保ちながらそう言い、ローランに向かってうなずいた。明らかに心理的な効果を狙った賢いやり方だ。

「そんなことをしていいんでしょうか」

ケルはそう尋ねたが、笑みを浮かべ、倫理的に潔白であるわけではないことをほのめかした。それから微笑んだまま大きくうなずいて「ありがとうございます」と誠実な気持ちを総動員してリュックに向かって言った。家族持ちの男であるという印象をさらに深めるために、幽霊娘〝ベラ〟と幽霊息子〝ダン〟のすり切れた写真を引っ張り出してつづけた。

「財布の中身でいちばん貴重なものです。これが返ってきただけでも、嬉しいですよ」

「そうでしょうとも」

リュックは言下に答え、その声には誠実さが滲《にじ》んでいた。ケルの家族を思う気持ちにリュックも心を動かされたかのようだった。

「コンピューターはどうです？　損傷を受けていますか？」

もっとも注意すべき瞬間だ。へたにふるまえば、対外治安総局は容易にケルのしっぽをつかむことができるだろう。ラップトップを調べるためにやつらはケルのバッグを盗んだ。それはまちがいないだろう。パスワードに阻まれてアクセスできなかったのなら、コンピューターを返してくるわけがない。フランスのコンピューターの専門家にすべてを見られてしまったとしても、罪に問われるようなものは発見できなかっただろう。ホテルでＳＩＳのプログラムを起動させて、すべての履歴を消去し、当たり障りのないクッキーやＵＲＬを残しておいたのだ。対外治安総局は、Ｅメールやスティーヴン・ユーニアックが検索エンジンを使って訪れたサイトの履歴を確かめただけだろう。スティーヴン・ユーニアック、マーケティング・コンサルタント、家庭のある男、《デイリー・メール》紙の読者、オンラインで賭けをする〈パディー・パワー〉に登録し、たまにギャンブルを楽しむ。ユーニアックとしての身分は、隙なく作りあげられており、アマゾンのアカウントまで持っているのだ。

「うまく動きます？」

リュックは尋ねた。ケルがコンピューターを開き、電源を入れるとリュックは立ちあがった。デスクをまわってこちらに来て、パスワードを入力するのを見るつもりなのだ。文句をいう筋合いもなく、ほかにどうしようもなかったので、リュックにじっと見つめられながら、ケルは十桁《けた》の番号を打ち込んだ。

「どうしてパスワードで保護しているんです？」

「わたしの仕事はコンサルタントです」ケルは答えた。もうひとりの自分の誠実さを精一杯前面に押し出した。「富裕層のクライアントを大勢抱えていますが、こうした人たちは、仕事の情報が敵の手に落ちることを警戒しています」船室で対外治安総局が仕掛けたカメラで監視されていたことはまちがいなく、あのときどのようにラップトップの画面を見つめていたか記憶をたどりながら、なんとかつじつまの合う説明をひねり出した。「問題なのは、いつもパスワードを忘れてしまうことです。長すぎますからね」

「ああ、そうですね」

リュックは答えた。その場を動こうとしない。

「なにかご覧になりたいものでもあるんでしょうか？」ケルは肩越しに振り返り、マルセイユ警察の〝ベネディクト・ヴォルテール〟がプライヴァシーを侵害しようとしていることをそれとなく警告しようとした。「問題なく動くようです」

ケルの思いが通じたようだ。ひげをなでつけようと手を伸ばして、剃《そ》り落としてしまったことに気づくと、リュックは部屋の南側、二重にガラスをはめこんだ窓へ歩いていき、建物の裏手を見下ろした。ガラスを指でコツコツたたいている。次にどのように出てくるのだろう。対外治安総局は、ケルの潔白を信じたのか。アメリア、あるいはフランソワ・マロとのつながりはないと判断したのか。

「マルセイユにはどのようなご用件で、ミスター・ユーニアック？」

襲われてからこの手の質問には何度も答えていると言ってやりたかったが、リュックを刺激することは慎まなければならない。

「休暇でチュニジアを訪れていたんです。フェリーでひと晩過ごして今朝着いたんですよ」

リュックはケルと面と向かった。

「フェリーのなかで、あなたに敵意を持った人はいませんでしたか？　マルセイユでつけまわし、襲う理由のある者が？」

こういう流れになるとは思わなかった。リュックは話をどこへ持っていこうとしているのだろうか。

「それはないでしょう。バーで何人かの人と話をしました。あとは下船するために並んでいるときにまわりの人と雑談した程度です。それ以外には、誰とも口をきいていません。ほとんど船室で本を読んでいましたから」

「議論はしなかったのですね？　問題も起きなかったと？」

ケルはうなずいた。「ええ」言葉に窮することはなかった。「議論はしませんでした」

突然、膝に痛みが走り、たじろいだ。

近くの部屋で、激しい怒りの声があがった。不当な扱いを受けたことに激昂《げきこう》しているようだ。すぐにまた、あたりは静まり返った。

「パリへ向かう途中だと聞きましたが？」

ロがすべったのだろう。ケルがローランにマルセイユを発《た》つつもりだと話したのは、リュックが来る前だ。警察での正式な事情聴取を立ち聞きしていたことは明らかだ。

「ええ。パリにクライアントがおりまして、二、三日は街にいるだろうというので、会いに行こうと思ったのです。いなかったら、そのまま家に戻ればいいだけですから」

「レディングへ？」

「ええ、そうです。ロンドンを経由してレディングへ」

ケルはいきなり、リュックの横柄《おうへい》で権力意識丸出しの二流の尋問に辟易《へきえき》した。連中がなにもつかんでいないことは明らかだ。今や息苦しくなったこの部屋と、暴力と官僚主義を突きつけられた長い午後から解放されたかった。フランソワ・マロを探し出したい。

「では、よい旅を、ミスター・ユーニアック」リュックもケルと同じ気持ちになったようだ。

「ご面倒をおかけして申し訳ありませんでした」妙な一瞬だ。こちらに向けられたリュックの視線は、なにかとても意味ありげなのだが、ケルにはそれがなんであるのかわからなかった。「ローランがホテルまで送ります。お時間をとっていただき、ありがとうございました。フランスで楽しいひとときをお過ごしください」

41

ケルが頼んだとおり、ローランはブルトイユ通りとベルジュ河岸通りの角で降ろしてくれた。ホテルまでは古い港を突っ切って戻ることになる。すでにマドレイン・ブリーヴとの約束に一時間遅れており、ディナーはキャンセルしたいと思っている。盗難にあい、たたきのめされたことを言い訳に使うつもりだ。マドレインと会っても得るものはなにもないだろう。すべてを握っているのは対外治安総局なのだから、スティーヴン・ユーニアックの仮面をかぶってマドレインと食事をしても数時間浪費するだけだ。

マドレインの番号を押すと、留守番電話に切り替わった。ケルは長いメッセージを残し、ディナーをキャンセルしたことを詫《わ》び、〈輝く都市《ラ・ヴィル・ラデューズ》〉で起こったことを説明した。いつかまた会える機会が来ることを願っていると言い、トゥールまでの旅の安全を祈っていると締めくくった。

夜の港は、カップルやとっておきのシャツを着た観光客で混み合っていた。子どもたちはくたびれた大道芸人の足元にコインを投げる。遊歩道の東のはずれ、氷をいっぱいに敷いた台の上に魚を並べていた露天商はとうに店を閉めており、カランクとシャトー・ディフへ行って帰ってくる観光フェリーも最終便がとっくに到着していた。ベルジュ河岸通りのタバコ屋でテレホンカードを買い、公衆電話を探した。最初の二台は壊されていて使いものにならず、テュバノ通りの北のはずれでフランス・テレコムのまともな電話ボックスを見つけた。シャッターの降りた薬局の向かい側、静かな脇道だ。ケルはドアを閉め、床にバッグを置き、フランソワ・マロがフェリーのターミナルから乗ったタクシーの番号を押した。

五回目の呼び出し音のあと女が電話口に出たので、トーマス・ケルは作り話を聞かせた。

「もしもし、ええ、ちょっと教えていただきたいのですが」学校に通っている頃、教師にこう言われたことがあった。おまえのフランス語の発音は、ノルマンディーに不時着したイギリスの戦闘機スピットファイアのパイロットがしゃべっているみたいだ。作り話はまさにこうした状況だったので、当時の発音になるように工夫した。「先週、マルセイユにいたんです。金曜日の夜十一時半頃、〈シェ・ミシェル〉の外でおたくのタクシーに乗りました。白のメルセデスでした。運転手の西アフリカの人は、信じられないくらい親切な人で……」

「アルノーかもしれないし、ボボかもしれない。ダニュエルってこともあるし……」

「ええ、なんという名前だったか。でも、なんとかわかりませんか？　五十代、いや、五十半ばかな……」

「じゃあ、アルノーでしょう……」

「ああ、そうだったかもしれません」

「アルノーがどうしました？」

「ええと、わたしはイギリス人で……」

「わかりますよ……」

「わたしは、国境なき医師団で働いています。アルノーが名刺をくれたのは、連絡をすると約束をしたからでして。つまり、アルノーは象牙海岸にいる友人たちのことをとても心配しているんです」

「あら、それで……」

うまくいった。人権が侵害されている可能性をほのめかしただけで、案内係の無関心な態度が変わったのだ。

「もらった名刺をなくしてしまい、連絡がとれなくなってしまったんです。ロンドンのわたしのところに電話するように伝えてもらえませんか。電話代が高くつくのなら、マルセイユで連絡がとれる電話番号かEメールアドレスを教えてもらえないでしょうか」

計略としては完璧とはいえなかったが、ケルはフランス人の考え方をそれなりにわかっているつもりでいる。人権問題の前にはアルノーのプライヴァシーは二の次となり、こうした要求を退けたりしないのだ。悪いほうへ転ぶと、受付係はケルの番号を尋ね、アルノーから連絡させるということになる。願ってもない展開は、すぐに電話をまわしてくれることだ。

「今夜、アルノーは非番なんです」

受付係は答えた。ということは、電話番号を教えてくれるのではないか。

「なるほど。月曜はオフィスにいますから、いつでも電話ができます。コンピューターに処理しなければならないファイルがたまっておりまして……」

「ちょっとお待ちを」

いきなり保留になり、モービーの古い曲が流れてきた。別の電話がかかってきたのか、アルノーの番号を探しに行ったのか、わからない。しかし、三十秒もしないうちにふたたび戻ってきてこう言った。

「さて、なにか控えるものはあります？」

「ええ、持っています」ケルは満足気に笑みを浮かべた。「お手数をおかけしました。ほんとうにありがとうございました。アルノーも喜んでくれるでしょう」


アルノーは電話に出た。周囲の音から混雑したレストラン、あるいはカフェにでもいるのだろう。土曜の夜九時三十分に身元がまったくわからない男から電話がかかってきたのだから、あまり嬉しそうな声ではなかった。

「誰だって？」

アルノーがこう尋ねるのは三度目だ。ケルはイギリスのジャーナリストだと自己紹介し、アルノーが乗せた客について情報を集めており、会って一緒にビールを飲んでくれるだけで五百ユーロ払おうと申し出た。

「なんだって？　今、これから？」

「そう、今夜。急いでるんだ」

「そいつぁ、無理だな。今夜はゆっくりしたいんだ。あんただってそうだろ」

電話ボックスに隣接したアパートメントから住人が出てきて、駐めてあったバイクにまたがり、スロットルを開いた。エンジンの回転を速める音が轟きわたり、ケルは送話口に向かって大声を出さなければならなかった。

「そこへ行くよ。どこにいるか教えてくれないか。家の近くで会おう。十分もかからないで終わるから」

アルノーは考え込んだようにいきなり黙ってしまい、ケルはいたたまれなくなって尋ねた。

「もしもし、聞こえるかい？」

「ああ」

アルノーはケルの真剣な様子を楽しんでいるようだ。

「千ユーロ出す」

マークワンドの金はまもなく底をつく。だが、うまくいった。しばらく、沈黙がつづいたあとでこう尋ねてきた。

「どの乗客のことが知りたいんだ？」

「電話ではだめだ。会ってから話そう」

四十五ユーロを運転手に払った。四十分間タクシーに乗って、カルチエ・ノール地区の奥深くへやってきた。このあたりには、ヨット、アウディ、海岸沿いを走るコルニッシュ通りに点在するテニスコート付きの別荘などありはしない。シンダーブロックの高層アパートが建ち並び、狭く入り組んだ通りが走り、風景は殺伐としている。理想を追い求めていたル・コルビュジエには想像もできなかったアパート群だ。

アルノーはカフェでパスティスを飲んでいた。やや明るい黄緑色がかった灰色の高層アパートの地下にある店だ。退屈そうな顔をした栄養不良気味の若者たちが、トラックスーツと最新のスニーカーを身につけて歩きまわっている。カフェの窓ガラスの一枚は割れており、もう一枚は、落書きされた金属製のよろい戸に隠れてよく見えない。落書きにはこう書いてあった。

マルセイユ。コンクリート文化の中心地《キャピタル・ドウ・ラ・キュルチュール・オ・デュ・ベトン》。

ケルはタクシーの運転手にここで待っているように伝え、舌打ちする音と射ぬくような眼《まな》差《ざ》しを左右両方から投げつけられながら走り、カフェの入口からなかに入った。店内がしんと静まり返るのではないかと覚悟していた。西部劇に出てくる酒場のようなスイングドアを抜けた。客はアフリカ系ばかりだが、意に反して、興味なかばにうなずいて歓迎してくれた。脚を引きずり、目の上に切り傷があるので、不運な境遇をともに生きているのだと思ってくれたのだろう。

「こっちだ」

現役、あるいはすでにこの世を去ったマルセイユのサッカー選手たちの写真をコラージュした作品が壁に貼ってあり、その下にバー・カウンターがあってアルノーはそこに座っていた。目の前の壁には、リリアン・テュラム、パトリック・ヴィエラ、ジネディーヌ・ジダンら一九九八年のワールドカップに出場した選手たちの写真が飾られている。その隣には、ニコラ・サルコジ大統領の漫画が額縁に入れられて掲げられていた。女物のヒール靴をはき、目はナイフで削り落とされ、ズボンからは勃起したペニスが突き出している。アルノーは立ちあがった。背が高く、がっしりした体つきをしている。体重は百キロを超えているだろう。アルノーは無言のまま、店の奥にあるフォーマイカのテーブルへとケルを導いた。席の真上の壁にはテレビがボルトで留められている。タバコの吸殻《すいがら》やガムでいっぱいの灰皿越しにふたりは握手をし、テーブルをはさんで向かい合って座った。アルノーの手は乾いていて柔らかかった。顔は思いやりのかけらもなかったが、ある種の高潔さがあった。亡命したアミン一派の独裁者のような黒い冷たい目で、こちらを見ている。無理もない。ケルに客の情報を流すことで、おそらくアルノーは面目を失うことになるが、十分間話をしただけで千ユーロ手に入るのだから、それなりの犠牲は払わなければならない。

「ジャーナリストだって？」

「ああ、そうだよ」

アルノーはどの新聞に記事を書いているのか、尋ねなかった。ふたりはフランス語で話をしたが、アルノーのアクセントはどこの国のものなのかケルにはわからなかった。

「で、ある人物のことを知りたいんだな」

ケルはうなずいた。テレビをつけた者がおり、ケルの言葉はバスケットボールの試合の解説者の声でかき消された。おそらく、アルノーは誰かに頼んでスイッチを入れさせたのだろう。これで話の内容を聞かれることはなくなった。それとも、店のおやじが、ケルを歓迎していないことを示そうとしたのか。

「今朝、港のターミナルで、チュニスから着いたフェリーの乗客を乗せたと思うが。三十歳前半の男だ」

アルノーはうなずいたが、ほんとうに思い出したのかどうかわからない。アルノーはボタンダウンのデニムシャツの胸ポケットからウィンストンの箱を取り出した。

「吸うかい?」

「いいね」

ケルは一本受け取った。アルノーが火をつけているあいだ、言葉がとだえた——まず自分のタバコ。それから前かがみになって火をこちらへ向けた。

「ここは落ち着かないかい? ピリピリしているようだが」

「そうかな?」気持ちはまったく動揺していなかった。アルノーはからかおうとしているのだ。「変だな。なかなかいい場所だと思っていたんだよ」

「ほう?」

ケルはバー・カウンターを振り返った。隣のテーブルには、スパゲティーが半分ほど残った皿が載っていた。ドアの脇ではふたりの年寄りがバックギャモンに興じている。

「エスプレッソが飲めるし、タバコも吸える。食い物もいいにおいだ」

ケルはアルノーの目をまっすぐ見つめた。これ以上くだらない腹の探り合いをして時間を浪費するわけにはいかない。「アルコールが飲めない場所に長かったもんでね。女は男と一緒のテーブルを囲めないようなところでね。道端には爆弾が仕掛けられ、朝飯の前に銃を持った男が白人を処刑する。バグダッドのようなところでは、神経がピリピリするんだよ、アルノー。カブールもな。わかってくれたかな？」

アルノーは座り直した。プラスティックの椅子が軋《きし》んだ。

「その男のことは覚えているよ」

一瞬、フランソワのことを言っているのだと気づかなかった。

「そうだろうな。で、どこまで乗せていったのかな？」

アルノーが吐き出した煙が、ケルの耳の脇を漂っていった。

「それだけ？　知りたいのはそれだけなのか？」

「ああ、それだけだよ」

アルノーは顔をしかめ、目の下の柔らかそうな黒い頬の盛りあがったところを固くした。せいぜい十五、六歳といったところだろうか、混血の少年がテーブルにやってきてお代わりはどうかケルに尋ねた。

「おれはいい」

「なにかもってきてくれ」

アルノーはケルの言葉を無視して言った。ケルはタバコを吸い込んだ。

「じゃあ、ビールを」

「ウン・ビュルだ、ペプ」

アルノーはフランス語で言ったが、通訳しなければ伝わらないとでもいうようだ。アルノーは首の脇を掻いた。

「一日かかりっきりだった。高くついたよ」

「かかりっきりって、いつまでだ？」

「二時間前にようやく戻ってきたところさ。カステルノーダリへ行ったんだ」

「カステルノーダリ？　トゥールーズに近いじゃないか」

「自分で調べな」

ケルは煙を吐き出した。

「教えてくれてもいいだろ」

「まず金をくれ」

ケルはジーンズのポケットから現金の入った封筒を取り出し、テーブルの上を滑らせた。

「さあ、千ユーロだ、アルノー。カステルノーダリはどこにある？」

アルノーは笑みを浮かべ、このゲームを楽しんでいる。

「ここから西へ行ったところだよ。高速道路を突っ走って三時間くらいだ。カルカソンヌを過ぎたところ」

「カスレ（ラングドック地方のシチュー）がうまいところだな」ケルは答え、ラングドック・ルション地方を思い浮かべたが、こうした反応を表に出さないようにした。「街で降ろしたのか？　住所を覚えていないだろうか？」

「住所なんてない」アルノーは封筒をチノパンツの尻のポケットに突っ込んだ。金の重みが、つまり、金が実際に自分のものになったことが、アルノーの口を軽くした。

「ほんとうに妙だったんだ。十キロほど南へ行った村はずれで降ろしてくれと言うんだ。田舎のど真ん中、道路の待避所でな。車が来て拾ってくれることになっていると言っていた」

当然、ケルはこう尋ねた。

「どうして目的地までタクシーで行かなかったんだろう？」

「住所がわからないからだってさ。そんなことを詮索《せんさく》するつもりはなかったし、どうでもよかった。マルセイユまで長い距離を運転して戻らなくちゃいけなかったし、家に帰って娘の顔を見たかったからな」

ケルは家族のことを尋ねてアルノーの気持ちを和らげようかとも思ったが、それだけの見返りはないと判断してやめにした。

「車中ではどうだった？　途中で話をしなかったのか？　なにか聞いたことは？」

アルノーは笑みを浮かべたが、今では満面にそれをたたえている。歯茎《はぐき》は年齢のために黄ばみ、腐っている。

「いいや」そう言って首を振った。「話さなかった。視線を交わすことすらしなかったよ。ほとんど寝ているか、窓の外の景色を眺めていたね。典型的な人種差別主義者。典型的なフランス人さ」

「人種差別主義者だと思ったのか？」

アルノーはこれを無視し、逆に問いかけてきた。

「それで、あの男は何者なんだ？　どうしてイギリスの新聞が興味を持つ？　なにかかっぱらったのか？　ケンブリッジ公爵夫人を犯しちまったとかそういうことか？」

アルノーは自分の冗談に声をあげて笑った。ケルは王室を礼賛しているわけではなかったが、調子を合わせることは控えた。

「興味があるというだけのことだ。地図があれば、どこで降ろしたか指し示してもらえるか？」

アルノーはうなずいた。アルノーが地図を取りに行ってくれるものと思っていたが、ふたりは無言のまま座っていた。なにかを要求しているのだ。

「地図を持っているのか？」ケルは尋ねた。

アルノーは腕組みをした。

「なんで地図を持っていなきゃいけないんだ？」

そう言ってアルノーは床を見下ろした。裂けた革のスツールの下には、古いサンドイッチのパンのかけらが散らばり、固くなっている。ケルのｉＰｈｏｎｅの電波は届かないので、しかたなく席を立ち、カフェの外に出た。ふたたび、トラックスーツを着た若い連中と放し飼いになっている犬のあいだを走り抜けた。待っているタクシーに歩み寄り、窓をたたいて仮眠している運転手を起こした。窓ガラスが開いてきたので、フランスの道路地図を貸してほしいと頼んだ。わけないことだと思ったが、運転手はあからさまに嫌な顔をした。車を降り、メルセデスのトランクをあけて、地図を取り出さなければならなかったからだ。

「手の届くところに置いたほうがいいんじゃないのか」

ケルはそう言い捨ててカフェのテーブルに戻った。アルノーは地図を手にしてインデックスをめくり、カステルノーダリを見つけるとフランソワ・マロを降ろしただいたいの地点を指さした。

「ここだよ」

嚙《か》んだあとのあるかさかさの爪が、一瞬、その場所を隠した。ケルは地図を受け取って、村の名前を書きとった。サル＝シュル＝レール。

「道路の待避所だと言ったな。田舎のど真ん中なのに？」

アルノーはうなずいた。

「近くになにか目印になる建物はなかっただろうか？　教会とか、公園のようなものは？」

アルノーは、話に飽きてきたとでもいうように首を振った。

「いいや。木が数本生えていて、あとは畑だよ。つまらない田舎さ」〝田舎〟という単語をまるで罵《ののし》り言葉のように吐き出した。「車をUターンさせ、一、二分走ったところで、リサイクル用のゴミ箱の前を通り過ぎた。サル＝シュル＝レールからけっこう離れたところで降ろしたということだな」

「話を聞かせてくれて感謝するよ」ケルはマークワンドの携帯電話の番号をテーブル越しに差し出した。「ほかになにか思い出したことがあったら……」

「電話するよ」アルノーは電話番号を記した紙をタバコと同じポケットに入れた。トーマス・ケルと会うのも話をするのもこれが最後だといわんばかりの声の調子だ。「目はどうしたんだい？　その追っている男にやられたのか？」

「あの男のお友だちにさ」

ケルはそう言うとテーブル席から立ちあがった。地図を受け取っているときにビールが運ばれてきた。口をつけなかったが、二ユーロを置いた。

「会ってくれてありがとう」

「たいしたことじゃないさ」アルノーは立ちあがることもせず、ケルと握手をし、もう一方の手でポケットに入れた金をたたいた。「イギリスの新聞に感謝すべきなんだろう」またもや黄色い歯茎をのぞかせて微笑んだ。「気前がいい。すてきなプレゼントをありがとよ」

42

ホテルに戻ると、ケルの携帯電話にいらだたしい思いを声に滲《にじ》ませたマドレイン・ブリーヴのメッセージが吹きこまれていた。〈輝く都市《ラ・ヴィル・ラデューズ》〉で襲われたと聞いて心配していると言っているが、そんな気持ちよりも怒りのほうがまさっているのは明らかだ。スティーヴン・ユーニアックは思いやりに欠けている。〈シェ・ミシェル〉での夕食には行けそうにないともっと早い時間に連絡してくれてもいいではないか。おかげで、一泊しかしないマルセイユの夜が、台無しになった。

「なんともチャーミングだ」

電話を切りながら、部屋に向かって言った。リュックが盗聴しているかもしれない。

ぐっすりと眠った。任務を遂行中は眠りが深くなるが、それと同じほどよく眠った。翌朝はホテルのレストランでまともな朝食をとり、それからチェックアウトしてマルセイユ・サン・シャルル駅のすぐ近くにインターネット・カフェを見つけて入った。ラップトップはもはや用なしだ。リュックの命令で対外治安総局のやつらが細工をして、中身が筒抜けになっているだろうし、キーボードからの入力を監視するソフトを仕掛けているにちがいない。エルサ・カッサーニがEメールで文書を送ってきていた。フランソワ・マロに関する詳細な資料にちがいない。メッセージが添えられている。〝疑問点があれば電話して〟。ケルは文書を印刷した。手を貸してくれた係員は、舌にピアスをしたゴス（ゴシック・ロックに端を発するサブカルチャーで、独特なファッションを身にまとう）だったが、実に手際がよかった。

駅に〈マクドナルド〉があった。ケルは体に悪そうなホットコーヒーを買って空いているテーブルに向かって座り、エルサから送られてきた文書を読みはじめた。

みごとな仕事ぶりだった。フランソワの中学校、高等学校、情報技術を学んだトゥーロンでの大学時代を詳細に追い、メンバーとなっているパリのジムの名称までが記されていた。マークワンドが送ってくれた写真にはフランソワとふたりの同僚が写っており、これはブレストにあるソフトウェア会社で撮ったものだった。この会社は買収され、パリにあるさらに規模の大きな企業に吸収され、その本社でフランソワ・マロは働いているのだった。フランソワがふたつの銀行口座を持っていることを突き止め、さらに七年分の納税記録を調べあげ、感想を記している。〝おかしな点は微塵《みじん》もない〟。期日には支払いをすませ、パリ七区にアパートメントを借り、そこには一年ちょっと住んでいる。ブルターニュで中古のルノー・メガーヌを買って乗っている。友人やガールフレンドに関しては、オフィスでもジムでも同じ答えが返ってきた。フランソワ・マロは、あまり人と交わらないタイプで、ひとりでいるのを好む男だというのだ。エルサはフランソワの上司にも電話をかけて話を聞いている。〝かわいそうなフランソワ〟は、家族に不幸があって長期の休暇をとっている、ということだった。エルサが調べたかぎり、フランソワはソーシャルネットワークには参加しておらず、Eメールは頻繁に家のコンピューターにダウンロードしているが、エルサはハッキングすることができなかった。政府通信本部《GCHQ》の助けを借りなければ、フランソワの携帯電話を盗聴することは不可能だが、エルサは興味深いEメールを一通盗み出すことに成功している。相手は大手プロバイダーであるワナドゥーに登録している〝クリストフ・デレストレ〟であり、エルサの推測によれば、友人か身内の者だろうとのことだ。エルサはメールを添付していた。ケルは文書をショルダーバッグにしまい、コーヒーを飲み干すとエルサにメールを打った。

調査は完璧だ。ありがとう。

状況が状況なら、メールの最後にキスの意味の符号〝X〟を書き記すところだが、ケルは雇い主という立場なので、エルサとは距離をとらなければならない。それからデレストレのメールを読んだ。フランス語で書かれており、五日前のものだった。フランソワ・マロがラマダ・プラザに滞在しているときで、アメリアとの休暇も終わろうとする頃だ。

From:dugarrylemec@wanadoo.fr
To:fmalot54@hotmail.fr

いつパリに戻る？　寂しい。キティーは名づけ親からのキスを心待ちにしている。

クリストフ

From:fmalot54@hotmail.fr
To:dugarrylemec@wanadoo.fr
チュニスを満喫。週末にはフランスに戻るが、考えなければならないことが山積みだ。長期休暇は——なにもかもすばらしいよ。来週にはパリに帰る予定だが、どこかで寄り道をするかもしれない。まだ決めていないよ。名付け親のフランキーおじさんからキティーにキスを。
PS：あの火事は災難だったが、元の生活を取り戻してくれていると思う。なくしてしまった本は、また手に入れられるように取り計らうよ。

ケルはEメールのプリントアウトもほかの文書と一緒にショルダーバッグにしまった。マルセイユ・サン・シャルル駅の地下にトイレがあったので個室に入り、文書をすべて小さく破いて流した。地上階へ出るとユーニアックのクレジットカードでチケットを買い、十時発のパリ行きのTGVに乗った。

クリストフ・デレストレと話をするつもりだ。

43

四時間後、〈ブラッセリー・リプ〉でケルはひとりテーブルに向かい、フェイスブックのページで見つけたクリストフ・デレストレの写真を見ていた。写真のなかのデレストレは大きすぎる黒いサングラスをかけ、カーゴ・ショーツ、暗い青みがかった赤のTシャツという装いだ。年の頃は三十代前半からなかば、口ひげと顎ひげはきれいに手入れされ、薄くなりかけた頭髪はジェルで固めてツンツンと立てている。プライヴァシーの設定は完璧でケルが手に入れることができたのは、デレストレの写真だけだった。フェイスブックのユーザーはプロフィールの写真に気を遣うのがふつうであり、デレストレもお気楽でクールなボヘミアンのイメージを創り出そうとしているようだ。右手に紙巻きタバコを持ち、笑っている。ほかの人物は写っていない。

〈リプ〉はサンジェルマン大通りに面した昔ながらのパリのブラッセリーで、クレアが学生時代の一年間、パリで過ごしたときのお気に入りの店だ。ケルは結婚してから二度、ここに連れてきてもらったことがある。どちらのときも同じ窓際の席に並んで座り、パリの街角を行く上流中産階級の人たちを眺めた。当時とほとんどなにも変わっていない。黒いタイを締め、白いエプロンを腰にまいたウェイターは笑みを絶やさず、入口そばの給仕台でタルタルステーキの皿の準備をしている。しみひとつない清潔なシルクのシャツ、シングルのスーツを着た店の経営者は、ほかのたいていの店とはちがい、はじめての客に冷たく当たることもなく、また、常連客にお世辞たらたらのいかにもフランス人らしい愛嬌《あいきょう》を振りまくこともない。ケルのところからふたつ向こうのテーブルでは、アールデコ調の宝石でごたごた飾りたて、肩を黒のショールで覆《おお》った年配の未亡人が、何かを避けながらニース風サラダを慎重につついている。ときおり、テーブルクロスが左右にわかれると、彼女の足元でスコティッシュ・テリアがおとなしくうずくまっている姿が見えた。おそらく、先立たれた夫よりも愛情をこめて大切に育てているのだろう。壁にジャック・クストーとカトリーヌ・ドヌーヴの戯画が額縁に入れて飾られていたが、その下で、シャネルのスーツに身を固めた中年女が三人、陰謀でも企んでいるかのように真剣に話し込んでいる。ずいぶんと離れているので話の内容を聞き取ることはできないが、今もまだフランスの上流階級に執着している妻のクレアなら、こう言うだろう。〝セックスの話とみずからの威光を振りまわしているだけでしょう〟。

ケルはこの店を気に入っていた。昔のパリが息づいているからであるが、今ではそれが疎《うと》ましい。冷たい関係になってしまった妻は、リチャード・クインの金でカリフォルニアへ向から飛行機のファーストクラスに乗り、同じフランスのワインを飲み、同じフランス料理に舌鼓《したつづみ》を打っているからだ。リヨン駅でケルは、クレアの留守番電話にメッセージを残し、アメリカへの旅行を考え直してくれないかと頼んだ。クレアはすぐに折り返し電話をかけてきて、今、ヒースロー空港へ向かっているところだと言った。その声には妙にねじくれた得意げな調子が滲《にじ》んでいたので、嫉妬に駆られたケルは、イタリアにいるエルサの番号を押してパリに呼び寄せようかとも思った。若い女といるだけで屈辱的な気持ちが雲散霧消すると思ったのだ。しかし、電話をかけることもなく、タクシーで〈リプ〉に来るとニュイ＝サン＝ジョルジュ・プルミエ・クリュをボトルで注文し、クリストフ・デレストレをどのように攻略するか、考えに没頭した。

一時間後、ボトルが空《から》になり、勘定をすませると通りを渡って〈カフェ・フロール〉へ行ってエスプレッソを飲んだ。それから地下鉄に乗って十七区のペレール駅へ向かった。ヴェルニケ通りに面したこぢんまりとして奥ゆかしいホテルがあるのだ。ダブルベッドの入った部屋があるというので、ユーニアックの名前で予約した。七日で七つ目のベッドだ。小さな部屋は三階にあった。明るいオレンジ色の壁、バスルームのドアの脇にはミロの複製画が飾られ、窓からは手頃な大きさの中庭が見下ろせた。昼食のときにワインを一本空けたので、面倒なことをする気がなくなり、荷物をほどくこともせず、なかばを過ぎた午後、陽光のなかに歩み出てモンマルトルへ向かって東へと歩きはじめた。夏のまばゆい光に照り映えた景色をカメラに収めた――カフェ、錬鉄製の街灯、食料品店のウィンドーに並べられた新鮮な果物や野菜――写真を撮るのに夢中になっているふうを装って通りの角を曲がり、道歩く人たち、車などを片っぱしから撮影していった。対外治安総局は、マルセイユを離れたスティーヴン・ユーニアックに興味をなくしているはずだが、念には念を入れた。写真を撮りながらぶらぶらしていると車での尾行は難しくなる。あとで写真に写った人たちの顔や車のナンバーを調べ、二カ所以上で同じ車や人間が写っていないか確認する。

六時、ケルはラマルク通りにいた。ここはモンマルトルの主要な通りであり、サクレ・クール寺院の建つ丘にある。エルサの資料によると、デレストレはダーウィン通りとソール通りの角にあるアパートメントの一階に住んでいるはずだ。ケルは二本の通りが交わる角に向かって石造りの急な階段を下っていった。なかばまで降りたところで立ち止まり、ラマルク通りのほうを見あげて何度かシャッターを押し、アマチュア・カメラマンがパリ特有の魅力をなんとかカメラに収めようとしている姿を装った。それから下を向いてソール通りに延びる車の列にレンズを向けた。望遠レンズを使い、監視チームがいないか探った。停まっている車にはどれも人が乗っていなかった。フランソワ・マロの親族や友人全員を見張るほどの人員を確保できないのだろう。階段を降りるとクリストフ・デレストレのアパートメントの入口までほんの数メートルだ。ダーウィン通りに面した建物を見あげ、張り込みの場所を確保するのは難しいと判断した。運がめぐってくることをあてにするしかないだろう。途中で角を曲がり、ソール通りを進み、そのブロックをぐるりとまわって西側からふたたびダーウィン通りを戻ってくる。人通りは多かった。老婦人たちは買い物から戻り、子どもたちは両親とともに学校から帰ってくる。ケルはクリストフ・デレストレが仕事からすでに帰ってきていることを願いながらドアに近づいた。

姿は見えないが、赤ん坊の泣き声が一階の開いた窓から聞こえてきた。ほのかな明かりの灯った小さな居間のなかで、スペイン系かイタリア系だろう、黒髪の魅力的な女が赤ん坊を抱っこし、泣きやませようと上下に揺らしている。

「マダム・デレストレ？」ケルは声をかけた。

「ウイ」

「ご主人はご在宅ですか？」

女は右へ視線を走らせ、ふたたび通りの見知らぬ男を見つめる。クリストフ・デレストレは女と一緒に部屋にいた。腰をあげると窓辺に寄り、妻と子どもの前に立ち塞《ふさ》がった。無意識のうちにふたりを守ろうとしているのだ。

「なにかご用ですか？」

「フランソワ・マロのことです」ケルは答えた。フランス語で話し、窓のなかへ手を差し入れた。「火事のことです。なかでお話ししたいのですが」

44

フェイスブックでの印象とはまるでちがった。口ひげと顎ひげを剃《そ》り落とし、十キロちょっと太ったようで、大きすぎる黒いサングラスもかけていない。茶色の目は大きく、心のなかをのぞきこむようだが、幾晩も寝不足がつづいているのか、隈《くま》ができ、顔もむくんでいる。淡い色の亜麻布のズボン、テニスシューズ、青いボタンダウンの木綿シャツという装いだ。ケルは居間に通され、虫の食った跡のある厚手の布がかけられたソファーに座るように勧められた。クリストフは通りに面した窓を閉め、かしこまって妻を紹介した。ケルと握手しているあいだ、彼女は目を細くし、子どもを抱く腕に力をこめた。家に招き入れたよそ者をまったく信用していないというそぶりだ。

「保険に関することでしょうか？」

妻が尋ねた。彼女の名前はマリア、スペイン語訛《なま》りのフランス語だった。

「ちがいます」

ケルは答え、愛情たっぷりに子どもに向かってうなずき、マリアの緊張を解こうとした。

「お名前はトーマスとおっしゃいました？　イギリスの方？」

いつ果てるともなくつづく子どもの世話にうんざりしている気持ちを少しでも紛らわせようと、クリストフはケルを家にすすんで招き入れたのだろう。しかし、その態度からは打ち解けようとする気配は伝わってこない。

「火事のことは、どうしてご存知なのですか?」

「率直に申し上げましょう」ケルはふたりに向かって言った。赤ん坊は泣きやんでいる。キティー。フランソワの名づけ娘。「わたしはSISの人間です。SISのことはご存知ですか?」

デレストレ夫妻は顔を見合わせ、無言のまま呆然としている。情報関係の仕事をしている者は、ふつう、身分を打ち明けないが、時と場合によって、心理的な駆け引きが要求されるような場面では、SISの名前を出すと、犯罪現場で警官のバッジを見せるのと同じほどの効果がある。

最初に口を開いたのはマリアだった。

「スパイなんですか?」

「SISの職員です。つまり、はい、現実に即して言えば、わたしはスパイです」

「わたしたちにどのようなご用件で?」

クリストフはおびえている。ケルが妻と娘に危害を加えようとしているとでも思っているのだろうか。

「ご心配には及びませんよ。フランソワ・マロについていくつか質問するだけですから」

「フランソワのなにを?」マリアは鸚鵡《おうむ》返しに尋ねた。権力をさげすむラテン民族の血がそうさせたのか。「誰がそんなことを調べているんです? いったいなにを知りたいっていうんですか?」

小さな居間が息苦しくなり、キティーがぐずりだした。不穏な空気が募っていくのを感じ取ったのだろう。いつもは穏やかで安心を与えてくれる母親の声に敵意が滲《にじ》むのに反応したにちがいない。

「なんの連絡もなく、いきなりこうしてやってきたことをお詫《わ》びします。今日、この家を訪れたことをフランス当局に知られないことが重要でして」

クリストフは娘を隣の部屋に連れていくことにしたようだ。マリアの腕から赤ん坊を抱き取ると、キッチンを抜けて姿を消した。むこうには子供部屋か寝室があるのだろう。マリアはケルを見つめていた。黒い目は冷たく、不信感に満ちていた。

「もう一度、お名前をうかがえます? 書き留めておきたいので」

ケルは言われたとおり、ゆっくりとスペルを口にした。クリストフが戻ってきて、妻がテーブルにかがみこんでなにやら走り書きをしているのを見て驚いた顔をした。

「不安です」誰かから助言を得て、自信を深めたかのようにクリストフは言った。「SISの人間だということですが、なんだか怪しい。なにをしようとしているんです? 家に入れたのはまちがいだったのかもしれない」

「傷つけるつもりはありません」

ケルは答えたが、いざというときに、うまくフランス語が出てこなかった。言葉のニュアンスがうまく伝わらなかったようで、マリアが口をはさんだ。

「出ていってもらったほうがよさそうね。あなたとは関わりを持ちたくない……」

「そのとおり」クリストフも妻の勇気に背中を押されて勢いづいた。「家に入れたのはまちがいだ。話があるのなら、警察を通じて……」

「座るんだ」クレアへのいらだちがずっと尾を引き、さらにデレストレ夫妻に対するもどかしさも募り、冷静な気持ちが吹き飛んでしまった。頭のなかで火が燃えさかり、善意が弾け飛んだ。カブールで裸のまま座らせられ、目が恐怖で潤んでいたヤシーンの姿を思い出した。若いフランス人夫婦は、ケルの険しい声に銃を突きつけられたかのように身をこわばらせた。クリストフは一歩脇へ寄り、アームチェアに腰かけた。マリアはしばらくそのまま立っていたが、ケルがじっと見つめているとようやくテーブルに向かって座った。

「どうしたいの？」

マリアが尋ねた。

「どうしてそんなに身構えているんだ？　なにか事情がありそうだ」クリストフが答えようと口を開きかけたが、ケルは先をつづけた。「フランソワがどこにいるのか関心がないのは妙だ。説明してもらえるかな？　仲のいい友だちだと思っていたんだが」

クリストフは呆然とした表情を浮かべている。電車のなかで居眠りをしていきなり目覚めた通勤客のようだ。ケルの言葉の意味を考えながらも、くたびれ果てた青白い顔はピクリとも動かなかった。

「フランソワがどこにいるのか知っているよ」勇気を振り絞って答えた。椅子のアームレストに載せた右手を固く握りしめ、手の甲は白くなっている。額の逆三角形の髪の生え際に汗が滲んでいた。

「じゃあ、どこにいる？」

「どうしてあなたに話さなくちゃいけないの？」マリアは心の動揺を目に浮かべ、夫に視線を走らせた。それ以上逆らうなと警告するようにクリストフは首を振った。「あなたはスパイだというけれど、わたしたちに殺人の罪を着せようとしているジャーナリストに雇われたかもしれないでしょ。あの人には、もう何度も言ってきたはず。なにが起きたか、話したくないって」

ケルは立ちあがり、マリアに近づいた。

「ジャーナリストがどうしてスパイのふりをするんだ？　そんな馬鹿なことをするやつがいるだろうか」遠まわしな言い方になってしまったのか、デレストレ夫妻は答えられないでいる。「はっきり言おう。フランソワは大きな問題に巻き込まれている可能性がある。きみたちに連絡してきたかどうか知りたい。フランソワに会わなければならないんだ」

マリアは軽蔑するように鼻で笑った。ケルはその根性を賞賛しないではいられなかった。

「個人的なメールよ。どうしてあなたに見せなければならないの？　そんなことをする権利が……」

ケルは途中で言葉をさえぎった。

「キティーは寝ているのか？」

キティーを連れていこうとするかのように子ども部屋へ向かった。マリアがケルの言ったことを理解するのに、一瞬の間があった。

「どうして娘の名前を知っているのよ」

ケルはクリストフに向き直った。今にもパンチを繰り出しそうな形相だ。

「チュニスからのＥメールでフランソワが約束した本はどうなった？　〝フランキーおじさん〟は名づけ娘のご期待に添えたのかな？」

クリストフは立ちあがろうとしたが、ケルは間合いを詰めながら言った。

「立つんじゃない」ケルはまたヤシーンのことを思い出した。相手を束縛していることで得られる力の感覚、復讐をし情報を得ようとする欲望。うんと離れたところから自分の行為を省みなければならない。

「お互いのために話を複雑にしたくない。わかってもらいたいのは、必要ならばどんな情報でも仕入れることができるということだ。協力してほしい。そうすれば法を破らずにすむ。きみたちの個人的な電話を聞きながら何日も過ごしたくはない。ＳＩＳのパリ支部に頼んできみたちを尾行し、コンピューターに侵入し、あるいは友人たちを監視下に置くようなことは嫌なんだ。だが、やるべきときはやる。法律を破ってまで知る必要があるからだ。わかったかな？」クリストフは、いじめられた子どものように戸惑いを顔に浮かべていた。「素直に話してくれたら謝礼を払うつもりだ。強硬手段に訴えるのはなかなかたいへんだが、わけのないかんたんな方法もあって、それをやりさえすれば、きみたちは自由になり、煩《わずら》わされることもなくなる」

「かんたんな方法というのは？」

マリアが静かに尋ねた。マリアが降伏して、デレストレ夫妻の抵抗にも終止符が打たれたようだ。

「フランソワの写真が見たい。持っているかな？」

どのような答えが返ってくるか予測していたが、やはり思ったとおりだった。クリストフは椅子に座ったまま体勢を変え、首を振った。

「火事でなにもかも焼けてしまったんだ。アルバムも写真もなにもかも。フランソワの写真は一枚もないよ」

「そうだろうな」ケルは窓辺に寄り、ダーウィン通りに視線を走らせた。通りからディーゼルエンジンのにおいが漂ってくる。「オンラインではどうかな？　ツイッターやフェイスブックは？　なにか残っていないだろうか？」

マリアは首をかしげ、怪訝《けげん》そうな顔でケルを見つめた。どうやら偶然にもなにかの核心に触れたようだ。

「フェイスブックにアクセスできないのよ」マリアは驚きを隠せないでいる。「一ヵ月も前から」

「問い合わせてみたんだけどね」クリストフは言い添えた。クリストフとマリアは、責任があるとでもいうようにケルを見つめている。「パスワードを変えてみた。なんとか自分のページにアクセスできたんだけれど、フェイスブックの友人も写真もぼくの経歴もすべて消えていたんだ」

「きれいさっぱり？」

「なにもかも。メールもなくなっていたし、ドロップボックスやフリッカーに保存していた写真も全部。火事が起こってから、インターネットに関するものは、すべておかしくなった。消えてしまったんだ。使えるのはひとつのアカウントだけ。友だちとEメールをやりとりすることだけはできる。それ以外はだめなんだ」

バイクがものすごいスピードで窓の向こうを通り過ぎ、角でブレーキをかけ、ソール通りへと消えていった。

「どうしてだろう？」

またもや答えはわかっていた。対外治安総局がデレストレ家にサイバー攻撃を仕掛け、フランソワ・マロとの関係を裏づける証拠をすべて消し去ったのだ。火事はおそらくおまけみたいなものだろう。ひょっとしたら、ふたりを殺そうとしたのかもしれない。

「さっぱりわからない」マリアはそう答え、キティーの様子を見に寝室へ行きたいと言った。ケルは腕を左右に広げ、手のひらを上にし、善意を示した。もちろんだよ。ここはきみの家じゃないか。やりたいようにすればいいんだよ、という思いをこめた。しばらくするとマリアは後ろにまわした手になにかを持って戻ってきた。一瞬、ナイフかと思ったが、手を前に持ってくると握っていたのは哺乳瓶だった。

「火事のことを教えてくれないか。ふたりとも家にいたのかな？」

家にいたのだという。ここから四ブロック離れたモンマルトルにあるフラットの最上階に住んでいたのだが、午前二時頃に煙が充満した。家主の話では原因は漏電らしい。無事、逃げ出すことができたのは、幸運としかいえない。消防隊がすぐに駆けつけてくれたからいいものの、さもなければ、キティーは窒息死していただろう。

「フランソワの写真を持っている人がほかにいないだろうか？　叔父とか、昔のガールフレンドとか」

クリストフは首を振った。

「フランソワは、人と交わるのが好きではないんだ」

「友だちはひとりもいなくって」マリアは言い添えたが、そのことをずっと疑っていたというような口ぶりだ。「女の子もいない。どうして写真のことばかり訊くわけ？　どうしたっていうの？」

このときにはすでにマリアは、クリストフが座っている椅子のアームレストに腰かけ、夫と手を握り合っていた。ケルは窓をあけ、マリアが座っていた椅子に腰をおろした。外の光はかげりはじめ、通りでは子どもたちが遊んでいる。

「最後にフランソワから連絡があったのはいつかな？　Eメールを何通か受け取っていると

言ったね」

「全部読んでいるような口ぶりだが」

クリストフはすぐにそう答えたが、悪意はまったく感じなかった。通りから気持ちのいい風が吹きこんできて、さきほど部屋のなかに満ちていた敵意を吹き払ってくれたようだ。

ケルはうなずいた。

「フランソワが三日前きみたちの〝dugarrylemec〟宛のアドレスに送ったメールをＳＩＳは入手している。フランソワの置かれている状況を懸念しているからだ。Ｅメールはチュニスから送られていた。それを読んでいるから、キティーやフランキーおじさん、本のことを知っているんだ。ほかにどんなことを言ってきたんだろう？」

こう尋ねると、クリストフの心のなかでなにかが解き放たれたようだ。パズルに夢中になっているように顔をしかめた。

「いろいろと言ってきたよ」柔らかな目の光が困惑のあまり、悲しみに染まった。「正直、ちょっと首をかしげている。まったくつじつまが合わないんだ」

45

このときの話はすべて筒抜けで、のちに記録となって残された。対外治安総局の分析官は、五日後、デレストレ家のアパートメントに仕掛けた盗聴装置から送られてくるデータの週一回の点検を行ない、トーマス・ケルとの会話が録音されていることを知った。録音の質は高く、はっきりと会話を聞き取ることができた。

クリストフ　いろいろと言ってきたよ。正直、ちょっと首をかしげている。まったくつじつまが合わないんだ。

ケル　話してくれるかい？

クリストフ　フランキーのことは、よく知っているんだ。そこまではいいね？　いきなり姿を消して新しい生活をはじめるだなんて、あいつらしくない。あんな悲劇が起こったとしてもだ。

ケル　〝新しい生活〟ってどういうことだ？

マリア　ほかのメールで、もうパリには戻ってこないようなことを言っているのよ。エジプトでの悲劇のあと、気持ちが混乱してしまい、いつパリに戻ってくるかわからないって……

クリストフ　実は、フランキーは父親と母親とはそれほど親密な間柄ではなかったんだ。養子だったんだ。知っているかな？

ケル　それは知っている。

クリストフ　ところが、朝、ベッドから起きられないほどのショックだというんだから。ぼくと話をしようともしないし、仕事に出る気もない……

ケル　話をしようとしない、というのはどういう意味だろう？

クリストフ　電話で話ができないんだ……

マリア　（聞き取り不能）

ケル　電話に出ないということ？

クリストフ　そう。メッセージを残してもかけてこないんだ。前はしょっちゅう話をしていたのに。兄弟みたいにね。今では、なにもかもが、ショートメッセージサービスを通じて……

ケル　つまり、テキスト・メッセージばかりだと。

クリストフ　そう。こんなのは、まったくフランキーらしくない。あいつは（冒瀆的《ぼうとくてき》な言葉が入る）ショートメッセージサービスを嫌っていたんだ。ところが、最近では、一日に三、四通も届く。

ケル　見せてもらえないだろうか。

間。動く音。

マリア　（聞き取り不能）

クリストフ　こちらへ。クリックすれば全部見られる。

マリア　あなたにはわからないでしょうが、どれもこれもフランキーらしくないのよ。だって、こうくるんだもの。〝新しい生活をはじめる〟、〝フランスにはうんざり〟、〝パリには思い出がありすぎる〟。（冒瀆的な言葉が入る）。フランキーはこんな感傷的な人じゃない。カルトにでも入信したみたい。なにかセラピーのようなものを受けて、昔の友だちとは縁を切れとでも言われたんじゃないかしら。

ケル　人は悲しみに沈むと、妙なことをする。

クリストフ　そうはいっても（外の車の音。聞き取り不能）

ケル　（ひきつづき車の音。聞き取り不能）。葬儀ではどんな様子だったんだろう？

マリア　葬式のときなら、そうふるまうといった感じ。なんだか、とても息苦しかった。フランキーは平気な姿を装いながら、動揺していた。わたしたち、みんなそうだったけれど。ペール・ラシェーズ墓地で葬儀は行なわれたんだけれど、とても厳かだった。親しい友人と家族だけが参列した。

ケル　ペール・ラシェーズ墓地？

クリストフ　そう。共同墓地で、三十分くらい歩くと――

ケル　いや、知っているよ。
クリストフ　（聞き取り不能）
ケル　何区にあるのかな？
マリア　なにが？
クリストフ　ペール・ラシェーズ墓地のこと？　二十区だったと思う。
ケル　十四区ではなく？
クリストフ　えっ？
ケル　葬儀が行なわれたのは、二十区でまちがいないんだね？　モンパルナスではないと。
クリストフ（とマリア）　それはもう。
ケル　いつのことか覚えている？
クリストフ　もちろん。金曜日。二十一日か二十二日だったと思う。

46

フィリップとジャニーンのマロ夫妻の葬儀は、ふたつ行なわれていたのであり、アメリアは対外治安総局にまんまとはめられてしまったのだ。クリストフがフランソワから受け取ったEメールは(〝フランキーはこんな感傷的な人じゃない。カルトにでも入信したみたい〟という言葉からすると)、まちがいなくフランソワの名をかたる者が書いたのだ。ケルはホテルをチェックアウトし、ロンドンへ帰るしたくをした。ロンドンに戻ってアメリアに会い、彼女に仕掛けられた卑劣な罠のことを打ち明けよう。

SISで働きはじめたばかりの頃は、家に帰ると心地よい陶酔感がわき起こった。ウィーンやボンでの会合から戻ってきたときでも、あるいは海外での長期にわたる任務から帰国したときでも、イギリスの土を踏むや、自分が重要人物になったことを実感して心が高揚したものだ。ヒースロー空港やガトウィック空港を歩きながら、ここを行き交う庶民よりも位の高い人間であると思っていた。イギリスの秘密工作員として、入国審査は人からは見えないところでさっとすませる。こうした傲岸不遜《ごうがんふそん》な態度が、ケルのなかから消え去って久しい。今ではもう、選ばれた人間だとも、特別な地位を与えられたとも思っていない。ほかの人たちのようにはなれないと承知しているだけだ。SISでの最後の日々には、知り合いになった同世代の男や女のなんでもない生活が羨《うらや》ましくてしかたがなかった。矛盾した考えをともに受け入れたり、人を出し抜いたりすることは、秘密裏に行なわれる取り引きでは永遠に避けて通ることのできないものだが、こんなことをしなくてもいい生活、嘘のない生活とはどのようなものなのか。ケルは持ち前の魅力と狡賢《ずるがしこ》さのためにSISに引き抜かれた。機転がきき、策略をめぐらせる才能があったために、昇進することはできた。しかし、仕事が絶え間なく要求するもの——競争相手よりも常に一歩前にいなければならないこと——さらに、言うまでもないが、9・11以後の世界情勢のなかで秘密工作員に課せられるお役所仕事的な一面が、ますます重荷になっていき、ケルは疲労困憊《こんぱい》していた。カブールで心境が変化したことは、なんらかの恵みではないのかと思うこともあった。スキャンダルが起きてSISを追い出されたときは、喜んだくらいだ。仕事にうんざりした点では、四十二歳の秘密工作員も、四十二歳のシェフや公認会計士と大差ない。人は人生のある地点まで来ると、生き方を変えなければならないと思うものだ。この世に生きた証《あかし》を残し、手遅れになる前にある程度の金を蓄えておくためにだ。秘密工作員はどうなのか？　四十五歳を過ぎてからSISを辞《や》める者が多いのは驚くべきことだが、こうした傾向に歯止めがかからないのもまた容易ならざる事態だ。アメリアのようにエリート中のエリートならば組織に留まり、長官になるのも夢ではないが、ほかの多くの者たちは、策略に満ちた日々にうんざりしているのが傍目《はため》にもわかるようになり、エネルギーを個人的なことに費やし、金融や石油業界など実入りのよい仕事を探したり、これまでの経歴と人脈を利用して調査専門会社の重役に取り入るのだ。世界じゅうの金権政治家や独裁政治家は、気まぐれな計画を実現させたり、策略をめぐらせるために、とてつもない額の金を払ってこうした調査専門会社を利用する。

ヒースロー・エクスプレスに乗る列に並びながらケルは、チュニジア、フランスと旅をしているあいだ頭を悩ませていた問題にふたたびとらわれていた。これまでおれは時間を無駄にしていた。本を書く、あるいは起業しようとも思った。どうして自分を偽っていたのだろう。父親になることが望めないように、SIS以外の世界では働くことはできないのだ。ケルは決まりきった仕事しかできない退屈な男にすぎないのだ。学校でフランス語や数学を教えていた教師のようにだ。彼らは二十五年以上たった今も、同じ学校で昔となんら変わることなく教鞭をとっている。逃げ道はない。

パリ北駅では、電話ボックスに入り、マルセイユで買ったテレホンカードを使ってアメリアに電話をした。

「ほんとうにあなたなの！　声が聞けて嬉しいわ」

アメリアはヴォクスホール・クロスのオフィスにいた。誰に聞かれているかわからないので、話は短くすませるつもりだった。

「会わなければならない。今夜は空いているかい？」

「今夜？　ちょっと急すぎるわね」魅力のある数人の男から誘いを受けている女の子にデートを申し込んでいるような気分だった。「ジャイルズがロイヤル・ナショナル・シアターののではないと。

「チケットを持っているのよ」

「ひとりで行ってもらえないだろうか」

ケルの不安をアメリアは嗅《か》ぎとったようだ。気まぐれな思いを押しつけようとしているのではないと。

「ねえ、どうしたの。クレアのこと？　だいじょうぶ？」

ケルは行き来する人であふれかえったパリ北駅の構内を眺め渡し、一瞬、口をつぐんで考えをめぐらせた。そのとおり、クレアとのことはなにもかもうまくいっていない。おかげでとてもつらい。今頃クレアは、ナパ・ヴァレーでデカチン野郎とピノ・ノワールを飲んでいるのだ。結婚生活についてなら、何時間でもぶっとおしで喜んで話をしよう。

「クレアとは関係のないことだ。結婚生活のほうは相変わらずさ。仕事に関することだよ。職業上の問題」

アメリアは誤解した。

「来月、長官の席に座るまで、ヤシーンのことについて話すことはできない。この問題は腰をすえてじっくり話し合って、どうすればあなたの問題を解決できるか――」

「ヤシーンのことじゃない。カブールのことは気にしていない」長官就任のことでアメリアにお祝いを言っていなかった。これは後まわしだ。またあとでそういう機会があるだろう。

「きみに関することだ。会わなくちゃいけない。今夜だ」

「わかった」アメリアの声が、いきなりわずかながらも冷たくなった。アメリア・リーヴェンは、ケルのまわりにいる取り憑《つ》かれたように仕事をして成功を収めた人たちと同じように、指示されるのを嫌うのだ。「どこで会う?」

ケルとしてはどこか外で会いたかったが、雨が降りはじめていた。盗み聞きされる危険のないところで時間をかけてじっくりと話したい。アメリアの家、ケルの独身者向けのアパートは論外だ。盗聴器、盗聴カメラを仕掛けたいと思う連中が山ほどいる。女に門戸を開いていれば、ペルメル街の会員制クラブにでも行くところなのだが。ロンドンのホテルに部屋をとるという手もあるが、アメリアに意図を誤解されるのが心配だ。結局、SISが高級住宅街のベイズウォーターに所有しているオフィスを使うことになった。

「ホワイトレイズ・ショッピングセンターのちょうど裏。ときどき使うのよ。六時を過ぎたら、臨時雇いの清掃人のほかは誰もいなくなる。いいかしら?」

「問題なし」

アメリアは時間どおりに歩いてやってきた。いつものように仕事に来るときのいでたちだ。スカートに合わせたジャケット、クリーム色のブラウス、黒い靴、シンプルな金のネックレス。ケルはヒースロー空港からヒースロー・エクスプレスに乗ってパディントン駅に着き、そこからまっすぐにやってきた。レダン・プレイスにあるその建物の前で待っていた。スーツケースとショルダーバッグは背後の階段に置いている。

「どこかへお出かけ?」アメリはそう尋ねて、ケルの両頰にキスをした。

「戻ってきたところさ」

47

オフィスは五階にあった。アメリアがなかに足を踏み入れると、アラームが鳴りだした。パスコードを打ち込んで止める。ケルもあとにつづいた。アメリアがスイッチを入れると蛍光灯がまたたいてつき、ずらりと並んだ机に載ったコンピューターを照らし出した。間仕切りのないだだっ広い部屋で奥のほうにあるのはキッチンのようだ。机の上には雑誌やパンフレット類、ヘッドセット、紅茶やコーヒーが半分残ったマグカップなどが置かれていた。右手の壁際には、ビニールのかかったドレスがハンガーにかけて吊り下げられ、まるでファッションショーの舞台裏のように雑然と衣服が並んでいる。

「ここはどういう場所なんだ？」

「カタログ通販の事務所」

アメリアは部屋の奥へ行き、キッチンのそばにある背の低い赤いソファーに座った。ケルはドアを閉め、荷物を床に置くとアメリアのあとを追った。

「さて」ケルがキッチンをのぞきこんでいるとアメリアが尋ねた。「その顔はどうしたの？」

「ひと悶着《もんちゃく》あってね。ひったくりさ」

「まあ。どこで？」

「マルセイユ」

アメリアはこの偶然にとまどい、それを表情に出したが、雲がかすめ去っていくようにまたたく間に消えた。関心があるのにそれを隠し、ただこう言った。

「お気の毒に」

それからケルの説明を待っている。ケルの座るところはなかった。くつろげる場所がない。そこで行きつ戻りつしながら、どのように切り出すか考えた。アメリアといると決まってこうなる。神経が過敏になり、どこか自分には足りないものがあると思い、ひとまわり下の若造になってしまった気がする。

「かんたんに説明ができない」

「なんだってそうでしょ」

「お願いだから」さえぎらないでくれと思った。「知っていることを話す。事実をだ」

「ひったくりのこと？」

ケルは首を振った。アメリアは靴を脱ぎ、脚を伸ばした。ふと気づくと、ケルはペディキュアを施したつま先を見つめていた。

「最後まで話を聞いて理解してくれたら、おれがきみの味方だとわかってくれると思う。きみを守るためにこういうことをしているのだと」

「ねえ、話してちょうだい」

ケルはアメリアに目を向けた。チュニジアのホテルのプールサイドでアメリアは、幸せそうで、フランソワに思いやりを示し、くつろぎ、警戒心を解いていた。それをすべて台無しにしようとしているのだ。

「きみがフランスへ行ったおかげで、警報が鳴ったんだ」

「はあ？」

「黙って聞いてくれるかい」ケルは左手をあげて、なにもかも説明すると身振りで伝えたが、少し時間稼ぎをしたのだ。「サイモン・ヘインズとジョージ・トラスコットはいらだちを募らせていた。きみがいきなり休暇をとったのはなぜか、わからなかった。そこでニースにいるきみを監視させた」

「どうして知っているの？」

何気《なにげ》なくこのような質問をしてくることにケルは驚いた。まるで要点だけを知りたがっているようではないか。ひょっとして、すでにアメリアはケルよりも何歩も先を歩いており、第七の次元からこの問題を眺め、ケルが言おうとしていることをすべて予期し、計算した上でこのようにほのめかしているのではないだろうか。

「きみが行方をくらましたので、ジミー・マークワンドはおれを雇って探させたからだ」

ケルはアメリアの顔を見つめた。

「なるほど」

「いいか」ケルは大きなテーブルの隅に腰かけたが、すぐに立ちあがり、ソファーに近づいた。「手っ取り早く言えば、おれはホテル・ガレスピーのきみの部屋の金庫からレンタカーの鍵を失敬して……」

「なんてことを」

アメリアは不意をつかれたようだ。床を見下ろしている。ケルは言葉が口をついて出た。

「申し訳ない」謝るのは間が抜けていると思った。「きみのスマートフォンを手に入れ、通話記録を調べ……」

「それからチュニスまでわたしのあとを追った。ええ、そうでしょうとも」声に敵意を滲《にじ》ませている。

「チュニスで一緒にいた男は」アメリアは苦しむが、これ以上先延ばしにしたくなかった。

「きみが思っているような男ではない」

アメリアは視線をあげた。ケルが心のなかに土足で踏み込んだといわんばかりの表情を浮かべている。

「では、誰だというの？」

「きみの息子ではない」

四年前、アフガニスタンのヘルマンド地方にある作戦司令室でケルがアメリア・リーヴェンと一緒にいるとき、ふたりのＳＩＳの秘密工作員と五人のアメリカ人の仲間が、イラク中部の都市ナジャフで自爆テロに巻き込まれて死亡したという知らせが飛び込んできた。同じ部屋にいたある男は、今ではSISの上級幹部だが、そのとき、感情を抑えきれなくなり泣きだした。ケルはCIAで対等の立場にある女工作員とともに部屋の外に出て十五分かけて気持ちを落ち着かせた。廊下はふたりのことなど気にも留めない海兵隊員たちで騒々しかった。アメリアだけが冷静だった。戦争の代償だと、のちにこのときのことを語った。仲間内でただひとり、アメリアだけがアメリカのイラク侵攻を冷静に受け止め、アメリカおよびイギリスの〝月並みな〟左翼の主張に憤った。大量虐殺を平然とやってのける狂人の手に喜んでイラクを委ねると主張しているとしか思えなかったからだ。アメリアは現実主義者だ。単純によい、悪いで割り切れるような白と黒の世界に生きているのではない。善良な人たちに悪いことが起こることもあり、できることといえば、みずからの信条を貫くことだけだと承知している。

だから、アメリアが頑《かたく》ななまでに冷淡な眼差しをケルに投げてこう言っても驚かなかった。

「そうなの？」

アメリアがどのような態度に出るかわかっている。ケルの前ではあくまでも威厳のある態度を崩そうとしないだろう。

「きみの息子の親友がパリにいるのを突き止めた。クリストフ・デレストレという男だ。ふたつの葬儀が行なわれたことがわかった。フィリップとジャニーンのマロ夫妻は、七月二十二日、ペール・ラシェーズ墓地で火葬された。この葬儀が行なわれたことは、公《おおやけ》の記録から削除されている。おそらく対外治安総局の連中のしわざだろう。きみは七月二十六日にパリの十四区にある火葬場で、やはり身内だけの葬儀に列席した。そうだろ？」

アメリアはうなずいた。

「追悼の言葉を述べたのは、この男だろうか？」

ケルはクリストフ・デレストレの写真をアメリアに見せた。モンマルトルで携帯電話で撮影した写真だ。アメリアは液晶画面を眺めた。

「これがデレストレ？」

「そうだ」

「会ったことはないわね。それに追悼の言葉はなかった。ただ、聖書の一節が読みあげられて、あとは……」語尾が消えていった。どういうことか、納得したのだ。「あの葬儀はいかさまね」

ケルはうなずいた。アメリアが苦しむ姿を見たくはなかったが、先をつづけるしかない。

「クリストフ・デレストレとその妻に会い、ヴァレンシア・カルタゴのプールサイドでくつろぐフランソワの写真を見せた。こんな男は知らないということだったよ。体つき、髪の色は似ているが、まったくの別人だと断言した。今までこの男とは会ったことがないとね」

アメリアはソファーから立ちあがった。ケルの言ったことに体が拒絶反応を起こしたかのようだ。アメリアはキッチンへ行き、カップに水を注いだ。プラスティックのカップを両手にそれぞれ持って戻ってくると、ひとつをケルに渡した。アメリアはすすんで話をする気分ではないようだ。そこでケルは、みずからの考えの要点をまとめ、言葉を選びながら精一杯慎重に話した。

「パリの連中は、数年前にきみの息子のことを嗅ぎつけ、フィリップとジャニーンの殺害を仕組んだ。それからフランソワになりすました工作員をきみに張りつかせようとした。きみには偽物だと疑う理由はないからね」

アメリアは水を口に含んだ。当然、訊きたいことはあるのだろうが、それを口にすることには耐えられないのだろう。

「フランソワはどうなったの？　わたしの息子は？」

ケルは前に歩み出て、アメリアを抱きしめてやりたかった。長い付き合いだが、仕事上の関係に影響を与えるので、ケルはアメリアに対する愛情を表に出さないように注意していた。今こそ、自制しなければならない。

「誰にもわからない。クリストフは、Eメールやテキスト・メッセージを受け取っているので、フランソワがまだ生きていると思わせたいようだ。対外治安総局が身柄を拘束している可能性が高い。ラングドックの隠れ家に閉じ込められているのではないだろうか……」

いきなり部屋の向こう側から、エレベーターがピンッと鳴り、ドアがあく音が聞こえてきた。ケルが目を向けると、中年の南米人が掃除機を引きずりながら降りてきて、ケルとアメリアがいるオフィスのほうへ歩いてくる。男は手に鍵を持っており、今にもオフィスに入ろうとしている。

「どうするつもりだ？」ケルは大声で呼びかけた。

「掃除するだけよ」アメリアはつぶやくように言った。

ガラス張りのオフィスの向こうで南米人の掃除人は力なく手を振り、ふたりがいなくなったらまた来ることを伝えた。ケルはソファーに戻った。

「監禁されている？」

アメリアは尋ねた。絶望した気持ちを必死に隠そうとしているのがケルにはわかった。

「そう考えるのが、いちばん理にかなっている」

ケルは答えたが、それ以上突っ込んだ話をすることはできなかった。ケルの心は、一瞬、空白になった。フランソワの居所に関してはまったく手がかりはない。フランソワになりすました男が、マルセイユからタクシーに乗り、カステルノーダリの南にある村のそばで降りたという事実だけだ。アメリアは靴をはき、ペディキュアをしたつま先が隠れてしまった。

「たしかに面白い考えね」ケルはなにを言ったらいいのか、どうふるまえばいいのかわからなかった。アメリアは前かがみになって腿《もも》から小さな埃をはじき飛ばした。「でも、肝心要《かなめ》の点が明らかになっていない、そうでしょ？」

「たしかに、いくつか不明瞭な点がある」

ケルは答えた。アメリアは帰ろうとしているのだろうか。

「たとえば、なんのために？」

「なんのためにきみをはめたのか、ということか？　それともどうしてフランソワを誘拐したのか、ということ？」

　アメリアは軽蔑の色をこめた眼差しをケルに投げた。

「いいえ、そんなことではない」ケルは、一瞬、侮辱されたような気持ちになった。「なぜそのような作戦を実行したのか。罪もないふたりの民間人を殺したのはどうしてか？ 情報機関は外国で秘密裏に殺人を実行するものだとしても、フィリップとジャニーンがほかの人になにをしたというの？ 対外治安総局がレインボー・ウォーリア号（一九八五年、対外治安総局がグリーンピースの活動船レインボー・ウォーリア号を爆破して沈没させた事件）の二の舞を踏む危険を冒そうとするのはなぜ？ わたしを侮辱するため？」

「対外治安総局の局員で、ベネディクト・ヴォルテールという偽名を使っている男のことは聞いたことがあるかい？」

　アメリアは首を振った。

「背の高い五十代なかばの男。フィルターのないタバコを吸う。どこにでもいるようなタイプ。皮肉屋。わずかにマッチョ」

「わたしが会ってきた中年のフランス人は、みんな当てはまりそう」

　ケルは緊張していたので笑う余裕がなかった。

「髪は黒く染めている。本名はおそらくリュック」

　アメリアはたじろいだ。

「リュックですって？」

　ケルは一歩アメリアのほうへ踏み出した。

「知っているのか?」

アメリアは偶然を信じていないようで、つながりがあるかもしれないという程度では認めようとしない。

「情報機関にはリュックという名前の男が大勢いると思う。イラクへ向かう途中、今あなたが言ったような男と知り合いになったけれど、そこから結論へ飛びつくことは戒めるべきでしょう」

「どうやって知り合ったんだ?」

恋愛がらみなのか、仕事上のことなのか、わからなかった。アメリアはためらわずに答えた。

「二〇〇二年、二〇〇三年のことは覚えている? シラク大統領がブレアとブッシュに背を向け、イギリス当局は国連でフランスの代表団を激しく攻撃したでしょ」ケルはそれとこれとは次元がちがうと思ったが、秘密の任務だから、ケルが確認できることばかりではない。

「そのときに、フランス大統領官邸で情報源を確保したのよ」

「個人的な情報源かい?」

「ええ、そう。〝ドヌーヴ〟という名前だった」

面白いと思ったが驚きはしなかった。アメリア・リーヴェンは、こうしたみごとな仕事ぶりによってのしあがっていったのだ。

「リュックがそのことを嗅《か》ぎつけたのか? それがこの混乱のもとなのか?」

アメリアは立ちあがり、靴屋の客がはき心地を試すようにオフィスの南側の壁へ歩いていった。しばらくしてから、ようやくケルの質問に答えた。

「〝ドヌーヴ〟が信頼できるか、疑いは常につきまとっていたけれど、わたしたちには時間がなく、窮地に陥っていて、シラクに近い人間から、どんな情報でも手に入れたいと思っていた。イラク侵攻がはじまると、〝ドヌーヴ〟との関係はすぐに終わりとなった。二、三週間もしないうちに、彼女が職を失ったことを知った。あなたのいうリュックがリュック・ジャヴォだとしたら、パリ在住の対外治安総局局員で〝ドヌーヴ〟からの情報漏洩の尻拭いをした男ね。〝ドヌーヴ〟は自分の首を守るためにSISの窓口がわたしだと白状したんだと思う。ジャヴォから直接電話がかかってきて、フランスには手を出さないように警告されたから」

「さぞかし面白い会話だっただろう」

「よい終わり方をしなかったとだけ言っておきましょう。もちろん、なにも知らないと突っぱねた。ジャヴォに関するかぎり、ロンドンは〝狩猟解禁期〟にある」

ケルはアメリアに詰め寄っていった。

「つまり、今回のことはその報復の可能性があるというのか?」

アメリアは頭が切れ、経験も豊富なので、決定的な証拠もないままフランソワの一件をたんなる報復とはみなしていないことはたしかだ。

「ほかになにか理由でも?」

「アフリカだ」

「アフリカ?」

　パリにいるときから、ケルはずっとこのことを考えていた。

「アラブの春だ。イギリスとあの地域との関係を深めることを最優先しているのがアメリア・リーヴェンだということをフランスは知っている。きみが首相の片腕であることもな。リビアとエジプトへの影響力を弱めるためにきみを脅すか、あるいは、フランソワをきみのもとに送り込んで秘密を探り出すか。パリはマグレブ（モロッコ、アルジェリア、チュニジア、リビアのアフリカ北西部地域）を自分たちの影響下に置いておきたい。フランスびいきの西アフリカだが、すでに主導権は中国の掌中にある。フランスとしては、SISの新長官にマグレブでの影響力をこれ以上奪われたくないんだ」

　アメリアはオフィスのクイーンズウェイ側にある窓ガラスの向こうを眺めた。

「それでわたしを排除してジョージ・トラスコットにあとを継がせようというのね。そうなれば、モスクワの連中は、9・11以前の考え方に戻っていき、関係が緊迫する」

「まさにそのとおり」ケルは徐々に熱が入っていった。「リビア、エジプト、アルジェリアで政権がひっくり返ったとき、トラスコットはまったく動こうとしなかった。中国、インドに対してこれといった戦略も持ち合わせていない。ブラジルに局員ふたりと犬一匹赴任させただけだ。ワシントンのケツにキスをして、冷戦のときの体制をそのまま維持している。きみが長官に内定してから作戦が開始されたのも、偶然ではない。対外治安総局はフランソワのことは何年も前から知っていたが、このときを待っていたのだろう。つまり、こういうことになるのではないか。連中はフランソワの存在を知っており、これを有効に利用すれば、きみの信用を危うくすることができる。フランソワの存在を公《おおやけ》にすれば、きみのキャリアに終止符が打たれる可能性があるということだ」

「もうほとんど終わったようなものよ」

ありふれた敗北主義者的な態度だ。

「そんなことはない」ケルの頭上の蛍光灯が点滅をはじめた。ケルは手を伸ばして蛍光灯をひねって取りはずした。「このことは誰も知らない。おれ以外誰も」

アメリアはケルに鋭い視線を投げた。

「マークワンドに報告していないの？」

「あいつは、きみがチュニスで愛欲にただれた週末を過ごしたと思っている。きみとフランソワが愛人関係にあるとね。誰もがそう思い込んでいる。アメリアがまた不倫したというわけだ」

アメリアは顔をしかめた。ケルは言いすぎたと思った。よかれと思ってしたことだが、男のいやらしさが強調されてしまった。アメリアは水を飲み、ケルに視線を向けたが、そこには責めたてる色は浮かんでいなかった。ケルは話を先に進めた。

「道はいくつかある」アメリアのキャリアを守ることは、自分自身を救うことでもある。こう思ったのは、これが最初ではない。

アメリアはケルと視線を絡めた。

「話して」

ケルは考えをまとめた。

「対外治安総局に食い下がる。フランソワ・マロになりすました男につきまとうんだ。あいつを〝カッコー〟と呼ぼう。愛の巣の侵入者《カッコー・イン・ザ・ネスト》だからな」ケルは水を飲み干し、カップをテーブルに置いた。「今週末、チョーク・ビセットに来るように誘うんだ。母と子の絆を深める時間だ。そのあいだに、別のチームが動く。〝カッコー〟の携帯電話、ラップトップを調べ、背後に誰がいるか突き止めるんだ。きみのほんとうの息子が捕らえられているところまで、導いてくれるだろう」

「フランソワがまだ生きているとほんとうに思っている？」

「もちろん。考えてみろよ。もしもの場合の計画を立てているはずだ。最悪のシナリオでも、かりに作戦計画が失敗に終わるようなときでも、連中はフランソワを生かしておくはずだ。利用価値のある人間をどうして殺したりする？」

48

死ぬのは怖くなかったが、スリマン・ナッサは恐ろしい。

じっと待っていることも、プライヴァシーが奪われたこともがまんすることができるが、フランソワはスリマン・ナッサには恐怖を募らせていた。なにをしでかすかまったくわからないからだ。

パリから車に乗せられて連れ去られたときから、フランソワへの接し方は変わっていない。リュックとヴァレリーは距離をとり、決してフランソワとは目を合わせない。アーキムは人当たりが柔らかく、穏やかな目をしたよい警官役だ。ところがスリマン・ナッサは、ことあるごとにちょっかいを出してきて、まったく虫酸《むしず》が走る男だった。フランソワの弱いところを探り、脅しや侮辱の言葉を投げつけてくる。家のなかでスリマンとふたりきりになったときは最悪だ。拉致《らち》されて三日目、アーキムは買い出しに出かけ、リュックとヴァレリーは庭へ出てしまった。スリマンが部屋にやってきてドアを閉め、声を出すなと命じた。鼻をつまれたので、息をするために口をあけた。布かハンカチのようなものを口に突っ込まれた。ガソリンの味がする。火をつけ、顔にやけどを負わせるつもりではないかと思った。次に手と足を縛られた。スリマンがドアをあけたまま部屋を出ていったので、フランソワはもがいてベッドから立ちあがり、部屋をぎこちなくよぎったが、冷たい床に倒れてしまった。スリマンはナイフを持って戻ってきた。キッチンのガスレンジの火でナイフの刃をあぶってきたのだ。スリマンは笑いながらフランソワを立たせ、ベッドに座らせた。熱くなったナイフを目に近づけてきた。左目の上にナイフの切っ先で傷をつけられる。涙が流れた。スリマンは声をあげて笑いだし、〝女みたいに〟泣いたといってあざけった。それから口のなかの布が取られ、手足の縛めを解かれた。スリマンは部屋を出ていくと、かんぬきを閉め、居間に置いてあるiPodでアラビア語のラップをかけた。マリファナのにおいが漂ってきた。

自信にあふれ、心をかき乱されることのない勇敢な男だとフランソワはみずからをそう思っていた。十四歳のとき、両親から養子だと打ち明けられた。実の母はイギリス人でわけあって育てることができなかったのだと。それからというもの、どこか大事にされておらず、この生活は仮のものだという思いを抱きながら生きてきた。フィリップとジャニーンがどれほど愛してくれても――ふたりは申し分のないほどすばらしい親だったが――実の母のような愛情を注ぐことはできないのではないかと思った。こうして、片意地で人を心から信じることができない性格が形作られた。傷つけられ、捨てられるという恐れから、フランソワは友人や同僚とは――一部の例外をのぞいて――距離を持って接するようになった。フランソワは正直な男だ。だから、彼のことをよく知っている者には好かれるのだが、ひとりでいる時間のほうが多く、そのことに満足していた。フランソワは一カ所に腰を落ち着けないことを信条としていた。仕事から仕事へ、ある場所からほかの場所へ。そうすることで根をはやさないようにし、人と長い付き合いになることを避けるようにした。捕まっていちばんおぞましいのは、スリマンが本能的にこのことを嗅《か》ぎとったことだ。フランソワはひとりで放っておかれることや閉じ込められていることには、恐怖を感じなくなったが、たまたまできてしまった子どもであったことをネタに、スリマンがいつなんどきねちねちと責め苛《さいな》んでくるかもしれず、フランソワはびくびくしていた。

「考えてみろよ」ある夜、ドア越しにスリマンはささやいてきた。「おまえはおふくろに嫌われていたんだ。最初から育てる気はなくて、捨てちまうつもりだったのさ。考えたことがあるか？　おまえがいかに忌まわしい存在だったか。実の息子にそんなことをするのは、おまえのおふくろが淫乱だったからだ。そう思わないか？」午前三時か四時頃だったと思う。誰もが寝静まり、家の外ではいつもうるさい蟬《せみ》さえも鳴くのをやめている。フランソワはベッドに横たわって枕で耳を塞《ふさ》いでいたが、スリマンの言葉は一語一語聞こえてきた。「おふくろの写真を見たよ。きれいな女だ。おれも一発やりたいよ。アーキムもお手合わせ願いたいって言ってた。おまえを殺したあと、ふたりでやっちまうかもな。どう思う？　この考え、気に入ってくれたか？　おまえがほんのガキのころにおふくろにやってもらっていたように、ケツの穴にふたりでぶち込むんだ」

おそらくこれが最悪の夜だったろう。ことあるごとにこの晩のことが脳裏に浮かびあがってきてしまう。こうして始終、スリマンから侮辱され、神経がすり減ってしまった。たとえば、食べ物を持ってくるとき、排泄用のバケツを空《から》にするとき、アーキムが〝可愛い男の子〟に親しみをこめたり、優しくしたりしたあとは必ず、スリマンは侮蔑的な言葉を吐き、フランソワの股間に銃を押しつけ、背後にやってきてうなじの髪のなかに手を突っ込み、あるいは頭を思い切りひっぱたくのだ。もっと勇気のある男なら、やり返したり、逃げようとするだろう。逃げ出すべきなのだ。フィリップとジャニーンを葬り去ったのだから、当然、殺されるだろう。

夜、スリマンが当直のときはしょっちゅう体を蹴られて起こされ、夜の退屈な時間の暇つぶしの相手にされた。だからフランソワは日中に眠ることになり、ベッドに横になりながら、庭にいるカエルや鳥の鳴き声を聞き、パリを思い浮かべ、両親が生き返ってこんな境遇から救い出して守ってくれることを夢見た。そのうち、実の母、アメリア・リーヴェンのことを夢想するようになったが、心のなかでその姿を思い浮かべることはできなかったし、それは父親についても同じだった。ふたりのどちらかに似ているのだろうか？　もう親の面影を宿しているほど若くはないのかもしれない。フィリップとジャニーンから養子だと打ち明けられてから、実の父母を探したいと思ったことはないが、監禁されて三週間になろうとする頃、本当の親がここから救い出してくれるのではないかと希望を持つようになった。身代金を払ってくれ、ふたたびパリで生活できるようにしてくれるのではないか。フランソワは会ったこともない母、どんな男か知りもしない父を思って子どものように泣くこともあった。もちろん、誘拐犯どもに声を聞かれたり顔を見られたりしないようにしたし、悲しんでいることをからかわれ、慰み者にされるのだけは避けたく、スリマンには悟られないように細心の注意を払った。少なくともそれくらいの威厳は保っておきたい。しかし、ヴァンサン・セヴェンヌという男の存在を知り、なにもかもが複雑怪奇となった。事態はますます悪くなっていく。なんといってもほかの男がフランソワになりかわり、人生を盗み、アメリアと親子関係を築いているのだ。

「ヴァンサンはおまえの家に住んでいるんだ」来る日も来る日も、夜ごとにスリマンは言う。「おまえの服を着て、おまえの女とやりまくっている。愛《いと》しのおふくろさんと休暇旅行にも出かけたんだ。知ってるか？　リュックの話じゃあ、おまえのおふくろはヴァンサンを愛していて、休暇のあいだだけじゃ満足できなくって、ヴァンサンをイギリスに呼び寄せて一緒に住むことになったんだ。どんな気分だ、フランソワ。アメリアは長年夢見ていた息子を手に入れた。そんな息子を手放して、おまえのようなくだらない野郎を助けようなどと思うわけがない」

49

もはや息子ではない男、誇りを傷つけてくれた男にアメリアは電話をした。クイーンズウェイでケルと会ってからまだ一時間もたっていない。間仕切りのないだだっ広いオフィスのキッチンで個人用の携帯電話からかけた。ケルは数メートルほど離れたところに立ち、アメリアをじっと見つめている。母親らしい愛情あふれる声音を使うアメリアの才能に驚きを隠せないようだ。

「フランソワ？　アメリアよ。寂しいかぎり。どうしている？　パリはどう？」

十分ほど話をした。〝フランソワ〟はマルセイユからパリに帰るまでのことを話題にしたが、相変わらずその嘘は完璧だった。この男の人を欺く才能は、アメリアがこれまで出会った者たちのなかでも群を抜いている。ケルが〝リュック〟だといった人物が、パリで〝カッコー〟の隣に座ってこの会話を聞いているのだろうか。ケルが今こうして耳をそばだてているように。二組の秘密工作員が、それぞれパリとロンドンで、自分たちが一枚上手だと思っている。

「週末はなにをする予定？」

「予定はないよ。どうして？」

「特にやることがないのなら、ウィルトシャーのわたしの家に来て泊まっていかない？」

「えっ……」

「急すぎる？」

「いや、そんなことはないよ」〝ガッコー〟は感激したような声を出した。この招待は、パリにいるお偉方に歓迎されたようだ。

「ジャイルズはいるのかな？」

「いいえ」アメリアはケルに目を向けた。〝ガッコー〟がジャイルズに関心を示していることに困惑しているのか、顔をしかめている。「この週末は出かけていると思う。どうして？会いたいの？」

「今のこの段階では、ふたりだけのほうがいいかな。それでかまわない？」

「もちろん」アメリアはきわめて巧みに間をとった。「つまり、来るということ？」

「喜んで」

「よかった。待ち遠しいわね」〝ガッコー〟がパリへ戻るのに飛行機が嫌なのでマルセイユまでフェリーで行ったことを思い出し、ぼろを出さないか鎌《かま》をかけてみた。「飛行機のチケットを送りましょうか？」

「言ったじゃない、飛行機は嫌いなんだって」

すぐに答えが返ってきた。即座に嘘が口に出る〝ガッコー〟の力量には驚かされた。自分がいかに愚かで、騙《だま》されやすい間抜けだったことか思い知った。今度はわたしが嘘の世界を生きることになる。ウィルトシャーでもチュニスと同じ接し方をしなければならない。面倒見のいい母親、息子を抱擁し、話しているあいだ笑みを絶やさず、息子の言うことに興味を示す。嫌だったが、復讐するときのことを思ってがまんした。チュニスでの喜びの再会から、息の詰まるような日常へといやいや戻ってきた。仕事場には野心が渦巻き、公共の利益に身を捧げ、個人的な充足感などなにもない世界。しかし、それこそがアメリアの住んでいる世界なのだ。

「首を長くして待っているわね」そう言って電話を切った。手で上着の袖口をつかんでいた。男たちを監督するときに出る癖だ。

「どこか食事にでも行かない？」

「いいね」

数百メートル歩いて、ウェストボーン・グローヴにあるレバノン料理のレストランへ行き、フランソワを探し出す計画を練ることにした。メニューを開き、人でいっぱいの店内でワインが来るのを待ちながら、トラスコット、ヘインズ、マークワンドには計画を秘密にしておくことに決めた。ヴォクスホール・クロスでは働いていないが、信用できる人物を集めて小さなチームを作る。ケルはニースからバーバラ・ナイトを呼び寄せたらどうだろうと提案し、明日の朝に電話してここへ来てもらう手はずを整えると言った。食べ物を注文してから、エルサ・カッサーニにメールを打ち、できるだけ早い便でロンドンに来てもらえないかと尋ねた。十五分ほどで返信があった。あなたのためなら、たとえ火のなか、水のなか！　ケルは思わず微笑んだ。かつてMI5の技術者で、今では個人で仕事を請け負っているハロルド・モーブレイという男がおり、彼ならばエルサと協力して〝カッコー〟のEメールや携帯電話を追跡してくれるだろう。〝カッコー〟がアメリアの田舎の家を出たときは監視しなければならず、そのための要員も必要だ。ケルの現役時代からの知り合いに元イギリス海兵隊員ケヴィン・ヴィガーズという男がいる。彼なら現金を渡せば仕事をしてくれるだろう。

「金がいる。大金が、だ。優秀な連中ばかりなので、相応の額を支払わなければならない」

「なんとかするわ」ジャイルズに頼んで金を出してもらうのだろうか。「リュック・ジャヴォについてなにかわからないか探ってみる。でも、今週はオフィスを抜け出すわけにはいかない。金曜日にウィルトシャーに戻ってくるまで、あなたはあなたで動いてちょうだい。これから数日、会議ばかり。水曜日には首相と会わなくちゃいけないし。それでいい？」

ケルはうなずいた。

「かまわないよ」〝カッコー〟がパリに戻っているのだから、アメリアは表立った動きをしないほうがいい。なにか手違いが生じたときに、アメリアは関係がないと言えなければならない。「武力に訴える場合はどうする？」

「やつらはどう出てくると思う？」

細心の注意を払ってケルは考えを説明しようとした。

「フランソワを見つけたら、武力に訴えて突入する必要が出てくるかもしれない。身代金を要求してくる場合、金を払おうが払うまいが、フランソワを殺そうとすることはまちがいないだろう」

「そうね」

すでに夕食は半分ほどたいらげていた。アメリアは残った食べ物を皿の一方に寄せた。ロにナプキンをあてて黙り込んでいるのは、不安を一緒に拭い去ろうとしているのだろうとケルは思ったが、それは誤解だった。

「つまりおれが言いたいのは、そうなる前に連中を見つけ出すってことだ。先手必勝ってことで……」

「言いたいことはわかっているわ」アメリアは店内に目を向けた。近くのテーブルでは後片づけをしており、皿やグラスが触れ合って音をたてている。「フランスとスペイン北部にそういう仕事ができる人たちがいる。でも、どうやってサイモン・ヘインズの許可を取りつけたらいいのかわからない。SASを使うとなると……相当巧妙にやらないと」

「SASのことは忘れるんだ。あくまで個人的にやらなければならない」

アメリアは素朴な金の首飾りに手を持っていって引っ張り、アイデアをひねり出そうとしている。

「勇猛果敢な兵士じゃないとだめね。何週間もずっとライフルを磨きながら待機して、ヘレフォードでの古きよき日々を夢見ているような連中じゃだめ。ピカピカのライフルを持って戦闘開始をされたんじゃたまらない。必要なのは百戦錬磨の連中、フランスの地理に明るい連中よ」

「もちろん」

「あなたもそういう連中と一緒に行ってもらいたい。ね、約束してくれる？　指揮をとってほしいのよ」

驚くべき要望だった。なんといっても、ＳＩＳでの長い経歴のなかで、怒りに駆られたときでさえ銃を撃ったことがなかったからだ。とはいえ、アメリアの願いを退けるような気にはなれなかった。

「約束するよ。もちろん、そうなったときには、おれも一緒に行く」ケルはかすかに笑みを浮かべ、アメリアに請け合おうとした。「フランソワを探し出す。なにが起ころうと、連れ戻すんだ」

50

〝カッコー〟は金曜日の夜十九時二十八分にセント・パンクラス駅に到着した。ケヴィン・ヴィガーズのイギリス海兵隊時代の仲間ダニエル・オールドリッチがその姿を確認し、駅のコンコースにあるサー・ジョン・ベチェマンの像の下を通るターゲットの写真をスマートフォンで撮り、Eメールに添付してケルへ送った。アメリアは必要なとき以外は〝カッコー〟と一緒にいるのを避けたいと思っており、タクシーをセント・パンクラス駅まで迎えにやらせ、そこから南西の方角にあるウィルトシャーまで連れてきてもらうように手配した。ユーストン通りのはずれ、歩行者が行き交うなかにオールドリッチは立ち、タクシーの運転手が〝ミスター・フランソワ・マロ〟と黒いマーカーペンで書いたA4版のカードを持って待っているのを眺めていた。〝カッコー〟がそれに気づいた。運転手にバッグを渡し、トランクに入れてもらう。

タクシーは金曜の夜の混雑した車の流れのなかへ入っていった。オールドリッチはロンドンからタクシーを尾行しようとはしなかったし、ケルのチームはタクシーに盗聴器を仕掛けることもしなかった。〝カッコー〟は運転手がアメリアに雇われていると思うのはまちがいなく、そんな男の前で司令塔に連絡をするはずがない。オールドリッチはケルに二通目のメールを送っただけだ。

〝カッコー〟がバッグをふたつ持っていることを確認。黒革のコンピューター用ショルダーバッグ+黒のプラスティック製スーツケース、キャスター付き。携帯電話、エルメスの紙袋を持って車内へ。セント・パンクラス駅を十九時四十六分に出発。タクシーはネイビー・ブルーのルノー・エスパス。ナンバーX一六四AEO。ユーストン通りを進行中。

アメリアの家のキッチンで、ケルはラップトップにメールが入るのを確認し、チームの面々に〝カッコー〟は二十一時三十分頃にチョーク・ビセットに到着するだろうと伝えた。ケルを補佐しているハロルド・モーブレイは、二十四時間かけて家のありとあらゆる場所に監視カメラと声を感知して作動するマイクを仕掛けた。アメリアは昼食のときにヴォクスホール・クロスからまっすぐやってきて、〝カッコー〟はふたつある来客用寝室のうち広いほうの部屋を使うことになるだろうと言った。部屋を換えてくれと言われたときに備えて、階段の左側にある寝室にもカメラとマイクを仕掛けた。北側の壁にかけられた鏡の金色の飾り枠のなかに一組、ベッドの左側に飾った油絵の額縁のなかにもう一組。

二階にはバスルームがふたつある。ひとつはアメリアの寝室に付いているもの、もうひとつは、〝カッコー〟の寝室と階段へつづく短い廊下の途中にある。きれいな壁紙を貼った廊下にあるバスルームを〝カッコー〟は使うことになるので、モーブレイはここにも盗聴装置一式を仕掛けた。

「経験から言うと、トイレのなかで人はいろいろと面白いことをするもんだ」タオル掛けのいちばん下の段、床から二十センチのところにある軸受けのなかに超小型カメラを仕込みながらモーブレイは言った。「〝カッコー〟はバスルームでは誰にも見られていないと思い、ズボンとともにガードも下げる。電話をかければ、マイクが拾う。バッグのなかからなにかを取り出したら、そいつを見ることができる。〝カッコー〟がカメラやマイクが隠されているはずだと思って探しはじめたら見つかるかもしれないが、そうでないかぎりは気づかれることはない」

フランスの監視班が家を見張っている可能性もあるので、ケルはできるだけ建物から出ないようにした。スティーヴン・ユーニアックが目撃されるのは避けたい。アメリアの隣人で著作権代理業者スージー・シャンドが、ケルのチームの基地として家を使わせてくれることになった。シャンド自身は休暇でクロアチアへ出かけたが、スーツケースのなかには国家機密保護法の条文に署名した書類が入っている。チョーク・ビセットの孤立したこの一画のもう一軒の家は、ポールとスーザンのハミルトン夫妻が住んでいるが、シャンドの家にロンドンから客が来ることには慣れており、ケルのチームが村でなにをやっているのか探りを入れるために近づいてくることはない。近所の人と話をしなければならなくなった場合にそなえ、シャンドの親戚の者が集まって週末をここで過ごしていることにした。

シャンドの家はくたびれ果てた田舎家で、低いところに渡された梁は虫食いだらけだ。アメリアの家からは歩いて一分ほどのところに建っている。二軒とも草木が青々と茂る北側の谷間を見下ろし、南側は丘の急斜面に面していた。シャンド家の庭は、アメリアの家の西側の敷地と隣り合っている。チームが腰をすえた部屋は、湿度が高かったが居心地はよかった。ケルは田舎の静けさにひたって気持ちを落ち着かせることができ、旅の疲れと、都会でのストレスが癒《いや》されるのを感じた。司令室は広々とした図書室に設置した。ここにはロンドンの文学界で輝きを放っている人たちから贈られた本が並んでいた。幼い頃から愛書家であったバーバラ・ナイトは、ウィリアム・ゴールディング、アイリス・マードック、ジュリアン・バーンズの初版本、『悪魔の詩』のサイン本を見つけて目を輝かせていた。

エルサ・カッサーニもこの部屋で店開きをし、オーク材の大きなダイニングテーブルに三台のラップトップ・コンピューターを置き、本棚から本を取り除き、そこに九台の監視用モニターを設置した。モニターにはアメリアの家の各部屋の様子が映し出されている。金曜の朝、短い時間ながら雨が降ったが、そのとき映像が不鮮明となり、画面が点滅したが、〝カッコー〟を二十四時間監視できる態勢が整ったことにケルは満足していた。唯一手つかずなのは家の北の隅にある家事作業室で、ケルはここを使う気にはなれなかった。

シャンド家の図書室の窓の下にエルサはマットレスを敷き、カバーをかけていない掛け布団の下にもぐりこんで、断続的に睡眠をとる。間に合わせのベッドの脇にはミネラルウォーターのボトル、ナイトクリーム、香水、iＰｏｄを並べた。イヤフォンを耳に入れるとき、絶叫と轟音が漏れ聞こえてくる。ハロルド・モーブレイは二階に二部屋ある客室の小さなほうに寝床を確保した。ケルは玄関を入ってすぐのところで寝ることにし、マットレスを敷いて横になるとハンモックのように沈み込んだ。バーバラ・ナイトには年齢を考え、主寝室を使ってもらうことにした。

「ホテル・ガレスピーは、ここの足元にも及ばない」

バーバラは冗談を言った。彼女はほとんどの時間をひとりで過ごし、部屋に引きこもって新たに出版されたヴァージニア・ウルフの伝記を読み、あるいは土曜日の朝の任務の準備をしていた。

「またミス・マープルの役を演じてもらえるね」ケルはバーバラに言った。「ニースのときのような演技を見せてくれたら、英国アカデミー賞にノミネートだな」

スパイをするということは待つことだ。

木曜日の夜、アメリアはロンドン、〝カッコー〟はまだパリにいる頃、モーブレイとバーバラは、映画を見にソールズベリーまで車で出かけ、ケルとエルサだけが家に残された。特にすることもなく、ニースの思い出話をしたり、作戦の細部の最終確認作業などを行なった。

「土曜の朝、アメリアは〝カッコー〟を散歩に誘う。天気が悪い場合は、昼食をとりにティズベリー近郊のパブへ行こうと誘いかける。どちらにしろ、やつの部屋に入り、持ち物を調べる時間は充分にある。村には携帯電話の電波の中継所はない。運がよければ、〝カッコー〟は携帯電話の電源を切って置いていくかもしれない」

「よっぽどの運が必要でしょうけれど」エルサは答えた。左の耳に金のピアスが三つ並んでおり、ケルはそれを見つめながら、仕事をしていないときの生活を思い描いてみた。「ラップトップを調べる時間が十五分あれば充分。ハードディスクの中身をすべてコピーして、ここに戻って詳しく見ていけばいい。仲間からメールが来ていれば、読むことができる。連中が不注意なら、メッセージがどこから送られてきたか突き止められるでしょうね」

「不注意なら、というのはどういうことかな？」

「用心深い連中なら、アメリアの息子を監禁している場所からメールを送信しない。車に乗って数キロ行ったところから送信するはず。居所を知られないために、たいていそういう工夫をするものなのよ。とはいえ、面倒なことなので、たまに手を抜いてしまうこともある」

　ケルはマルセイユでのことを思った。リュックはケルのコンピューターを調べてから返し、キーボードからの入力を監視するソフトと追跡装置を仕掛けた。ケルは〈輝く都市《ラ・ヴィル・ラデューズ》〉で襲われたことをエルサに話すと、彼女はケルの顔の傷に触れた。この愛情あふれるしぐさにケルは驚いた。ニースでは、エルサはケルを操っているのではないか、マークワンドが陰で糸を引いている可能性を疑っていたが、今はエルサを疑う理由はまったくない。

「はじめて会ったとき、あなたはわたしにそっけない態度をとったでしょ」

「仕事をしていたからな」

「この仕事は楽しい。こういうことをやりたかった。マークワンドはあなたのことを……ええと、なんといったっけ」

「すてきな男」

エルサは声をあげて笑った。

「ちがうわ。せっかちだって。ちょっと傲慢《ごうまん》で……」

「木で鼻を括《くく》ったよう」

エルサには聞きなれない慣用句だったようだ。意味を思い出そうと考え、それからトーマス・ケルを言い表わすのに最適な表現であると思ったようだ。

「木で鼻を括ったよう、まさに。それからしばらくすると、優しくなったのよ。あのときの話、楽しかった」

気を引くようなことを言われてケルは驚きながらも、それを楽しんでいた。仕事をしているときに装う仮面をエルサは剝《は》ぎとるようなことをし、恐れを知らない若者らしい押しの強さでケルの素顔に迫ってきた。

「すばらしい仕事ぶりだったよ」

ケルはそう言ったが、本心だった。エルサはフランソワ・マロの身辺を探り、対外治安総局が絡んでいることを明らかにし、クリストフ・デレストレへと導いてくれた。

「なにか食べましょ」

前日、ハロルド・モーブレイがソールズベリーのスーパーマーケットでチームのために温めるだけで食べられる冷凍食品を仕入れてきた。昼食のとき、冷蔵庫をあけて食べる物を探した。エルサは冷凍食品を見て、こんなものを食べるのは「名誉に関わる」と拒み、キッチンで手打ちパスタを作りはじめた。三十分もしないうちにキッチンは、パスタ生地といろいろな大きさのボウルが散乱し、チョーク・ヴァレーに夜明け前にかかる靄《もや》を思わせるように小麦粉が空中を漂い、まるで空襲を受けたかのように惨憺《さんたん》たるありさまとなった。夕食の時間となった今、エルサはケルのためにパスタソースを作っており、ケルはシャンドのセラーからワインを一本取ってきてコルクを抜いた。それからテーブルに向かって座ると、エルサがズッキーニを切り、オリーブオイルとにんにくとともに炒《いた》めるのを眺めた。

「料理が得意そうだな」

「わたしはイタリア人よ」紋切り型を喜ぶように答えた。「夕食を作ってあげるから、トーマス・ケルの秘密をなにもかも聞かせて」

「なにもかも？」

「そう」

「そいつは、時間がかかるな」

結婚生活のことは話したくなかった。それだけは踏み込まないようにしたい。クレアに対しては誠実な気持ちでいたいし、ケルとクレアのあいだの話をすれば、それは破滅へ向かって突き進む話になるからだ。

「どうしてSISを辞《や》めたの？」

ケルはワインを飲んでいたが、グラスを口につけたまま動きをとめた。不名誉な話題から切り出してきたので驚いた。

「どうして知っているんだ？」

腹を立てているのではなかった。妙なことにほっとしてさえいる。なにが起きたのか、包み隠さずに話してしまいたい。

「噂よ」

「複雑な状況でね。その話はしてはいけないことになっているんだ」

湯をわかすために鍋を火にかけた。エルサはすばやくケルに視線を走らせ、からかうように軽蔑する表情を浮かべた。鍋の水に塩を入れる。

「誰も聞いていないでしょ。あなたとわたし、家にいるのはふたりだけ。教えて」

そこでケルは話した。カブールでのこと。ヤシーンのこと。

「9・11以後、アメリカ人のそばでずいぶんと仕事をした。あんなことをされて、アメリカ人は腹を立てていたよ。理解はできる。屈辱を与えられて恥じ入り、復讐心に燃えていた。あのような心情になるのは当然だと思った」

「それで？」

「二〇〇一年暮れ、当局の人間とともにアフガニスタンへ行った。ＣＩＡとの共同作戦だ。ワシントンとニューヨークでの同時多発テロでは、隙をつかれた。アメリカとイギリスは協力して巻き返しをはかろうとしていたんだ」

「そうでしょうね」エルサはケルに背を向け、鍋を見つめていた。ケルに話のリズムをつかませようとしているのだ。エルサはブルーのデニムのジーンズと白いTシャツを着ている。既婚男性が若い娘を盗み見るように、ケルもエルサの体の線を目でなぞった。毎度のことながら、信用してなにもかも打ち明けたくなる。

「それからの三年間で、パキスタンとアフガニスタンを七回訪れた。二〇〇四年、CIAはある男を逮捕した。きみも聞いたことがあるかもしれない。ヤシーン・ガラニ。この男はパキスタン北西部のアル・カーイダの訓練キャンプに参加していたのだ。アメリカ人には自分はイギリス人であると主張し、それを証明するパスポートも持っていた。ヤシーンはカブールにある指令センターに連れていかれ、そこで尋問がはじまった」

「尋問」

「面と向かって質問すること。細かく詰問することだ」エルサに英語の授業をしているのだろうか。それとも、エルサは意味などわかっていてケルよりも何歩も先まで見通しているのだろうか。わからなくなってしまった。「虐待したわけではない。そういうことを訊きたいのなら言っておくが。MI5はヤシーンに関する記録がイギリスにあることをCIAに伝えた。テロリストの疑いがあることからイングランドの北西部では要注意人物となっていた。すぐに脅威になるほどの男ではなかった。われわれの標的ではなかったし、監視下に置いていたわけでもない。だが、国内の治安維持に責任を持つMI5はヤシーンのことを知っていたし、気をもんでいたのだ。ヤシーンがどこへ行ってしまったのかと」

「彼のような若者がパキスタンへ行き、戦うための訓練を受けた、というのは理にかなっていると誰もが思ったわけね」

「当然そう考える」

ケルは自分のグラスにワインを注ぎ、立っていってエルサのグラスにも満たした。エルサはズッキーニを炒め終わるとフライパンの片側に寄せ、つづいて鍋の沸騰《ふっとう》した湯のなかにパスタを入れた。

「ありがとう」エルサはグラスを顎で示した。「タリアテッレは、すぐに茹《ゆ》であがる」

ケルはキッチンのドア脇の戸棚から深皿を二枚、それから引き出しをあけてスプーンとフォークを出した。テーブルをセットし、皿はエルサが手早く盛りつけができるようにガスレンジの近くに置いた。それがすむとつづきを話した。

「さて、ヤシーン・ガラニだ。リーズ在住の二十一歳の学生。ラホールの友人を訪れたと主張しているが、アメリカ人は証拠写真を持っていた。マラカンドでロケット推進擲弾《てきだん》を発射する訓練を受けているところを撮影したものだ。おれはヤシーンに危ない立場にいると警告した。イギリス政府になにもかも話すのがいちばんであり、そうすれば展望が開ける、とな。なにをしたのか、イギリスにどのような知り合いがいるのか正直に話せば、手を差しのべることができる。そうでなければ、つまり、口をつぐみ、潔白であるふりをするなら、アメリカ人がやろうとしていることを止める権利は、おれたちにはなくなるんだ、と言ったんだよ」

「その話は知っている」エルサは言い、パスタを一本すくいあげて指のあいだにはさみ、茹《ゆ》で加減を確かめた。ナプキンを鍋の把手《とって》に巻きつけシンクへ持っていくと金属製の水切りボウルに中身をあけた。飛び散った湯がエルサの顔にかかった。エルサは思わず後ずさり、こう言った。

「CIAがヤシーンを拷問したんでしょ？」

エルサがあっさりとアメリカに罪を着せたことにケルは不意にいらだちを覚えた。あの一件に関わっていたのだろうか。それともヨーロッパの新聞、雑誌に載った記事を読んだだけなのか。

「アメリカ人が手荒なまねをしたとだけ言っておこう。おれたち全員が」

「どういうこと？」

ケルは座り直し、慎重に言葉を選んだ。

「誰もが故郷を遠く離れていた、ということだ。イギリスとアメリカに潜伏しているテロリストどもの組織を壊滅させたかった。ヤシーンは有益な情報を持っていると思っていたが、やつは口を割ろうとせず、おれたちはがまんできなくなった」ケルは思わず咳をした。「ついに何人かが強引な手段に出た」ケルは気を静め、一線を超えてしまったアメリカ人の仲間をかばおうとした。「ヤシーンの体に触れたか？　いや。引きずりまわしたか？　いいや、絶対にそんなことはしていない。リーズにいる家族が不愉快な目にあうと脅したか？　まったく的はずれだ」

エルサはまったくなんの反応も示さなかった。穏やかな顔をしたまま尋ねた。

「じゃあ、尋問は新聞に書いてあったとおりだったの？」〝拷問〟という言葉は使わなかった。水たまりを避けて通るようなものだ。「なにが起こったの？」

ケルは視線をあげた。エルサは料理をする手を止めている。検疫を受けるためにしばし留め置かれたとでもいうように。ケルを裁いているのではない。今のところはまだ。ただ、真実を知りたいだけなのだ。

「これから一緒に食事をしようという男に、容疑者を水責めにしたのかと訊いているんだよ。あいつの爪を剝《は》がしたのかとね」

「やったの？」

ヴォクスホール・クロスでの最後の数週間は自暴自棄になっていたが、そのときとまったく同じ投げやりな気持ちがいきなりわき起こった。

「おれがそういうことができる人間だと思うか？」

「わたしたちは、どのようなことでもできる、そう思っている」

しかし、エルサの言葉に滲《にじ》んでいるのはケルを信じようとする気持ちだ。法律からはずれ、良識を欠くことはしていないのだ、と。このとき、エルサがとても愛《いと》おしくなった。クレアもケルを気遣ってくれたが、これほどまでに深い思いやりを示してはくれなかった。騒がれはしなかったものの不興を買ってSISを追い出されてから数カ月のあいだに、自分が犯罪者になったような気持ちになることがあった。あるいは、ヤシーン・ガラニのような男がもたらす恐怖のほんとうの意味を理解できるのは、イギリス広しといえども自分しかいないのだと思うこともあった。

「拷問はしていない。SISは拷問はしないんだ。CIAもSISも行動規範を破るようなことはしない。どのような場面に遭遇しようとも、これは……」

「弁護士みたいね」エルサは窓をあけて重苦しい空気を一掃した。「じゃあ、なにが問題なの？」

「問題はアメリカ人との関係だ。マスコミ、法律が問題なんだ。この三者のあいだでうごめいて難なく工作するやつらがいるんだ。ロンドンのメディアは、ヤシーンがイギリス人であることを強調し、罪が証明されるまでは無実であるという姿勢を貫き、ブッシュとチェイニーによって拷問されたも同然だとした。グアンタナモの基地に送り、人間としての威厳を損じたとな。で、人身保護令状。SISは現実を見る目を失ったと非難された」

「あなたの意見は？　アメリカ人がヤシーンをどこへ連れていくのか尋ねた？　ヤシーンの身を案じた？」

ケルは罪の意識に落ち着かない気持ちになった。モラルをおろそかにしたことを恥じた。だが、今ならもっとちがった行動をとっていたことはまちがいない。

「どちらの質問も、答えはノーだ」

エルサは眼差しを上向け、ふたりは視線を絡めた。ケルはカブールの独房を思い出した。部屋に充満した汗のにおい、悪臭、悲惨な思いに歪んだヤシーンの顔。ケルは情報を得たいと必死になり、ヤシーンが信奉するものすべてを卑劣だとさげすんでいた。ひとえにそう思い込んでしまったために、睡眠を奪われ、気遣われることもない目の前にいる男が、聖戦に加わるように洗脳された若者である以前に人間であると考えることがほとんどできなくなっていたのだ。

「おれのとった態度、数人の秘密工作員がやらかしたこと、法律とマスコミの目から見た悪、こうしたものを並べてみると、第三者ならおれたちの考えとはちがう行動をとってもおかしくない。おれたちの行ないを非難する言葉を一般の人たちは目にするんだ。〝黙って引き渡した〟。〝拷問の輸出〟。これがイギリスのやり方だ。大英帝国の時代となんら変わらない。汚い仕事は他人に押しつける。こう書きたてるわけだ」エルサはナプキン替わりに、キッチンペーパーを二枚テーブルに置いた。「ヤシーンは連れていかれた」ケルは口のなかのワインを飲み込み、考えをまとめた。「本当のことを言えば――そう、ヤシーンがどうなろうと知ったこっちゃなかった。エジプト人がどのような方法を使うのか、カイロあるいはグアンタナモでどのようなことが行なわれるのか、考えはしなかった。なんの罪もない人たちを殺すことしか考えていない若いイギリス人がいる、と思っていただけだ。ワシントン、ローマ、チョーク・ビセットで、な。ヤシーンは臆病者で愚かだと思った。監禁されているのを見て楽しんでいたくらいだ。これがおれの罪だよ。おれはあるものを守ることが仕事だ。おれが守ろうとしているものをことごとく破壊しようと思っている男、こいつに対する気配りを忘れたことが、おれの罪なんだ」

エルサは茹であがったパスタにオリーブオイルをかけまわし、ズッキーニとガーリックオイルのソースをタリアテッレに絡めた。エルサがどのような気持ちでいるのかわからなかったし、どこまで事情を知っているのかはかりかねた。

「それで生贄《いけにえ》になったというのね」

不平を並べたり、嘆いたりしないように注意しなければならない。この愛らしい女から哀れに思われることだけは避けたい。

「誰かがそうなる必要があった」

ジョージ・トラスコットにいかに追い出されたか記憶がよみがえった。何千キロも離れたロンドンのデスクから、ヤシーンの尋問にSISの人間が立ち会う許可を出し、何年かして、《ガーディアン》紙がヤシーンの身柄を引き渡したことで外務大臣が槍玉にあげられそうになると、恥知らずなことに法を無視したとしてケルを訴えたのだ。ケルは情状酌量された。本名は出ずに、ジョージ・オーウェル風の呼び名〝証人X〟で報じられ、ケルはSISから放り出された。

「最後に、これだけは言っておきたい。イギリスは政治的にも情報の面でもアメリカと同盟関係にあるが、誰もが思っているよりもその絆は強固であり、誰もがすすんで認めるほどの深いつながりがある。アメリカの仲間が、認めることのできない手段に訴えることを知ったら、イギリスの秘密工作員はどうしたらいいのだろう？　ママに電話して不満をぶちまけるか？　居心地が悪いから帰りたいと直属の上司に訴えるのか？　おれたちが戦っているのは戦争だ。アメリカ人は友人なんだよ。ブッシュとその取り巻きのことをどう思っていようが、グアンタナモやアブグレイブ刑務所での捕虜虐待にどんな意見を持っていようとだ」

「それはわかるけれど……」

「左翼の連中はたいていが、自分たちの口当たりのいい主義主張、非の打ち所のない道徳的な行動を要求し、それを訴えることにしか興味がない。連中が安心してベッドで眠れるように戦っている者たちが犠牲になっているというのにな」

「食べましょう」エルサはケルのうなじに手を置き、パスタを盛りつけた皿をテーブルに置いた。その手のやさしい感触は、友人として理解していることを示すとともに、ケルに対する欲望をも感じさせるものだった。

「ヤシーンはまだ若いから、と肩を持つことはできるだろう」ケルは急に食欲がなくなった。無作法ではなく、エルサを怒らせることにならなければ、皿を脇に押しのけるところだ。

「ヤシーンに分別がなかったのだと。だが、やつのせいで地下鉄が爆破されたらどうする？　犠牲になった医者のフィアンセにヤシーンはこんな人間だったと言ったところでなんになる？　グラスゴーでバスが爆破され、上の階に乗っていた老人が跡形もなく吹っ飛んでしまったというのに、その孫に実はヤシーンは……などと言えるか。イングランド中部地方のショッピングセンターでヤシーンが自爆テロを引き起こし、その傷がもとで生後六カ月の男の子が死ぬかもしれない。そんなときに母親にヤシーンの人となりを話して聞かせるというのか。資料を検討してみると、ヤシーン・ガラニのような経歴の持ち主は、旅行記作家のロバート・バイロンの足跡を求めてパキスタンへ行くことなどありえないだろう。やつの頭のなかは憎しみでいっぱいだ。あんなことが起こり、おれたちは自己嫌悪に陥ってしまったが、そのおかげでヤシーンは国から八十七万五千ポンドの賠償金を受け取ることになった」エルサが腰をおろした。「ほぼ百万ポンドだ。緊縮財政下だというのに。〝虐待〟をした償《つぐな》いにこんな大金が支払われるんだよ。たくさんの人がまじめに納めた税金をあいつのために使うんだ。有利な判決を下してくれた高等法院をも喜んで爆破するような男のためにだ」

「食べて」

それからしばらくふたりは無言のままでいた。

51

〈コーチ&ホーシィズ〉の屋外テーブルに座った。チョーク・ビセットの東のはずれ、ソールズベリー通りにある評判のいいパブだ。ケヴィン・ヴィガーズは、二杯目のオールド・スペクルド・ヘンから目をあげ、ネイビー・ブルーのルノー・エスパス、ナンバーX一六四AEOが角を曲がってやってくるのを眺めた。ケヴィンは席を立ち、通りを渡って電話ボックスに入り、アメリアの固定電話の番号を押した。

「二八五?」

「〝ガッコー〟が村についた。三分後にそちらに着く」

「ありがとう」

アメリアは受話器を戻し、調理用の大型レンジ台の脇に立っているケルに視線を向けた。

「ケヴィンから。いよいよ戦闘開始。あと二分で着くわ」

ケルは、しっかりな、と言って裏口から外へ出ると庭を突っ切り、木戸を抜けてシャンドの地所に入った。一分もしないうちに図書室で、エルサ、ハロルド・モーブレイ、バーバラ・ナイトとともに監視カメラから送られてくる映像を見つめていた。株式の暴落を心配してモニターを凝視するトレーダーのようだ。

「徹底的に監視してやる」

ケルはそう言って上着を脱いで椅子に放った。エルサは顔をあげてケルの目をとらえると微笑んだ。ケルだけに向かって。

「来たわよ」左手上のモニターに視線を戻してエルサは言った。

電話線の鉄塔に据えたカメラが、暗い道の映像をくっきりと送ってきている。タクシーがこちらに向かって走ってくる。ふたつのヘッドライトが道路脇へ寄ってきて、やがて停まった。〝カッコー〟が後部座席のドアをあけ、外に出てくると、長旅で疲れたのか、背中を伸ばした。チュニスのホテルで見たときと同じ黒い革のジャケットを着ている。

「マスかき野郎」ハロルド・モーブレイが小声で言うと、一同は必死に笑いをこらえていた。

合図をしたかのように、左手下のモニターにアメリアが姿を現わした。ヘッドライトが逆光となって頭と体がシルエットとして浮かびあがる。ふたりが再会しているのは、ここから百メートルも離れていない路上なのだが、アメリアが腕を伸ばして母親らしくきつく〝カッコー〟を抱擁しても、当然、音はまったく聞こえてこない。

「さぞかしつらいでしょうね」エルサは言ったが、ケルはそんな感傷は無視した。アメリア・リーヴェンは、まちがいなくやってのける。

52

嫌悪感を胸の奥底にしまいこみ、浮上してこないように蓋《ふた》をした。

こういうことには慣れている。感情を切り離す。順応する。生き残る。はるか昔のチュニスにいたときからやっていることだ。

〝カッコー〟がタクシーから降りてくるのを見たとき、一瞬ながら、パリではじめてきれいな顔立ちの息子と会ったときに感じた純粋な喜びがわき起こったが、すぐに消え去った。フランソワだと思い込んでいた男が目の前に立ち、わが家を汚そうとしている。しかし、アメリアはそのような表情を目に表わすことはなかった。それどころか両手を伸ばして男を抱擁した。セリフは容易に口をついて出た。

「ああ、フランソワ。ついに来てくれたのね。ここにいるなんて信じられない」

においにさえ、惑わされてしまう。ホテルで漂わせていたアフターシェーブローション、プールサイドでのオイルの香り。あのときはこの男を抱きしめ、肌に触れたい、という性的な欲望さえ持った。子どもに注ぐ母親の甘く胸の奥が痛がゆくなるような愛情。この男のことをハンサムで洗練されているとも思った。このような好奇心をくすぐる青年に育てたフィリップとジャニーンに感心したりもした。しかし、今となっては。フランスの秘密工作員が家にいるのだ。アメリアの私生活に踏み込み、自信の源となる心の微妙な領域にまで分け入ってこようとしている。ロンドンでケルから真相を聞いてからというもの、ずっと惨《みじ》めな思いにとらわれ、これほど深く落ち込んだのは大人になってはじめてのことだ。フランソワを養子に出したあとの数カ月はかなりこたえたが、それよりも悪い。兄が死んだときよりふさぎこんでいる。慰めとなることはふたつしかなかった。パリがアメリアを騙《だま》すために送り込んできた狡猾《こうかつ》な男とリュック・ジャヴォよりも、アメリアのほうが一枚上手であり、ふたりの裏をかいていること。本物のフランソワは生きている可能性が高く、ケルなら囚われの身となった息子を見つけ出すことができるだろうということ。

「なかに入って荷物をほどいて」

タクシーは狭い道をさらに先まで行った。シャンドの家の前が広くなっているのでそこで方向を転じ、長い道のりをロンドンまで戻っていくのだ。

「週末は自由にできる。誰にもじゃまされずにね。なにか飲む?」

はじめのうち、ケルにはその声がわからなかった。フェリーのディスコで話しかけたのは別人ではなかったかと思ったほどだ。しかし、まもなく、〝カッコー〟の独自な抑揚、物柔らかな言いまわし、妙に自信にあふれた口調などが戻ってきた。ここでこうして声を聞いているのは、嘘の天才、まったくちがう人格になりきっている男だ。ケルもかつて別人のふりをすることを習ったが、この男はその教えを体現している。他人になりかわる瞬間というのは、秘密工作の世界に生きる者にとっては、人に知られたくない秘すべき場面だ。工作員は人に悟られずに瞬時にみずからの人格を脱ぎ捨て、別人になりかわりたいと思うものだ。どうしてだろう？　ケルにはわからない。本当の自分を隠し、いくつもの人格を装うことが、いかに妻のクレアを傷つけたかということを思い出した。クレアは今、アメリカにいる。ここからはるか遠くのカリフォルニアのブドウ園にいるのだ。嫉妬がわき起こったが、こんな気持ちは締め出さなければならない。

エルサはケルの脇のテーブルに向かって座り、アメリアの家の居間から送られてくる映像を見つめ、ハロルド・モーブレイが図書室に設置したスピーカーから流れてくる〝カッコー〟の声に耳を傾けている。

「腹が減っている者はいるかい？」モーブレイは冷凍ピッツァの箱を持って戸口に立っていた。

「そんなのはピッツァじゃない」エルサは積み重なった箱に目を向け、舌打ちをしてケルに言った。「そんな食べ物は恥。どこで買ったか知らないけれど、そんなものを売っているスーパーは、つぶすべきね」

「ちょっと待った……」

スクリーンのひとつがケルの目をとらえた。ふたつの白いライトが、道をこちらにやってくる。〝カッコー〟が来たときの映像を再生しているように見える。

「何者だ？」車は一定のスピードで近づいてくる。三十秒ほどでアメリアの家の庭の駐車スペースにたどり着くだろう。ケルは命じた。「ケヴィンに連絡するんだ」

「応答がない」モーブレイが答えた。

「無線を持っているはずだろ」ケルはいらだちを覚えた。作戦はまだはじまってもいないのに、すでに不測の事態が起きようとしている。「エルサ、無線をチェックしてくれ」

エルサは床を軋《きし》ませながらテーブルを離れ、キッチンにある無線を調べて戻ってきた。

「電源が入っていなかったわ」

ケルはわが耳を疑った。モーブレイに悪態を投げつける。ケヴィン・ヴィガーズと連絡をとれるようにしておくのは技術担当者の責任だ。モーブレイはまだピッツァの箱を持って立っている。配達人がチップを待っているみたいだ。

「そのクソったれなピッツァを置くんだ、モーブレイ。誰が来たか調べるんだ」

ケルはスクリーンを指さした。車はアメリアの家の前を通り過ぎ、カメラで監視できる区域の外に出ていく。低いエンジン音が近づいてくる。

「隣の家の夕食に招待された客じゃないかしら」バーバラ・ナイトが言った。「あるいはタクシーかも。〝カッコー〟が忘れ物をしたのかもしれない」

「誰が来てもおかしくないさ」ケルはそう言い、外へ走り出た。

53

　暗い青みがかった赤のメルセデスが、方向転換するところだった。ケルはシャンドの家の木戸を閉め、道路に立って手をあげて運転手の注意を引こうとした。誰であるかわかった。体を丸めた男がハンドルを握っている。リアウィンドーにはブレア首相時代のステッカーが貼られている。〝嘘つき野郎を議会に閉じ込めておけ〟。メルセデスは方向転換の途中で停まった。電動式の窓が音をたててあいた。

「なにかね？　どうかしたのかな？」

　ケルは運転席側にまわりこんで窓のなかへ頭を入れた。

「ジャイルズ。会えて嬉しいよ」

　ジャイルズ・リーヴェンは、情熱に満ちあふれた男ではなかったし、顔の表情が特に豊かな男でもなかった。電気のメーターを検針に来た男に対するのとなんら変わらない、心がまったくこもっていない挨拶《あいさつ》を返してきた。

「きみか？」

「そうだよ。エンジンを切ってもらえないだろうか」

ジャイルズは丁重に失礼を詫《わ》びてエンジンを切った。

「ヘッドライトもお願いできるかな」

光が消えた。

「どうかしたのか？」

ジャイルズは尋ねた。金曜日の夜十時に自分の家の前にケルが立っているのを見て驚いたとしても、それを表情に出すことはない。

「それが」どこからはじめればいいのだろうか。ケルは通りの向こうに目をやり、木でさえぎられてわずかに漏れてくる〝カッコー〟の部屋の明かりを見つめた。「きみの家のなかで作戦行動が進行中なんだ。アメリアはなかにいて……」

「妻がいるのは知っているよ」ジャイルズはフロントガラス越しに前方を見た。メルセデスは三点方向転換の途中で、ハミルトン家のほうを向いている。「驚かせたかったんだ。週末を一緒に過ごそうと思ってね」

ケルは近くの木のなかでなにかが動く音を聞いた。鳥が葉を揺らしているのだ。こんなとんでもないことを思いつくとは――結婚して十年以上たつというのに、いきなりやってきた夫に〝驚か〟され、アメリアが喜ぶとジャイルズは本気で思っているのだ。さらに信じられないのは、アメリアがジャイルズに週末は来るなと言い忘れたことだ。

「申し訳ないけれど、それは無理だな」

このときもまた、ジャイルズはまったく動揺を表に出さなかった。

「無理か」

腑抜《ふぬ》けたように繰り返した。ケルは事故現場から車を迂回させようと指示を出している警官のような気持ちになった。

「今夜はロンドンに戻ってもらえないだろうか。方向転換をして家に帰ってもらうわけにはいかないか？」

「どうしてだい？　なにが起こっているんだ？」

会話がずるずると長くなるのをケルは恐れた。季節はずれの暖かな夜だった。ケルは半袖のシャツを着ているだけだ。シャンドの家にジャイルズを連れていくのは避けたかった。コンピューターやモニターが並んでいるのを見ただけでジャイルズの理解を超えてしまうだろう。

「アメリアの息子のことだろうか？」ジャイルズは尋ねた。時間をかけてリアヴュー・ミラーを調整する。背後からなにかが忍び寄ってくるかもしれないとでもいわんばかりだ。「フランソワが来ているのかな？」

「ある意味で」という言葉が口から出かかったが、過信するのは禁物だと思い直した。アメリアはジャイルズに打ち明け、チュニスやジャン＝マルク・ドーマルのことを話しているのは知っている。だが、〝カッコー〟が詐欺師であることをジャイルズは聞かされていないのだ。ジャイルズは規則を頑《かたく》なに守る男だと知っているので、国家機密保護法という便利な法律の陰に隠れることにした。

「申し訳ないが、今の時点ではなにも話すことができない。きみが秘密情報に接することができる身分だとしても、話してしまうと譴責《けんせき》されてしまうだろうし……」

ジャイルズは、いきなり、感情を顔に表わし、それを見て言葉が出てこなくなった。へたな役者のようにジャイルズは顔をしかめて尋ねた。

「きみは組織を追い出されたのではなかったかな？」

尻のあたりの肉がよじれるような感触があり、ケルは車から一歩退くと背筋を伸ばしてこの違和感を振り払おうとした。

「呼び戻されたんだよ」ケルはそう答えて両手を車の屋根に載せた。すでに露で湿っている。「帰り道が遠いというのなら、費用はこちらが負担するから、ソールズベリーのホテルに泊まればいい。まことに申し訳ない。迷惑なのはよくわかるよ。アメリアは知らせておくべきだった……」

ジャイルズはいつものように無表情になった。拒絶され、打ちのめされた男が、気持ちを押し隠しているような顔つきだ。

「そうだな」フロントガラスの向こうを見つめたまま、ジャイルズは静かに答えた。「知らせてくれればよかったんだ」

沈黙がおりた。ケルは湿り気を帯びた地面を足でこするようにし、手で屋根を軽くたたいた。アメリアがどうしてジャイルズ・リーヴェンと結婚したのか知っている——この男の金、誠実さ、野心がないこと。アメリアは自分の野心の妨げになるものは、認めないのだ——しかし、このときは、アメリアの数多くの欠点を抱え込まなければならなくなったジャイルズを哀れに思った。ひとりなら、もっと楽しく暮らせただろう。結婚生活がうまくいかなくなり、独身に戻ってしまったケルは、ジャイルズをより身近に感じた。ともに若い妻を持ち、子どもを産んでくれると期待した。ケルはジャイルズに同情したが、とにかく今はエンジンをかけ、この道を村へ戻ってもらいたかった。その気持ちが通じたかのようにジャイルズは、敗北を認めてイグニションのキーをまわした。

「選択肢はないようだな。アメリアと顔を合わせることがあるのなら、わたしが来たことを伝えてくれるかな？」

「ああ、もちろん」ケルはそう答え、不貞な妻を持ったこの男に妙な親近感を覚え、心がかき乱された。「この週末は、電話やメールも控えてもらえるとありがたい」友人を裏切り、去っていくその姿を見送るような気がした。ジャイルズはうなずいた。これでもかというほどの辱《はずかし》めを受け、さらに失望させるようなことを言われたにもかかわらずそれを受け入れた悲哀が漂った。「月曜にはなにもかもアメリアが説明してくれるはずだよ」

「ああ、そうだろうさ」

54

「誰だった？」ケルが戻ってくるとバーバラは尋ねた。

「アメリアの亭主だ」冷蔵庫からハイネケンのボトルを取り出し、蓋《ふた》をあけながら答えた。

「ロンドンへ戻っていったよ。なにか変わったことは？」

ケルはアメリアの家へ顎を振ると、先ほど叱責されたハロルド・モーブレイは、ミスを挽《ばん》回《かい》しようとすぐに答えた。

「〝カッコー〟は二階の部屋へあがって荷物をほどいている。アメリアは夕食の前にシャワーを浴びたらどうかと言ったんだが、今のところ、鏡の前で自分の姿にうっとりして、あとはシーツのにおいを嗅《か》いで清潔かどうか確認しただけだ」

「今のところは、まっとうな映像が送られてきているんだな」ケルはそう尋ねると、テーブルの定席に座っているエルサの背後にまわりこみ、〝カッコー〟の寝室、バスルームを映し出した三台のモニターを見あげた。下の右端のモニターには、アメリアが映っていて、料理用の大型レンジからローストチキンを取り出しているところだった。

「音を聞くかい？」モーブレイが尋ねた。

「やつが話しはじめてからでいい。部屋でラジオをつけているのか？　音楽は？」

「なにも」

ケル、エルサ、モーブレイは黙ったまま〝ガッコー〟を見ていた。〝ガッコー〟は催眠術にでもかかったような機械的な動作できれいにたたんだ下着類や丸めたソックスをスーツケースから出し、モニターの端まで歩いてきてワードローブのなかに整理して入れた。ハンガーにシャツを三枚かけ、椅子の背に綿のズボンを二本かけた。つづいて本、額縁に入れた写真を出す。ケルはビールをひと口飲んだ。

「ケヴィンはどこにいる？」ケルは尋ねた。「無線は通じたのか？」

ハロルド・モーブレイはうわずった声で謝罪した。

「通じた。すまなかったよ、大将。ど素人《しろうと》のようなことをして。ケヴィンは道路の待避所にいるんだが、そこに着く前にジャイルズの車は行ってしまったんで気づかなかった。誰かやってきたら、車を停め、すぐに無線連絡してくることになっている。電源を入れていなくてすまなかった。ライヴの映像のほうばかりに気を取られていたんだ。ついうっかり……」

ケルはほっとさせてやることにした。

「もういいよ」

ふたたび三人は家から送られてくる映像を見つめた。モニターからの光が三人の顔の上で踊る。アメリアはキッチンでテーブルをセッティングしている。〝ガッコー〟はバスルームへ入っていった。

「さて、いよいよストリップショーだ」

モーブレイは冗談を飛ばしたが、不発に終わった。気持ちを落ち着かせるためにおれはビールを飲みはじめたのだろうかとケルは思った。

「なにを持っている？」ケルは尋ねた。

〝カッコー〟は右手に開いたラップトップを持っており、浴槽の脇に置かれたスツールの上に置いた。それからドアを施錠し、便器の蓋をしたままそこに座り、文字を打ち込みはじめた。

「見えるか？　なにを打ち込んでいるか見えないだろうか」ケルは言った。

「録画している」ハロルド・モーブレイは答えた。そのために天井の照明のところにカメラを設置したのだ。「あとで再生して確認できる」

「やってくれ」ケルはそう応じたが、疑うような声音《こわね》になった。カメラのアングルはだいじょうぶだろうか？　液晶がじゃまをして、キーボードが見えないのではないか。「エルサ、Ｗｉ－Ｆｉをキャッチできないか」

「今やっているところ」エルサがメインに使っているラップトップ画面には記号が並んでいる。アメリアの家で使われるインターネットを分析しているのだ。「なにか隠しておきたいことを書いているんでしょうね。鍵をかけて閉じこもっているんだから」

〝カッコー〟はさらに五分ほどかけてメールをチェックしていた。なにを読み、書いているのかまではわからなかった。

「暗号化されている。あのラップトップを手に入れないと。中身を探る必要がある」

「明日まで待って」バーバラが口をはさんだ。穏やかで落ち着いた声は、ありがたいことに緊迫した部屋の空気を和ませてくれた。

ケルはバーバラを振り返って微笑んだ。バーバラをチームに迎えてほんとうによかった。威厳と強さを併《あわ》せ持った性格から、まわりにいる人たちは祖母、あるいはずっしりとした存在感を持った女族長を前にしたときのように安心するのだ。下のほうのモニターでは、アメリアがワインのボトルのコルクを抜いている。

「見てくれ」

〝カッコー〟が動きだすのを見てモーブレイが言った。ラップトップを床に置いて立ちあがったのだ。ポケットから携帯電話を出すとスロットの蓋をあけた。それからジーンズの前のポケットに手を突っ込み、SIMカードらしきものを引っ張り出した。

「よし、いいぞ」〝カッコー〟がSIMカードを本体に差し込み、蓋をして電源を入れるのを眺めながら、モーブレイはつぶやいた。「あいつの信号をつかまえる可能性が増した」

一同がモニターを見つめていると、〝カッコー〟は携帯を見下ろしながらじっと待っている。おそらくフランスのネットワークに接続しているのだろう。

二分ほどすると電源を切り、SIMカードを抜いてジーンズのポケットに戻した。

誰もが同じことを考えた。ケルはバーバラに向き直った。

「明日、あのカードも手に入れてほしい」

「もちろん。仕事ですからね」

55

ケルは五時に目覚まして起き、夜明け前に階下へ降りていった。図書室ではTシャツとパジャマがわりのショーツをはいたエルサが、すでに起きていた。アメリアの家の暗い部屋に仕掛けた赤外線カメラから送られてくる映像を見ていた。ケルが入っていくとエルサは振り返り、驚いたようだ。

「ああ、あなたなの。びっくりした」

ケルはエルサの背後に立った。

「ずっと起きていたのかい？」

昨夜は、アメリアと〝カッコー〟が夕食を食べるのを見、その会話を聞いた。アメリアは愛情あふれる母親の役を完璧に演じ、〝カッコー〟もフランソワ・マロになりきっていた。夜中、〝カッコー〟はあくびをして二階の寝室へあがっていき、モーブレイが容赦なく見つめるなか、風呂に入った——泡風呂？　男のくせに泡風呂だなんて、いったいどんな野郎なんだ？——それからスーツケースから本を出してくるとベッドに入り、読書をはじめた。十二時半頃、アメリアからケルのもとにメールが届いて経過を報告し、翌朝、バーバラが家にやってくるのは、九時過ぎてからだと念を押した。その後、ケルは二階へあがっていった。ハロルド・モーブレイとバーバラ・ナイトはすでに寝ていた。

「モーブレイが三時に起こしてくれたのよ」そう答えるとチューインガムを口に放り込んだ。「なにも変化はないって言っていた。〝カッコー〟は一時頃からずっと寝ているって」

ケルはモニターに目を向けた。〝カッコー〟の規則正しい寝息が聞こえ、ケルはなんだか集中治療室にいる患者を観察している医者のような気持ちになった。

「アメリアは？」アメリアの寝室とバスルームにはカメラを設置していない。それくらいのプライヴァシーを尊重しても問題はないだろう。

エルサは首を振った。

「まだ動きはない」


とはいえ、アメリアは〝カッコー〟よりも早く起きてきた。六時過ぎに淡い色のシルクのガウンをしっかりと身にまとったアメリアが、キッチンに姿を現わした。ラジオ4を聞きながら紅茶をいれて寝室へ戻り、モニターから姿を消した。そのすぐあと、モーブレイが図書室に入ってきた。

「偉大な兄弟《ビッグ・ブラザー》（ジョージ・オーウェルの小説『一九八四年』に出てくる独裁者。国民をすべて監視下においている）の家、二日目だ」モーブレイはひどいニューカッスル訛《なま》りで言う。「アメリアは司令室に戻った」モーブレイはテーブルに歩み寄り、エルサの背後に立つと、〝カッコー〟の寝室を映し出したモニターを眺めた。「〝カッコー〟はぐっすりおやすみだ。今日、立ち退きをくらうとは、夢にも思っていない」（イギリスで放映されている『ビッグ・ブラザー』というゲームのこと。テレビカメラで一日中監視されている環境で十人の男女が十週間共同生活を送り、視聴者などの投票によって一週間にひとりずつこの部屋から追い出されていく）

ケルは笑った。エルサはこの冗談がわからなかったようだ。

「どういうこと？」

それから二時間して〝カッコー〟は起きた。ベッドから降り、パジャマの股間をふくらませながらバスルームへ入った。鏡に顔を映し、顎の下をつまんだ。それから便器に向かい、膀胱《ぼうこう》を空《から》にした。

「ほら、来た。エルヴィスはバスルームにいる」

ケルがキッチンへ行くと、バーバラは服を着てテーブルに向かって座り、シリアルにヨーグルトをかけて食べていた。

「〝カッコー〟がお目覚めだ」

「ええ、聞こえたわ」

バーバラは気持ちを集中させ、隙がなかった。化粧もいつもとわずかにちがい、役のためにあえて別の顔にしたかのようだった。

「アメリアは九時に来てほしいと言っている」ケルは腕時計に目をやった。「ちょうどよい頃合いだ。〝カッコー〟は寝る前に風呂に入ったから、訪ねていったときには下の階にいるだろう。調子はどうかな？」

ニースではじめて会ったときのことを思い出した。はにかみ、すまなそうに笑っていたが、エネルギーに満ちあふれ、頭の回転が速かった。夫のビルと離れ、故郷に戻って二日ほど過ごしたせいか、若返ったように見える。

「早く仕事がしたくてうずうずしているわ」ケルと目を合わせると相好《そうごう》を崩した。「ろくでなし野郎に仕返しをしてやりましょう。こてんぱんにやっつけてやるのよ」

56

ヴァンサン・セヴェンヌ――フランソワ・マロとして服を着、フランソワ・マロの心を装い、フランソワ・マロになりきっている男――が、アメリアの家のキッチンでひとり座っているとき、戸口に人影が現われ、ガラス窓をたたいた。一瞬、フランソワの母親が庭から戻ってきたのかと思ったが、そうではなかった。窓からこちらを見ている女は、年のせいかわずかに猫背で、アメリア・リーヴェンよりも数歳年上だった。六十代なかばで、アメリアとは出身階級もちがうようだ。鍵の束を持っていた。家政婦だろう、とヴァンサン・セヴェンヌは思った。そうにちがいない。

「おはようございます」艶《つや》のある白髪の女は、愛想よく大きな笑みを浮かべた。ウェリントン・ブーツをはいている。おそらく村から歩いてきたのだろう。「フランソワさん？」

ヴァンサンは立ちあがり、握手をした。

「そうです」英語がよくわからないふりをした。「どなたです？」

「驚かせてしまったようね。申し訳ない。ミセス・リーヴェンからあたしのことを聞いてませんか？」

アメリアがキッチンに入ってきた。

「あら、自己紹介は終わったようね、バーバラ。土曜日なのに来てくれてありがとう」

「火が降っても槍が降っても来ますよ」

バーバラはそう答えて、オーバーとブーツを脱ぎ、家事作業室へ持っていった。ヴァンサンはアメリアに向き直った。

「家政婦さん？」

「そう」アメリアはキッチンのシンクを顎で示した。「洗い物が山になったままでしょ。昨夜は疲れきっていて、洗えなかったのよ。バーバラはすばらしい人。わたしがダウンしたときには必ず来てくれる。兄がここに住んでいるときに、雇ったのよ。この家のことなら隅から隅までなんでも知っている。ちょっと年をとったけれど、まだ体はしっかりしているし、隠居する気はまったくないんですって」

「ぼくのことは知っているのかな？」

アメリアは微笑み、首を振った。

「もちろん知らない」アメリアは手を伸ばしてヴァンサンの腕に触れた。「ジャイルズの名づけ子だと言ってある。コーンウォールへ行く途中に寄り、週末を過ごすってね。それでいい？」

「もちろん」

バーバラがキッチンに戻ってきた。古いテニスシューズにはき替え、ナイロン製のスモックを着ている。お決まりの女同士のどうでもいい話がはじまった。ヴァンサンはアメリアがやかんに水を満たし、バーバラのためにお茶をいれるしたくをしているのを眺めていた。バーバラは砂糖抜きのミルクティーが好きらしい。アメリアは缶のなかからクッキーを出し、なんとかして退屈なおしゃべりにヴァンサンを引き入れようとするが――フランソワ・マロは英語を勉強する余裕がなかったと言ってあったので――入っていくことはできないし、そんな気はさらさらなかった。どちらかといえば、バーバラがいることに気分を損ねている。作戦に支障をきたすからではなく、よそ者がこの家に来ることをアメリアが言い忘れていたからだ。さっさと掃除をすませて帰ってくれるといいのだが。バーバラが黄色いゴム手袋をはめて洗い物をはじめると、ヴァンサンは失礼と言ってキッチンを出て二階の部屋へ戻った。バスルームに入ってドアを施錠し、ラップトップの電源を入れた。メールは届いていなかった。リュックに家政婦が来たことを報告してから、ひと晩かけて充電した電気カミソリでひげを剃《そ》った。ヴァンサンの毎朝の習慣を少しだけ変えた。フランソワは電気カミソリを使い、深剃りをしないタイプとして設定したのだ。ヴァンサンはカミソリを使い、もっと深剃りをする。アフターシェーブローションも換え、タバコを吸いはじめた――フランソワと同じ銘柄、ラッキーストライク・ライトだ。それから右手の小指からセヴェンヌ家の指輪を抜きとった。どれもこれも些細《ささい》なことだが、ヴァンサンにとっては大切なことであり、そのおかげで〝カメレオンのように変わる〟と言われているのだ。こう呼ばれると悪い気はせず、むしろ自尊心をくすぐられた。コンピューターを閉じ、蛇口からコップに水を注ぎ、喉《のど》の渇きを癒《いや》しながら今日一日の計画を考えた。今のところ、週末は予定どおりに滑りだしたといってもよいだろう。昨夜のディナーはうまく運んだ。チュニジアで築いたフランソワとアメリアの親密な関係をふたたび感じることができたからだ。リュックとの打ち合わせでは、ロンドンで活動できるようにする基盤を作るのが、この二十四時間のうちの目標だが、自然に機会が訪れたときに切り出すのがよいだろう。おそらく日曜日の昼食か夕食の席、パリへ戻る直前あたり。

ヴァンサンはリュックにどうしても隠しておきたいことがひとつだけあった。昨夜、アメリアに欲望を感じて妙に落ち着かない気持ちになったのだ。朝、明るくなって考えてみれば変態的な欲望だが、昨夜は酒を飲み、ひとりになることで切り抜けた。ヴァンサンは週に一回は女と寝なければ、気がすまない。士官学校にいた若いときにこうした自分の性的な欲望の強さに気づいた。ストレスがかかる状況では、困ったことにこうした欲望が強くなることが多い。

抑え込め、ヴァンサンはみずからにそう言い聞かせ、鏡の前に戻って身だしなみを確認した。歯を磨き、髪に櫛《くし》を入れ、キッチンへ降りていった。

57

「あなたが決めて」アメリアの声がシャンド家の図書室に設置したスピーカーから聞こえてきた。「ソールズベリーへ行って大聖堂を見学する。まあ、興味があれば、だけれど。あるいは散歩する。このあたりにはすてきなパブがいっぱいあるのよ。そこで昼食をとるのもいいし。なにをしたい？」

アメリアは居間で〝カッコー〟の反対側に座り、コーヒーを飲んでいる。〝カッコー〟と再会してから十二時間以上たったが、アメリアはまだひとつもミスを犯していない。愛情あふれる母親になりきっている。接待役としてもみごとなものだ。〝カッコー〟はＳＩＭカードを隠したジーンズとは別のズボンをはいており、タバコを吸っている。タバコを吸うことを知るとバーバラは、ちゃめっ気を出した。

「あら、タバコを吸うんですね」キッチンのテーブルにラッキーストライク・ライトの箱が置いてあるのを見てバーバラはアメリアに向かって言った。〝カッコー〟は声が聞こえるところにいたが、話が理解できないふりをしている。

「フランス人が自殺したいというのなら、止めませんけれど。ミスター・リーヴェンには、名づけ子の健康をもっと気遣うように言ったほうがいいですよ」

結局、アメリアは〝村をひとめぐりする〟案を〝カッコー〟に認めさせた。ソールズベリーへ行って昼食を食べるという案はもっと時間がかかるので、ケルはこれに決まればいいと思っていたが、採用されなかった。

「せいぜい一時間というところだ」ケルはチームに言った。

「アメリアがどれだけ引き延ばしてくれるか。ふたりが裏手の木戸を出たら、すぐになかに入る」

監視係のケヴィン・ヴィガーズは充分な距離をとって尾行し、ふたりが家に戻りはじめたらケルに警告することになっている。チームは余裕を持って〝カッコー〟の部屋を出て姿を消すことができる。アメリアはチームと連絡できる通信装置を身につけていかない。ふつうSISが任務を遂行するときにはこのようにする。〝カッコー〟に見られたら、一巻の終わりだ。

行動を開始するまでにさらに一時間ほど待たなければならなかった。そのあいだにエルサとモーブレイは、必要な機材を集めてバッグに詰め、計画の最終確認を行なった。ヴィガーズはモニターの映像をじっと見つめている。アメリアの家の玄関ホールに置かれた大きな柱時計が、十一時半の鐘を鳴らしたとき、アメリアと〝カッコー〟は、家から出てきた。家事作業室から取ってきたおそろいのグリーンのウェリントン・ブーツとバーバージャケットを着ている。

「一分もしないうちに裏の木戸から出ていくはずだ」

ケルはそう言ってエルサに目を向けると、そこには別人の顔があった。険しい表情を浮かべ、精神を集中させている。冗談ばかり言っているモーブレイは、キッチンを行きつ戻りつし、行動開始の合図を待っている。ヴィガーズはすでに庭へ出ており、無線機で二度信号を送ってきた。〝カッコー〟とアメリアがシャンドの家の前の道を通り過ぎたという合図だ。

「よし、行くぞ」

ケルは落ち着き払っていることと共通の目的へ向かっての一体感を伝えようとしたが、実は心のなかでは不安が渦巻いていた。いつものことだ。待機している時間は、残酷な仕打ちを受けているようなものだ。家のなかに入り、仕事をはじめれば、気持ちも落ち着くだろう。

ヴィガーズの無線から三度信号が送られてきた。〝カッコー〟とアメリアが木戸にたどり着いたということだ。その向こうには村はずれの牧草地が広がっており、西のほう、エブズボーンのセント・ジョンまでつづいている。ケルは玄関ホールにいる。モーブレイはキッチンの出口まで来てケルを見つめ、合図を待っている。モーブレイは肩からナップザックをさげており、エルサもナップザックをいくつか手にしている。ケルは頭のなかで十まで数え、ドアをあけた。

庭を突っ切って近道をし、シャンドの家から〝カッコー〟の寝室にたどり着くまで九十秒、ケルはそう見積もっていた。モーブレイが両家を区切る木戸に最初にたどり着き、それをあけてアメリアの庭の芝生をよぎって家へ向かった。

バーバラは裏口をあけて待っていた。三人が家の外に集まると「靴をぬいで」と指示した。バーバラは三人のズボンに土がついていないか確認し、問題ないと言った。それから十五秒後、エルサとモーブレイは〝カッコー〟の寝室のなかにいた。

58

「ＳＩＭカードだ」ケルは言った。

バーバラは三人が来る前にすでに〝カッコー〟の部屋にあがっており、デニムのジーンズを見つけ出し、前のポケットからＳＩＭカードを手に入れていた。玄関ホールの柱時計の脇にたどり着いたときに、バーバラはケルにＳＩＭカードを手渡した。

「あとは任せたわ」

ケルは階段をあがって寝室に入るとＳＩＭカードをモーブレイに手渡す。ナップザックのひとつは廊下に置いたままにしておく。モーブレイはコンピューターのセキュリティー・サービスが使っている古いエンコーダーを取り出しており、一方、スイッチを入れてＳＩＭを機器のなかに挿入し、コピーした。あとはモーブレイに任せた。エルサは色も長さもちがう数本のケーブルを取り出し、コンピューターに接続した。それから〝カッコー〟のラップトップをケースから出して開いた。ケルは作業を眺めているだけで、じゃまをしなかった。対外治安総局のセキュリティー暗号を解明してハードディスクの中身をエルサのコンピューターに転送するのが目的だ。モーブレイはバスルームで〝カッコー〟がパスワードを打っている映像を再生し、手元を拡大し、三つにまでパスワードを絞り込んだ。

エルサは最初のものを試してみた。フランス語で食後酒を表わす〝DIGESTIF〟、それから数字の3を打ち込む。しかし、ファイアウォールはそのままだ。そこで次のパスワードを試し、〝3〟ではなく〝2〟を打ち込んでみる。セキュリティーは解除された。

「やったわ、モーブレイ」

エルサはそう言ったが、その声には成功を喜び、得意になっている調子は微塵《みじん》もなかった。

「侵入したのか？」

モーブレイは尋ねた。

「ええ、そう思う」早口でしゃべり、言葉がつかえた。「ふたつ目のパスワードを試したら、画面が切り替わった」

ケルは室内を見渡した。テクノロジーの世界――暗号を解読してハードディスクをコピーするだとか、三角法を用いた測量で携帯電話の位置を割り出すなど――は、まったくの門外漢であり、アマゾン川流域に住む人々の言葉を聞いているようなものだ。これまで長年仕事をしてきたが、技術担当官やコンピューターの達人たちを前にすると、悲しいことになにを言っているのかさっぱりわからないのだった。エルサが〝カッコー〟のラップトップからデータをコピーしはじめると、ケルは部屋のなかを歩きまわり、物の置き場所を頭に焼きつけていった。ラマダ・プラザの部屋で〝カッコー〟個人の持ち物をずいぶんと見ていた。三十五ミリのカメラ、〝P・M〟というイニシャルの彫られた金のライター、フィリップとジャニーンのマロ夫妻の額縁入りの写真、モレスキン社の手帳。手帳のすべてのページは写真に撮り、ジミー・マークワンドに送った。ベッド脇にはマイケル・ディブディンのミステリのフランス語版、ミネラルウォーターのボトル、耳栓が置かれていた。ケルは本を開いてみた。フランソワ宛の偽物の手紙が挟まっていた。一九九九年二月四日の日付でフランソワの父親フィリップからのものを装っている。整理ダンスのなかには、〝カッコー〟の偽のパスポートが、昨夜、荷ほどきをしてここに整理したソックスや下着の上に載っていた。黒の革ジャケットはドアの内側のハンガーに掛けられており、その隣には白い綿のガウンが吊り下げられていた。バスルームもチュニスで見たときの物と同じだ。同じひげ剃《そ》り用具、薬、ビタミン剤。かんたんに騙《だま》されてしまった道具立て。

「どんな調子だ？」

ケルは廊下でエンコーダーの上にかがみこみ、顔をしかめているモーブレイに尋ねた。

「少なくともあと十五分はかかる」

「そっちは」

「わたしのほうもそれくらい。ねえ、親分、ちょっと落ち着いて」

ことの成り行きを左右することもできないし、なんの権限もないにもかかわらず、口出しをしているような気持ちになってしまった。ケルは一階へ降り、玄関ホールから靴を手にとった。バーバラは自分の任務をこなし、掃除機で居間のカーペットを掃除している。

「〝カッコー〟の携帯は？」

「見つからないわ。きっと持っていったんでしょう」

59

バーバラの言うとおりだった。

シャンド家から四百メートルほど牧草地を歩くと、最初の柵に出くわし、その前で立ち止まった。〝カッコー〟はポケットから携帯電話を出して電源を入れた。

「残念だけれど、電波が届かない」アメリアはそう言い、柵を乗り越えるあいだ体を支えておいてくれないかと頼んだ。「メッセージをチェックするために、いつもフォヴァントまで車で出かけるのよ。丘の上まで行くと、弱々しい電波をつかまえることはあるけれど」

アメリアは前方、エブズボーンのセント・ジョンのほうを指さした。

「家にブースターを設置したら？」〝カッコー〟はそう言い、声に驚きを滲《にじ》ませた。「連絡がとれないとSISは困るだろうに」

「だからここが気に入っているのよ」アメリアのあとから〝カッコー〟が柵をまたぐのを見ていた。「孤立しているでしょ。避難所。誰にも見つけられない場所にいたいのよ。プライヴァシーはとても重要なもの。テキスト・メッセージに行動を左右され、スマートフォンにはひっきりなしに電話が入り、仲間から際限もなくメールが届く、こんな環境がどんなものかわかるでしょう。週末は神聖なものなのよ。来月、長官に就任したら、道にはセキュリティーのために警備員が常駐し、家はカメラで監視される。こうしてふたりきりでいられる機会も、あと数回しかなく、その後は何年間も無理でしょうね」

巧みに気持ちをほのめかした。アメリアはふたりの関係を永遠につづけるつもりでいることをそれとなく〝カッコー〟に伝えたのだ。立場が逆転したことを心から楽しんでおり、そんな自分の姿を思うとなんだか不思議な気がした。〝カッコー〟と一緒にいるだけで気分が悪くなるのではないかと思っていたが、家のなかに数分一緒にいると、〝カッコー〟はアメリアにとってまったくつまらない人物へと成り下がっていったのだ。前に会ったときには、愛《いと》しいと思った性格——感じやすさ、はにかんだ様子、慎重さ、知識を吸収しようとする前向きな姿勢——が、今や欠点、弱さとしか映らない。〝カッコー〟が話すことはほとんどが繰り返しであり、深く考えぬかれたことではないと思うようになった。逸話や冗談もすでに同じことを口にするようになっている。ばつの悪いことではあったが、以前は自慢の種であった彼の肉体的な魅力は、今やこの上ない虚栄、限りなくナルシシズムに近いものとしか思えなくなった。〝カッコー〟のことがひどく嫌いになっていくまでの心のありようは、これまで付き合っていた愛人たちに嫌気がさしていく気持ちの変化とよく似ている。以前、すばらしいと思っていたことが、今では憎悪の対象になっているのだ。ここまで辱《はずかし》められたのだから、〝カッコー〟を徹底的にやっつけてやろうとはっきり心に決めるとともに、本物のフランソワを探し出したいというやむにやまれぬ気持ちが募った。

「ちくしょう《メルド》」

〝カッコー〟が悪態をついた。ズボンのポケットをたたいている。前、後ろ、それからバージャケットの内ポケットに手を入れた。

「どうしたの？」

「タバコを忘れてきた」

まずいという思いにアメリアは皮膚がむずむずした。

「べつにいいじゃないの。タバコは吸わないでほしい」

〝カッコー〟は裏切り者を見るような目でアメリアを見た。いきなり蔑《さげす》むような表情を浮かべて陰鬱な空気を漂わせた。

「どうして？　外だっていうのに？」

アメリアに対してはじめて声を荒らげた。どうしてこれほどまでに急に態度が変わったのか？　家でなにかが起きていると疑ったのだろうか。タバコを忘れたから取りに行くというのは、もともと仕組んでいたことなのか。ところが、人当たりよくふるまい、臨機応変に対処していかなければならないと思い出したのだろうか、魅力あふれる態度に戻った。

「歩きながらタバコを吸うのが好きなんだ。いろいろな考えが浮かぶし、くつろぐことができるからね」

「そうでしょうね。でも、そんなに長く歩いているわけじゃなし」四百メートルほど西にある木で囲まれた空き地を手で示した。「あそこまでいって戻ってくるだけ」

〝カッコー〟は一方の脚からもう一方の脚へと体重を移した。

「いや、すぐに戻るよ」

アメリアが止めるよりも早く、柵を乗り越え、家へ向かって走りだした。あの速度では一分もしないうちに家にたどり着くだろう。アメリアは谷のほうを振り返り、ケヴィン・ヴィガーズの姿を探した。どこにも見当たらない。

「フランソワ！」

〝カッコー〟は立ち止まって振り返り、顔をしかめた。

「なんだい？」

ゆっくりとアメリアは柵を乗り越え、〝カッコー〟に近づいていった。時間を稼ぐために一歩一歩確かめるように。数メートルのところまで近づくとコートのポケットに手を入れて鍵を引っ張り出した。

「これがいるでしょ」

「バーバラが入れてくれるよ」そう答えて背を向け、ふたたび走りはじめたが、振り返って言う。「五分で戻るよ」

アメリアは、その後ろ姿を見送り、待つしかなかった。

60

二百メートルと離れていない栗の木立に隠れていたケヴィン・ヴィガーズは、〝カッコー〟が家へ走っていくのを目にし、すぐに無線でケルを呼び出した。

「緊急事態だ。〝カッコー〟が戻っていく」

「えっ？　どうしてだ？」

「わからない。とにかく、そこを出るんだ。家に着くまで一分もかからない」

「止められないか？」

「気づかれる。寝室から出るんだ」

ケルは居間にいた。キッチンへ行き、ゴミ箱をあけると中の袋を出し、それをバーバラに渡した。

「外へ出てくれ」そう言いながら、キッチン・テーブルにあった紙の束、エルサとモーブレイの靴、レンジ台の上の棚にあったレシピ本などをゴミ袋に放り込み、いっぱいに満たした。

「シャンド家のほうへ小道を行くんだ。二軒の家のあいだに黒いゴミ入れがある。〝カッコー〟が戻ってくる。ちょっとのあいだ引き止めておいてくれないか。逃げ出す時間がない。

ゴミ袋を捨てるのを手伝ってもらうんだ」

　バーバラはうなずいたが、なにも言わなかった。バーバラはドアから外へ出て石段をあがり、下り坂となった小道をシャンド家のほうへゆっくりとたどっていった。ケルはバーバラに指示を出すとすぐに居間にある掃除機をつかみ、大きな子どもを抱くように胸に抱えて階段を駆けのぼった。

「すぐにここを出るんだ」エルサとモーブレイにそう命じると、廊下のソケットに掃除機のプラグを差し込んだ。「なにも残しておくなよ。アメリアの部屋に隠れる」そう言いながら廊下にあったナップザックを拾いあげた。

「まったく、なんということだ」

　モーブレイは悪態をつき、エンコーダーを手にするとケルの前を通り過ぎて廊下に消えた。ふたたび戻ってくると肩にかけたもうひとつのナップザックに残りの機材を入れ、アメリアの寝室へ向かった。

　無線機が三回合図の音をたてた。〝カッコー〟が木戸にたどり着いたのだ。二十秒ほどでシャンド家の裏、四十秒でアメリアの家の裏口にやってくるだろう。

　エルサは〝クソったれ〟という意味のイタリア語を繰り返し口にし、〝カッコー〟のラップトップを閉じ、革のキャリングケースに戻した。

「急げ」

　ケルは小声で言い、取りはずしたケーブルを三つ目のナップザックに入れた。エルサのコンピューターの電源ケーブルをコンセントから抜き、エルサの腕にナップザックを押しつけると部屋の外へ押し出した。掃除機は廊下に残したままにし、バーバラが二階の掃除をしていたように見せかけた。

「さ、早く」

〝カッコー〟の部屋は空っぽになった。ケルはカーペットの上を確認した。整理ダンスの脇に黄色いプラスティックの破片が落ちていたのでつまみあげてポケットに突っ込んだ。仕事をしていた痕跡を残すにおい、汗のにおいが強く漂っている気がした。エルサの香水のにおいが部屋に漂っているのか、それとも錯覚なのかケルにはわからなかった。窓をあけた。バーバラなら掃除をするときに窓をあけると思ったからだ。さらにバスルームを調べ、なんの痕跡も残していないことを確認した。

無線機が二度合図の音をたてた。〝カッコー〟がシャンド家の前を過ぎたのだ。

ケルはバスルームの窓から外をのぞくと、〝カッコー〟がやってくる姿が見えた。バスルームから廊下へ出ていき、階段の前を通り過ぎてアメリアの寝室に入るとドアを閉めた。

そのとき、ＳＩＭカードを〝カッコー〟のジーンズのポケットに戻していないことに気づいた。

61

　ゴミ入れまでもう少しというところまで来たとき、〝カッコー〟の姿が目に入った。走るのをやめ、バーバラに向かって歩いてくる。シャンドの家の前を過ぎ、アメリアの家の家政婦が重そうなゴミ袋を持って小道をやってくるのを見て驚いた顔をした。

「だいじょうぶ？」

　〝カッコー〟は声をかけてきた。ゴミが重いことを印象づけるために体を一方にかしがせたが、容易に助けを求めないことを訴えようとうなずき、ゴミ入れへとさらに進んだ。

「こんなところでなにをしているんです？」

　バーバラはそう尋ねながら、小道の真ん中にゴミ袋を置いた。これで少しは〝カッコー〟の行く手を阻むことができる。

「タバコ」タバコを吸い、吐き出すまねをした。「手伝いますか？」

　礼儀だけは心得ているようだ、とバーバラは思った。感謝の念を大げさに言葉で表わした。

　〝カッコー〟はゴミ袋を拾いあげると、小道のはずれにある黒い大きなゴミ入れまで歩いていった。

け、家政婦役を演じつづけた。

「セ・ルール」

重い、とフランス語で言った。〝カッコー〟はそれを示そうと、捻挫《ねんざ》したといわんばかりに二頭筋をつかんだ。瞬間的にバーバラは流暢《りゅうちょう》なフランス語が口をついて出そうになった。マントンで日常的に使っている言葉。しかし、すぐにブレーキをかけ、家政婦役を演じつづけた。

「ありがとう、フランソワ」子どもに語りかけるようにゆっくりと話した。「ちょうどいいところで出会って、ほんとうに助かった」

十メートルも離れていないところ、二階の窓の向こうではおそらくケル、エルサ、モーブレイがパニックに陥り、猛スピードで寝室を片づけていることだろう。バーバラは〝カッコー〟の目を足元へ向けさせようとして断固とした調子でこう言った。

「その泥だらけのブーツで家のなかに入らないでちょうだいね」

〝カッコー〟の演技を逆手にとったのだ。〝カッコー〟はバーバラがなにを言ったのか理解できないふりをしなければならない。

「なんです？　よく、わからない」

バーバラは、もう一度、同じことを繰り返し、少しでも貴重な時間を稼ぐためにゆっくりと、保育園の園児を相手にするようなやさしい英語で、その汚いブーツでミセス・リーヴェンの家に入られては困る、と説明した。

「一緒に来て」

ついにバーバラはそう言った。魅力たっぷりに、そしてホテル・ガレスピーのフロント係を少しばかり騙《だま》したときのような狡猾《こうかつ》さを隠し持って。〝カッコー〟の腕をとり、家へ向かってゆっくりと歩いていった。キッチンの出入口まで来ると、ドアは少し開いたままになっている。ここでバーバラはふたたび足元を指さした。

「タバコはテーブルの上にあるのね？」

〝カッコー〟はラッキーストライクのパッケージを指し示した。たしかにキッチン・テーブルに載っていた。ペッパーミルや砂糖の容器で一部が見えなくなっている。

「取ってきましょう」そう言ってドアの隙間に身をねじ込んだ。「その汚いブーツであがらなくてすむ」

「それとライターも。火がつけられない」

ドアの隙間からタバコを渡し、ライターがどこにあるのか尋ねた。

「部屋。やっぱり、ぼくが」

「いいえ、ここにいてちょうだい」

バーバラは二階へと階段をのぼっていった。がらんとして静まり返っていた。〝カッコー〟の寝室に入ると整理ダンスの上に金色のライターが載っていたので、それをスモックの前ポケットに滑り込ませ、キッチンへ戻った。

「はい、これ《ヴォワラ》！」勝ち誇ったようにバーバラは言って敷居越しにライターを手渡した。このフランス語だけは知っているというニュアンスは伝わっただろう。「さあ、ミセス・リーヴェンのところへ戻って。どうしたのか、やきもきさせちゃうかもしれないでしょ。戻ってきたときには、わたしはいないかもしれない。お会いできてよかったですよ。よい週末を。パリまではお気をつけて」

62

アメリアの寝室にあるバスルームの床に貼りつくように伏せているので、窓から三人の人影は見えないはずだ。ケル、エルサ、モーブレイには、バーバラと〝カッコー〟の会話の断片しか聞こえなかった。ゆっくりと音をたてずに呼吸し、三人用のテントのなかで並んで寝ているキャンパーのようだ。バーバラがキッチンのドアを閉め、〝カッコー〟が小道を戻っていく足音のようなものが聞こえた。家の前を過ぎ、牧草地のほうへと遠ざかっていく。一分ほどすると、無線機が二回合図の音を伝えてきた。それから間があり、ヴィガーズがまちがいないことを確認して、さらに三回合図を送ってきた。〝カッコー〟は木戸を抜けてアメリアが待っているところへ戻っていったのだ。

さらに一分待ってから、ケルは沈黙を破った。立ちあがって小声で悪態をつき、エルサとモーブレイを見下ろした。ふたりは地震で生き残ったかのようにゆっくりと起きあがった。

「畜生《カッツォ》」

エルサは汚い言葉を吐き捨てた。

「まったくドキドキだったぜ」

モーブレイがこう言うと、エルサは「シーッ」といって黙らせた。〝カッコー〟が隣の部屋にいるとでもいうかのようだ。

「もうだいじょうぶだ」ケルは答え、バスルームのドアをあけた。「やつは牧草地にいる。行っちまったよ」

バーバラが階段をのぼってきた。

「汚い言葉は大目に見てちょうだいな。ヤバかったわね。なんでまたよりによって」

「あいつ、なにしに来たわけ？」

エルサが尋ねた。

「タバコよ。クソったれなタバコを取りに戻ってきたのよ。二階にあがってきていたら、どうなったことか」

「あいつと一緒に一服したかったよ」

モーブレイは小声で言い、全員が仕事に戻った。

63

翌朝、アーキムはリュックとヴァレリーが隣の部屋でセックスをしている音で目が覚めた。いつものことだ。リュックは徐々に息が荒くなり、ベッドの頭板にゴッンゴッンとぶつかる音が聞こえてくる。ヴァレリーのうめき声がくぐもっているのは、おそらくシーツか枕で口を塞《ふさ》いでいるからだろう。十代の娘か、結婚したばかりの女のように求め、毎朝、毎晩、セックスをする。フランス国家警察を解雇されているヴァレリーは、今回の任務における不確定要素となっている。ヴァレリーはこの任務の重要な要《かなめ》だといってリュックが連れてきたのだが――アーキムの知るかぎり――対外治安総局のリュックの上司にはヴァレリーのことは秘密にしている。ヴァンサン・セヴェンヌもヴァレリーには数日前にはじめて会ったようなのだ。リュックは彼女のことを口外しないようにアーキムに誓わせた。〝ホルスト〟の作戦にヴァレリーが深く関わっていると疑いを持っただけで、パリは手を引くだろうというのだ。

アーキムはベッド脇の時計に目を向けた。日曜の朝六時を少し過ぎている。あと一時間は寝ていられたのだが。女のことを考えた。マルセイユに帰るまであとどれくらい、ここでこうしていなければならないのだろう。

「クソ野郎」小声で言ったが、隣に聞こえればいいと思った。そうすればベッドの脚が床板をこすり、スプリングの軋《きし》むくぐもった音が聞こえなくなるだろうに。ようやく、リュックのうめき声があがった。いつもの朝よりも声が大きい。待避所に車が入ってきて停まるようにベッドが動く音がやんだ。しばらくするとヴァレリーが裸足《はだし》で床を歩くピタピタという音が聞こえてきた。バスルームでビデを使っている。リュックは二、三回咳き込み、それからラジオをつけたようだが、ボリュームは下げてある。いつもどおりの儀式。

アーキムは七時十五分に夜勤のスリマンと交代することになっている。三日前、任務を交代するために行ってみると、スリマンと捕虜は話をしていた。部屋のドアはあけ放ってあり、〝ホルスト〟の目は怒りに燃え、涙が浮かんでいた。のちに家のそばの田舎道を散歩しながら、アーキムはスリマンにそのことについて訊いてみた。スリマンは世の中にこれほど面白いことがあるのかといわんばかりに笑い、あいつにエジプトのことを話し、〝偽物のパパとママ〟になにをしたのか教えてやったんだと答えた。アーキムは、フランソワのことが好きになり、パリで拉致《らち》されてから自分を抑えているその姿に尊敬の念さえ抱きはじめていたので、スリマンにくってかかった。あの家のなかに長々と閉じこもっているせいでストレスがたまり、緊張が高まっていたのだが、いきなりはじけ、猛烈な怒りとなって噴き出した。ふたりは取っ組みあい、子どものように通りを転がり、一、二分ほどしてようやく止まった。それからお互い顔を見合わせ、服やスニーカーが汚れたことを笑い、頭のなかをうるさく飛びまわっていたハエを追い払うことができた。

た。

「やつのことを誰か気にするってのか？」

スリマンは言った。トラクターが近づいてきたので、ふたりは木の陰に隠れ、地面に伏せた。

やつのことを誰が気にするというのか？　アーキムは考えた。おれはフランソワのことなどどうでもいいと思っているのか。気にかけてはいけないのだろうか。たしかに、フランソワの父親を傷つけた。それはたしかだ。しかし、エジプトでナイフで刺したのはスリマンだし、〈輝《ラ・ヴィル・》く都市《ラデユーズ》〉であのスパイ野郎を殺そうとしたのもスリマンだ。アーキムはスリマンと同じような人間だと思われたくなかった。特にフランソワには。アーキムは兵士だ。命令されたことをする。金を払ってくれる者には忠実でいたい。スリマンはなにに忠誠を尽くしているのか、なにを考えているのか、どのような突拍子もないことをはじめるのか、さっぱりわからない。

やつのことを誰が気にするというのか？　アーキムは昨夜ベッドに入るとき、〝ホルスト〟を殺すことになるかもしれないと思った。おそらく、それが心を悩ませているものの元凶なのだろう。殺したくはない。だが、リュック、あるいはヴァレリーは、いかれているので、忠誠心を試すためにそのようなことを命じかねない。

昨夜、七時頃、リュックが毎晩欠かさない水泳を終えて戻ると、パリから書類が届いていた。作戦は第一段階で事実上、頓挫《とんざ》してしまったのだ。書類は、五日前、対外治安総局がモンマルトルのクリストフ・デレストレのアパートで盗聴した会話を書き起こしたものだった。ヘマばかりするパリのおかげで、今になってようやくリュックの手元に届いたのだ。会話は、クリストフ、その妻、〝トーマス・ケル〟と名乗るSISの秘密工作員のあいだで交わされたものだった。リュックはすぐに気づいた。ケルとスティーヴン・ユーニアックは同一人物であり、フェリーでヴァンサン・セヴェンヌに話しかけてきたのもこの男だし、アーキムとスリマンが命令に従って〈輝く都市《ラ・ヴィル・ラデューズ》〉で襲ったのもこの男だ。ケルはデレストレの所在を突き止め、ヴァンサン・セヴェンヌの写真を見せ、〝ホルスト〟になりかわっていることを知った。リュックはガウンの紐《ひも》を腹のあたりでゆるく結び、階段を駆け降りてきた。脚からはまだ水が滴《したた》っている。リュックはヴァレリーに大声で言った。

「クソ馬鹿SISめが。アメリア・リーヴェンの売女《ばいた》め。思ったとおりだ。なにもかも計算していたんだ。第二の葬式があったことを知っていやがったんだ」

リュックとヴァレリーのあいだで意見が戦わされ、それからリュックは服を着、カステルノーダリへと北へ向かって車を走らせた。街に着くとインターネット・カフェで三十分ぶんの料金を払いヴァンサン・セヴェンヌ専用のサーバーにメールを打った。

連中は第二の葬式のことを知っている。スティーヴン・ユーニアックは、トーマス・ケルというSISの工作員で、パリのデレストレを見つけた。アメリアはなにもかも知っているにちがいなく、演技している。計画をすぐに中止せよ。緊急ミーティングだ。日曜の夜中。

リュックは九時頃に戻ってきた。計画を打ち切り、引き上げようという空気が流れた。そのとき、ヴァレリーがいつもやることをやった。リュックを説得したのだ。

「いい、なにも変わっていないでしょ」最後には全員、わたしの意見に賛成するのよ、といわんばかりに終始笑みを浮かべていた。「この作戦は最高機密。わたしたちがなにをしようとしているのか、パリでも六、七人が知っているだけ。政府でさえも蚊帳《かや》の外。そうでしょ？」

「ああ、そのとおりだ」

リュックは静かに答えた。

「よろしい。で、あなたはこの計画を終わらせようとしている。政府に頼んでフランソワの面倒をみてもらうわけね。パリはアメリア・リーヴェンに対する影響力を手に入れることができず、失望するでしょうね。パリに戻ったら、あなた、尋問されるわよ。あと数日、フランソワを生かしておいて、アメリア・リーヴェンに身代金を要求すればいい。フランソワはアメリアにとってかけがえのない存在だからね」

「ＳＩＳは誘拐犯に金なんか払わない」

リュックがそう応じると、ヴァレリーは嚙《か》みついた。

「そんなクソみたいなこと、いちいち言われなくてもわかってる」

アーキムは部屋の反対側にいるスリマンに目を向けた。やつはなにもかもがゲームだというようにうすら笑いを浮かべていた。マルセイユで格闘したときの傷がまだ残っており、けがをした目の下が青黒い痣《あざ》になっている。

「アメリアの亭主は、大金持ちでしょ。SISとは関係なく、何千万ドルという金を動かすことができる。金は払うはず。払うようにさせるんだから払うはず。金を出さないと、息子が殺されると知っているんだから。こういうのは動機づけって言うんじゃないの？」この嫌みな言葉が部屋の空気を領した。勇気を試すような雰囲気にリュックはたじたじとなり、居心地悪そうにし、スリマンは今にも笑いだしそうな顔をしている。「金を手に入れたら」ここでヴァレリーはタバコに火をつけた。「アーキムとスリマン、ヴァンサンにも分け前を払い、残りをわたしたちで分けて、あいつは殺しちまえばいい」ブロンドの頭を〝ホルスト〟を閉じ込めた部屋のほうへ振った。「それではじめて足を洗えるんだよ。この三年間ずっと、あんたをこんな仕事から解放してやろうとしてきたんだ。怖いかい？　ボスどもに見破られるんじゃないかとビクビクしてるんじゃないのかい？」

わざとチーム全員がそろっているときに挑発している。スリマンでさえ、この雰囲気に視線を足元に落とした。

「怖くなんかない、ヴァレリー」リュックは答えたが、寝室でふたりだけで話し合いたいという思いが声に滲《にじ》んでいる。「ただ、どんな状況にいるのか、確認しておきたかっただけだ」

ヴァレリーが次にしたことは、アーキムの予想どおりだった。立ちあがり、部屋を横切ってリュックの口のなかに舌を突き入れ、一物をまさぐったのだ。アーキムの股間も固くなった。

「自分がやっていることはいつもわかっている。あんたたち男どもは、わたしについてくればいいのよ」

そのすぐあと、リュックはなにもかも同意した。身代金を要求するタイミング。〝ホルスト〟を殺す日。アメリア・リーヴェンに復讐する快感。スリマンがいつも言っていることだが、リュックはヴァレリーに弱い。なんでも言いなりになってしまう。リュックの性格には傷のようなものがあって、永遠にヴァレリーの呪縛から逃れられないのだ。ほかの者に対するときとはまったくちがい、ヴァレリーには言葉を返すこともなければ、自分の意見を主張することもなく、その決断に疑問をさしはさむこともしない。対外治安総局のタフガイは、催眠術にかけられてしまっているようなのだ。こんな姿を見せられると、こっちがばつが悪くなってくる。スリマンはリュックのことを〝見かけ倒し〟と呼んでいる。

隣の部屋でトイレの水が流された。ヴァレリーが寝室へ戻っていくのが音でわかる。アーキムはヴァレリーとセックスしたかった——はじめて会ったときからずっとそう思っている。タバコに火をつけ、トラックスーツを着て靴をはいた。カーテンをあけると、ピレネー山脈のみごとな景観が広がっている。朝、まずいちばんにこの景色を眺めるのがアーキムは大好きだった。新しい国、天国に来たような気になる。さて、仕事だ。

スリマンは階段の下のアームチェアに座って居眠りをしていた。片手をズボンの前に垂らし、口の端から唾液《だえき》が滴《したた》っている。のぞき穴から部屋のなかを見ると、〝ホルスト〟は寝床に横になったまま天井を見あげていた。アーキムがスリマンを起こすと、悪態を投げつけられた。キッチンへ行き、コーヒーをいれる。しばらくすると、リュックが部屋から出てきた。木綿の白いボクサーショーツ一枚の格好だ。二頭筋にはタトゥーが彫られ、肩甲骨《けんこうこつ》のあたりには日焼けによるシミが点在している。アーキムはセックスのにおいを嗅《か》ぎとった。たった今ヴァレリーをものにしたことを、アーキムに訴えたいかのようだ。リュックは裏のポーチへ出るドアをあけた。

「いい日だ」

ボスはそう言うと冷蔵庫をあけた。オレンジジュースをカートンから直接ぐびぐびと飲んだ。飲み終わるとキッチン・テーブルにカートンを置き、アーキムに物憂い眼差しを投げた。

「ヴァンサンからはまだ返事が来ない。セント・パンクラスに着いてから二度もメールを送った。金曜の夜、それから昨日の朝だ。計画中止を知らせるメールは、サーバーから消えているんで、ヴァンサンは読んでいるはずなんだが。ヴァレリーも留守番電話にパリに戻るようにメッセージを吹き込んだが、あの家には携帯電話の電波が届いていない」

スリマンがキッチンに入ってきて、オレンジジュースのカートンを目にすると手を伸ばした。リュックはスリマンの前腕を握ると、燃えさかる火の上にかざすようにテーブルの上へ持っていった。

「おまえら、おれが言っていることが聞こえてないのか？」リュックはスリマンよりも腕力がある。スリマンは顔に酸でもかけられたような表情を浮かべた。「問題があるんだよ。ヴァンサンは罠に誘い込まれた。捕まっちまったのか、今もあの家にいるのか、作戦中止のメッセージを受け取ったのか、なにもかもわからないんだ」

「そういうことなら、パリに戻ってきたときに、あんたの口から伝えればいい」

「いいえ」そう答えたのはヴァレリーだった。Tシャツにジーンズという姿でスリマンの背後に歩み寄った。「あんたが伝えるんだよ、アーキム」

「おれが？」

リュックはスリマンの腕を放した。ヴァレリーは、ふたりのアラブ人の首に腕をまわして抱擁した。

「あんたから伝えてほしいのさ」アーキムは彼女の肌を首筋に感じていい気持ちだった。

「パリに戻ってきたヴァンサンを探し出す。パリに潜伏するだろうからね。探し出していちばんいいと思うことをする。今、真っ先にやっておくべきは、足跡を消すこと」

64

リュックからヴァンサン宛に送られたEメールは、送信されたその瞬間にシャンド家の図書室にいるエルサ・カッサーニが見ることになる。エルサは〝カッコー〟の電子機器による通信をくまなく監視しているのだ。メッセージは対外治安総局専用のサーバーに届いた。〝カッコー〟がここにログインすると暗号化される。

連中は第二の葬式のことを知っている。スティーヴン・ユーニアックは、トーマス・ケルというSISの工作員で、パリのデレストレを見つけた。アメリアはなにもかも知っているにちがいなく、演技している。計画をすぐに中止せよ。緊急ミーティングだ。日曜の夜中。

「ねぇ、ちょっと。これを見て」

ケルはキッチンにいた。バーバラはすでにガドウィック空港へ向かっている。そこから飛行機に乗り、マントンに帰るのだ。モーブレイはシャンド家の二階でアメリカ映画『三時十分、決断のとき』を見ている。

「なんだ？」

ケルは紅茶の入ったマグカップを手に図書室に入ってきた。エルサはオーク材のテーブルの右端にある三台目のラップトップを指さした。人差し指に力をこめているせいで液晶のその部分がぼやけた。

「受信したばかりか？」

「一分もたっていない。どうしてあなたのことがばれたんだろう？」

ケルはマグカップをテーブルに置いた。

「おそらくデレストレのアパートを盗聴していたんだろう」

それしか考えられなかった。

「でも、あそこにいたのは月曜日でしょう。どうして今頃になって？」

「人手が足りないのさ」すべての手がかりを追い、会話という会話に耳を傾けるとなると、フランスの組織もMI5やSISと同じように限度いっぱいに働かなくてはならないはずだ。

「連中はパリじゅうに盗聴器を仕掛けているんだ。フランソワの友人、仲間のところにだよ。デレストレの家を訪れたことがわかるまで、数日かかってもおかしくない」

「〝カッコー〟のファイルのなかに、ヴァンサン・セヴェンヌという名前がいたるところに出てくる」エルサはそう言ってミネラルウォーターのボトルに口をつけた。「それとヴァレリー・ドゥ・セール。これはおそらく、リュック・ジャヴォの女ね。またの名をマドレイン

・ブリーヴ。どう思う？」

「まずまちがいないだろう」ケルは名前を紙に走り書きした。「〝カッコー〟は今どこにいる？」

ふたりは本棚を見あげた。三段に九台のモニターが並んでいる。三目並べのゲームのようだ。土曜日の夜八時をちょうど過ぎたところだ。アメリアはキッチンで魚のシチューを作っており、〝カッコー〟は居間でマイケル・ディブディンの小説を読んでいる。

「メッセージをサーバーから発信させないようにすることはできるか？」

「それは無理」エルサは二番目のラップトップになにか一連のコードを打ち込んだ。「消去することはできる。消してしまえば、明日の出発のときまでは、ばれない。でも、やつらは電話をかけてくるんじゃないかな」

「モーブレイ！」

ケルは二階に向かって大きな声で呼びかけた。ブツブツ文句をいう声が聞こえ、それから西部劇を消したらしく椅子を引きずる音がし、階段を踏み鳴らしながら降りてきた。

「なんだい、大将」

「〝カッコー〟の携帯電話を調べてくれないか？　作戦を中止しろというメールかメッセージが残されていると思うんだ」

「なんだって？」

「知られてしまったんだよ。やつらは作戦が失敗に終わったことに気づいたんだ。〝カッコー〟をパリに呼び戻そうとしている」

時間稼ぎをするために、対外治安総局のサーバーからメールを消去させた。それからアメリアにメッセージを送り、なにもかもバレたことを伝えた。そこで朝食のときに、ロンドンで緊急の仕事が入ったので車が迎えにくると〝カッコー〟に告げることになった。保安上の理由から、〝フランソワ〟を同乗させてセント・パンクラス駅まで送ることはできないが、タクシーを呼んで料金を前払いするので、それでロンドンに戻ってほしい、というのだ。チョーク・ビセットを出て二キロも行けば、携帯電話の電波が届く圏内に入るので、〝カッコー〟はヴァレリー・ドゥ・セールが残した三つのメッセージのどれかを聞くことになるだろう。最初のメッセージは、状況をすべて説明していた。

フランソワ、マドレインよ。メールに返信しないのはなぜ？　とにかく作戦は中止、わかった？　すぐに電話をちょうだい。日曜日の真夜中、緊急ミーティングを開く。そこでなにもかも説明する。このメッセージを受け取ったかどうか、パリに来られるのかどうか、知らせて。

モーブレイが〝カッコー〟の留守番電話をハッキングしたのだ。フェリーで誘惑してきた女の緊張していらいらしたような声をケルはふたたび聞くことになった。マドレイン・ブリーヴ。このメッセージを聞いたら、〝カッコー〟はイギリスの田舎に姿を消し、ＳＩＳの捜索の網の目をすり抜けるだろう。そうなれば、アメリアの息子がどこに監禁されているのか、その所在を突き止める手がかりがなくなってしまう。

65

日曜の朝八時少し前、アメリアが寝室のドアをせわしなくノックした。問題が起きたのだ。ヴァンサンは一時間前には目を覚まし、ディブディンの小説を読み終え、家の背後にある丘の斜面で羊が鳴くのを聞いていた。

「起きている？」

アメリアが寝室に入ってきた。すでに着替えていた。ヴォクスホール・クロスへ仕事に出るときの格好だ――ネイビー・ブルーのスカート、同じ色のジャケット、クリーム色のブラウス、短く細いヒールの黒い靴。金のネックレスは、三十歳のときに兄からプレゼントされたものだという。

「教会にでも行くみたいだね」

ヴァンサンはシャツを着ずに上半身を起こし、ベッドの頭板に寄りかかっていた。体を見せつける。アメリアは無条件の愛を注いでくれるが、同時にまた、母としての立場と矛盾する肉体的な欲望をも感じていることはまちがいない。ヴァンサンはそれを感じることができる。女のことはよくわかっているのだ。

「ロンドンで緊急の用事ができたのよ。戻らなければ。九時半に迎えの車が来ることになっているんだけれど」

「なるほど」

「申し訳ない」

アメリアはベッドに腰をおろし、許しを乞う表情を目に浮かべている。ヴァンサンはプールサイドではじめて見たアメリアの白い肌とこぼれるような胸のふくらみを思い出した。これまでにもたびたび、アメリアとのセックスを想像していた。背徳の交わり。

「それにロンドンまで一緒に乗せて行ってあげられないのよ。あなたのことは職場には知られていないし、運転手はおかしいと思うでしょ。だから、タクシーを呼んでおいた。九時十五分に来ることになっているんだけれど、それでよかったかしら？　荷造りの時間はある？」

選択の余地などないではないか。ヴァンサンは掛け布団をはぎ、ベッドから出るとガウンをはおった。

「残念だな」これは本当のことなのだろうか。それともどういうわけか、真相がばれたか。

「今日一日、一緒にいられると思ったのに。ロンドンへの引っ越しについて話をしたかったんだ」

「わたしだって」

アメリアは立ちあがり、腕をヴァンサンの体にまわした。ヴァンサンは必死に自分を抑えたが、体を押しつけてキスをしないようにするだけでもたいへんなことだった。アメリアをいただくことはできる、抵抗しないだろうと確信した。

「あなただけここに残していくこともできないのよ。露骨な質問をしてくる人たちが大勢出てくるでしょうから……」

「かまわないよ」ヴァンサンは身を引き離した。「事情はわかるから」整理ダンスから衣類を出し、スーツケースに詰めはじめる。「シャワーを浴びて荷造りするから、五分だけ時間をくれるかな。それから降りていく。朝食は一緒に食べられるよね。そのあと、パリに戻るよ」

66

ケルが予想したとおり、〝カッコー〟はチョーク・ビセットから東へ二キロほど行ったところで、携帯電話のスイッチを入れ、信号音やら着信音やら一分近くも響かせていた。
「お客さん、すごいですね。人気者だ」ハロルド・モーブレイは、ウィルトシャーのタクシー運転手になりすまし、週末のカジュアルな格好でハンドルを握り、ソールズベリーへ向けてアクセルを踏み込んだ。

ヴァンサン・セヴェンヌは後部座席に座ったまま、運転手を無視した。留守番電話に三件のメッセージが届いていた。〝再生〟のボタンを押す。

フランソワ、マドレインよ。メールに返信しないのはなぜ？　とにかく作戦は中止、わかった？　すぐに電話をちょうだい。日曜日の真夜中、緊急ミーティングを開く。そこでなにもかも説明する。このメッセージを受け取ったかどうか、パリに来られるのかどうか、知らせて。

最初、ヴァレリーがなにを言っているのか理解できなかった。作戦中止？　あと十二時間もないというのに、パリで緊急ミーティングを開く必要がどこにあるんだ？　ヴァンサンはスマートフォンを出してメールをチェックした。一通も届いていない。昨夜、ラップトップで確認したときも、メールは来ていなかった。おそらく、週末で回線が込み合い、思いどおりに連絡がとれないものだから、リュックとヴァレリーは平常心を失ったのだろう。

パリの番号を押すと、リュックの携帯電話に接続される音がした。

「リュックか？」

「ヴァンサン、まったく、冗談じゃないぜ。ようやく連絡してきたか。どこに行っていたんだ？」

シャンド家ではエルサが、〝カッコー〟の電話の会話をアメリアのアウディへ転送していた。アメリアとケルは、ソールズベリーの道を走るタクシーを尾行しているのだ。数秒後、〝カッコー〟は手玉に取られていたことを悟った。リュックはなにもかも話した。「フェリーで接触してきた男はSISの工作員」であり、「ユーニアックというのは、トーマス・ケルが使っている偽名」だということ、さらに「ケルはパリでクリストフ・デレストレと会い、葬儀に関する話を聞いて真相を導き出した」。リュックもヴァレリーも確信しているが、フランソワが偽物であることをアメリアは「五日前には知っていた」。だから、郊外の家に招待したのだ。息子のことをもっとよく知るためではない。フランソワ・マロをめぐる陰謀の背後には誰がいるのか探り出すためだ。ＳＩＳはフランソワが捕らえられていることを知っているのか、と〝カッコー〟は尋ねた。

「なにもかも筒抜けだと思っておいたほうがいい」リュックは答えた。

ケルの隣、助手席にはアメリアがいて首を振っている。

「フランソワにはたどり着けないわね。この四十八時間で場所を移動するか、殺すか」

「そうとはかぎらない」

ケルは答えたが、根拠もなく楽観しているだけだ。リュックとヴァレリーがどこから電話をかけているのか、もっと範囲を狭めることにエルサが成功しないかぎり、フランソワの居所を確認できる見込みはほとんどない。ラングドック・ルシヨンにある村サル＝シュル＝レールから半径十キロ以内のどこかに捕らわれているとケルは考えている。タクシーの運転手アルノーが、〝カッコー〟ことヴァンサンを降ろしたところだが、正確な位置がわからなければ、アフガニスタンのトラボラに無数にある洞窟に潜んでいる者を探すようなものだ。

〝カッコー〟だけが望みだが、手足となって動いてくれるスペシャリストがふたりしかいないとあっては、緊急ミーティングが行なわれるところまで尾行できる可能性はゼロに等しい。モーブレイとエルサのふたりは技術のプロであり、監視テクニックは基本的なことしか知らないのだから、見破られずに〝カッコー〟を尾行することなどできはしない。

前方のタクシーのなかで〝カッコー〟はリュックとの電話を切り、姿をくらますことを考えはじめたようだ。

「運転手さん」〝カッコー〟はモーブレイに声をかけた。「上司と話していたんだが、大急ぎで列車に乗らなければならなくなったんだ。予定変更」

「ロンドンまでお連れするんだと思っていましたが」モーブレイは答えた。運転手役を楽しんでいるようだ。「今日一日の仕事がキャンセルですか」

「最寄りの駅へ行け」〝カッコー〟は流暢な英語に怒りをこめた。「ロンドンまでの料金は払う」

それに応じるモーブレイの声が聞こえてくると、尾行する車の助手席に座っているアメリアが音量をあげた。

「はい、わかりましたよ。怒らなくてもいいでしょ。予定を変更するのはお客さん次第。わたしがとやかく言うことじゃないですから」モーブレイの声はまわりの騒音や無線の空電の音でぼんやりとしているが、言葉ははっきりと聞き取れた。「ソールズベリーでいいですね、ムッシュ。ティズベリーからも列車は出ていますが」

「いちばん近い駅にしてくれ」

この道の四、五百メートル先、タクシーよりも前を、ケヴィン・ヴィガーズがイギリス海兵隊時代の仲間ダニエル・オールドリッチとともに車に乗って走っている。ケルが無線で連絡をとると、ふたりはまもなくウィルトンに着く地点にいた。

「聞いたか？」

「ああ、聞いたよ」

ヴィガーズが答えた。

「モーブレイは〝カッコー〟をソールズベリーへ送り届ける。やつが姿をくらますとしたら、そこだ」

「そうだろう」

〝カッコー〟は正体を知られたあとどのような行動に出るか、ケルはひと晩じゅう考えていた。できるだけ早くフランスに帰ろうとするのではないか。だが、どうやって？　ロンドンの主要な空港のほかにも、フランスへ行く便は、サウサンプトン、ボーンマス、エクセター、ブリストルなどからも出ている。尾行を振り払わずに、まっすぐロンドンのセント・パンクラス駅へ向かうとは思えない。ユーロスターでパリへ行くとしても、ケントにも二駅、アシュフォード国際駅とエブスフリート国際駅があり、どちらを使うのかわからない。タクシーに乗り、フォークストンからユーロトンネルに入ってフランスへ渡ることもありうるが、ナンバープレートからタクシーを割り出し、すぐさま場所を特定できるので、これは避けるのではあるまいか。ソールズベリーから南へ向かう列車に乗れば、イギリス海峡を渡る船が出る港は、いくつもある。

「列車に乗ると思う？」

アメリアが尋ねた。

「様子をみよう」

ソールズベリー郊外まで来るとモーブレイはまわり道をし、フロントガラスの右に見えていた大聖堂の尖塔《せんとう》が左へと移動した。〝カッコー〟はATMを見つけてくれという。三分後、モーブレイは街の中心でサンタンデール・セントラル・イスパノ銀行の支店を見つけ、向かい側にある待避所に車を駐めた。

「ここで待っていてくれるか?」

〝カッコー〟はそう言って、スーツケース、ラップトップを後部座席に置いたままドアをあけた。

「駐車禁止の表示が出てるんですが。どれくらいかかります?」

答えはなかった。モーブレイは〝カッコー〟が通りを渡り、年配の夫婦を追い越してATMの短い列に並ぶのを眺めていた。

「映画館の前に駐車している。チューダー様式のまがい物の建物とチョコレート店の脇だ」モーブレイは客のいなくなった車内で虚空に向かってしゃべった。通信機器がうまく作動していればいいのだが。イヤフォンを装着し、シートの上で体をひねってあたりを見まわし、場所を確認しようとした。「一方通行の通りの脇にある非常駐車帯にいる。この通りは、ニュー・カナルというらしい。衣料品の〈ファット・フェイス〉の支店が車の後ろ側にある。その隣は〈ウィッタード・コーヒー〉だ」

空電音とともにアメリアの声が聞こえてきた。

「位置は確認したわ、モーブレイ。ケルがすぐそばまで来ている。あなたのいる場所は、はっきりとわかる。〝カッコー〟の位置を確認して」

「通りを渡ったところだ。サンタンデールで現金を引き出そうとしている。荷物はすべて後部座席においていった。スーツケースとラップトップだ。持っていったのは財布だけだよ」

「パスポートはどうだ？」

ケルが尋ねた。

「確認しないとわからないな」

「革のジャケットを着ているか？」

オールドリッチが割り込んだ。ヴィガーズと一緒に乗った車は、わずか三百メートルほどしか離れていない広場にいる。

「ああ、着ている」

モーブレイは答えた。昨日の朝、革のジャケットの糸の目に追跡装置を巧みに縫《ぬ》いこんだのだった。

「脱ぎ捨てるでしょう」

アメリアはつぶやくように言った。

そのとおりになった。

考えろ。ヴァンサンは自分に言い聞かせた。頭を働かせろ。

ＡＴＭに三種類のカードをたてつづけに入れ、それぞれ四百ポンドずつ引き出した。心臓の鼓動が激しくなり、恐怖から汗が流れた。恥ずかしい思いをさせられたことへの純粋な怒りを感じていた。完膚《かんぷ》なきまでに叩きのめされたが、アメリアを見つけ出してこの屈辱をそっくりそのまま返してやりたかった。いつから知っていたのだろう？　どの時点からが演技だったのか。

考えろ。

ジーンズの尻のポケットに最後の金を押し込むと、道路の右側を見た。映画館の前を過ぎる。二、三軒先に〈マークス＆スペンサー〉の支店があった。ここは日曜日でも開いているし、おそらく裏口があるだろう。タクシーは後ろに駐まっている。振り返ると運転手は窓ガラスを降ろして顔を出した。

「どうしました？」

こいつもやつらの仲間なのか？　十人ほどの監視チームのひとりで、ソールズベリーのど真ん中でおれを嗅《か》ぎまわっているのか？　誰も彼もが怪しいと疑ってかかる必要がある。

「〈マークス＆スペンサー〉でサンドイッチを買ってきたい」通りの向こう側に向かって大声をあげ、店を指さした。「あともう二、三分待ってくれないか」

運転手が答えた。

「お客さん、さっきも言ったけど、ここは駐車禁止なんですよ」

この街にいるのはアメリアだけだったら？　つけているのはアメリアひとりだとしたらど

うする？　次から次へと疑問がわき起こる。いろいろと考えなければならない。電話でリュックはなんといったか。「なにもかも筒抜けだと思っておいたほうがいい」。面目丸つぶれだ。青天の霹靂《へきれき》。まったく救いがたい。ヴァンサンは士官学校で教わったことを思い出そうとしたが、はるか昔のことだし、なんといっても頭がまともに働いていなかった。あいつらがなにも言ってくれなかったから、注意を払うことができなかったんだ。ヴァンサンは自分を正当化しようとしてリュックをなじった。ヴァレリーに悪態をついた。そもそもの最初から、トチ狂った作戦だった。なんでこんなことがうまくいくなんて思ったんだ？　おれにすべての罪をおっかぶせようというのか。おれを切り捨てようとしているのか。

考えろ。〈マークス＆スペンサー〉の店舗は自動ドアで、気がつけば、蛍光灯に照らされた店内にいた。ナイトドレスやスカートが並び、ソールズベリーの主婦たち、退屈した子どもたち、とぼとぼ歩く亭主たちのなかにいた。掲示に従って上階の紳士服売り場へ行く。エスカレーターに乗って振り返り、一階の店舗を眺め渡して尾行している者をみつけようとした。トーマス・ケルはここにいるのだろうか？　ヴァンサンはフェリーでリュックに警告していた。スティーヴン・ユーニアックには気をつけろと言っておいた。だから、今、これほど腹が立つのだ。あれほど一生懸命にやったというのに。持てる才能をすべて発揮し、感情をコントロールしながら作戦に臨んだというのに、なにもかも無駄になってしまった。リュックが怠慢《たいまん》だったからだ。どうしてあれほど間抜けになれるんだ？　ヴァレリーはこう言ったのだ。あの男はつまらないただのコンサルタント。あなた、ちょっと疑い深くなっているんじゃない？　電話を盗聴したし、コンピューターも調べてみた。あのイギリス人はシロだね。

ヴァンサンはエスカレーターを降りた。あの運転手が追いかけてくるまでにどれくらいかかるだろう。料金を踏み倒したことで逮捕はできる。買い物をした。ソックス、下着、デッキシューズ、デニムのジーンズ、赤いポロシャツ、黒のVネックセーター、チェックのスポーツジャケット。安物ばかり。醜《みにく》い服。こんなものを着たら、みっともない姿になるだろう。ヴァンサンの好みではない。フランソワでさえ、こんなものは着ない。最後に小さな革のバッグを選ぶ。すべて現金で支払った。一階に降りて軽食を食べるコーナーへ行き、サンドイッチを買った。次にいつ食事ができるかわからないからだ。一リットル入りのミネラルウォーターも手にとり、レジに並んだが、金を支払うときにはすでに五分の一ほど飲んでしまった。ひどく喉《のど》が乾いていた。常に不安を感じていると、吐き気に全身が粟立《あわだ》つような思いをする。店員は絶えず笑顔を向けてくるし、若い母親までもヴァンサンの視線を引こうとした。ヴァンサンの心はこれっぽっちも動かない。こうした女どもを嫌っているからだ。軽蔑している。女どもが言うこと、女どもが顔の表情で訴えてくることはまったく信用できないからだ。あいつらの言葉は、なんの意味も持たない。母親でさえ嘘をつく。ヴァンサンは自分に言い聞かせた。おれはもう、フランソワ・マロではない。しかし、それは心の奥底にまで根を張った皮膚を剝《は》がすかのように容易なことではなかった。おれはヴァンサン・セヴェンヌ。ゲームは終わった。やつらが迫ってくる。

ランジェリー売り場を抜け、日に焼けたモデルが横たわって流し目を向けてくるポスターの前を過ぎると、裏口があった。そこを出ると狭い道になっていてすぐ先にパン屋が見える。左側は駐車場で買い物客が自動改札装置の前で列をなしている。右手は歩行者専用区域になっており、〈トップマン〉、〈HMV〉、〈アン・サマーズ〉などの店舗が並んでいる。考えろ。ヴァンサンは、革のバッグを肩にかけ、西側へ歩いていきカフェ、あるいはホテルなど身を隠すことができる場所を探した。歩道のはずれまで来ると、その先の通りもまた車を締め出した歩行者専用区域だった。少し行ったところに板を打ちつけて封鎖された〈ウールワース〉の店舗があり、その向かい側には通りにまでテーブルがはみ出して繁盛しているカフェがあった。多くの客が出入りしている。〈ボストン・ティー・パーティー〉という店だ。ドアからなかに入り、髪を金髪に染めてボブにしたウェイトレスの視線をとらえ、トイレを使わせてくれないか尋ねた。

「どうぞ」

ウェイトレスは東ヨーロッパの訛《なま》りがあった。おそらくポーランドだろう。二階を指し示した。

ここからは急がなければならない。もはや後戻りはできず、連中がいつなんどき追いかけてくるかわからない。トイレに駆け込みドアを閉め、服を脱いだ。革のバッグから買ったばかりの衣類を取り出し、パンツ、ジーンズ、デッキシューズ、ポロシャツ、それからツイードのジャケットを身につけた。財布と携帯電話をポケットに入れたまま黒い革のジャケットをドアのフックにかけた。トイレの隅には、半分ほど空《から》になった箱が置いてあり、なかをのぞくと洗剤の瓶が並んでいた。その上に脱いだ服を置いた。身元を確認できるものは残さないようにしなければならない。この作戦を開始するときに、緊急の場合に備えて、ロンドンの三カ所にパスポートを隠した。これだけはリュックの功績を認めてもいいだろう。そのうちの一冊は、ヒースロー空港の第五ターミナルにある。盗まれていなければ、わけなく出国できる。とにかく空港まで行くことだ。

アメリア・リーヴェンはその〈マークス＆スペンサー〉でかれこれ十年以上、電子レンジで温めるだけの食べ物やパンティーストッキングを買っている。店の配置は頭に入っている。〝カッコー〟に張りつかなければ、あいつは数分で駐車場への出口を見つけ、姿を消してしまうだろう。そこでアメリアはオールドリッチを裏口へ向かわせ、ケヴィン・ヴィガーズには車を降り、ニュー・カナル通りに面した入口から目を離さないように指示した。

ケルとアメリアは、モーブレイのタクシーの横に車を駐め、オールドリッチからの連絡を待つ。道路を渡った二十メートルほどのところにバスの停留所があり、そこのベンチにケヴィン・ヴィガーズが座っていた。毎日、この時間にそのベンチに座ってバスを待っているという風情をかもしだしている。ケルはエルサに電話し、もっとも早い便でシャルル・ド・ゴール空港へ行くように指示した。緊急ミーティングがパリで行なわれるのだから、夜中までには向こうに着いていなければならない。フランス側に知られてしまった以上、メールと電話を追跡する意味はない。それよりもフランスへ行き、空港、あるいはパリ北駅から〝カッコー〟を尾行できるように待機していてもらったほうがいい。

六分が過ぎた。オールドリッチからはまだなんとも言ってこない。〝カッコー〟は姿を現わさない。アメリアはヴィガーズに店のなかに入るように言った。数秒後、シートに置いたケルの携帯電話が振動した。アメリアは液晶に目を向ける。

「オールドリッチからよ」

アメリアはそう言って電話をスピーカーに接続した。

「〝カッコー〟の姿を捕捉した。裏口から出てきたところだ。〈HMV〉の前を通過。店はどこも閉まっていて、人通りもあまりない」一瞬、とぎれた。オールドリッチは電話を降ろしたのだろうか。「新しいバッグを持っている。予想どおり、だな？」

「なにも予想はしていなかった」アメリアは答えた。「でもおそらく、〈マークス＆スペンサー〉で着るものを買ったんでしょうね。身につけているものに、盗聴器が仕掛けられていると思うはずだから」

「ま、そうだろう」タバコを吸う者のように咳き込んだ。「ちょっと待ってくれ。〝カッコー〟がカフェのなかに入っていった。〈ボストン・ティー・パーティー〉という店だ。ケヴィンを表にまわしてくれないか？　向かい側に閉鎖された〈ウールワース〉がある。右手の角は本屋の〈ウォーターストーンズ〉だ。おれは裏手へまわり、出口がないか確かめる」

二分もしないうちにヴィガーズはバスの停留所を出てニュー・カナル通りを三百メートル走り、本屋の〈ウォーターストーンズ〉の角を曲がった。オールドリッチがその姿を見つけてうなずき、ケルに裏口がなかったことを報告する。ブランチにオニオンがはみ出したハンバーガーをむさぼっている十代の若者がおり、その隣にヴィガーズは腰をおろした。〝カッコー〟は赤いポロシャツ、ツイードのジャケット、青のデッキシューズ、デニムのジーンズという格好でカフェから出てきた。

「これはこれは」オールドリッチは電話に向かってつぶやいた。「四百ポンドもするヴィンテージものの革のジャケットがほしいやつはいるかい。どうやら〝カッコー〟はトイレに置いてきたようだ」

「着替えたの？」アメリアが尋ねた。

「推測どおりだ」ヴィガーズと目配せをし、オールドリッチはあとを追った。ひとりは通りのこちら側、もうひとりは反対側から尾行する。「お世辞にも似合っているとは言えない。ヴィガーズとあとをつけている」

「注意してくれ」ケルが口をはさんだ。「窓で背後を確かめるだろう。立ち止まって、あとの人間を先に行かせることもあるだろう。尾行はひとりずつやるんだ。距離をあけて」

「前にもやったことがある」オールドリッチは答えたが、非難するような口調ではなかった。

「おそらくタクシーをつかまえるはず」アメリアが言った。「どんなことをしてでも、見失わないで。革のジャケットを脱いでしまったんだから、場所を特定することができなくなってしまった。〝カッコー〟が消えてしまったら、なにもかも終わり」

67

ヴィガーズとオールドリッチは〝カッコー〟を尾行して街はずれにあるスーパーマーケットまでやってきた。ヴィガーズのうしろにはケルがいる。ふらつくように道を歩いている〝カッコー〟を三人で見張っていた。スーパーマーケットに十分ほどいると、〝カッコー〟は外へ出てきてタクシーを拾った。アメリアが予想していたとおりだ。スーパーマーケットの駐車場から二百メートルほどのところにあるガソリンスタンドにアメリアはアウディを移動させ待機していた。ケルが乗り込んできたとき、〝カッコー〟のタクシーが通過し、ソールズベリーの環状道路へ向かって走っていった。一分後、モーブレイはヴィガーズとオールドリッチを拾い、二台の車は並走しながら〝カッコー〟が乗ったタクシーを追い、ソールズベリーから二十四、五キロのところにある小さな村、グレイトリーまでやってきた。

十一時少し前、タクシーはグレイトリー駅の前で停まった。〝カッコー〟は運転手に料金を払い、自動販売機で切符を買った。駅は閑散としており、プラットフォームまで尾行するのは危険だとケルは判断した。そこでモーブレイ、ヴィガーズ、オールドリッチは次の駅アンドーヴァーへ行かせ、エルサに連絡をとるとストーンヘンジあたりを走っているところだというので、方向転換してソールズベリー駅へ向かってもらった。〝ガッコー〟が裏をかいて戻るかもしれないからだ。

結局、〝ガッコー〟はロンドン行きの列車に乗った。八分間、〝ガッコー〟を監視できないことになる。モーブレイが時速百四、五十キロですっ飛ばしてアンドーヴァーへ向かい、列車を待ち受け、ヴィガーズが乗り込むまで、〝ガッコー〟はいうなればブラックホールに入るのだ。ケルとアメリアの乗ったアウディがウィッチチャーチを過ぎ、オヴァートンへと入っていくとき、〝ガッコー〟を確認したとヴィガーズからメールが入った。モーブレイとオールドリッチが乗った車は、線路と並んで走る道を飛ばして列車を追い、ケルとアメリアは依然としてアンドーヴァーにいる。各地へ行く列車が停まる最初の大きな駅がベイジングストーク駅だ。〝ガッコー〟は列車を乗り換えるのではないかとケルは予測した。オールドリッチがレディング駅に着いて三十秒後に〝ガッコー〟が乗った列車がプラットフォームに入ってきたが、ヴィガーズから〝ガッコー〟は降りる気配はないと連絡してきたので、オールドリッチとモーブレイはウォーキング駅へ向けて東へ車を飛ばした。ウォーキング駅で〝ガッコー〟は、乗り換えた。発車寸前に降り、レディング行きに飛び乗ったのだ。ヴィガーズは取り残された。しかし、オールドリッチはこの早業《はやわざ》を見逃さず、三両後ろだったが、レディング行きの列車になんとか乗り込んだ。その姿を反対側のプラットフォームからモーブレイが見ていた。

これほど複雑に入り組み、数々の障害のある作戦をケルは経験したことがなかった。アウディをどの道に乗り入れたらいいのか、道路地図、カーナビを見て格闘し、さらに無線からの報告で行く先を変えなければならない。〝カッコー〟はレディング駅へ戻っていき、オールドリッチはその姿を捕捉しようと先の車両へと急いだ。ヴィガーズは尾行からはずれた。ケルはふたりに減ってしまった尾行要員を効果的に使った。ケルはヴィガーズに連絡し、ロンドンへ行ってウォータールー駅で待機するように指示を出した。〝カッコー〟がそこから街に出る可能性もあったからだ。そうなれば、ヴィガーズは〝カッコー〟を追ってガイウィック空港、あるいはルートン空港、いや、セント・パンクラス駅からユーロスターに乗ることになるかもしれない。一方、エルサはすでにヒースローへ向かっている。

結局、〝カッコー〟は複雑な手を使わなかった。レディング駅でふたたび乗り換えた。オールドリッチも余裕を持って列車を降りることができ、プラットフォームでは〝カッコー〟の近くの列に並ぶこともできた。ウォーキング駅へ戻るとオールドリッチは、〝カッコー〟がヒースロー空港行きのバスに乗り込んだと報告した。モーブレイは、三十キロ以上も離れたレディング郊外で交通渋滞に巻き込まれ、おまけに携帯電話のバッテリー残量がとぼしくなった。オールドリッチはタクシーでバスのあとをつけ、ケルとアメリアが空港へ向かうことになった。

高速道路M四号線を降りたところにホリデー・インがある。ケルとアメリアがその駐車場で待機しているときに、アメリアの携帯電話が鳴った。かけてきた相手の番号に覚えはなかった。スピーカーに接続すると、声が一瞬遅れて響いた。

「アメリア・リーヴェン？」

ケルはすぐにあのフランス人の女であることがわかった。アメリカ訛《なま》り、流暢《りゅうちょう》な英語。

「どなたです？」

「マドレイン・ブリーヴ。マルセイユへ向かうフェリーでお友だちのスティーヴン・ユーニアックに会ったのよ」

アメリアはケルの目を見つめた。

「ええ、知っている」

相手の声はひときわ大きく、はっきりとしてきた。

「よく聞いてちょうだい、ミセス・アメリア・リーヴェン。ご存知のように、あなたたちに仕掛けた最初の作戦は失敗した。背後にいるのが誰か、何者が責任ある立場にいるのか、それはわからないでしょう」

ケルは顔をしかめた。ヴァレリーは、はからずもその心の内を吐露してはいないか。居所を突き止められたと、危惧《きぐ》しているのではないか？

「それはどうかしらね」

「息子さんが、どこにいるのか知りたいでしょうね」

ケルの心のなかに行き場のない怒りが渦巻いた。アメリアが直面している現実を思いやるしかない。

「ミセス・リーヴェン、聞いている？」

「つづけてちょうだい」

若いカップルが、時差ぼけのようなぼんやりした顔をして、スーツケースを引っ張りながらホリデー・インへ向かってアウディの前を歩いていく。

「フランス語はできるんでしょう？」

「ええ」

「では、フランス語で話すことにしますよ、ミセス・リーヴェン。これから話す言葉のニュアンスをなにもかも……完璧に理解してほしいから」ここでフランス語に切り替えた。「今やこれは個人的な作戦。フランソワ・マロはフランスのあるところに監禁されている。解放してほしければ、三日以内にタークス・カイコス諸島にある信託銀行に五百万ユーロを振り込むこと。口座番号などの詳細は、また改めて連絡する。言われたとおりにしていただけるかしら？」

どのような決断を下すべきか、ケルが意見をさしはさむことはできない。アメリアに視線を走らせると、その表情から条件を呑むことがわかった。

「ええ、そうさせてもらう」

「二十四時間以内に、息子さんが生きている証拠を送りましょう。水曜日の十八時までに要求した金が振り込まれていなければ、殺します」

もう一台の携帯電話が鳴った。別の電話がかかってきたのだ。ケルが液晶に目をやると、オールドリッチからであることがわかった。

「切れ」

ケルは声に出さずに口だけ動かし、身振りでもそれを示した。アメリアもそのつもりのようだ。相手とは戦争をしているのだ。力を持ち優位に立つ、それがすべてだ。

「わかった。金を用意しましょう」アメリアは電話を切り、一瞬、考えをめぐらせるような顔をしてから、もう一台の携帯電話をスピーカーに接続した。「オールドリッチ？」

「第五ターミナルだ。〝カッコー〟はちょうどバスを降りた。ブリティッシュ・エアでフランスへ向かうにちがいない」

68

十分もしないうちに、エルサ・カッサーニは、ラップトップとiPhoneだけを持って第三ターミナルの〈スターバックス〉に座り、この五時間でヒースロー空港から飛び立つフランス行きの便をメモしていた。

「〝カッコー〟にはずいぶんと選択肢があるわね」エルサはケルに言った。ケルとアメリアは第五ターミナルへ向かっているところだ。「ニースへ行く便、パリのシャルル・ド・ゴール空港、パリのオルリー空港、トゥールーズのブラニャック空港、リヨン。しょっちゅう飛び立っている」

ケルはニースとリヨンへ行く可能性は除外したが、トゥールーズは残した。フランソワが捕らえられているサル＝シュル＝レールまで一時間以内で行けるからだ。しかし、やはり、目的地はパリである可能性が高い。ケルはターミナル・ビルにいるオールドリッチを呼び出して、現状がどうなっているのか尋ねた。〝カッコー〟は、出入国審査所にいちばん近い〈カフェ・ネロ〉のテーブルに向かって座っている、という。

「まっすぐ、このカフェに来た」

「チケットを買わずに？　ブリティッシュ・エアのカウンターにも行っていないのか？」

「ああ。コーヒーも買っていない。ただ座っているだけだ」

ケルが状況を説明するとアメリアは思い切って決断した。結果的にはこの判断はまちがっていなかった。

「何者かと接触するか、荷物を回収するんだと思う。〝カッコー〟のためにパスポートを用意しているはずだから。オールドリッチにしっかりと見張っているように言ってちょうだい」


コーヒーを飲んで気持ちを落ち着かせたかったので、ヴァンサンは立ちあがり、カウンターの前の列に並んで、エスプレッソのダブルを注文した。先ほどのテーブルには誰もいなかったので、同じ椅子に座った。もうすぐ捕まると、この何時間かはほとんどあきらめの気持ちでいた。ソールズベリーで手を打ち、列車をいきなり乗り換えてみたものの、これで手練のイギリス人のチームを振り切れたとは思っていない。空港内にはカメラがあるし、私服警官、税関職員、保安要員もいる。こうした連中に写真がばらまかれていたとしたら？　どうやって飛行機に乗ればいい？　出国さえできれば、パリの地下鉄でSISの尾行を振り切ることはできるだろう。フランスではこちらのほうが一枚上手だ。しかし、逃げ道が目の前で塞《ふさ》がれてしまったような気がしてしかたがない。パリにもSISの支部があるし、アメリアにはパリじゅうに捜索の網を広げる時間が充分すぎるほどあるのだ。

考えろ。

アメリアの立場になって検討しろ。秘密が漏れるのを避けたいと思っているはずだ。漏れてしまえば、SISでの未来はない。アメリアがもっとも信用しているほんのひと握りの者しか、フランソワ・マロのことは知らないのだろう。おそらく、アメリアもおれと同じように混乱している。とまどっている。この思いに意を新たにし、エスプレッソを飲み干すと、ここに来たそもそもの目的を果たすことにした。

いろいろな宗教の人が祈りを捧げられる部屋が、すぐそばにある。ヴァンサンはメイン・ターミナルのドアから外へ出て、短く狭い通路をたどった。両側にずらりと祈りのための部屋が並んでいる。左側の部屋ではガラス扉の向こうで、ひげを生やしたイスラム教徒がマットの上でひざまずき、祈っている。右側の部屋ではヴェールで顔を隠したアフリカ人の女たちがプラスティックの椅子にすわっている。部屋の前を通り過ぎるとき、女たちはヴァンサンを見つめた。トイレのドアは開いていた。なかに入り、施錠した。

小便とパチョリ油のにおいがした。オートマティック・ドライヤーの下に手をかざして作動させ、音を聞かれないようにする。便器の上に乗り、天井のタイルの一枚を押した。タイルは容易に動き、斜めに持ち上がると、乾いたペンキと埃《ほこり》が髪の毛に降りかかった。目に入らないように下を向いたが、右手は天井裏を探っている。なにかの小さな巣。いや、蜘蛛《くも》の巣のようなものを突き破り、積もった埃を指先に感じた。腕が痛くなってきたので、左腕を持ちあげて右腕をおろす。立っている位置を変え、反対側を探る。ハンド・ドライヤーが止まったので、足でボタンを押してトイレの水を流した。廊下から声が聞こえてくる。警察だろうか？　ここまであとをつけてきて、目立たないように逮捕しようとしているのか。

そのとき、指の先にそれを感じた。大型封筒の縁。ヴァンサンはつま先立ち、さらにタイルを持ちあげ、伸びあがって探していた物をつかんだ。この数時間で、はじめてほっとした一瞬。隠しておいた封筒だ。埃が積もっている。もう一度、足でボタンを押してトイレの水を流した。タイルを元に戻し、便器に座って封を切った。五百ユーロの現金、フランスの運転免許証、未使用の電話、パスポート、ビザとアメリカン・エキスプレスのカード。すべてが〝ジェラール・テーヌ〟名義だ。ヴァンサンは頭や服から埃を払い、封筒を持ってターミナルへ戻った。

家へ帰る時間だ。フランス行きの飛行機に乗るのだ。


「面白い」

ダニエル・オールドリッチは、自動チェックイン機の列に並びながら、〝カッコー〟を監視していた。

「どうした？」

ケルが尋ねた。

「〝カッコー〟は、祈りの部屋へ入っていって、五分後になにかを手に戻ってきた。今、ブリティッシュ・エアのチケット売り場の列の前から五番目に並んでいる」

ケルはアメリアの顔に目を向けた。ふたりは同じことを考えていた。

「パスポートを隠しておいたのね。どの便に乗るのか知りたい。後ろに並べない？」

「無理だな。レディングからつけているんだ。近くに寄るのは危険だ。気づかれるかもしれない」

「身分証明書は持っている？」

「ああ」

「空港のセキュリティー関係の職員を探して。位が高いほうがいい。ブリティッシュ・エアの売り場で〝カッコー〟の相手をした係の者と話をしたいと言ってもらうのよ。目立たないように。〝カッコー〟になにかが起こったと悟られてはまずい。フライト・ナンバー、パスポートの名義、カードで支払ったのならその詳細を知りたい。できそう？」

「わけはない」

アメリアは無言のままうなずいた。

「それはよかった」

アメリアがそう言うと、ケルは電話を切った。アウディは短期間利用の立体駐車場の三階に駐まっており、オールドリッチのいるところまでは一分もかからずに行ける。頭上を低く飛ぶ飛行機の騒音で声がかき消されないようにアメリアは座りながら横を向き、運転席に座るケルの横顔に口を近づけた。

「思いついたことがあるんだけれど」レダン・プレイスにあるオフィスでのアメリアのしぐ

さをケルは思い出した。穏やかな顔に諦念《ていねん》の色が浮かんだ。これほど意気消沈するのは、アメリアらしくない。「首相官邸に行ったほうがいいのかもしれない。フランスと連絡をとりあう態勢を整えるべきなんでしょう。共同でことにあたって解決をする。わたしが犠牲になるしか、フランソワを救う道はないんじゃないかしら」

犠牲になる。ケルはこの言葉が嫌いだった。いかにも高潔そうであるが、見当ちがいもはなはだしい。アメリアは、そんな低俗な人間ではないはずだ。

「そんなことではフランソワは救えない。敵がどのような連中だろうが、パリは情報を漏らすだろう。言語道断な作戦であったとしても、対外治安総局内には犯人どもの肩を持つ派閥が出てくるはずだ。内部で情報が漏れれば、フランソワは殺され、リュックとヴァレリーは次の船でガイアナへ高飛びだ」こう話してもあまり効き目がないようなので、ケルは危険を冒すことにした。「それに、そんなことをすれば、おれもおしまいだ。ジョージ・トラスコットが指揮する立場になったら、ヤシーン・ガラニの件でおれは狼どもの群れのなかに放り込まれてしまう。きみが生き残れないと、おれはこれからの三十年間、トマトを育てて食いつないでいくことになるんだ」

驚いたことにアメリアは微笑んだ。

「じゃあ、今やっていることは、誰にも知られないようにしたほうがよさそうね」そう言ってケルの手を握った。わざと捨て鉢なことを言ってケルを試し、今は忠誠心を知ってほっとしているとでもいうようだ。「軍関係の友人に話をして、フランスで人を集めてもらうことにする。ヴィガーズを呼び出してちょうだい。ロンドンのセント・パンクラス駅に行ってもらう」

69

〝カッコー〟はブリティッシュ・エアのチケット・カウンターの列に七分並んでいた。カウンター係が操作するコンピューターの画面でフライト・スケジュールを確認し、フランスのパスポート、クレジットカードを渡し、チケットを受け取った。〝カッコー〟は、チケットを買うことに注意を集中しているので、その隙にオールドリッチは、パトロール中のふたりの警官に合図し、自分はＳＩＳの人間であり、ある男を見張っているのだと伝えた。警官のひとりにブリティッシュ・エアのチケット・カウンターへ行ってもらい、たった今、〝カッコー〟にチケットを売った女性スタッフに話を聞いてもらうことにした。ターミナルにいる人たちの目に入らないところへ行って質問するようにとオールドリッチは念を押した。

〝カッコー〟が免税店が並ぶ二階へあがっていくまで待った。それからふたりの警官のうち、年上のほうがブリティッシュ・エアのカウンターに歩み寄り、係の女性に内密の用件がある、デスクの後ろにある小さなスタッフルームでちょっと話を聞かせてほしいと言った。五分もかからず、すべてを聞き出すことができた。

オールドリッチは、ケルに電話した。

「わかったよ。ペンの用意はいいかい？　〝カッコー〟はジェラール・テーヌという名を使っている。五百八十四ポンドをアメリカン・エキスプレスカードで支払った。ブリティッシュ・エアのシャルル・ド・ゴール空港行きの便のビジネスクラスだ。十八時十五分、第五ターミナルから出発する」

駐車場でこれを聞いたケルは、腕時計で時間を確認した。

「あと二時間ないな。同じ便のチケットを二枚買ってくれ。一枚はきみの分、もう一枚はエルサだ。別々に行動すること。おれは〝カッコー〟がフランスへ着く前に、向こうに行っているようにする」

「そんなことができるのかい？」

六時前にパリへ飛ぶ便があることをケルは確認していた。

「十五分早く、第四ターミナルからシャルル・ド・ゴール空港へ向かうエールフランスの便がある。今、チケット売り場へ向かっている。なんとかそれに乗ろうと思う」ケルはすでにエンジンをかけており、アウディを出していた。「ヴィガーズはセント・パンクラス駅へ向かっている。アメリアはイギリスに残り、パリ北駅とシャルル・ド・ゴール空港でのタクシーを手配する。おれの乗った便が遅れたり、おれから連絡がない場合は、できるだけ長く〝カッコー〟に張りついていてくれ。おそらく地下鉄に乗って、パリで尾行を振り払おうとするだろう。運がよければ、やつはタクシーに乗るかもしれない」

十五分後、ケルは第四ターミナルにあるエールフランスのチケット・カウンターの列に並んでいた。日曜の夜とあってパリ行きの便は混んでいたが、なんとか滑り込んで最後に残っていた一枚を手に入れることができた。料金は七百ユーロを軽く超えた。現地時間八時十五分、シャルル・ド・ゴール空港に着陸し、〝カッコー〟の乗った飛行機が三十分遅れて到着することを知った。おかげで時間に余裕ができ、タクシーをつかまえて空港をぐるりとまわる環状線の出口まで行ってもらい、そこで待機してオールドリッチからの連絡を待った。〝カッコー〟がターミナルの外でタクシーをつかまえれば、そのナンバープレートの番号を知らせてもらえる。結局、〝カッコー〟は鉄道でパリに向かった。エルサ・カッサーニが座っているところからちょうど三列目の座席脇に〝カッコー〟はずっと立っていた。エルサはどこからどう見ても、週末にロンドンで思い切りはめをはずし、疲れきって戻ってきた二十代のイタリア娘にしか見えない。ダニエル・オールドリッチはエールフランスのバスに乗り、パリの凱旋門へ向かった。ケルは高速道路A三号線を南西へ向かいパリに入ったが、タクシーが外環状線に入ると渋滞に巻き込まれ、〝カッコー〟が乗った列車をパリで待ち伏せるわけにはいかなくなった。十分後、エルサが地下鉄のシャトレ駅に着いたとき、ターゲットから三キロ以内にいるのは彼女ひとりだけになってしまった。

ヴァンサン・セヴェンヌは十五分もしないうちに、その女をまいた。シャトレ駅から地上へ出、セーヌ川を渡り、サン＝ミッシェル＝ノートルダム駅から地下鉄に乗って南下し、ポルトドルレアン駅へ向かった。また、あの女がいる。シャルル・ド・ゴール空港からその姿を見るのはこれで三度目だ。最初は、空港からパリへ向かう列車のなか、次はノートルダム橋を渡っているとき、そして、今、サン・シュルピス駅とサン・プラシード駅のあいだを走っている車内で。ダンフェール・ロシュロー駅に着いたとき、閉まりかけたドアをこじあけ、ホームに飛び降りた。走り去っていく車両のなかで、女がそらとぼけた顔をしているのをヴァンサンは見送った。

五分後、エルサは次の駅ムートン・デュヴェルネで降りて地上に出るとケルに状況を報告した。

「ごめんなさい、ケル。尾行をかわされてしまった。見失ってしまったのよ」

70

おれの名前はジェラール・テーヌ。フランソワ・マロではない。国防省で働き、ナント郊外の小さな村に住んでいる。妻は教師だ。子どもは三人、双子の姉妹、五歳になる息子がひとり。おれはもうフランソワ・マロではない。

ヴァンサンは、緊急時になりかわる身分を確認したが、ジェラール・テーヌのことはフランソワのように知っているわけではない。テーヌがなにに興味を持っているのか、どのような性格の人間なのか、まったく知らない。心の働き方や、その心の成り立ち方を想像することもできない。フランソワについて、昼も夜も、何カ月にもわたって深く考えたが、ジェラール・テーヌに関してはまったく食指が動かなかった。テーヌは万が一のときの代役にすぎない。フランソワ・マロは、ヴァンサンの人生の一部だった。

ヴァンサンはホテル・ルテシアのベッドに腰かけていた。イギリス人の尾行をまいたのかどうか、よくわからなかったし、リュックとヴァレリーがほんとうにやってくるのか、心もとなく思っていた。もう二度とこの部屋から出ることはない、そんな気がした。貝にでもなったようだ。敗残者、罪を犯した覚えがないというのに厳罰に処される男。中学生のときに戻ったようだ。十四歳の頃、クラスの全員、仲良くなった友だち、好きだった女の子たち、みんなから見捨てられた。いじめを先生に報告したからだ。ヴァンサンは正しいことをしようとしただけなのだ。いちばん仲の良い友人が年上の子どもたちからいじめられていたので助けたい、それしか頭になかった。ところが、信用して打ち明けた教師から裏切られた。その結果、誰も彼もがヴァンサンを攻撃することになった――助けようとした友人からも、だ。それから何カ月ものあいだ、教室では恥ずかしい思いをさせられ、帰り道では服を残飯や排《はい》泄物《せつぶつ》で汚され、ヴァンサンが通りかかると「クソ野郎」、「ええカッコしい」という悪態を投げつけられた。正義、正しいこと、まちがったことに対する考え方が、この経験によってくつがえされてしまった。真実、思いやりなどというものはないのだ。父でさえ、たしなめたのだ。仲間を裏切ってはならない。友人を裏切るようなまねをしてはいけない。アルジェリアでともに戦った戦友のような態度で父は息子であるヴァンサンに接した。だが、ヴァンサンはまだ十四歳の中学生で、愛し理解してくれる母親も兄弟姉妹もいなかったのだ。友だちはいじめられていたんだよ、パパ。ヴァンサンはそう言ったが、父は聞き入れてくれなかった。そんな父もすでに亡くなって久しいが、今、このホテルの部屋で隣に座っていてくれたら、と心の底から思うのだった。そうすれば、イギリスでのできごと、フランソワの身に起こったことを話しただろう。さらに、子どもの頃に告げ口をしたのは、友人を助けるためであり、父に息子を誇りに思ってもらいたかったからだと、もういちど説明するのだ。

ヴァンサンは立ちあがって窓辺へ寄り、ラスパイユ大通りを見下ろした。カーテンは一方へ寄せてあり、窓はわずかに開いている。ミニバーのウィスキーをグラスに注ぎ、ヒースロー空港で買ったタバコの封を切り、フランソワ・マロに無言のまま乾杯して湿り気を含んだパリの夜気のなかへ煙を吐き出した。考えてはいけない。それはわかっているが、アメリアとのことを思い出していた。一緒に食事をし、話をして楽しく過ごした。プールサイドやビーチでのひととき。もうアメリアを求めてはいない。彼を裏切り、女であることをやめたからだ。とはいえ、寂しい。これはフランソワが母親を求める気持ちと同じだろう。アメリアは母としてヴァンサンに接したからだ。母として愛してくれた。息子を守るためなら地の果てまでも行くだろう。愛の力に満ちあふれた女。強い女。そんな母親がいたならば。フランソワはアメリアのような母を持ち、幸せ者だ。

ウィスキーを飲み干し、もう一杯注いだ。リュックとヴァレリーはいつ来てもおかしくはなく、アルコールのにおいに気づくだろう。ヴァンサンは、あのふたりがやろうとしていることに恐ろしさを感じはじめていた。孤立してしまうことにヴァンサンは耐えられない。おれはこういう人間だと思っていたことがなにもかも、この数時間のうちに根拠を失って崩れはじめ、信頼していたこと、信じていたこともすべてくつがえされてしまった。学校でいじめを告発したときのように。ある人間として生きていたのに、あっという間に別の誰かになってしまうのだ。クソ野郎。裏切り者。ええカッコしい。それからというもの、人を信用したことはなかったが、それは正しかった。こうした態度が、面接ではじめて顔を合わせた対外治安総局のお偉方の心を射止めたのだろう。連中はヴァンサンに一匹狼の心意気を見、それを気に入ってくれたのだと思う。

ひとりでいられることこそ、おれの才能だと思っていた。自足していられることこそ、おれの強さだと。

ノックの音が響いた。

71

真夜中、ケヴィン・ヴィガーズはパリに着いた。パリ北駅でレンタカーのプジョーに乗り、サンジェルマン大通りを南に向かい、〈ブラッセリー・リプ〉でケル、エルサ、オールドリッチと合流した。三人はザワークラウトを四皿とシノンのボトル二本で失意を慰めていた。「なんと謝っていいのかわからない」長椅子に腰かけているエルサの隣にヴィガーズが座ると、彼女はこう言った。「わたしにはオールドリッチや、あなたほどの経験がなかった。ほんとうに申し訳なく……」

ケルがさえぎった。

「エルサ、もう一度謝ったら、一生、アルバニアでコンピューター修理の仕事をすることになるぞ。あれ以上、どうしようもなかった。もうひとり、きみと一緒にいるべきだったんだ。バックアップがいなければ、列車でターゲットを尾行するのは不可能だ」ここでケルは集まった三人の顔を見てワインの入ったグラスを掲げた。「これ以上ないほど困難な状況だったにもかかわらず、今日はみんなよくやってくれた。ここまで追ってこられたのも奇跡に等しい。明日の夜、リュックとヴァレリーがアメリアに連絡してきたら、まだ、フランソワを見つけ出すチャンスはあるはずだ」

アメリアはすでにケルから悪い知らせを聞かされていた。ジョージ・トラスコット、ジミー・マークワンド、サイモン・ヘインズのために月曜日の仕事はしっかりこなさなければならず、イギリスを離れるわけにはいかなかった。チェルシーでジャイルズと過ごすのは避けたかったので、アメリアはホリデー・インに部屋をとり、〝カッコー〟がモーブレイのタクシーの後部座席に残していった品々をじっくりと調べていった。〝P・M〟というイニシャルの彫られた金のライターは持っていることにしたが、そのほかの物は〝カッコー〟のスーツケースと黒い革の大きなかばんのなかに戻した。さて、これをどうしたものか。ホテルの七階の部屋にひとり座りながら、高速道路M四号線の交通渋滞を眺めていた。この挫折感は、兄が癌《がん》になったときに覚えた無力感と同じだ。経験、専門的な知識を総動員し、今できることはすべてやったにもかかわらず、フランスで起こった息子の拉致《らち》事件を解決することはできないのだ。トーマス・ケルには全幅の信頼を寄せているが、まったく尾行の経験のないあのイタリア人のコンピューター専門家と三人の男たちだけにフランソワの安全を託すことができるとは思っていない。民間の警備会社で夜の仕事を請け負う元SAS兵士のことをSISでは遠まわしに〝保安の専門家〟と呼ぶが、アメリアはこうした男たち三人からなるチームを作っていた。明日の朝、彼らはカルカソンヌへ向かうことになっている。しかし、三人を雇えるのは四十八時間だけだ。三人への支払いだけでひとつの銀行口座の貯金を使い果たしてしまうからだ。それまでにケルがフランソワの居所を突き止めてくれなければ、息子を取り戻すための軍事的な行動も起こせない。〃カッコー〃を見失ってしまい、どうやってフランソワを探し出すつもりだろう。手がかりは失われてしまったのだ。

アメリアは頻繁にメールをチェックしていた。ケルとつながっていたいし、攻撃チームの指揮官アンソニー・ホワイトと作戦を練りたかった。十一時二十分過ぎ、ラップトップが音を発し、メールが来たことを知らせた。政府通信本部《GCHQ》から来たものでタイトルは「アメックス」だった。

アメリカン・エキスプレスカード　三七五九　八七六五四三　二一〇一／〇六／一四
／ジェラール・テーヌ　に関して
使用履歴（要点のみ）
ブリティッシュ・エア（利用金額）／ロンドン・ヒースロー空港　第五ターミナル／
十六時二十三分グリニッジ標準時　五百八十四ポンド
ワールド免税店／ロンドン・ヒースロー空港　第五ターミナル／十七時四分グリニッ
ジ標準時　四十三・七九ポンド
ホテル・ルテシア／パリ／零時五分グリニッジ標準時＋一　二百六十七ユーロ

アメリアは電話をつかみ、ケルの番号を押した。

72

ホテル・ルテシアは五つ星ホテルでパリのランドマークにもなっており、十年前にパリにほんのわずか滞在したときにケルはこのホテルのことを知った。SISと対外治安総局の仲間とロビーで打ち合わせをし、第二次世界大戦のときに本部としてドイツ軍に接収されたというホテルの歴史を聞かされた。〈ブラッセリー・リプ〉から二キロと離れておらず、たしかに安全な場所かもしれない。静かで目立たない一画にあるので、〝カッコー〟がリュックとヴァレリーと緊急ミーティングを行なうにはうってつけの場所だ。

アメリアから電話を受けて四分もしないうちに、ケルは〈ブラッセリー・リプ〉の支払いを済ませ、エルサとともにセーヴル通りを南西へ向かい、ダニエル・オールドリッチとケヴィン・ヴィガーズにはホテルにできるだけ近いところに車を駐めておくように指示した。

オールドリッチはラスパイユ大通りの東側に駐車スペースを見つけてプジョーを駐め、ホテルの入口を見張った。ヴィガーズはまっすぐフロントへ向かい、ダブルベッドの部屋を実名でとり、エレベーターホールが見えるところに置かれたアームチェアに腰をおろした。ケルとエルサは真夜中の散歩から戻ってきた恋人同士のように腕を組んでホテルに入ってくる。

「さあて、帰ってきたぞ」フロントの前をゆっくり歩きながら、ケルは言った。「水入らずの週末だ。バーで一杯やってから寝るとしよう」

「いいわね。最高」

エルサはそう答え、ケルの腕を抱きかかえて胸に押しつけた。

バーは長方形の広いロビーの一画にあり、テニスコートほどの広さがある。緋色《ひいろ》と黒の布張りのアームチェアに十人ほどの客が、二、三人ずつまばらに座り、木のローテーブルをあいだにはさんでブランデーなどの食後酒やコーヒーを飲んでいる。ひとりしかいないウェイターは、アールデコの彫刻のあいだを機敏に動き、グラスの触れ合う音、咳、控えめな話し声にピアノの音が静かに和する。バーの隅に置かれたグランドピアノを頭の禿げた男が弾いている。ケルは正面入口が見えるアームチェアに腰をおろした。エルサはバーを見渡せる向かい側に座った。三十分ほど、イタリアでのエルサの子供時代の話を英語でしながら、ときおりケルはアメリア、ヴィガーズ、オールドリッチにメールを送り、あるいは受け取った。

「あなたが恋人で、そんなに携帯ばかりいじっていたら、怒って帰っちゃうところ」

ケルは顔をあげて微笑んだ。

「それは警告かな」

そう答えたすぐあと、若いアラブ人が外の通りから回転ドアを押してホテルに入ってきた。デニムのジーンズにマールボロのロゴが描かれた革のバイク・ジャケットという格好だ。ケルは最初その顔に気づかなかったが、フロントの前を通り過ぎたときにはっとした。マルセイユで襲ってきた男の片割れだ。

「これはこれは」

眠そうに椅子に体を預けていたエルサは、前かがみになった。

「どうしたの？」

「あの男は……」すぐに考えをまとめなければ。ヴィガーズに連絡している時間はない。

「エレベーターへ行ってくれ。早く」エルサは立ちあがった。あからさまに驚いた顔をしている。「若いアラブ人がエレベーターホールへ向かっている。あとをつけて何階へ行くか確かめるんだ」

エルサが歩み去ったときに、ウェイターがテーブルの脇にやってきた。

「なにか不都合なことでもございましたか？」

「彼女がね、従兄弟《いとこ》によく似た男が通り過ぎていったというんだ」

「そうですか」ウェイターはエルサの姿を目で追ったが、ロビーの隅の客が合図しているのに気づいた。「ラストオーダーですが、なにかお持ちしましょうか？」

エルサがエレベーターの前に立ったのをケルは確認した。

「いや、けっこう」ウェイターに向き直って言った。「勘定をお願いできるかな」

73

アーキムはエレベーターに乗り込んだ。体が火照《ほて》り、おまけに革のジャケットのせいで汗をかいている。背後から女の声が聞こえたので振り返ると、黒髪の女がイタリア語でなにか言いながら走ってくる。若くなければ、ドアが閉まるままにしておいただろう。アーキムはパネルの下のほうにあるボタンを押した。閉じかけたドアが開き、女は体をねじ込むようにして乗り込んできた。

「グラッツィエ」息を切らし、感謝の意を込めてアーキムと視線を合わせ、それからここがパリだと気づいたのだろう。言い直した。「メルシー」

アーキムは女の飾らないところが気に入った。金のにおいがせず、ありのままの姿をさらしている。売春婦ではない。愛人のところへ行くのか、あるいは家族と一緒に旅行している宿泊客。男を前にしてどのようにふるまうか心得ているようにも見える。経験のある女。女のにおいを嗅《か》ぎとろうとした。通りで女とすれちがうときには、いつも香水のにおいを鼻に感じようとする。

「プレーゴ」ちょっと間があいたが、この女には愛想をよくしようと思ってアーキムは答えた。フランス語に切り替えて同じことを繰り返した。「どういたしまして」

特に美しいというわけではないが、可愛《かわい》らしく、なによりも目の輝きが印象的だ。アーキムはもっとこの女といたいと思った。六階のボタンを押すと、女は七階を押した。

「もう少しで同じ階になれましたね」

エレベーターは上昇していく。イタリア人の女は答えなかった。仕事のためにアドレナリンが分泌され、大胆に出すぎたのかもしれない。六階に着いてドアが開き、アーキムは小声で「ボンソワール」と挨拶《あいさつ》をして降りていくと、女は「ウイ」と答えてくれた。アーキムはドアが閉まるまで待ち、それから六〇八号室へ向かった。

廊下には人っ子ひとりいなかった。ヴァンサンの部屋の前まで来ると静かにノックした。こちらに近づいてくる柔らかな足音が聞こえてきて、ドアに埋め込まれた魚眼レンズに目が寄せられた。鍵があき、なかへ通された。

「リュックは?」

調子はどうだ、アーキム、でもなければ、これは驚いた、でもない。ぶしつけに、リュックは?　ときた。三流の人間だといわんばかりだ。ヴァンサンといると、いつもそんな気にさせられる。

「もう少しあとで来る」

部屋は広く、タバコのにおいがかすかな風に運ばれてきた。窓があいており、カーテンバトンが窓ガラスに当たってコツコツ音をたてている。ヴァンサンはホテル・ルテシアのガウンをジーンズの上にはおっており、裸足《はだし》だった。われを忘れたようなヴァンサンの姿を見るのは、アーキムの記憶にあるかぎり、このときがはじめてだ。

「〝あとで来る〟というのはどういうことだ？」

アーキムはダブルベッドと向かい合わせに置かれた椅子に腰をおろした。左側の枕に頭を載せたあとがある。まるで子どもが空手チョップでもしたようだ。ベッドカバーの上にはテレビのリモコンが放り出されており、テレビの横にはミニチュアのウィスキー・ボトルが二本並んでいた。

「答えてもらおうか」ヴァンサンはベッドと椅子のあいだに立った。ヴァンサンの知りたいことを答える義務がアーキムにあるといわんばかりだ。「イギリス人はどうやっておれのことを知った？　やつらに話したのは誰だ？　フランソワはどうなっている？」

「フランソワってあんたのことだと思っていたよ、ヴァンサン」どうしても茶化したくなってそう答えた。ヴァンサンがあまりに役に没頭しているのでみんな笑っていたのだ。スリマンはヴァンサンに向かって〝マーロン・ブランド〟と呼びかけたこともあった。隠れ家にいるときでも、ヴァンサンがフランソワになりきっていたからだ。

「からかっているのか？」

ヴァンサンは腕力が強く、すぐに頭に血がのぼるが、根性なしだ。そういう男なのだ。尊敬すべきところなど皆無。

「誰もからかってなんかいないよ、ヴァンサン」

ヴァンサンがベッドに歩み寄り、座るのをアーキムは目で追った。士官学校のアイドル、対外治安総局の人気者。ヴァンサンはいつだってうぬぼれている。

「リュックはどこにいる？」

ヴァンサンはふたたび尋ねた。アーキムはうんざりしてきたので、少し楽しむことにした。

「ヴァレリーのことは訊かないのか？　気にしていないわけではないだろ？」

「ボスはリュックだ」

ヴァンサンは間髪を容れずに答えた。

「そう思っているのかい？」

沈黙が降りた。こうして黙り込んでいるうちに、ヴァンサンはアーキムがこの部屋にいるという妙な状況を受け入れはじめたようだ。

「どういうことだ？　メッセージでも持ってきたのか？」

「ああ、そうだよ」

ここからはわけはない。実行に移すだけだ。革のバイク・ジャケットのジッパーをおろし、内側に手を入れて銃を握り、ヴァンサンの胸に銃口を向け、一発発射した。サイレンサーが音を消し、ヴァンサンは壁のほうへ倒れた。アーキムは立ちあがり、前に踏み出した。ヴァンサンの目は、なにが起きたのかわからずに混乱している。目に涙があふれる。顔面は蒼白、喉《のど》の奥で血がごぼごぼと音をたてる。頭と心臓にさらに一発ずつ撃ち込んだ。頭をぶち抜いた時点で、ヴァンサンは人形のように動きを止めた。アーキムは排出された薬莢《やっきょう》を拾い、ジャケットの内ポケットに銃を収めるとドアへ向かい、椅子に座ったときにポケットから落ちたものがないか確認した。ドアの魚眼レンズから外の様子を探り、誰もいないことを確認すると廊下へ歩み出た。

74

ケルはこれからやろうとしていることを、わざわざロンドンのアメリアには報告しなかった。ケルはヴィガーズに指示し、六階のエレベーター付近で、監視カメラの死角になるところを探して待機するように言った。アラブ人か対外治安総局の連中がヴァンサンの部屋に入っていく、あるいは出てくるのを見張るのだ。オールドリッチには外の車のなかで待つように指示し、エルサにはヴィガーズが予約した部屋へ行くように言った。

「きみにできることはもうない。寝るんだ。朝になったらやってもらいたいことが出てくると思う」

それからケルはホテルの外で待った。タバコを吸い、歩道を行ったり来たりする。パリは月曜になり深夜一時を過ぎた。まだ、暖かく、湿気が多い。五十代なかばの男がケルの前を通ってホテルへの階段をあがっていった。見知らぬ者ばかり、誰もが脅威だ。ケルは振り返り、オールドリッチに目を向けた。頼りがいのあるオールドリッチは、丸一日、抜け目なくふるまい、今もまだその気力は衰えていない。超一流の男だ。お互いにうなずいた。警察の車が黄色いヘッドライトで闇を切り裂きながら、ラスパイユ大通りをただ北へと流していった。

ケルの携帯電話がポケットのなかで振動したとき、アラブ人がホテルに姿を見せてからまだ十分もたっていなかった。ヴィガーズからだった。

「部屋を出ていった。階段を降りていくところだ。おれはエレベーターのなかにいる」

「確かにやつか？」

「ああ。白と黒のバイク・ジャケットを着ている。下へ降りていった。そちらへ……」

電話が切れた。ケルが合図するとオールドリッチはプジョーのエンジンをスタートさせた。階段の上のホテルの入口に目をやると、ガラスの回転ドアの向こうから近づいてくる人影が見えた。ヴィガーズはおそらくあと十秒ほどしたら出てくるだろう。ケルはオールドリッチに目配せをした。いよいよだ。

アラブ人はホテルの階段を降りてきた。右手にいるケルに目を向けたが、マルセイユで襲った男だとは気づいていないようだ。しかし、接触するのを避けるように左へ歩いていった。つまり、プジョーのほうへ向かったのだ。ヴィガーズはエレベーターを降り、ロビーを駆け抜け、まもなく回転ドアから姿を現わすはずだ。ケルは身構え、アラブ人が車から二メートルほどのところまで近づくと、その背中に向かって走り、右手で後頭部にパンチをくらわせ、左手で体を押さえ込んだ。ヴィガーズも近づいてきてプジョーの後部座席のドアをあけ、振り返ってケルに手を貸した。アラブ人の体の重さと、強靭《きょうじん》な肉体、隙をついて反撃してくる巧妙さをケルは忘れていなかった。しかし、ヴィガーズは、はるかに腕力があり、数秒のうちにアラブ人を後部座席に押し込んだ。ドアが閉まるとオールドリッチは車を出し、ラスパイユ大通りを突っ走った。ヴィガーズはアラブ人の頭を後ろにのけぞらせ、ケルは男の両腕を背後にまわして自分の胸に押しつけた。アラブ人は大声をあげ、逃れようともがき、ケルの顔や首に唾《つば》を吐きかけた。

「黙れ。腕をへし折るぞ」ケルは食いしばった歯のあいだから、アラビア語で言った。そのとき車はサン＝シュルピス通りへと曲がりこみ、ケルはドアに体を押しつけられた。どこへ連れていくか、これからこの男をどうするのか、考えていなかった。そればかりではなく、静まり返った深夜のパリの大通りで、男を拉致《らち》して気づかれないはずはない。

「南西へ向かってくれ。パンテオン、プラス・ディタリー駅のほうだ」

バイク・ジャケットの分厚い革の下に、硬いものが隠されているのをケルは感じた。

「ヴィガーズ、腕をつかんでいてくれ」

ケルは手の力をゆるめ、ヴィガーズがアラブ人の腕をつかんでさらに後ろへねじりあげ、背中に貼りつけるようにした。もがくのをやめたが、唾液《だえき》が白い泡となって口の端に盛りあがっている。ケルがジャケットのジッパーに手を伸ばすと、アラブ人はあごを下げて嚙《か》みつこうとした。

「少しはいい子にしていろ」

ケルはそう言って頭をつかんで後ろへ引っ張った。ジッパーをおろし、ジャケットのなかに手を突っ込んですぐに銃のグリップを探りあて、引き抜いた。

「どうしてサイレンサー付きのオートマティックなんか持っている?」フランス語で尋ねた。火薬のにおいが漂った。「いや、もっとはっきり訊こう。どうして撃った?」

ヴィガーズは、SIGザウアーの九ミリだと言った。ケルはサイレンサーを取りはずした。弾倉にはまだ八発残っている。ケルは前にかがみこみ、助手席の前の足を置くくぼみに銃を置き、さらにジャケットを探った。財布、携帯電話、タバコの箱などを引っ張り出す。尻のポケットを探れるように前かがみになれとアラブ人に命じた。パンテオンから東へ一ブロックのところまで来ると、オールドリッチがズボンのベルトをはずしてヴィガーズに渡した。ヴィガーズはアラブ人の手首を縛った。ケルは携帯電話を取り出すとアメリアにメールを送った。

大至急、隠れ家が必要。〝カッコー〟はおそらく死亡。容疑者を捕らえ、今、車のなかにいる。マルセイユで襲ってきた犯人のひとり。

75

ケルからのメールを受け取り、アメリアはSISのパリ支部に協力を要請しなければならないと思った。これだけはやりたくなかった。誰もが口が堅いとはいえ、今回のことを知る人間が増えると、対外治安総局の作戦の噂がSISのなかに広まる危険が増してしまう。そこで、野心のある若い者を選ぶことにした。出世コースにいる二十七歳の独身の男。長官に任命されたアメリアからの依頼なら、喜んで引き受けるだろう。自分の技術、思慮分別が評価され、出世街道を邁進《まいしん》することになると思うはずだ。

マイク・ドラモンドは午前三時少し前に起こされた。着替え、セーヌ川左岸にある廃兵院から二十五分間車を走らせ、パリ南郊の町オルセーに午前四時には着いていた。ここはベッドタウン、鉄道の駅から数分のところにある静かな一画だ。SISは寝室が二部屋ある一戸建ての家を借りている。

ドラモンドがまちがいなく隠れ家に着く頃までケルは待ち、それからアメリアから教わった住所へ行くようにオールドリッチに指示をした。四時十五分、地味な家具が置かれた居間にアーキムを連れていった。窓の前には小さなフラットスクリーンのテレビがあり、ガスの暖炉の上には花瓶が飾られ、ドライフラワーがさしてあった。ドアの近くにある机には盆が載っており、半分ほど空《から》になったロシア産のウォッカ、ストリーチナヤの瓶が一本置かれていた。

「飲むか？」

「水をくれ」

アラブ人は答えた。車のなかでアラブ人は落ち着きを取り戻していた。アーキムだと名乗り、〝カッコー〟を殺したことを否定し、フランソワ・マロの誘拐とは関係がないと言い張り、昼までに戻らないとパリにいる〝友人〟が動きだすと脅した。しかし、怒りは静まり、激しく抵抗することもなくなった。むしろ態度が明るくなり、ケルはこの男は落とせると思った。

「食べ物は？　腹は減ってないか？」そうアーキムに尋ねてからケルはドラモンドに目を向けた。バーミンガム出身の赤毛の若者は、そばかすが散り、獅子鼻《ししばな》、話しかけられたときだけ言葉を返すことを信条としているようだ。「冷蔵庫のなかに食い物はあるんだろ？」

「もちろん」

ドラモンドは答えた。ヴィガーズはバスルームへ行き、それからインスタント・コーヒーを三人分つくり、ひとつを車のなかで待機しているオールドリッチのところへ持っていった。

通りは真っ暗で静まり返っていた。カーテンが揺れることもなく、のら猫も犬も寝静まっている。オールドリッチはこの二時間、ほとんど運転しっぱなしだったので、ヴィガーズは見張りを交代しようと申し出た。ヴィガーズは車に乗り込み、オールドリッチは家のなかに入っていった。

ケルはオールドリッチを居間に迎え入れると、アーキムに向かって言った。

「どういうことか話そう。われわれはイギリス情報局秘密情報部《SIS》の者だ。おそらくMI6と言ったほうがわかってもらえるだろう。パリには十二名からなるチームがこの件に関わっており、ロンドンのテムズ川のほとりにある本部では、さらに多くの人間が今のこの会話を聞いている。身の危険はない。ホテル・ルテシアの前では手荒なことをしたが、ほかに方法がなかったからだ。これからの話し合いは、きみが思っているほど不愉快なものにはならないだろう。車のなかでも言ったように、マルセイユできみの顔を見ている。仕事だからやったということぐらいわかっている。復讐しようとは思っていないよ、アーキム。ヴァンサン・セヴェンヌを殺したことできみを裁く気もない」

アラブ人は顔をあげた。どのように責められるのかわからず、困惑しているようだ。ドラモンドはキッチンから水の入ったグラスを持ってくると無言のままアーキムに手渡し、椅子に腰をおろした。グラスを口に運ぶアーキムの手が震えている。

「車のなかで携帯電話を調べさせてもらった」

ケルはつづけた。ドラモンドが尋問の様子を心に刻みつけようとしているのがわかった。

自らの尋問テクニックを向上させるという意図とともに、悪名高き〝証人X〟が穏やかに尋問をつづけ、どの時点で脅し、卑劣な手段に訴えるようになるか確かめてやろうという気持ちもあるのだろう。

「電話しなければならない」アーキムは答えた。ふたりはフランス語で会話している。「さっきも言ったように、これから戻ると連絡しないと、連中は行動を起こす」

「どのような行動だ？　連中とは誰だ？」

アーキムの性格を推測し、それにすべてを賭けている。この男は殺し屋だ、それはまちがいない。命令されれば人を殺す。しかし、人間性を失った殺人機械ではない。携帯電話には写真がいっぱい残されていた。微笑んでいる恋人、家族、子どもたち、この若いアラブ人の心をとらえた風景や建物の写真まであった。ユーモアたっぷりのメール、トゥーロンに住む病気の祖母を気遣うメール。慈悲深い神への感謝を綴ったものもあった。アーキムは街にたむろしているちんぴらにすぎず、刑務所に入っているときにフランスの情報組織に引き抜かれたのだ。大昔、アイルランドにいたときに仲間が〝便利な鉄砲玉〟と呼んだ連中のひとりにすぎない。金も教育も希望もない環境で生まれた者が生き抜いていくためには自分を鍛えるしかなく、この男はそのような意志を持っている。しかし、どこか感傷的なところがある。もっとましなことをしたいと思っているのではないか。

「それは話せない」

アーキムは答えたが、そもそもケルは答えなど期待していなかった。もっと打ちとけた気持ちになってもらわないかぎり、無理なことだろう。

「では、おれのほうから言おう」そう言ってケルはドアのそばの机へと歩いていき、ウォッカのボトルの蓋《ふた》をあけ、ツーフィンガー分をグラスに注いだ。酒の力で気持ちを高ぶらせ、朝まで持ちこたえようと思ったのだ。

「名前はリュック・ジャヴォ、ヴァレリー・ドゥ・セールというのではないか。ふたりはきみたちを雇って、今年のはじめ、エジプトでフィリップとジャニーンのマロ夫妻を殺させた」驚いたことにアーキムはこう告発しても否定しなかった。「フランソワ・マロは両親の葬儀のすぐ後に拉致《らち》され、対外治安総局のヴァンサン・セヴェンヌという男が、フランソワになりすまし、われわれの組織の上級職員を手玉にとろうとした」

ドラモンドは脚を組み、またそれをほどいた。アメリア・リーヴェンのことを言っているのだとわかったのだろう。オールドリッチは品定めするような冷たい視線をドラモンドに投げた。経験を積んだベテラン工作員が、死ぬまで口外するなと無言のまま若手に伝えたのだ。「おれにはわからない」アーキムは頭を左右に振った。「そうであるのかもしれないし、ちがうかもしれない」

アーキムはバイク・ジャケットの下に体にぴったりと張りついた黒いベストを着ており、話をしながら降参だというように両手をあげたとき、腕の筋肉の盛りあがりが黒いナイロン製のベストによって強調された。

「これが真相だとわかっているんだ」ケルはきっぱりと言った。部屋にはソファーが一台、アームチェアが二脚あった。ケルはソファーから立ちあがり、ウォッカの入ったグラスを手にアーキムの前にしゃがみこんだ。「ヴァンサンの正体がSISに知られたとわかったとき、リュックとヴァレリーはあわてふためいた、ちがうかな？　作戦は失敗し、ふたりはきみにヴァンサンを殺すように命じた。だが、フランソワをどうするか？　やはり、殺してしまうか、あるいは、母親を脅迫するか」アーキムはそっぽを向いたが、オールドリッチとドラモンドの射抜くような視線と出会うだけだった。「ヴァレリーが今朝《けさ》、うちのボスに電話をし、息子の安全と引き換えに五百万ユーロを要求してきたんだが、そのことは知っていたかな？」金額を聞いてアーキムは、なにかが喉につっかえたとでもいうようにケルの目をまっすぐに見返した。「いくらもらう約束だった？　五パーセントか？　それとも十パーセント？　もうひとりの友だちは？　おれの目にこの傷を負わせた友だちだよ」ケルは顔の傷を指さして笑った。「きみより多いのか、それとも同じなのか？」

アーキムは無言のままでいた。ケルの質問に答えないのは、面目を失いたくないからだろうか。

「どういうことだ？　分け前の話はまったく出なかったのかな？」

「ああ、手数料だけだ」

オールドリッチとドラモンドに恥をさらしたくないとでもいうようにアーキムはアラビア語で答えた。ふたりがアラビア語を理解できるかどうか、ケルにはわからない。

「いくらだ？」

「七万」

「七万ユーロ？　それだけか？」

「大金だよ」

「はじめのうちは、大金だっただろう。だが、今となっては、それほどでもない、ちがうかい？　リュックとヴァレリーは、来週、五百万ユーロを持って姿を消す。きみはもう対外治安総局の仕事にはありつけない。利用されているだけだよ。さあ、ふたりのことを話してくれ。ふたりの関係は？　やつらはすでに三人も殺させてきみの心に重荷を背負わせている。フランソワを撃つことになれば、四人になる」

アーキムは冷たく笑った。リュックとヴァレリーに報復する機会をいきなり突きつけられたからだろうか。

「おれはフランソワを撃たないよ。スリマンが殺したがっているんだ」

76

朝の八時十五分、フランソワは鍵の音を聞いた。アーキムが監視についているときにはもっと早い時間に起こされるのだが、たいていは遅くまで寝かせておいてくれる。

最初の日にリュックから、ドアがノックされるまでベッドから出るなと言われた。やつらが部屋に入ってきたときには、ベッドに座っていなければならない。なにも持っていないことを示すために両腕をあげ、手のひらを相手に見せること。さもないと食事は床に放り投げられ、その日は一日じゅうなにも食べられないことになる。だからフランソワは、このときもいつもどおり、ベッドに座り、降参した兵士のように両手を頭上に持ちあげた。

今朝、入ってきたのはヴァレリーだった。珍しい。ヴァレリーの背後にはリュックが立っている。スリマンの気配はない。アーキムもいないようだ。真夜中に車が出ていく音が聞こえた。男が家に入ってきて玄関ホールでリュックが出迎えたようだった。スリマンとアーキムがマルセイユへ行ったときに臨時に雇った見張り役のひとりだろうか。元外人部隊の兵士でマッチョ、髪を刈りあげたアーリア人で、名前はジャック、ほかの者とはちがって料理ができず、言うなれば怠《なま》け者、救いようのない馬鹿だった。おそらく、また仕事をするために戻ってきたのだろう。スリマンが何日間かいなくなってくれないものか。あいつとはもう二度とお目にかからないようにと祈るような気持ちだった。

「撮影をしなくちゃいけないんだよ」

ヴァレリーはそう言って、ベッドに座ったままでいるように身振りで示した。新聞を持っている。リュックはiPhoneを手にしていた。

「撮影って、なんの？」

「生きているって証拠だ」

リュックがぶっきらぼうに答えた。このふたりのフランソワに対する態度は無愛想であり、神経をピリピリさせているようなところがあった。フランソワは、犯人たちの行動の意味や感情の動きを読み取ろうとした。そうすることで、動機、これからどうしようとしているのか、もっと理解できるのではないか。今のようにぶっきらぼうな態度をとるときや、邪険に扱われているようなときには、殺されるのではないかと縮みあがってしまう。

「これを持って」

ヴァレリーが、《ル・フィガロ》紙を押しつけてきた。今朝のものだ。サルコジの記事、メキシコ旅行の広告、右端にはオバマとワシントンの財政状況の記事が載っている。リュックは玄関ホールから木の椅子を引きずってきてそこに座り、フランソワと向かい合い、iPhoneの背面をベッドに向けた。

「名乗れ」

ヴァレリーはリュックの脇に立っていたが、光をさえぎっていると言われてわずかに左へ移動した。

「わたしはフランソワ・マロ」

妙なことに、こういうことをこれまでにも何度もやったことがあるような気がした。フランソワはヴァレリーを見あげた。ヴァレリーはフランソワの背後のなにもない壁を見つめている。

「今日は何月何日だ?」

リュックが尋ねた。フランソワは新聞を裏返して日付を読みあげ、そのページをカメラの前にかざした。

「もういいわ」ヴァレリーが言い、撮影をやめるようにリュックに指示した。「ほかに知りたいことはないでしょう」

フランソワはふたりに目を向け、なにを考えているのか探り出そうとした。身代金を要求していることは知っている。〝母〟が支払うつもりであることも聞かされた。〝母〟のことはなにひとつ知らないが、毎晩、スリマンがドア越しにささやきかけてきた。その話のどれも信じたいとは思わなかった。拉致《らち》されて最初の数時間、人ちがいだと思っていた。やつらはまちがった人間を捕らえ、まちがった夫婦を殺した。両親が殺されてひと月とたっていないというのに、ふたりから解放されたと思うようになり、自分が恥ずかしく、罪の意識を感じている。気持ちが離れてしまっていたとはいえ、まだ悲しみに沈んでいなければならないはずだ。自分が生き残ることだけを考え、父と母が殺されてほっとしているなんて、おれはいったいなんという息子なんだ？　このことについて誰かと話をしたかった。クリストフとマリアのデレストレ夫妻と話がしたい。きっと少し頭がおかしくなっているのだろう。デレストレは決して裁こうとしない。いつも言おうとすることを理解してくれる。

「この家とも今夜でお別れ」ヴァレリーが言った。「明日の今頃は、引き払っている」

「どうして？」

フランソワが尋ねた。

「どうして？」リュックがフランソワの声をまねして、同じ言葉を繰り返し、玄関ホールへと椅子を引きずっていく。フランソワが開いたドアの向こうに目をやると、居間にスリマンの姿があった。明日の朝は来ないのではないかと、漠然とした不安がフランソワの心を占領した。

「この家に来た人間が多すぎて、あんたがここにいるのを知っている人間も多すぎるからだよ」ヴァレリーが答えた。スリマンが振り返り、フランソワに笑いかけてきた。話はすべて聞いたと言っているようだった。「状況が複雑になったんで、なにもかもすっきりさせようとしているのさ」ヴァレリーはかがみこみ、フランソワの髪を手でなでた。「心配しなくてもいいんだよ、坊や。もうすぐママが助けに来てくれる」

77

ケルはウォッカを飲み干し、アーキムの心を読みちがえたのではないかと不安がきざした。

「スリマンが殺したがっているんだ」とアラブ人が言うと、ドラモンドは驚いて咳き込み、痰《たん》を切るふりをしてこれをごまかした。オールドリッチは、こうしたやりとりにうんざりしたのか、怒りをあらわにして前に一歩踏み出した。そんなことは二度と口にするなというように間を詰めた。

「面白いかい？」

ケルは英語で尋ねた。驚いたことにアーキムは英語で答えた。

「いや」

ケルは口をつぐんだ。ドラモンドに視線を投げ、それからオールドリッチに目を向けた。カーテンにはわずかに隙間があり、外が白んできているのがわかった。おれはヤシーンを尋問しているアメリカ人だ。好きなことを尋ね、好きなことができる。なにをしでかしたとしても、この部屋から漏れることはない。いきなり、アーキムを殴りたくなった。顎を砕くほどの強烈なパンチを叩き込んでやりたい。だが、ケルはみずからに課した行動規範を踏みにじることはなかった。時間さえかければ、このアラブ人から知りたいことを聞き出せるはずだ。

「子どもはいるのか、ドラモンド」

ドラモンドはすぐには反応しなかった。一瞬遅れて話しかけられたのだと気づいたようで、驚いた顔をした。

「い、いえ、いません」

あわてて答えたために、口ごもった。

「オールドリッチ、きみは？」

「ふたりいるよ」

「兄弟？　姉妹？　それとも男と女ひとりずつ？」

「男と女だよ。アシュレイは八歳、ケリーは十一歳になる」

オールドリッチは手を前に差し出して、ふたりの身長をそれぞれ示した。ケルはアーキムに向き直る。

「きみはどうかな？」

「子ども？　おれに？」サンタクロースを信じるかと尋ねられたかのように驚いている。

「いないよ」

「おれはね、子どもをつくることを熱心に勧めているんだ」ケルはつづける。「うちにも子どもがふたりいる。人生が変わったよ」ドラモンドもオールドリッチもこれが作り話であることを知る由《よし》もない。「子どもができるまで、無私無欲に愛するということがどんなことかわからなかった。女を愛したことはある。妻を愛している。だが、女たちはいつも見返りを求めるんだ」

アーキムは顔をしかめた。ケルは自分のフランス語が通じたのかどうか、不安になった。しかし、アーキムは無言のままうなずいた。

「今回のように長旅から家に戻ると――家に着くのが夜の遅い時間なら、まず寝室に行って子どもたちの無事を確かめる。ベッド脇に座って、ふたりの顔をただ見つめていることもある。五分から十分。そうすると心が落ち着くんだ。自分の意地汚い欲望や取るに足らない利害関係などよりも、はるかに重要なものがおれの人生にあるんだということを再確認する。息子という贈り物、娘という贈り物によっておれはよみがえるんだ」〝よみがえる〟というところを強調したくてアラビア語を使った。タジード。「子どもがいない人たちには、なかなかわかってもらえないんだ。子どもは人を完璧にするんだ。妻ではない。夫でもない。恋人でもない。子どもこそ、自分に囚われてしまった人を解放するのさ」

アーキムはジーンズのポケットからティッシュを出して、口元を拭いた。キッチンにあったチョコレート・ビスケットを与えていたのだが、数分のうちに三枚食べていた。ケルはこうした方向から攻めていって、果たしてうまくいくのか自信がなくなった。

「両親はまだ生きているのかい、アーキム」

「おふくろは死んだ」さらに質問する間もなくアーキムは先をつづけた。「親父には会ったことがない」

　この言葉にケルはくらいついた。

「母親を捨てたのかい？」

　またしてもアーキムの沈黙がすでに答えとなっていた。

「父親に会いたいとは思わないんだな？」

　自尊心がアーキムの体全体にみなぎったのだろう。ダンスのように体を動かすと答えた。

「当たり前だ」

　一瞬ながらアーキムの目によぎった表情は、それでも父親に会えたらという思いではなかったのか。

「ほかの家族はフランスにいるのか？　兄弟、姉妹、従兄弟《いとこ》」

「ああ」

　彼らのことを考えてほしかった。携帯電話に保存してある姪《めい》っ子の笑顔、トゥーロンの病院にいる病気の祖母に思いを馳せてくれ。

「フランソワ・マロの母親は、おれの友だちであり、仕事の仲間でもある。二十歳のときにわが子を養子に出さなければならなくなった。それからというもの、自分の子どもには会っていないんだ。父親の立場からいうと、その苦しさは想像すらできないよ。母と子というのはもっと複雑な関係だからな。その絆が消えることはない。へその緒が子宮にまでつながっているんだ。きみたちの組織がやったことは、人間のいちばん根っこにある感情を愚弄《ぐろう》することだ。人間として誰しも持っている愛の心を踏みにじったんだよ。そういう連中に手を貸そうと思ったとき、そこまで考えたかな？」

　アーキムは口の端からビスケットのかけらを拭《ぬぐ》い、床を見つめた。よし、今だ。

「きみに提案がある。あと二時間もしたら、ホテル・ルテシアの部屋係のメイドがヴァンサン・セヴェンヌの部屋のドアをノックする。返事がないのでまだ寝ていると思うにちがいない。そこでそのままにしておく。さらに二時間、今度は死体を発見することになるだろう。ミスター・ヴァンサン・セヴェンヌが殺されるちょっと前、きみがホテルに入ってくるのをおれの仲間が三人、目撃しているんだ。当局はホテルの監視カメラに映ったきみの姿も確認するはずだ。フランス当局がもっとも避けたいと思っているのは、スキャンダルだよ。だから、なんとかして、この射殺事件をひとりの男のせいにしてしまいたいと思っているはずだ。さらに、フランソワ・マロを誘拐して殺したことでイギリス側からかなりの圧力がかけられた場合、当局には生贄《いけにえ》が必要になる。イギリスはフランスに監視カメラの映像を要求することになる。さらに、この二時間ほどおれたちが交わした会話の音声と尋問の様子を映したビデオを公開したいとイギリスは思うかもしれない」アーキムは天井を見あげ、それからドア、窓に視線を走らせた。ケルの言ったカメラとマイクがどこにあるのか確認しようとしたのだろう。「自分の置かれた立場がわかったかな？　この男は——ドラモンドを指さす——パリのイギリス大使館で働いている。十二時間以内にロンドンのガトウィック空港近くにあるホテルの部屋をきみのために用意することができる。十二時間以内に、ＥＵ市民としての新しい身分証明書とイギリス国内に永久に住めるように家を用意する。知りたいことを教えてくれたら、きみの面倒をみよう。きみが犠牲者だということはわかっているんだよ、アーキム。敵とはみなしていない」

長いあいだ、沈黙が室内を領した。ケルはアーキムの顔を見つめた。遠くを見るような目で一点を凝視している。ふたたび口を開くことがあるのだろうか。答えてほしい。なんとしてでもこの任務を成功させたかった。アメリアのためばかりではなく、自分自身のため、この何カ月ものあいだの悲惨で絶望的な暮らしから逃れるためにだ。

アーキムは剃《そ》りあげた頭を一方に傾がせ、ゆっくりと立ちあがるボクサーのようにケルのところへやってきた。

「サル＝シュル＝レールだ」アーキムは静かに言った。「その女の息子は、サル＝シュル＝レール近郊の家に監禁されている」

78

ケルはTGVに乗ってトゥールーズへ向かっていた。アメリアから電話が入り、捕らえられているフランソワの映像が送られてきたと言った。

「生きているという証拠ね。今朝《けさ》、撮影されている。今からその映像を送るわ」

アメリアが息子の顔を見たのはこれが最初のはずだ。アメリアがどんな気持ちでそれを見たのか、想像すらできない。無償の愛がいきなりわき起こったのか、それとも、つかの間の喜びを裏切るような悲惨なできごとが起こるかもしれない、そう思ってしまう自分に辟易《へきえき》したか。おそらく、スクリーンに映し出された男の顔、としか思えなかったのではないか。ヴァンサンにあれほどの愛を注いだあと、映像だけで見るわが子に結びつきを感じることができたのだろうか。

「ホワイトからなにか言ってきた?」

三人からなる攻撃チームは、六時前にスタンステッド空港を飛び立ち、二時間後にはカルカソンヌ空港に着陸している。〝ジェフ〟とだけ名乗っているチームのひとりが、車でペルピニャンへ行って連絡員と会い、必要機材と武器を調達した。ホワイトともうひとり〝マイク〟が、サル＝シュル＝レールに入って隠れ家の様子を探り、なかに何人いるのか確認しようとした。それから、ホワイトとマイクはカステルノーダリのホテルに部屋をとり、二時十五分到着予定のケルの列車を出迎えるために西へ車を走らせてトゥールーズへ向かった。

「ひとつだけ言っておきたいんだけど」アメリアは言った。「攻撃チームにとってわたしは、ひとりの顧客にすぎない。何年もＳＩＳと仕事をしているけれど、そんなものはすでに過去のこと。わたしたちが、彼らの作戦に口出しすることはできない」

ケルもそのことは充分に承知していた。

「なにもかもうまくいくさ」ケルはアメリアに請け合った。電話の向こうからジョージ・トラスコットが怒鳴っている声が聞こえてきたように思った。ヴォクスホール・クロスで部下に向かって命令を下しているのだろうか。「アーキムの情報が正しければ、今夜にはフランソワを救出できる」

アーキムは嘘をついていないとケルは確信していたが、ますますその思いを強くしたのは、ホワイトが偵察した隠れ家の農家の詳細が、アーキムの言っていたこととぴったりと一致したからだ。さらに、マイクがヴィルヌーヴ＝ラ＝コンタルにあるタバコ屋でアーキムの写真を店主とその母親に見せたところ、この三週間、ラッキーストライク、新聞、雑誌などを買っていくふたり連れのアラブ人の片割れだと証言したのだ。店主は、アラブ人が住んでいるのは丘の上の農家だとも言った。その家はサル＝シュル＝レールから南西へ行ったところにあり、もともとはテボー兄弟のものだったが、今はパリに住むビジネスマンの所有だという。

これだけ確認できれば充分だろう。

「今朝、道の反対側にある納屋から家の様子を偵察した」

ホワイトは体重九十キロ、身長百八十センチ強の体格の持ち主で、イートン校を卒業し、バグダッドに長くいたために日焼けしている。保安警備会社ファルコンを経営しており、イラクやアフガニスタンなどの修羅場《しゅらば》へ出かけていって年に七桁《けた》の売り上げがある。いつもの歯医者に予約を入れるような軽い調子で作戦について話した。

「家はもらった見取り図どおりだった。東側と西側に出口があり、D六二五号線へと通じている。南からは徒歩でないと近づくことはできないが、ジェフの意見では風車小屋に身を隠して狙撃することができる」ホワイトのような男にとって、のどかな田舎町の真ん中で警備の手薄な農家からフランス人を救出することなど、楽に稼げる仕事なのだろう。「敷地の西側に塀で囲まれて外から見えない一画がある。フランソワが運動しているっていうところだろう。プールが正面から見える。うってつけの場所だ」

「なかに何人いるかわかったか？」ケルは尋ねた。ホワイトとマイクはケルを車に乗せると、主要幹線道路A六一号線を東へ進み、カステルノーダリへ向かった。「アーキムの話では、元外人部隊の兵士ふたりをバックアップとして使うこともあるという。スリマンは家にいる。あとは、リュックとヴァレリーだけだろう」

ひと昔前のシトロエン2CVを追い越し、内側の車線に入ると制限速度を守って車を走らせた。

「ジェフが見張っている。拉致《らち》事件で心配なのは、犯人は人質を連れて絶えず場所を移動することだ。あの家を監視下に置いているが、人のいる気配はない。電話で話してくれたことから判断するに、連中はとても用心深く、携帯やコンピューターを使うときは、家から離れたところまで行くようだが、それにしてもずいぶんと長い時間、出かけていることになる。ひょっとすると、移動するつもりなのかもしれない。ホテル・ルテシアでアーキムの身柄を拘束してから、何回連絡が入っている？」

八時を少し過ぎたとき、リュックがアーキムの携帯電話にかけてきた。アーキムはヴァンサン・セヴェンヌを始末したことをメールで報告した。しかし、ケルがオステルリッツ駅へ行くために家を出た直後、ヴァレリーがふたたび電話をかけてきた。ドラモンドが無視するようにアーキムに命じた。ヴァレリーはそれから一時間後にふたたび電話をしてきて、メッセージを残した。

「アーキムは話をするべきだ。さもないと、連中が疑う」ホワイトが言った。「第二の隠れ家のことはなにか言っていなかったか？」

ケルは首を振った。ホワイトの言葉には、無言の警告がこめられていた。おれたちはアメリアのためにこの仕事をしている。お友だち料金でだ。動けるのは、せいぜい二日。それ以上、この仕事に関わる余裕はない。アメリアの息子が家のなかにいなければ、おれたちはスタンステッドに帰る。

ちょうどそのとき、運命が微笑んでくれたかのようにジェフから連絡が入り、若いアラブ人が廃墟となった風車小屋の前の道を歩いていくという。家から南東に三百メートルほどの地点だ。

「スリマンだ」

ケルが言った。さらに、トヨタの白いランドクルーザーが家の庭内路に駐まっているという。今朝は車など駐まっていなかったとホワイトは言っている。おそらく、リュックとヴァレリーがアーキムに電話をかけて戻ってきたのだ。

作戦の実行にゴーサインが出たようなものだ。カステルノーダリのホテルの続き部屋に戻るとホワイトは、作戦について説明した。

「ボスの男は、夜、泳ぐそうだな」

「アーキムはそう言っていた」

「ではそのときを狙う。家の近くで待機し、リュックが泳ぐために出てきたときが、攻撃開始の合図だ。風車小屋からジェフが水着姿のリュックを排除する。泳ぎに出てこなかったら、それはそれでかまわない。夜明けまで待つ。ミセス・アメリア・リーヴェンは実弾を使うように言った。死者が出る」

「パリにメッセージを送りたいんだ」

ケルがアメリアの意図を付度《そんたく》して答えた。

ホワイトはうなずく。いつものごとく入れる歯医者の予約。それから襲撃に関する詳細を説明した。ジェフ——カーリーヘアで四十代なかば、どこからどう見てもシュロプシャーあたりのパブの人のいいオヤジ――が、家の南側の道から接近し、プールの二百メートルほど手前にある廃墟の風車小屋に身を隠す。マイクは正面玄関から侵入し、人質が捕らえられている部屋を確保する。マイクが押し入ったのと同時にホワイトは、運動用の庭から家のなかに忍び込み、人質のいる部屋の裏手のドアにかんぬきのように渡した鉄棒を取り除き、そこからフランソワを連れ出す。ケルは車のなかで待ち、みんなを乗せてD六二五号線を突っ走る。三人だけでこと足りる〝わけない仕事〟だとホワイトに言われたが、ケルは自分にもなにかやらせてくれと申し出たのだ。

「われわれが突入したら、東側の十字路をさえぎってくれ。不測の事態が起こり、やつらが家から出てきてランドクルーザーに乗ろうとしたら、逃亡を阻止しろ。タイヤを撃ち抜くんだ。バンパーから上を狙ってはだめだ。われわれに気づいて、人質を連れて逃げようとするかもしれない」

「気づかれるようなことがあるのか？」

ジェフは笑った。SASにいるときそのままの体格と丸刈りのマイクは、カウボーイが嚙《か》みタバコを床に吐き捨てるようなしぐさをした。ホワイトは笑みを浮かべながら、ケルにグロックを渡した。

「撃ったことは？」

「連絡網がまわらなかったかい？」ケルは銃身に触れながら言った。「最近のSISはみんなやっていることがある。暗殺だよ」

79

　フランソワがベッドに腰かけていると、階段を降りてくる足音とリュックがヴァレリーに泳いでくると話しかける声が聞こえた。夜の七時少し前、あと十分ほどでスリマンかジャックが夕食を運んでくるだろう。この部屋で最後の食事だ。荷造りをし、ダンボール箱をランドクルーザーへ運び、トランクに詰め込んでいるのが音でわかる。スーツケースをロックしている。いつなんどき、この部屋から連れ出されてもおかしくはない。新しい牢獄、新しい恐怖へと。もうここには二度と戻ってこない。

　五分が経過した。電子レンジの扉が音をたてて閉められた。また冷凍食品だ。箱に入ったライス。スーパーマーケットで売っているソースをかけた筋ばかりのビーフあるいはポーク。数分後に電子レンジのタイマーがチンと鳴り、ジャックかスリマンが皿に食い物を盛る。ふたりのうちどちらかが盆を持ち、もうひとりは、フランソワが逃げ出さないように警戒しながら、部屋に入ってくるのだ。

　足音が聞こえ、ドアがノックされた。フランソワは頭上に両手をあげる。鍵が差し込まれた南京錠がドアに当たって音をたてた。ジャックが入ってきてテレビに視線を走らせ、床に盆を置くと、部屋の奥へ行って小便の入ったバケツを手にとった。

「この部屋は臭い」

そんなことは、もう何度も言われている。スリマンがジャックの背後に立っていた。無関心な様子でなんだか妙だが、おそらく、少しラリっているのだろう。いつも二言三言《ふたことみこと》、悪意に満ち、侮辱する言葉を投げつけてくる。それで血のめぐりをよくし、退屈を紛らわせるのだ。左目にはまだ傷跡が残って腫《は》れているが、今夜はその目にどこか少し遠くを見るような表情を浮かべている。なにか別のことに心を奪われている。まもなくぶちのめされることを第六感で察している顔つきなのだ。

裏手の道を車が通った。車は南東のほうから走り抜けていく。地元の人間はそれが近道だと知っているのだ。そのとき、二階で女の叫び声があがった。取り乱したり、恐怖から発せられたのではなく、驚きと怒りに満ちた声だった。ヴァレリーだ。ジャックは床にバケツを置いてフランソワの前に立ち、スリマンに目を向けてから部屋を出ていこうとする。まるで鳴りだした火災報知機が、訓練なのか本物なのか、見極めようとするかのように。ヴァレリーが階段を駆け降りてくる足音が響く。そのとき、玄関のドアがあき、なにかが放り込まれて廊下を転がっていった。家がひっくり返るかと思うほどの轟音。スリマンとジャックが耳を塞《ふさ》ぎ、部屋が咆哮《ほうこう》した。ジャックは床に倒れた。なにかにつまずいたか、滑ったのだと思ったが、背後の壁に血が飛び散っていた。ライフルの銃身、それから男が姿を現わした。身体防護服《ボディアーマー》をつけ、頭部をすっぽりと覆《おお》い、目だけが見える帽子をかぶっている。フランソワは耳が遠くなっていた。バケツを蹴ってしまい、目の前の床に小便が広がっていくのを眺めた。こんなときに、これはスリマンが掃除するのだろうかなどと考えてしまった。

ヴァレリーが階段を降りきり、部屋のなかをのぞきこむとスリマンに向かって金切り声をあげた。

「殺せ」

その瞬間、部屋のドアに鮮血が飛び散り、ヴァレリーがジャックの隣に崩れ落ちた。兵士が放った弾丸はヴァレリーの頭を直撃したのだ。

スリマンはジーンズの尻ポケットに手をやった。そこに銃を突っ込んでいるのだ。夜も昼もフランソワをあざけるときや、脅すときに使った銃だ。

スリマンは訓練を積んだ淀《よど》みない動作で銃を抜くとフランソワの胸に向けた。フランソワはスリマンの向こうに目を向け、ジャックとヴァレリーを射殺した目出し帽をかぶった兵士を見つめた。即座に兵士はライフルの銃口をスリマンに向けたが、遅かった。スリマンはフランソワに詰め寄って体をつかむとわけなく反対側を向かせたが、目の前の木の枝を払うかのように何気《なにげ》ない動作だった。フランソワは右のこめかみに冷たい銃口を押しつけられた。首にスリマンの腕が巻きつく。フランソワは後ろへ引っ張られ、部屋の奥へと兵士から遠ざかっていく。

フランソワはもがいて自由になろうとしたが、スリマンの腕に力がこもり、銃口がよりきつく押しつけられるだけだった。

「部屋から出ろ」スリマンが叫んだが、兵士が理解したかどうかはわからない。「部屋から出ろ」フランス語で叫びつづける。「外へ出ろ。こいつを連れて車でずらかる」

首に巻きついた腕の力が、一瞬、緩《ゆる》んだ。フランソワは空気を求めてあえぎ、咳き込んだ。顔じゅう汗まみれだ。スリマンとフランソワはお互いの肌を通じて恐怖をやりとりしているかのようだ。がっかりしたことに、兵士はライフルをおろし、ヴァレリーの死体をまたいでドアのほうへと後退していった。どうやら降伏したようだ。それを見るとスリマンはためらいがちに一歩前へ踏み出した。腰と腰がぶつかり、廊下のほうへと押しやられる。ドライバーでねじを締めるように銃をこめかみにぐりぐりとねじ込んでくる。

「殺してやる。わかってるよな？」

スリマンは耳元でささやいた。目の前で繰り広げられているできごとに興奮し、この状況を楽しんでいるかのようだ。引き金にかかった指に力が入るのではないかと、恐怖に震えながらフランソワは、ドアまで後ずさった兵士を見つめた。このまま庭内路まで退却するつもりなのだ。一方、スリマンはフランソワの体を廊下のほうへと押していき、ジャックとヴァレリーの死体のあいだを歩いた。

フランソワはスリマンよりも先に背後で動くものがあることに気づいた。この部屋の隅から隅まで、その空気、表情にすっかりなじんでしまったからだろう。部屋の奥のドアがあかないように渡した鉄の棒が音もなく取り除かれたのを感じ取ったのだ。いきなりノブがまわされてドアがあき、ふたり目の兵士が背後に姿を現わした。フランソワは右側に頭をねじり、なにが起こったのか見ようとした。スリマンの頭とフランソワの頭のあいだに隙間ができた。ふたり目の兵士はこの瞬間を逃さなかった。このときになってようやくフランソワは自分にも勇気がいるのだと悟った。スリマンの頭がはじけ飛んだのを目にしてはいたが、身を引き離そうとあらがい、スリマンに攻撃を仕掛けようとしたのだ。フランソワは生暖かい血の味を感じ、憎むべき男の脳みそがヴァレリーの死体に滴《したた》り落ちているのを目にした。

「フランソワか？」

スリマンを射殺した兵士が、フランス語で尋ねた。この男もボディアーマーをつけていたが、目出し帽はかぶっておらず、日に焼けた顔をさらしていた。いまだショック状態だったが、フランソワは答えた。

「そうだ」

最初の兵士が戻ってきて、サイレンサーの付いた銃でスリマンの胸に弾丸を打ち込んだ。

「おれたちの陰に隠れろ」ふたり目の兵士がフランス語で怒鳴った。「ほかに誰かいるのか？」

トーマス・ケルは耳を澄まし、風車小屋から聞こえてくるはずの最初の銃声を待っていた。七時過ぎに小さな音が聞こえたのは、サイレンサー付きライフルの発射音だろう。そのすぐあとに、リュックがプールに落ちた水音がし、つづいて二階からそれを見ていたヴァレリー・ドゥ・セールの悲鳴が響きわたった。それを合図にマイクが玄関から突入し、閃光弾を玄関ホールに放り投げた。マイクはつづけざまに三発の弾丸を放ったようだ。ケルのいるところから三十メートル東側では、ホワイトが姿勢を低くして木の陰に隠れながらすばやく移動し、あっという間に家の裏手へと消えた。フランソワが監禁されている部屋の裏口へ向かったのだ。

ケルは指示どおりに行動した。レンタカーのエンジンをかけ、バックで庭内路へ進入し、家から五、六メートルのところに停車させ、後部座席のドアを両方ともあけた。車を降りたとき、家のなかから怒鳴り声が聞こえてきた。男がフランス語でわめいている。マイクに銃を捨てるように叫んでいた。ケルはホルスターからグロックを引き抜いた。いきなり汗が噴き出し、首や胸がじっとりと濡れた。二十年以上、秘密工作員として任務をこなしてきたが、銃を撃ったことはなかった。玄関を振り返ると、マイクが家から出てきた。断崖へ追いやられているかのように後ずさっている。

そのとき、左手で動くものがあった。プールのほうからやってきて、家の北のはずれにある段庭《テラス》を横切った。スイミング・ショーツをはき、頭から足の先までずぶ濡れで首と肩の傷から血が滴《したた》っている。傷は鮮やかな赤で染まっているが、ショーツのあたりまでくると黒味を増していく。リュックだ。ケルはそちらへ走っていきグロックで狙いをつけ、止まれと大声をあげた。だが、リュックはなにもわかっておらず、生き抜こうという本能だけで動いているのは明らかだった。マルセイユで話をしていたのでケルの顔に気がついたようだが、段庭《テラス》を振り返り、手入れされていない広々とした芝生を歩きはじめた。酔っ払いのような千鳥足で道のほうへ向かっていく。ケルはもう一度、止まれ、と叫んだ。段庭《テラス》への階段をのぼったが、リュックを撃つことも、追いかけることもできなかった。今このときにも、車が必要になるかもしれないのだ。フランソワを乗せて突っ走らなければならない。

銃声、つづいてホワイトの声が聞こえたが、ケルは玄関口に目をやって状況を確認し、それからまた道へ向かってよろけながら歩いていくリュックの姿を眺めた。すでに七十メートルほど向こうにいる。隣の畑ではトラクターがひたすら土を耕している。廃墟となった風車小屋の方から段庭《テラス》の端にジェフが姿を現わした。ジェフは走りながら肩までライフルを持ちあげ、リュックの背中に向かって三発放った。リュックは鹿のように崩れ落ちた。その光景を目の当たりにしてケルは凍りついたが、背を向けると車へ戻った。ジェフが無駄のない流れるような動作でライフルを肩にかけ、ケルの背後から家へ歩いてくる。

まずマイクが外に出てきた。その後ろに張りつくようにフランソワ、その体に密着するようにホワイトがつづいた。

「おれと一緒に動け」マイクはフランソワに言っている。「ぴったりとついてくるんだ」

「成功だ」

ホワイトがそう言うと、三人は車まで走ってきた。ケルがまだ運転席のドアを閉めてもいないのに、マイクとホワイトはフランソワを後部座席の床に押し込んだ。ジェフはランドクルーザーのタイヤをすべて撃ちぬき、最後に乗り込んできたが、そのときケルはルノーのエンジンをかけているところだった。

「けが人は？」ジェフが尋ねた。

「完璧だよ、ジェフ」無線でしゃべっているときのようにホワイトは答えた。

「任務完了。標的は倒した」

ケルはアクセルを踏み込んで家を離れた。

ボーヌ　三週間後

80

広場の中央付近にあるベンチに彼らは腰かけていた。五十三歳の女はこざっぱりとしたスカートにクリーム色のブラウス、四十三歳の男は古びたリネンのスーツ、ITコンサルタントの若いフランス人はジーンズをはき、タバコを吸っていた。若者はふたりの甥《おい》か息子のように見える。

「すぐに来るわ」アメリアは言った。

土曜の午前中、十一時少し前、広場中央にある小さな公園では幼い子どもたちが遊び、くたびれて従順な父親たちが子守をしている。妻や恋人たちは、数時間、育児から解放されているのだ。子どものなかにいる三、四歳の女の子が、裸の人形を乗せたミニチュアの乳母車で遊び、ベンチの前の狭い道を行ったり来たりしている。一度転んでしまったが、すぐに立ちあがり、大騒ぎをすることも泣きだすこともなく、フランソワが手を貸そうとベンチを立ちあがったが、そのことに気づいた様子もなかった。

「強いね」ベンチに腰を戻しながらフランス語で話しかけたが、女の子は聞こえなかったようだ。

公園のまわりを時計まわりに車は走り、広場の向こう側のブラッセリーではウェイターたちがペリエやカフェオレを盆に載せ、夏の終わりの日差しを楽しんでいる客のところへ運んでいく。ケルは振り返ってカルノー通りを眺め、腕時計で時間を確認した。

「もうすぐね」

アメリアはふたたびそう言って息子の膝に手を置いた。ふたりが一緒に喜びを分かち合っているところは何度見ても見飽きない。アメリアの長官としての手腕をケルは思った。ジミー・マークワンドは昇進してワシントンへ赴任した。子どもたちの学費を払わなくてすみ、おまけに昇給もし、ジョージタウンのマンションには寝室が五部屋もある。マークワンドは安心してＳＩＳを新長官の手に委《ゆだ》ねられるという思いを強くしたことだろう。女がＳＩＳを引っ張っていくことに対して、ひとつ、ふたつ、懸念を持っていたかもしれないが。サイモン・ヘインズは、首相の助言によってナイトの称号を授けられてすっかり舞いあがってしまい、アメリアが長年にわたって私生児の存在を隠していたことなど眼中になかった。ジョージ・トラスコットは外国でのんびり仕事をすることになった。ドイツにおけるＳＩＳの最高責任者となったのだ。ムッシュ・フランソワ・マロがいきなりロンドンに現われたことについては、しばらくしてから、気まずげに尋ねるだけだった。

アメリアの意を汲んで、ケル、エルサ、ドラモンドが二週間かけて、フランソワの誘拐を実行した対外治安総局の犯人たちとトラスコットの関係を調べたが、なにも出てこなかったし、トラスコットが〝ドヌーヴ〟のことを知っているという証拠もなかった。フランスが北アフリカでの影響力を失いつつあることと、フランソワの一件が関係があるのではないかとケルはにらんでいたのだが、この調査によってそれがまちがっていなかったことがわかった。エルサは二本の固定電話の会話記録を二種類手に入れていた。パリからの電話で、対外治安総局の高官が、アメリアの長官への昇進に〝極度の懸念〟を示していたことがわかった。フランス側の懸念は、充分に根拠のあるものだった。サイモン・ヘインズから長官職を引き継いで二日後にアメリアは、コーカサス地方と東ヨーロッパで展開されていた十九の作戦を打ち切り、トリポリ、カイロ、チュニス、アルジェのＳＩＳの支部の規模を拡大するために、四十人以上の職員をそちらへ振り向けたのだ。トルコの支部長ポール・ウォリンジャーは全権を委任され、イスタンブールからテヘラン、アンカラからヨルダンまでの地域でのＳＩＳの影響力を拡大するようにとの指令を受けた。ロンドンではアメリアの仲間――ＳＩＳとＭＩ５にいる仲間は、こうした地域を再編成することを政府に訴えるように依頼された。アラブの春以後、政府は経済的に優位に立つとともに、かの地の安全をも保ちたいという思いを抱いていた。エジプトで選挙がはじまると、ムスリム同胞団内部に情報源を確保しようと躍《やっ》起《き》になるＳＩＳに対してフランス政府は〝偏執的である〟と断じ、リビアの石油資源が、フランスの総合石油エネルギー企業トタルの手から奪い取られていくことに〝大いなる懸念〟を表明した。

パリはまた、恥じ入りながらも、リュック・ジャヴォの暴走に対して調査をはじめ、その詳細は国内情報中央局にいるアメリアの情報源を通じてヴォクスホール・クロスのSISに伝えられ、リュックが〝ドヌーヴ〟の裏切りによる混乱を収拾するように命じられていたことが確認された。〝ドヌーヴ〟のスキャンダラスな事件によって昇進が止まってしまったリュックはアメリアを名指しで非難し、リュックの上司たちはフランソワ・マロに対する作戦計画を承認して溜飲《りゅういん》をさげようとしたのだ。フランソワが解放されたあと、フランス政府は表向きの見解を発表し、〝悪徳職員の存在〟に対外治安総局はまったく気づいていなかったとした。〝情報活動におけるイギリスとフランス両国のしっかりと結びついた永続的な関係〟を破綻《はたん》させるような危険なことをしでかしたのはこうした連中だというのだ。パリにいるアメリアと対等の地位にある人たちも、アメリア・リーヴェンのプライヴァシーを守り、〝イギリス、フランス両国政府の関係がこじれないように〟、サル＝シュル＝レールで起きたできごとは秘密にしておくべきだと主張した。イギリスの元特殊部隊の兵士たちによる正体不明の組織が、フランス国内で対外治安総局の職員を殺害したのだから、パリが激怒したのは当然のことだ。

ヴァレリー・ドゥ・セールに関する情報を手に入れることは、さらに難しかったが、元フランス国家警察介入部隊隊員であり、モントリオールの生まれであることがわかった。対外治安総局と国家警察介入部隊が、反テロ作戦で協力し合ったときにリュックと知り合った。ヴァレリーのリュックに対する影響力は〝まるでマクベス夫人だ〟とアメリアは評した。また、リュックに対外治安総局を辞《や》めるように言い、個人的な目的のためにフランソワの身代金を要求するようにそそのかしたのはヴァレリーである、というのが一般的な見解であった。

　ケルは四十三歳の誕生日を迎えたが、生活は変わりはしなかった。ヤシーンの裁判は来年だ。〝証人X〟が無罪となり、このできごとがケルの記録から抹消されるまで、SISに復帰させることはできないとアメリアはきっぱりと言っている。クレアはカリフォルニアから帰ってきたが、連絡をしてこなかった。だからいまだに、ケンサル・ライズの独身者用の小さなアパートで暮らし、惣菜《そうざい》を買って家で食べ、映画専門チャンネルTCMで古い白黒映画を見て過ごしている。アメリアはケルの給料と年金をもとに戻すように手続きをしてくれ、息子の救出に尽力したことへの感謝の気持ちを示してくれたが、思っていたほどの見返りではなかった。ケルは親友に贈り物をするために財産を使い果たしたような気がした。親友は贈り物をあけもせずに戸棚にしまいこみ、ケルの気前のよさにとまどっているとでもいえばよいか。こうした気分のなか、アメリアのために危険を犯し、秘密を守ると約束したことを腹立たしく思うときもあったが、アメリアが好きだったし、敬意も払っているので、なにもかもいいほうに解釈するようにしていた。アメリアのともすれば無関心な態度は、フランスで起きたできごともそうだが、長官という新しい地位——位の高い地位——についたからでもある。そのうち、SISに呼び戻してくれて、ケルが興味を持つ海外での仕事を割り当ててくれるだろう。その日を楽しみにして待つことにした。なにはともあれ、海外での仕事は、ロンドンを離れ、クレアとの破綻《はたん》した結婚生活から遠ざかることになるので、苦痛を軽減してくれるのではないか。

最初にその老人の姿に気づいたのは、ケルだった。グレイのフランネルのスーツを着て足を引きずるようにして通りを歩いている。三日前、この場所で会っているので、顔は知っていた。

「来たぞ」

ケルは小声で言った。フランソワは跳ね起きるようにベンチから立ちあがったが、アメリアは腰をおろしたままだった。ケルとフランソワはアメリアの従者、守護天使だとでもいうような態度だ。

「どこ？」

フランソワはそう尋ね、ケルの顔が向いているほうに視線を走らせ、目を細めた。

「通りを渡ってくる男だよ」ケルは答えた。「白髪でグレイのスーツを着ている。わかるかい？」

「ああ、あれか」

フランソワはベンチから離れた。一分一秒でも無駄にしたくないといわんばかりだ。アメリアも振り返っている。のちにこのときのことを思い出して、アメリアの息を呑む声を聞いたような気になるのだが、そう思い込んでいるだけなのかもしれない。

ジャン＝マルク・ドーマルは、すぐにアメリア・ウェルドンに気づいたようだ。幽霊に肩をたたかれたかのように、広場のはずれで立ち止まった。ベンチにいる三人に目を据えるが、焦点を合わせるのに苦労しているかに見える。二歩進んだ。ケルとフランソワはその場を動かなかったが、アメリアが立ちあがって歩いていった。

アメリアの顔が見えるようになるとジャン＝マルク・ドーマルの体が震えはじめた。かつての美しさは、損なわれていない。まもなくベンチから数メートルのところにやってきた。

「アメリアか？」

「わたしよ《セ・モア》、ジャン＝マルク」

ふたりは抱擁してお互いの頬にキスをした。

「ここでなにをしている？」

ジャン＝マルクはアメリアの背後に目を向け、そこにいる中年の男の顔を見つめた。おそらく、アメリアの心をつかんだのは彼なのだろう。それからその左側に立っている若い男を眺め、顔をしかめた。その顔を凝視する。以前どこかで会ったことがあるだろうか。

「あなたがここに来ることは知ってました」

アメリアはジャン＝マルクの手首に手をあてて言った。あまりの変わりようにショックを受けたが、長い年月も彼に対する愛をすべて消し去ってしまうことはできなかった。人生でひとりでもいいから、自分を深く理解し、愛してくれる者がいることは幸せだ。

「元気そうね」

ケルが視線を向けるとアメリアは見返してきた。彼女の目に、一瞬、深い愛が滲《にじ》んだ。アメリアのためにしてきたことが、今、すべて報われたのだ。母親は息子に向き直った。

「ジャン＝マルク、紹介したい人がいるのよ」

謝辞

以下の方々に謝意を表したい。ジュリア・ウィズダム、アン・オブライエン、エマド・アフタール、オリヴァー・マルコム、ルーシー・アプトン、ロジャー・カザレット、ケイト・エルトン、エレナー・フュースター、ハンナ・ガモン、タニヤ・ブレナンド＝ローパー、ジョット・デイヴィーズ、ケイト・スティーヴンソン、そのほか本書に関わったロンドンのハーパーコリンズのすべてのスタッフ。ジャンクロー＆ネスビットUKのウィル・フランシス、レベッカ・フォーランド、クレア・パターソン、ティム・グリスター、クリスティー・ゴードン、ジェシー・ボッテリル。ニューヨークのルーク・ジャンクロー、クレア・ディッペル、ステファニー・リーバーマン。キース・カーラ、ハンナ・ブラーテン、ドリー・ワイントラウブ、マシュー・バルダッチ、サリー・リチャードソン、そのほかセント・マーチンズ・プレスのすべての人たち。《ザ・ウィーク》誌のジョン、ジェレミー、カズ、ケリン、アランナー——オフィスを提供してくれてありがとう。チュニジアに関する知識を授けてくれたマルワ・チェ・ハタ、セオ・テイト、ヌーマン・フェヒリ。リス、スタンリー、アイリス、セイラ・ブラウン、イアン・カミング、トニー・オモサン、ウィリアム・ファインズ、ジェレミー・ダンズ、ジョー・フィンダー、ナタリー・コーエン、キャロライン・ピルキントン、シッヴォーン・ロッホラン＝マルウス、マーク・ピルキントン、クリストファーとアラベラのエルウィズ夫妻、ジェフ・アボット、バード・ウィルキンソン、そして観察眼の鋭いセイラ・ゲイブリエル（www.sarahgabriel.eu）。

訳者あとがき

イギリス・スパイ小説の伝統を継ぐという高評価を得てデビューしたチャールズ・カミングの邦訳第二弾である本書『甦ったスパイ』(原題 *A Foreign Country*)は、二〇一二年の英国推理作家協会賞イアン・フレミング・スティール・ダガー賞を受賞した傑作である。前作『ケンブリッジ・シックス』は、歴史学者がスパイの世界に巻き込まれていく手に汗握る物語だったが、今回は国と国との謀略もさることながら、それに翻弄《ほんろう》される人間に焦点をあて、そのドラマをじっくり描き込んでいる。といってもストーリーの面白さは前作に劣らない。ちりばめられた謎が、一本の流れのなかに収斂《しゅうれん》していく構成はみごとで、ページをめくる手が止まらないだろう。こうした物語の面白さに加え、親子の愛、良心を貫き通そうとする職を失った中年男の悲哀などが濃厚に描かれているのだ。〝職を失った中年男〟というのは実は主人公のことで、MI6として知られているイギリス情報局秘密情報部(SIS)を追い出された元スパイだ。だが、〝元スパイ〟というよりも〝職を失った中年男〟と表現したほうがふさわしい。つまり、もっと身近な存在なのだ。たしかに国際的な謀略の世界はわたしたちの日常とはかけ離れている。だが、そこに生きる人たちは、スーパーマンでも化け物でもなく、どこにでもいる人間なのだ。第一、この主人公、銃を手に立ちまわりを演じることがない。格闘シーンでも、チンピラのような男たちにあっさりやられてしまう。まったく強くない。暴力を目前にすると立ちすくんでしまう、わたしのような中年のおじさんと大差ないのだ。これが情報の世界に生きる人間のほんとうの姿ではないのか、と妙に納得してしまう。等身大の人間として主人公を描いた、というのはなにもわたしの一方的な見方、贔《ひい》屓《き》の引き倒しではない。たとえば、イギリスの日刊紙《デイリー・メール》の姉妹紙《メール・オン・サンデー》は〝ル・カレのファンには最適な一冊〟という賛辞を寄せている。ほかにもカミングをル・カレやレン・デイトンの流れをくむ作家であるという書評が散見される。本書の魅力が物語の面白さはもちろん、現実を洞察することによって生まれる人間のドラマにあることの証左だろう。

　ではどのような物語なのか、ストーリーをかんたんに紹介しておこう。

　女性として初めてSIS長官に近々就任する予定のアメリア・リーヴェンがいきなり姿を消してしまった。SISにとって、これは由々しき事態だ。外部に漏れたら一大スキャンダルとなる。故あってSISを追放されたトーマス・ケルのもとに捜索依頼がきた。ケルはアメリアと親しくしていたので、行動パターンがわかるだろうとの判断からだ。南フランス、北アフリカとアメリアの足取りを追ううちに、ケルは彼女の隠された過去の謎に触れていく。

やがてアメリアの捜索は思わぬ方向へ展開していき……

あとは読んでのお楽しみ。

作者チャールズ・カミングの経歴と作品リストは『ケンブリッジ・シックス』の「訳者あとがき」に詳しく紹介されているので、かんたんに触れておくだけにしよう。一九七一年、スコットランド生まれ、エジンバラ大学で英文学を学ぶ。二〇〇一年に*A Spy by Nature*でデビュー、その後、*The Hidden Man*（2003）、*The Spanish Game*（2006）、*Typhoon*（2008）とコンスタントに作品を発表していき、二〇一一年の『ケンブリッジ・シックス』で英国推理作家協会賞イアン・フレミング・スティール・ダガー賞にノミネートされ、本書でみごとに同賞を射止めた。

次回作のニュースはまだないが、楽しみに待つことにしよう。チャールズ・カミング、今後も目が離せない作家だ。

二〇一三年七月

スパイ小説

アメリカ探偵作家クラブ賞、英国推理作家協会賞受賞
寒い国から帰ってきたスパイ
ジョン・ル・カレ／宇野利泰訳

ベルリンの壁を挟んで展開する、英国と東ドイツの息詰まる暗闘。スパイ小説の金字塔。

ティンカー、テイラー、ソルジャー、スパイ〔新訳版〕
ジョン・ル・カレ／村上博基訳

ソ連の二重スパイを探せ。引退生活から呼び戻されたスマイリーの苦闘。三部作の第一弾

英国推理作家協会賞受賞
スクールボーイ閣下 上下
ジョン・ル・カレ／村上博基訳

英国に壊滅的な打撃を与えたソ連情報部の大物カーラにスマイリーが反撃。三部作第二弾

スマイリーと仲間たち
ジョン・ル・カレ／村上博基訳

老亡命者の暗殺を機に、スマイリーはカーラとの積年の対決に決着をつける。三部作完結

ケンブリッジ・シックス
チャールズ・カミング／熊谷千寿訳

キム・フィルビーら五人の他にソ連のスパイが同時期にいた？　調査を始めた男に罠が！

冒険小説

死にゆく者への祈り
ジャック・ヒギンズ／井坂　清訳

殺人の現場を神父に目撃された元ＩＲＡ将校のファロンは、新たな闘いを始めることに。

鷲は舞い降りた〔完全版〕
ジャック・ヒギンズ／菊池　光訳

チャーチルを誘拐せよ。シュタイナ中佐率いるドイツ軍精鋭は英国の片田舎に降り立った

鷲は飛び立った
ジャック・ヒギンズ／菊池　光訳

ＩＲＡのデヴリンらは捕虜となったドイツ落下傘部隊の勇士シュタイナの救出に向かう。

女王陛下のユリシーズ号
アリステア・マクリーン／村上博基訳

荒れ狂う厳寒の北極海。英国巡洋艦ユリシーズ号は輸送船団を護衛して死闘を繰り広げる

ナヴァロンの要塞
アリステア・マクリーン／平井イサク訳

エーゲ海にそびえ立つ難攻不落のドイツの要塞。連合軍の精鋭がその巨砲の破壊に向かう

冒険小説

不屈の弾道
ジャック・コグリン&ドナルド・A・デイヴィス／公手成幸訳

誘拐された海兵隊准将の救出に向かう超一流スナイパーのカイルは、陰謀に巻き込まれる

運命の強敵
ジャック・コグリン&ドナルド・A・デイヴィス／公手成幸訳

恐るべき計画を企む悪名高きスナイパーと、極秘部隊のメンバーとなったカイルが対決。

脱出山脈
トマス・W・ヤング／公手成幸訳

輸送機が不時着し、操縦士のパースンは捕虜を連れ、敵支配下の高地を突破することに！

脱出空域
トマス・W・ヤング／公手成幸訳

大型輸送機に爆弾が仕掛けられ着陸不能になった。機長のパースンは極限の闘いを続ける

傭兵チーム、極寒の地へ 上下
ジェイムズ・スティール／公手成幸訳

独裁政権を打倒すべく、精鋭の傭兵チームがロシアの雪深い森林と市街地で死闘を展開。

冒険小説

シブミ上下
トレヴェニアン／菊池　光訳
日本の心〈シブミ〉を会得した世界屈指の暗殺者ニコライ・ヘルと巨大組織の壮絶な闘い

サトリ上下
ドン・ウィンズロウ／黒原敏行訳
孤高の暗殺者ニコライ・ヘルの若き日の壮絶な闘い。人気・実力No.1作家が放つ大注目作

シャドー81
ルシアン・ネイハム／中野圭二訳
戦闘機に乗る謎の男が旅客機をハイジャックした！　冒険小説の新たな地平を拓いた傑作

A-10奪還チーム出動せよ
スティーヴン・L・トンプスン／高見　浩訳
最新鋭攻撃機の機密を守るため、マックス・モス軍曹が闘う。緊迫のカーチェイスが展開

高い砦
デズモンド・バグリイ／矢野　徹訳
不時着機の生存者を襲う謎の一団——アンデス山中に繰り広げられる究極のサバイバル。

冒険小説

パーフェクト・ハンター 上下
トム・ウッド／熊谷千寿訳
ロシアの軍事機密を握るプロの暗殺者ヴィクターが強力な敵たちと繰り広げる凄絶な闘い

ファイナル・ターゲット 上下
トム・ウッド／熊谷千寿訳
CIAに借りを返すためヴィクターは暗殺を続ける。だがその裏では大がかりな陰謀が！

暗殺者グレイマン
マーク・グリーニー／伏見威蕃訳
〝グレイマン（人目につかない男）〟と呼ばれる暗殺者が世界12カ国の殺人チームに挑む

暗殺者の正義
マーク・グリーニー／伏見威蕃訳
グレイマンの異名を持つ元CIA工作員の暗殺者ジェントリー。標的に迫る彼に危機が！

樹海戦線
J・C・ポロック／沢川　進訳
カナダの森林地帯で元グリーンベレー隊員とソ連の特殊部隊が対決。傑作アクション巨篇

マイクル・クライトン

スフィア――球体――上下
中野圭二訳
南太平洋に沈んで三百年が経つ宇宙船を調査中の科学者たちは銀色に輝く謎の球体と遭遇

サンディエゴの十二時間
浅倉久志訳
大統領が来訪する共和党大会に合わせて仕組まれた恐るべき計画とは……白熱の頭脳戦。

アメリカ探偵作家クラブ賞受賞
緊急の場合は
清水俊二訳
違法な中絶手術で患者を死に追いやって逮捕された同僚を救うべく、ベリーは真相を探る

ジュラシック・パーク上下
酒井昭伸訳
バイオテクノロジーで甦った恐竜が棲息する驚異のテーマ・パークを襲う凄まじい恐怖！

大列車強盗
乾　信一郎訳
ヴィクトリア朝時代の英国。謎の紳士ピアースが企てた、大胆不敵な金塊強奪計画とは？

話題作

レッド・ドラゴン〔決定版〕上下
トマス・ハリス／小倉多加志訳
満月の夜に起こる一家惨殺の殺人鬼と元FBI捜査官グレアムの、人知をつくした対決！

ゴッドファーザー上下
マリオ・プーヅォ／一ノ瀬直二訳
陽光のイタリアからアメリカへ逃れた男達が生んだマフィア。その血縁と暴力を描く大作

リアル・スティール
リチャード・マシスン／尾之上浩司編
映画化された表題作をはじめ、SF、ホラーからユーモアまでを網羅した、巨匠の傑作集

黒衣の女 ある亡霊の物語〔新装版〕
スーザン・ヒル／河野一郎訳
英国ゴースト・ストーリーの代表作。映画化名「ウーマン・イン・ブラック 亡霊の館」

ジャッキー・コーガン
ジョージ・V・ヒギンズ／真崎義博訳
強盗事件の黒幕を暴く凄腕の殺し屋。ブラッド・ピット主演で映画化された傑作ノワール

話　題　作

英国推理作家協会賞受賞
ゴーリキー・パーク 上下
マーティン・クルーズ・スミス／中野圭二訳

モスクワの公園で発見された三人の死体。謎を追う民警の捜査官はソ連の暗部に踏み込む

KGBから来た男
デイヴィッド・ダフィ／山中朝晶訳

ニューヨークで活躍する元KGBの調査員ターボは、誘拐事件を探り、奥深い謎の中に。

エニグマ奇襲指令
マイケル・バー＝ゾウハー／田村義進訳

ナチの極秘暗号機を奪取せよ——英国情報部から密命を受けた男は単身、敵地に潜入する

パンドラ抹殺文書
マイケル・バー＝ゾウハー／広瀬順弘訳

KGB内部に潜むCIAの大物スパイ。その正体を暴く古文書をめぐって展開する謀略。

ベルリン・コンスピラシー
マイケル・バー＝ゾウハー／横山啓明訳

ネオ・ナチが台頭するドイツで密かに進行する驚くべき国際的陰謀。ひねりの効いた傑作

訳者略歴　1956年生，早稲田大学第一文学部演劇学科卒，英米文学翻訳家　訳書『愛書家の死』ダニング，『ベルリン・コンスピラシー』バー＝ゾウハー，『キラー・エリート』ファインズ，『L. A. ギャング　ストーリー』リーバーマン（以上早川書房刊）他多数

HM=Hayakawa Mystery
SF=Science Fiction
JA=Japanese Author
NV=Novel
NF=Nonfiction
FT=Fantasy

甦《よみがえ》ったスパイ

〈NV1287〉

二〇一三年八月二十日　印刷
二〇一三年八月二十五日　発行
（定価はカバーに表示してあります）

著者　チャールズ・カミング
訳者　横《よこ》山《やま》啓《ひろ》明《あき》
発行者　早川浩
発行所　株式会社早川書房

郵便番号　一〇一 - 〇〇四六
東京都千代田区神田多町二ノ二
電話　〇三 - 三二五二 - 三一一一（大代表）
振替　〇〇一六〇 - 三 - 四七七九九
http://www.hayakawa-online.co.jp

乱丁・落丁本は小社制作部宛お送り下さい。
送料小社負担にてお取りかえいたします。

印刷・株式会社亨有堂印刷所　製本・株式会社明光社
Printed and bound in Japan
ISBN978-4-15-041287-6 C0197

本書は活字が大きく読みやすい〈トールサイズ〉です。